HEYNE BÜCHER

SCIENCE FICTION

Herausgegeben
von Wolfgang Jeschke

Von **Vonda Neel McIntyre** erschien in der Reihe
HEYNE SCIENCE FICTION & FANTASY:

Die Asche der Erde · 06/3778
Superluminal · 06/5995

STAR TREK:
Star Trek II: Der Zorn des Khan · 06/3971
Der Entropie-Effekt · 06/3988
Star Trek III: Die Suche nach Mr. Spock · 06/4181
Star Trek IV: Zurück in die Gegenwart · 06/4486
Enterprise: Die erste Mission · 06/4619

In der ALLGEMEINEN REIHE:
Die Braut · 01/6672
Der Kristallstern · 01/9970

Vonda N. McIntyre

SUPERLUMINAL

Roman

Aus dem Amerikanischen von
Ingrid Herrmann

Deutsche Erstausgabe

WILHELM HEYNE VERLAG
MÜNCHEN

HEYNE SCIENCE FICTION & FANTASY
Band 06/5995

Titel der amerikanischen Originalausgabe
SUPERLUMINAL
Deutsche Übersetzung von Ingrid Herrmann
Das Umschlagbild ist von Rallè

Umwelthinweis:
Dieses Buch wurde auf chlor- und
säurefreiem Papier gedruckt

Redaktion: Wolfgang Jeschke

Erstausgabe:
Houghton Mifflin Company, Boston
Mit freundlicher Genehmigung der Autorin
und Mohrbooks, Literarische Agentur, Zürich

http://www.heyne.de
Printed in Germany 1999
Umschlaggestaltung: Atelier Ingrid Schütz, München
Technische Betreuung: M. Spinola
Satz: Schaber Satz- und Datentechnik, Wels
Druck und Bindung: Presse-Druck, Augsburg

ISBN 3-453-13983-6

KAPITEL 1

Freudig gab sie ihr Herz.

Nach der Operation schien Laenea Trevelyan eine Ewigkeit lang im Halbschlaf dahinzudämmern. Die schmerzstillenden, heilenden Drogen versetzten sie in einen nahezu komatösen Zustand. Die Personen, die ihre Genesung überwachten, wußten ja nicht, daß sie lieber bei klarem Verstand gewesen wäre, um endlich Gewißheit zu erlangen. Doch in einem leichten Schlummer dösend, driftete sie an der Grenze zwischen Wachen und einer alptraumhaften Welt dahin. Ihr eingetrübtes Bewußtsein ahnte instinktiv Gefahr, vermochte indessen nichts zu ihrem Schutz zu unternehmen. Zu oft hatte sie gezwungenermaßen Krisen verschlafen. Die Schmerzen hätte sie gern ertragen.

Einmal wäre Laenea um ein Haar aufgewacht: Verschwommen nahm sie die sterilweißen Wände und die Zimmerdecke wahr, allmählich ihre Umgebung erkennend. Der grüne Glast der Monitore beleuchtete ihre Schultern und die kratzenden Laken. Mit Pflastern festgehaltene Nadeln reizten die Nerven in ihrem Arm. Geräusche drangen an ihre Ohren, und sie hörte das rhythmische Klopfen eines Herzens.

Vor Wut und Verzweiflung hätte sie am liebsten geschrien. Ihre linke Hand fühlte sich taub und schwer an und wollte ihr nicht gehorchen, trotzdem bewegte sie sie. Wie eine Spinne kroch sie zu ihrem rechten Handgelenk und betastete die Nadeln und Schläuche.

Ein Luftschwall strömte ins Zimmer, als die Tür aufging. Ein sanfter Tadel, und behutsame Hände erhöhten den Zufluß des Beruhigungsmittels, das sie erbarmungslos wieder einschlafen ließ.

Eine Träne löste sich aus ihrem Augenwinkel und tröpfelte in ihr Haar, während sie erneut von Alpträumen heimgesucht wurde; die akustische Begleitung bildete ein elementarer Laut, den sie nie wieder hatte hören wollen: das Schlagen eines menschlichen Herzens.

Die Pastellfarben verrieten Laenea zuerst, daß sie nicht sterben würde. Nicht, daß sie das getröstet hätte. Auf der Intensivstation war alles in Reinweiß gehalten, dieses Zimmer wurde jedoch von Gelb- und Grüntönen aufgeheitert.

Die Wirkung des Sedativums ließ nach, und sie wußte, daß man ihr endlich erlauben würde, aufzuwachen. Gegen die anhaltende Schläfrigkeit kämpfte sie nicht an, doch vor lauter Niedergeschlagenheit vermochte sie sich nicht auf ihre Rückkehr ins Leben zu freuen. Am liebsten hätte sie sich vor allem abgeschottet, ihren Körper ignoriert, der sie so im Stich gelassen hatte. Was die Zukunft ihr bringen würde, wußte sie nicht; vielleicht gab es für sie keine Perspektive mehr.

Aber die Welt holte sie ein, während sie es langsam leid wurde, stillzuliegen, zu schwitzen und sich in Selbstmitleid zu suhlen. Das Nichtstun hatte ihr noch nie behagt. Eisern hielt sie die Augen geschlossen, doch die Geräusche vibrierten wie Kälte- oder Angstschauer durch ihren Leib.

Ich hatte meine Chance, sagte sie sich, und ich war mir darüber im klaren, daß es vielleicht nicht klappen würde. Es hätte besser oder schlimmer ausgehen können wie man's nimmt – wenn ich zum Beispiel draufgegangen wäre.

Mit der Hand strich sie sich den Körper entlang, vom Bauch zu den Rippen, quer über die Bandagen und die Spitze der neuen Narbe, die ihr bis an die

Kehle reichte. Sie legte die Finger auf die Halsschlagader.

Kein Puls.

Ohne auf die stechenden Schmerzen zu achten, richtete Laenea sich jählings auf. Das Wummern eines Herzschlags bebte weiterhin durch ihre Handflächen, aber jetzt merkte sie, daß es nicht aus ihrem Körper kam.

Der Verstärker stand auf dem Nachttisch und gab ein beständiges Niederfrequenzmuster von sich. Laenea mußte lachen. Sie wußte, daß es weh tun würde, aber das nahm sie in Kauf. Resolut zerrte sie den Lautsprecher vom Tisch. Das Kabel wurde aus der Wand gerissen, als sie den Kasten quer durchs Zimmer schmetterte. Zufrieden vernahm sie das dumpfe Gescheppper, als er in einer Ecke in seine Bestandteile zerbrach.

Dann schlug sie das Laken zurück. Sie fühlte sich steif und wie gerädert. Da sie sich vor lauter Schmerzen nicht hinsetzen konnte, ließ sie sich aus dem Bett rollen. Sie taumelte, bis sie die Balance fand. Wasser in der Lunge erschwerte ihr das Atmen. Sie röchelte, schnappte nach Luft und hustete wieder. Wieviel Zeit verstrichen sein mußte, ließ sich an ihrer Schwäche erahnen. Sie fand es idiotisch, daß man sie betäubt hatte, es riskierte, daß sie sich eine Lungenentzündung holte, und ihr Herztöne vom Band abspielte, anstatt sie zu sich kommen zu lassen, damit sie sich bewegen und an ihren neuen Zustand gewöhnen konnte.

Barfuß tappte Laenea langsam über die kühlen Fliesen zu einem von der Sonne aufgehetzten Fleck. Sie schaute aus dem Fenster. Der Tag war durchwachsen, grau und golden. Von Westen jagten Wolken über die Berge und den Sund, während sich das Sonnenlicht noch über die Stadt ergoß. Die Schatten schoben sich über das Wasser und verwandelten es von zersprungenem Silber zu stumpfem Schiefer.

Zwischen Laenea und dem Hafen ragten die von heftigen winterlichen Schneefällen weißglitzernden Olympic Mountains empor. Die aufziehende Regenfront verdunkelte sogar die Kondensstreifen der startenden Raumschiffe und das Aufblitzen der Shuttles, die ihr im Meer liegendes Ziel ansteuerten. Bald würde auch sie wieder fliegen. Sie lachte laut, streckte sich, um die schmerzende Brust zu dehnen, und schüttelte ihre zerzauste Lockenmähne. Die Haare kitzelten ihren Nacken.

Die Tür ging auf, und ein Luftzug strich an ihr vorbei, wie wenn der Raum atmete. Laenea drehte sich um und erkannte Dr. van de Graaf. Die Chirurgin war ein zierliches, zerbrechlich wirkendes Püppchen mit Händen so stark wie Stahlklammern. Kopfschüttelnd betrachtete sie den zertrümmerten Lautsprecher.

»War das nötig?«

»Ja, für meinen Seelenfrieden«, entgegnete Laenea.

»Das Ding hatten wir eigens zu Ihrem Seelenfrieden hier hingestellt.«

»Es bewirkte aber das Gegenteil.«

»Die Administratoren sehen keine Veranlassung, die Behandlung zu ändern«, meinte sie. »Seit den ersten Piloten gehen wir so vor.«

»Die Administratoren sind für ihre schlechten Ratschläge bekannt.«

»Nun, Pilotin, bald steht es Ihnen ja frei, sich Ihre Umgebung selbst zu gestalten.«

»Wann?«

»Es dauert nicht mehr lange. Lassen Sie es mich so ausdrücken: Ich entscheide, wann Sie aus dem Krankenhaus entlassen werden, aber mein Wort allein ist nicht maßgeblich. Zuerst muß sich das Narbengewebe festigen, und das braucht seine Zeit. Möchten Sie uns jetzt schon verlassen? Ich habe Ihnen die Rippen ziemlich gründlich gebrochen.«

Laenea grinste. »Ich weiß.« Enge Bandagen schnürten sie ein, doch sie spürte jede Stelle, an der die Rippenenden mit den Knorpeln zusammenstießen.

»Ein paar Tage müssen Sie sich noch gedulden.«

»Wie lange ist es jetzt her?«

»Seit Sie operiert wurden? Ungefähr achtundvierzig Stunden.«

»Mir kommt es wie Wochen vor.«

»Na ja … für die meisten Leute ist es ein Schock, wenn sie mit all den Veränderungen auf einmal konfrontiert werden. Schlafen scheint ihnen gutzutun.«

»Ich bin ein Experiment«, sagte Laenea. »Wir alle sind Versuchskaninchen. Und wer sich auf so was einläßt, darf nicht zimperlich sein.«

»Mittlerweile haben wir so viele Piloten geschaffen, daß wir dieses Prozedere nicht mehr als Experiment betrachten. Und die derzeitige Vorgehensweise ist optimal.«

»Als ich das Herz schlagen hörte«, bekannte Laenea, »dachte ich, man hätte meinen Normalzustand wiederhergestellt.«

»Das Geräusch sollte beruhigend wirken.«

»Hat sich noch nie jemand beschwert?«

»Nicht so vehement«, erwiderte van de Graaf und wechselte das Thema. »Es ist passiert, Pilotin.«

Für Laenea war die Angelegenheit erledigt. Sie zuckte die Achseln. »Wann kann ich gehen?« fragte sie noch einmal. Das Krankenhaus war auch solch ein Ort der Stasis, dem sie nicht schnell genug entfliehen konnte.

»Zuerst gehen Sie wieder ins Bett zurück. Morgen früh sehen wir dann weiter.«

Laenea wandte sich ab. Die Fenster, die Wände, die gefilterte Atemluft trennten sie von den grauen Wolken und der Stadt.

»Pilotin …«

Regen perlte die Glasscheiben hinunter. Laenea rührte sich nicht. Sie mochte nicht mehr schlafen.

Die Ärztin seufzte. »Könnten Sie mir einen Gefallen tun, Pilotin?«

Abermals zuckte Laenea die Achseln.

»Ich möchte Ihre Kontrolleistung prüfen.«

Schweigend, verdrossen, willigte Laenea ein.

»Beschleunigen Sie langsam Ihr Herz und achten Sie auf den Effekt.«

Laenea verstärkte die Nervenaktivität.

»Was spüren Sie?«

»Nichts«, erwiderte Laenea, obwohl die Umlaufpumpe ihr Blut zügig durch die Adern strömen ließ, in die Stellen preßte, wo früher ihr Puls gepocht hatte: Schläfen, Hals, Handgelenke.

Die Chirurgin, die neben ihr stand, furchte die Stirn. »Legen Sie etwas Tempo zu, aber ganz allmählich.«

Laenea gehorchte. Grelle Lichtblitze zuckten über ihre Netzhaut. Über dem rechten Auge bis zum Hinterkopf machte sich ein dumpfer Schmerz breit. Sie fühlte sich aufgekratzt, wie berauscht. Erregt drehte sie sich mit dem Rücken zum Fenster. »Ich will raus hier!«

Van de Graaf umfaßte ihr Handgelenk; Laenea prustete los bei dem Gedanken, daß sie *ihren* Puls fühlen wollte. Die Ärztin bugsierte sie zu einem Stuhl am Fenster. »Setzen Sie sich.« Laenea traute sich indessen zu, schwindelnde Gipfel zu erstürmen; sie brauchte sich nicht auszuruhen.

»*Setzen Sie sich!*« Das Flüstern klang wie weicher Sand, der einen Felshang hinabrutscht. Laenea nahm Platz.

»Vergessen Sie nicht, was Sie im Training gelernt haben. Es ist wichtig, den Blutdruck zu variieren. Lehnen Sie sich zurück. Drosseln Sie die Leistung der Pumpe. Weiten Sie die Kapillaren. Entspannen Sie sich.«

Laenea konzentrierte sich auf die Biokontrolle. Zum erstenmal wurde ihr bewußt, daß etwas Neues in ihrem Körper steckte, daß nicht nur etwas fehlte. Zwar fühlte sie keinen Puls mehr, doch statt dessen spürte sie das stete, ruhige Summen einer perfekt ausgeglichenen, durch Rotation arbeitenden Maschine. Sie beförderte ihr Blut so effektiv durch den Körper, daß der Druck sie töten konnte, wenn sie nicht achtgab.

Sie entkrampfte sich und verlangsamte das Pumpen, lockerte und kontrahierte die Muskellagen der Blutgefäße, einmal, zweimal, immer wieder. Die Kopfschmerzen, die Lichtblitze, das Dröhnen in den Ohren flauten ab und hörten schließlich ganz auf.

Sie holte tief Luft und blies den Atem gemächlich aus.

»So ist es besser«, lobte die Chirurgin. »Merken Sie sich, wie sich das anfühlt. Lange halten Sie ein überhöhtes Tempo nicht durch, ihr Gehirn würde sich in Käse verwandeln. Eine Zeitlang fühlt man sich sogar gut, wie beschwipst, aber der Kater, der dann folgt, ist nicht von schlechten Eltern.« Sie verschränkte die Arme. »Ich möchte Sie gern hierbehalten, bis wir sicher sind, daß Sie die Maschine regulieren können. Ich habe nämlich keine Lust, Ihnen neue Nieren einzupflanzen.«

»Ich kann die Maschine kontrollieren.« Langsam, in einem willkürlichen Rhythmus, begann Laenea die Geschwindigkeit der neuen Pumpe zu ändern. Sie stellte fest, daß es ohne Nachzudenken ging, eine Voraussetzung, um den Blutstrom gleichmäßig zu halten. »Kann ich die Asche von meinem Herzen haben?«

»Noch nicht.«

»Aber …«

»Ich will auf Nummer Sicher gehen.«

Irgendwo in diesem verwinkelten Betonlabyrinth des Hospitals schlug Laeneas Herz immer noch, in einer Salz- und Nährlösung liegend. So lange es noch existierte, so lange es am Leben erhalten wurde, würde sich Laenea in ihren Ambitionen bedroht fühlen. Sie konnte nicht die Pilotin eines Sternenschiffs sein und gleichzeitig ein normales menschliches Wesen mit normalen Körperfunktionen. Auch jetzt noch bestand die Möglichkeit, daß ihr Körpergewebe das künstliche Herz abstieß, dann mußte man den Eingriff rückgängig machen. Falls sie dann überhaupt noch arbeitsfähig war, würde sie auf ewig ein einfaches Crew-Mitglied bleiben, das die Reisen mit Überlichtgeschwindigkeit nur anästhesiert überlebte. Bei der bloßen Vorstellung grauste es ihr.

»Ich bin mir sicher«, behauptete sie. »Für mich gibt es kein Zurück.«

An der seewärtigen Seite eines winzigen Felseneilands, auf dessen Kuppe ein einziger verkrüppelter Baum sproß, lag Orca, die Taucherin, in einem Gezeitentümpel und ließ sich von den Wellen liebkosen. Sie brauchte ein paar Minuten um zu meditieren, sich zu beruhigen und ihren Zorn vom Meer fortspülen zu lassen. Wenn sie die lange, erquickliche Strecke zum Raumhafen schwamm, wollte sie nicht ständig an den Streit mit ihrem Vater erinnert werden und darüber nachbrüten, wie sie ihn beschwichtigen oder um sein Verständnis heischen konnte.

Die Sonne warf ihren abendlichen Glanz über das Wasser und färbte die Wolken rot, hinter denen sich Vancouver Island verbarg.

Aus den glitzernden Wogen tauchte Orcas Bruder auf. Wassertretend gab er ihr Zeichen. Sie schüttelte den Kopf und winkte ihn zu sich heran. Er hatte zehnmal soviel Geduld wie sie, war indessen zu unerfahren und zu naiv, um zu argwöhnen, daß sie ihn bei sich haben wollte, weil man atmosphärische Dinge besser in Surface Language besprach, und weil sie dann das letzte Wort behalten konnte. Schließlich tauchte er wieder ab und schlängelte sich kurz danach zu ihr auf die Felsen. Wie Orca, so hatte auch er einen feingliedrigen, zierlichen Körperbau, eine dunkle Haut und blonde Haare.

»Dad ist in Rage«, verkündete er.

»Das dachte ich mir.«

Sie liebte ihren jüngeren Bruder, und bei Anlässen wie diesem tat er ihr leid. Fast sein ganzes Leben lang hatte er sich bemüht, zwischen Orca und ihrem Vater zu vermitteln. Schon vor langer Zeit hatte sich Orca entschlossen, den Kontakt mit ihrem Erzeuger auf das Allernotwendigste zu beschränken, doch ihr Bruder trachtete unermüdlich danach, sie beide zu versöhnen. Während der Revolution war ihr Dad ein junger Mann gewesen; er hatte aktiv an den Kämpfen teilgenommen. Daß Orca einen Außenseiterberuf ergriffen hatte, der sie in engen Kontakt mit Landern brachte, mußte er notgedrungen akzeptieren, doch anfreunden konnte er sich damit nie. Dabei focht es ihn nicht an, daß ihre Crew-Kollegen – so wie sie – die Besatzung eines Sternenschiffs bildeten. Für ihn waren sie samt und sonders Lander, er scherte alle über einen Kamm.

Wie viele Angehörige seiner Generation – nur daß er sich noch fanatischer gebärdete – billigte er es nicht, wenn junge Taucher sich bei Lander-Gesellschaften verdingten, um an Expeditionen oder Bergungsaktionen teilzunehmen. Obwohl er wußte, daß sie das Geld für Laborausrüstungen und Forschungsmaterial brauchten, verdammte er jedweden Kontakt zwischen Tauchern und gewöhnlichen Leuten. Orcas Beruf überschüttete er mit Häme, und manchmal glaubte sie, daß er auch sie verachtete.

»Könntest du nicht ein kleines bißchen nachgeben?«

»Wozu? Er hat mir unterstellt, ich sei feige!«

»Er weiß genau, daß du keine Memme bist.«

»Ich finde, er sollte sich bei mir entschuldigen!«

»Er begreift deine Einwände nicht.«

»Weil er nicht verstehen *will!*« entgegnete Orca. »Das ist ein großer Unterschied.«

»Mag ja sein«, erwiderte ihr Bruder. »Aber fall jetzt bloß nicht über mich her, wenn ich dir gestehe, daß deine Argumente mir auch nicht einleuchten. Du kannst mir glauben, daß ich mich um Objektivität bemühe; doch wenn du mit der Transmutation nicht einverstanden bist, wieso hast du dann so lange da draußen gearbeitet? Du verdienst mehr Geld als jeder andere aus der Familie, den größten Teil der Forschung hast du doch finanziert.«

»Ich hatte nicht damit gerechnet, daß es schon so bald stattfinden würde«, antwortete sie, wohl wissend, daß es sich um eine faule Ausrede handelte. Nicht zum ersten Mal versuchte sie, jemandem aus ihrer Familie zu erklären, daß sie der Sternenschiff-Crew aus Freude an der Aufgabe selbst beigetreten war, und nicht, weil die Bezahlung sie reizte. Ihre Mutter verstand sie, aber ihr Vater glaubte, sie wolle ihn mit dieser Behauptung provozieren. Ihr Bruder hingegen meinte, sie schütze die Begeisterung für den Job nur vor, damit keiner Gewissensbisse hatte, weil sie soviel Zeit in der Fremde verbrachte.

»Wenn ich rechtzeitig wieder hier bin, komme ich zum Transition Meeting nach Hause«, versprach Orca.

»Wäre es nicht einfacher, du würdest erst nach dem Treffen aufbrechen? Sollte deine Reise länger als erwartet dauern, dann verpaßt du die Zusammenkunft und kannst dich nicht mehr zum Thema äußern.«

Orca stieß einen Seufzer aus und schwieg. Sie war das Streiten gründlich leid. Zig mal war sie auf Fragen wie diese eingegangen. Das Treffen fand erst in sechs Wochen statt. Wenn sie ihren Urlaub verlängerte, verringerten sich ihre Chancen auf eine Beförderung. Und sie brannte darauf, an Missionen teilzunehmen, die interessanter waren als diese reinen Routineflüge.

»Hier *oben* kann ich nicht mit dir sprechen«, meuterte ihr Bruder. »Komm wieder ins Wasser zurück.«

»Wenn ich ins Wasser gehe, dann schwimme ich los und höre nicht eher auf, bis ich den Hafen erreicht habe«, erklärte Orca. »Von mir aus kannst du ja mitkommen, *petit frère.*« Sie wünschte sich, er würde sie begleiten; sie glaubte, es würde ihm guttun.

Er glitt in den Gezeitenpool hinunter, bis nur noch sein Kopf und die Schultern aus dem Wasser ragten. Er tat so, als wolle er sich gleich umdrehen und erbost davonschwimmen. Aber er wurde niemals böse. Orca hatte den Eindruck, daß er gar nicht wußte, was Wut war. Von allen Tauchern glich ihr jüngerer Bruder am wenigsten einem Menschen. Noch nie hatte er eine Stadt der Lander betreten; er ließ sich nicht von ihren Gesellschaften anheuern und war in keine Schule gegangen, die auf festem Land lag. In seinem ganzen Leben hatte er höchstens drei herkömmliche Menschen kennengelernt. Nicht mal einen Surface-Spitznamen besaß ihr Bruder. Im Hinblick auf Landbewohner reagierte er wie sein Vater, wenn auch aus völlig unterschiedlichen Gründen. Ihr Dad mied die Lander, weil er sie haßte und verabscheute; ihr Bruder interessierte sich einfach nicht für sie.

»Du verbringst zuviel Zeit mit den Cousins und Cousinen«, meinte Orca.

»Und du zu wenig«, drehte er den Spieß um. »Sie vermissen dich. Wenn du fort bist, fragen sie immerzu nach dir.«

Außerdem wollten sie nach ihrer Rückkehr immer wissen, wo sie sich herumgetrieben hatte. Dann schilderte sie ihnen, wie die Crew arbeitete, wie es im All aussah, welche fremden Welten sie besuchten. Anfangs erkundigten sie sich, was man empfand, wenn man schneller als das Licht flog. Zu ihrem Bedauern mußte sie passen. Auch sie hätte es gern gewußt. Doch da sie keine Pilotin war, mußte sie schlafen, wenn ihr Schiff in den Transit ging, nur so konnte sie die superluminale Reise überleben. Obwohl die Cousins und Cousinen sie nie für ihr Fortgehen tadelten, zweifelte sie daran, daß sie ihre Beweggründe verstanden. Ihre Motive ließen sich auch viel schwerer beschreiben als ihre Erlebnisse.

Traurig meinte ihr Bruder: »Ich weiß gar nicht, warum du überhaupt wegmußt.«

»Ich kann nicht anders«, erwiderte Orca. Sie ließ sich in den warmen, salzigen Pool hinab. »Das hier reicht mir nicht.«

»Wie kann dir das nicht genug sein? Wir haben nicht einmal zehn Prozent von dem gelernt, was die Cousins und Cousinen uns beibringen können.«

Manchmal fragte sich Orca, ob das nicht genau der Grund war, weshalb sie sich in den Weltraum flüchtete. Ihre Familie lebte unter Kreaturen, die ihnen fremd waren, doch anscheinend hatte Orca als einzige erkannt, daß die Überlegenheit dieser Geschöpfe eine echte Verständigung zwischen den beiden Spezies verhinderte. In Gegenwart der Cousins und Cousinen kam sie sich immer wie ein Kind vor, und das würde sich niemals ändern. Als Mitglied einer Sternenschiff-Besatzung galt sie indessen als Erwachsene.

Sie näherte sich ihrem Bruder und glitt unter Wasser an ihm vorbei; sich um die eigene Achse drehend, blies sie einen Strom von Luftblasen gegen seine Brust, seinen Bauch und die Genitalien. Er war furchtbar kitzlig; sich vor Lachen krümmend, tauchte er ab und versuchte nach ihr zu haschen. Orca entwischte aus dem Gezeitenpool und gewann das offene Meer. Das eisige Wasser versetzte ihr einen Schock. Ihr Bruder folgte ihr dichtauf. Sie ließ sich nach oben treiben; er schoß vom Grund hoch, sprang bis zur Taille aus den Fluten und ließ sich rücklings auf die Wellen klatschen.

Mit den Schwimmhäuten ihrer Hände schöpfte Orca Wasser und bespritzte ihn spielerisch damit. Prustend schüttelte er den Kopf und schlenkerte sich das nasse, helle Haar aus dem Gesicht.

Orca küßte ihn. Er umarmte sie und ließ sie wieder los.

»Möchtest du Gesellschaft?«

»Aber nur, wenn du den ganzen Weg mitkommst.«

Er zögerte. »Nein. Vielleicht ein anderes Mal.«

Sie nickte; er ließ sich hinabsinken. Als er unter ihr vorbeischwamm, rollte er sich auf die Seite und strich mit einer Hand ihren Körper bis zu den Füßen entlang.

Dann war er weg.

Orca drehte sich in die entgegengesetzte Richtung, tauchte hinunter und steuerte durch die Meerenge den Raumhafen an.

Obwohl Laenea sich zum Laufen kräftig genug fühlte, wurde sie in einem Rollstuhl durch die Korridore gefahren; Tests, Befragungen und Prüfungen nahmen mehrere Tage in Anspruch. Immer mehr litt sie unter Langeweile. Die Schmerzen waren abgeflaut, der beschleunigte Heilungsprozeß war so gut wie abgeschlossen, trotzdem sah Laenea nur Ärzte, medizinisches Personal und Maschinen. Ihre Freunde ließen sich nicht blicken. Dies war ein Initiationsritus, den sie allein durchstehen mußte.

Ein Tag verging, an dem sie weder die vorbeiziehende Regenfront gewahrte noch den nebelverhüllten Sonnenuntergang. Wieder wollte sie wissen, wann sie das Krankenhaus verlassen dürfe. Man speiste sie mit Ausflüchten ab. Sie gestattete sich einen Wutanfall, der indessen auch nichts nützte.

Abends, in ihrem Zimmer: Laenea war hellwach. Im Bett liegend streichelte sie mit den Fingerkuppen die glänzendrote Narbe, die sich über ihren Brustkorb zog. Die mit durchsichtiger künstlicher Haut bedeckte Stelle war noch immer empfindlich; eine weiße Bandage unter ihren Brüsten entlastete ihre in Mitleidenschaft gezogenen Rippen.

Das neue, leistungsstarke Herz faszinierte sie. Willentlich verlangsamte sie den Rhythmus und trainierte das Zusammenziehen und Erweitern der Arterien und Kapillaren. Sie beherrschte die Biokontrolle ausgezeichnet. Das mußte so sein, andernfalls hätte man sie für die Operation gar nicht in Betracht gezogen.

Der Blutdruckabfall hätte eine angenehme Lethargie und ein Hinüberduseln in den Schlaf zur Folge haben müssen, doch der Adrenalinspiegel war durch ihren Groll erhöht, und sie wollte auch nicht einnicken. Schlaftabletten lehnte sie ab, sie war das Pillenschlucken leid. Und das Schlimmste war ein traumloser, durch Medikamente erzeugter Schlaf. Angestaute Ängste konnten sich nicht in der Phantasie abreagieren und bauten eine namenlose, unerträgliche Spannung auf.

Das Zwielicht erinnerte an graue gewässerte Seide mit einer unregelmäßigen, undurchlässigen Struktur. Die Pastelltöne der Klinik verschwanden in einer mysteriösen Kälte. Laenea warf das Laken zurück. Sie war wieder bei Kräften, sie fühlte sich gesund. Hinter ihr lagen ein Jahr Training, eine größere Operation, und zum Schluß die geisttötenden öden Tage, derweil sie sich von ihren biologischen Rhythmen befreite. Sie sah nicht ein, weshalb sie bei Einbruch der Dunkelheit schlafen sollte wie andere Leute.

Im Krankenhaus gab man sich zum Glück zivilisiert. Ihre Bekleidung hing im Schrank, man hatte sie ihr nicht etwa abgenommen und irgendwo weggeschlossen. Sie zog sich eine lange schwarze Hose an, Stiefel aus weichem Leder und eine glänzende lederne Weste, die vorn mit Bändern verschnürt wurde und Arme und Hals freiließ. Durch die Lücken in der Schnürung sah man von der Kehle bis zum Brustbein die leuchtendrote Narbe, die sie als Pilotin kennzeichnete.

Um Ärger zu vermeiden, wartete sie, bis der Korridor leer war. Der grüne Anstrich, der beruhigend wirken sollte, war vor Alter bleich und häßlich geworden. Auf dem federnden Boden hörte man keine Schritte, aber in dem Schacht, in dem sich die Feuertreppe befand, hallten ihre Absätze auf den Betonstufen, und das Echo wurde vielfach von den Wänden zurückgeworfen. Drunten angekommen, schmerzten ihre Waden. Sie beschleunigte den Blutfluß.

Am nächtlichen Himmel verbargen sich die Sterne hinter einem Dunstschleier; der Vollmond prangte in einem Hof. Unter der Straßenbeleuchtung fächerte sich Laeneas Schatten auf wie die Speichen eines Rades.

An der Ecke stand eine Reihe von Elektroautos, angebunden wie Pferde in alten Filmen. Sie schob ihren Kreditpaß in ein Schloß und ergatterte sich einen Wagen, der passenderweise wie eine Schildkröte bemalt war. Sie stieg ein und fuhr zum Hafen.

Hurtig rollte das kleine Biest durch die Straßen; in flachem Gelände näselte der Motor leise, um gequält aufzuröhren, wenn es im niedrigen Gang bergab ging. Laenea atmete auf und wünschte sich, sie wäre wieder im All, doch da streikte ihre Phantasie. Die Schildkröte konnte sich beim besten Willen nicht in ein Sternenschiff verwandeln, und verglichen mit den exotischen Orten, die sie auf fremden Planeten gesehen hatte, war diese Stadt trotz ihrer Schönheit nichts besonderes. Den Transit, das Reisen mit Überlichtgeschwindigkeit, vermochte sie sich natürlich nicht auszumalen, denn er spottete jeder Beschreibung, dafür gab es keine Worte. Noch nie war der Transit geschildert worden.

Der Hafen war schäbig, schmutzig und faszinierend. Laenea wußte, daß sie hier Bekannte treffen würde, doch sie wollte nicht in der Stadt bleiben. Die Schildkröte band sie wieder an einem Pfosten fest und entfernte ihren Kreditpaß, wobei der Fahrpreis abgebucht wurde.

Es hatte sich abgekühlt; sie merkte es an dem aufziehenden Nebel und an den vom Kondenswasser rutschigen Pflastersteinen. Der verwahrloste, mit welkem Gemüse übersäte Marktplatz war menschenleer. Schemengleich huschten vereinzelt Passanten vorbei.

In der schummrigen Zone zwischen zwei Straßenlaternen pirschte sich ein Kerl von hinten an sie heran. »Heh«, krächzte er, »wie wär's mit …« Vor Unsicherheit, Unerfahrenheit oder Angst klang er aggressiv. Verblüfft schaute Laenea auf ihn hinab und lachte. »Du armseliger Wicht …« Er scharwenzelte im Seitwärtsgang davon, wie eine Krabbe. Nach einer flüchtigen Anwandlung von Mitleid und Belustigung hatte Laenea ihn schon wieder vergessen. Sie fröstelte. Ihre Ohren klangen, und vor Kälte tat ihr die Brust weh.

Zwischen Bars und billigen Restaurants kuschelten sich kleine Läden. Laenea betrat einen, um sich aufzuwärmen. Drinnen war es düsterer als auf der Straße. Der schlauchartige Raum war hoch, langgestreckt und so schmal, daß sie mit ausgebreiteten Armen beide Seitenwände hätte berühren können. Statt dessen zog sie die Schultern hoch, und die Schmerzen ließen ein bißchen nach.

»Kann ich Ihnen behilflich sein?«

Ein uralter Mann tauchte auf, als wäre ein Stück des undefinierbaren Ladeninventars plötzlich zum Leben erwacht. Die Klamotten, die er trug, paßten nicht zusammen und stammten offenbar aus seinen eigenen Warenbeständen. Federn, breitkrempige Hüte und Perlenketten hingen wie Trophäen an den Wänden dieser Hökerei für gebrauchte Bekleidung. Laenea schritt tiefer in die Kaverne hinein.

»Aha, eine Pilotin«, sagte der Mann. »Welche Ehre.«

Wie ein Kind freute sich Laenea über diese Bemerkung. Er war die erste Person außerhalb der Klinik, in der realen Welt, der sie mit ihrem neuen Titel anredete.

»Am Wasser ist es sehr kalt«, bekannte sie. Da sie nicht die Absicht hatte, etwas zu kaufen, fühlte sie sich zu einer Erklärung oder Entschuldigung bemüßigt.

»Möchten Sie einen Mantel? Nein, für Sie kommt nur ein Cape in Frage!« erklärte er. »Eine Frau mit Ihrer Figur braucht ein Cape.« Er drehte sich um. Seine dunkle Gestalt verschwand zwischen Bergen aus Textilien und Kleiderständern. Laenea sah bunte Perlen, glitzernde Pailletten, das Aufblitzen von Goldlamé; sie fragte sich, was für ein geschmackloses Theaterkostüm er wohl aufstöbern würde. Doch dann hielt er ein langes, schwarzes, scharlachrot gefüttertes Cape hoch. Eigentlich hatte Laenea dankend ablehnen wollen, doch nun griff sie unwillkürlich zu. Das Obermaterial bestand aus seidenweichem Samt, das glatte Satinfutter umschmeichelte ihre Finger. Eine Pelerine zierte das Cape, und die Schließe war aus geschnitztem Gagat gefertigt. Trotz seiner Schwere fiel der Stoff in schöne, elegante Falten. Sie warf sich das Cape um die Schultern, und es reichte ihr bis fast zu den Knöcheln.

»Exquisit!« schwärmte der Ladenbesitzer. Auf seinen Wink hin ging sie zu ihm. Hinter ihm lehnte ein trüber, fleckiger, mannshoher Spiegel an der Wand. Wo sich der Silberbelag schälte, trat der bronzene Untergrund hervor. Laenea gefiel sich in dem Cape. Sie schlug den Kragen zurück, damit man das dunkelrote Futter sah und ihren Brustansatz mit der Narbe, und schüttelte sich das Haar aus dem Gesicht.

»Das dürfte ein bißchen übertrieben sein«, entgegnete sie lächelnd. Sie war groß und hatte einen zu kräftigen Knochenbau, um als anmutig zu gelten. Das volle, spitz in die Stirn hineinwachsende Haar und die ausgeprägten Wangenknochen waren ein Plus, doch dafür hatte sie ein kantiges, energisches Kinn.

»Das Cape gefällt Ihnen nicht.« Es klang enttäuscht. Seinen leichten Akzent konnte Laenea nicht einordnen.

»Doch, sehr sogar«, widersprach sie. »Ich nehme es.«

Unter Bücklingen begleitete er sie zum Ladenausgang, und sie zückte ihren Kreditpaß.

»Nein, nein, Pilotin«, wehrte er ab. »Das kommt gar nicht in Frage.«

Laenea hob eine Augenbraue. Ein paar Geschäfte im Hafen akzeptierten nur Cash und umgaben sich mit einem Ruch vom Schwarzmarkt in einer Zeit, in der nahezu jede Aktivität legal war. Doch selbst in diesen wählerischen Etablissements würde man kaum den Kreditpaß eines Crew-Mitglieds oder eines Piloten zurückweisen.

»Ich habe kein Bargeld«, bedauerte sie. Schon seit Jahren trug sie keines mehr mit sich herum, nachdem sie einmal in verschiedenen Taschen drei Metallmünzen, eine aus Plastik, eine aus Holz, eine putzige atavistische Tierkralle (oder ein hervorragendes Duplikat), und außerdem eine in einer Schachtel versiegelte organische Substanz, die noch vor fünfzig Jahren auf der Erde verboten gewesen war, gefunden hatte. Mindestens drei der Welten, auf denen diese Währungen kursierten, würde sie nie wieder besuchen.

»Das hatte ich nicht gemeint«, erklärte der Alte. »Ich schenke Ihnen das Cape, Pilotin. Aber …« Er blickte hoch. In seinen schwarzen, tiefgründigen Augen glomm ein hoffnungsvoller, gieriger Ausdruck. »Aber verraten Sie mir eines: Was *sehen* Sie?«

Er war der erste, der ihr diese Frage stellte. Piloten wurden oftmals damit bestürmt. Sie hatte sich ja selbst gewundert, stumm, nachdem man ihr anfangs mit Schweigen und geduldigem Kopfschütteln begegnet war.

Die Piloten gaben nie eine Antwort. Maschinen konnten nicht antworten, und Piloten offenbar auch nicht. Oder sie wollten es nicht. Dieses Rätsel ließ sich nur auf individuelle, ganz persönliche Weise lösen.

Laenea tat der Ladenbesitzer leid. Sie wollte ihm sagen, daß sie den Transit noch nie im wachen Zustand erlebt hatte, daß sie ein Neuling war, und daß sie bisher nur als Crew mitreisen durfte, betäubt bis an den Rand des Todes, um zu überleben. Doch dann brachte sie nicht einmal das heraus. Es wäre zu einfach gewesen, die Wahrheit und dennoch eine Täuschung, denn unterschwellig erweckte es den Eindruck, daß sie es ihm erzählen würde, wenn sie nur Bescheid wüßte;

dabei hatte sie keinen blassen Schimmer, ob es ihr überhaupt möglich wäre, dieses angedeutete Versprechen zu halten. Sie schüttelte den Kopf und lächelte freundlich. »Es tut mir leid.«

Er nickte traurig. »Ich hätte nicht fragen dürfen ...«

»Ist schon gut.«

»Ich bin zu alt, wissen Sie. Zu alt für Abenteuer. Vor vielen, vielen Jahren kam ich hierher, aber ich weiß nicht, wo die Zeit geblieben ist, sie ist einfach verschwunden. Ich habe keine Ahnung, was zwischendurch passiert ist. Ich habe davon geträumt ... Alpträume.«

»Das kenne ich. Zehn Jahre lang bin ich als Crew mitgeflogen. Wir bekamen auch nie mit, was los war.«

»Das muß ja noch schlimmer sein. Immerzu diese Lücken in der Zeit. Aber jetzt sind Sie ja im Bilde.«

»Die Piloten bleiben während des Fluges wach«, bestätigte Laenea. Sie gab ihm den Kreditpaß. Obwohl er sich weigerte, ihn anzunehmen, bestand sie darauf, zu bezahlen.

Sich in das Cape kuschelnd trat Laenea nach draußen in den Nebel. Sie stellte sich vor, der Laden würde sich nun in Luft auflösen, wie alle verwunschenen Läden, die Magie und unsichtbar machende Capes verkauften. Doch sie schaute sich nicht um, denn bereits nach wenigen Schritten versank alles in einem dunstigen Grau. Dicht vor den niedrigen, antiken Straßenlaternen löste sich der Nebel durch die Hitze in dünne Schwaden auf, die sich himmelwärts kräuselten.

Geräuschlos angetrieben durch gewaltige silberne Segel pflügte die Mitternachtsfähre durch die Wellen. Eingehüllt in ihr Cape, blieb Laenea anonym. Sie stützte die Füße auf die gegenüberliegende Bank, streckte sich und spähte aus dem Fenster in die Dunkelheit. Laenea sah ihr eigenes Spiegelbild und dahinter das Wasser. Die Lichter der Fähre tanzten auf der langgezogenen, träge ausrollenden Dünung.

Raumhafen war eine gigantische schwimmende künstliche Insel. In der Schwärze des Ozeans funkelte sie wie ein Juwel. Die Solarspiegel glichen den Netzaugen eines riesenhaften Insekts, und verstärkt wurde diese Illusion durch die wie Spinnenbeine herausragenden Starttürme. Die anderen über Wasser liegenden Gebäude bestachen durch sanftgeschwungene Formen, wie Hügel oder Sanddünen, die der Wind glattgeschliffen hat. Hohe, eckige Bauten wie auf dem Festland hätten den aus Nordwest peitschenden Stürmen zuviel Angriffsfläche geboten.

Droben strich ein kleines, silberblaues Luftschiff vorbei, dessen Motor völlig lautlos arbeitete. Laenea erinnerte sich, wie sie einmal wenige Stunden vor einem Orkan eingetroffen war, als sämtliche Luftschiffe in einer schillernden, farbenfrohen Wolke gleichzeitig den Raumhafen verließen und auf ihrer Flucht vor dem Unwetter am Horizont verschwanden.

In der Tiefe der Plattform, unter einer vibrationsdämpfenden Schicht, inmitten des Ozeans, dehnte sich die dreigeteilte Stadt aus. Das Brüllen der startenden Shuttles und das Kreischen, wenn sie landeten, hätten jeden in den Wahnsinn getrieben, der sich länger an der Oberfläche aufhielt. Deshalb lag der nordwestliche Raumhafen weit draußen im Meer, fern von den menschlichen Ansiedlungen, und in seiner Unterwasser-Stützkonstruktion machte sich eine komplette Stadt breit.

Die Segel der Fähre wurden eingeholt, das Tempo verringerte sich, und dann legten sie an der Rampe an. Elektro-Trucks brummten auf und sprengten die Stille. Steifbeinig stakste Laenea die Treppe hinunter. Bei der Gangway blieb sie stehen, beobachtete die vorbeirollenden Trucks und konzentrierte sich darauf, ihren Blutdruck zu erhöhen. Sie begriff, wie gefährlich dieser

Vorgang war, und wie leicht man süchtig werden konnte. Der beschleunigte Blutstrom erzeugte eine Euphorie, doch wie eine Maschine würde ihr Körper schnell verschleißen, wenn er ständig auf Hochtouren lief. Vorerst jedoch kehrte ihre Energie zurück, und das lahme Gefühl in den Beinen und im Rücken legte sich.

Mit Ausnahme der Trucks, die hurtig am Rand der Insel entlangschnurrten und sich rasch ihrem Blickfeld entzogen, herrschte so spät nachts auf dem Raumhafen kein Betrieb. Das leere Passagiershuttle stand wartend auf der Magnetschiene; als seine Sensoren spürten, daß Laenea einstieg, schlossen sich die Türen und es düste los. Ein Knopfdruck, und es hielt über dem Stabilisator # 3, in dem die Quarantänezellen, die Verwaltung und die Mannschaftsquartiere untergebracht waren. Laenea fühlte sich wohlig warm, und ihr Blick war klar und ungetrübt. Schwungvoll schlug sie das Samtcape zurück, weil sie die Kälte nicht mehr abzuwehren brauchte. Sie freute sich unbändig darauf, ihre Freunde zu sehen und sich ihnen in ihrer neuen Gestalt vorzustellen.

Der Lift führte durch den Stabilisator in die Unterwasserstadt. Laenea fuhr bis auf den Grund des Schachts, der sich in einem der drei Stützpfeiler befand, die tief in den Ozean hineinreichten, weit entfernt von den Oberflächenturbulenzen, und die Plattform selbst bei stärksten Stürmen ausbalancierten. Außerdem glichen die Schächte den Tiefgang der Insel aus, indem sie Meerwasser in die Ballasttanks hinein- oder aus ihnen herauspumpten, je nachdem, ob ein Shuttle startete, landete, oder sich eine Fähre an Bord schob.

Die Fahrstuhltüren öffneten sich im Foyer, von wo aus man über eine Wendeltreppe den tiefsten Punkt erreichte, eine Blase am äußersten Ende des Hauptschachts. Die Lounge war ein gemütlicher zylindrischer Raum mit transparenten Wänden, die wie ein gigantisches Auge den Blick in die Tiefsee gewährten. Scheinwerfer erhellten das kalte, klare Wasser und beleuchteten die glänzenden Silhouetten vorbeihuschender Fische; große, dunkelgefärbte Räuber, sichelmäulige Haie; hin und wieder ließ sich ein graziöser, verspielter Delphin blicken oder ein eleganter, schwarzweißer Killerwal schwebte vorüber. Mit zunehmender Entfernung wurden die Farben durch den Filtereffekt des Wassers immer blaustichiger, bis man zum Schluß nur noch violette Schemen wahrnahm, unscharf umrissene Kreaturen, die in scheuer Neugier zwischen dem trüben Zwielicht und der totalen Finsternis hin- und herpendelten.

Der unregelmäßig geformte und mit Teppichboden ausgelegte Boden der Lounge erweckte den Eindruck, als befände man sich auf dem Grund des Ozeans, gehöre gewissermaßen dazu. Eigentlich stand der Raum jedem offen, doch in stillschweigender Übereinkunft lag er fest in der Hand der Sternenschiff-Besatzungen. Außenseiter, die man einfach links liegen ließ, kamen sich überflüssig vor und verdrückten sich bald wieder. Zuweilen fanden sich Journalisten ein, wenn es mal eine Sensation oder ein Desaster gab. Die ersten Transit-Piloten waren ein Phänomen gewesen, doch mittlerweile gaben sie keinen Stoff für Schlagzeilen mehr her. Laenea konnte das nur recht sein.

Sie zog die Stiefel aus und ließ sie an der Treppe stehen. Eines der anderen Paare erkannte sie; wer diese Stiefel einmal gesehen hatte, vergaß sie wohl nie wieder. Das dunkelrote Leder war glänzend poliert und mit Edelsteinen sowie winzigen Scheiben aus Flüssigkristall besetzt, die je nach Temperatur ihre Farbe änderten. Laenea schmunzelte. Crew-Mitglieder entschädigten sich auf vielerlei Art und Weise für die Zeit, die ihnen im Transit verlorenging; dazu gehörte, daß man in allen anderen Aspekten des

Lebens übertrieb. Einer, der sich hierin bis zum Exzess hervortat, war Minoru.

Das Barfußlaufen auf dem dicken Flor, vorbei an Dünen und Dellen, in denen man sich zum Gespräch niederlassen konnte, war wie ein Spaziergang über dem Grund eines phantastischen Ozeans. Laenea fragte sich, ob die Anziehungskraft dieser Lounge auf ihrer Nähe zum Meer beruhte, das auch jetzt noch Geheimnisse barg, die an Mysteriosität den Rätseln, auf die man im Transit oder im Weltall stieß, in nichts nachstanden. Wie oft hatte sie dagesessen und traumverloren in das dunkle Wasser geschaut. Piloten und Taucher mochten ihre Assoziationen verstehen.

Nahe der durchsichtigen Außenwand entdeckte sie Minoru; das schwarze Haar war mit silbernen und dunkelroten Bändern zu einem taillenlangen Zopf geflochten. Die großgewachsene Alannai kauerte in gebückter Haltung, um den anderen näher zu sein; im Licht schimmerte ihre Haut wie schwarzer Opal, und das kurzgetrimmte Haar glitzerte wie mit Diamantstaub überpudert. Daneben die blasse, stille Ruth, die nur selten lachte, dann jedoch strahlte wie eine erblühende Nova. Gläser oder Becher in den Händen saßen sie beisammen und plauderten müßig, für Laenea eine vertraute, tröstliche Szene.

Minoru, der ihr das Gesicht zukehrte, hob den Blick. Laenea lächelte; sie erwartete, daß er ihren Namen rufen und die Arme ausbreiten würde, in seiner üblichen überschwenglichen Art, die seine fransen- und perlenverzierte Jacke vorteilhaft zur Geltung brachte. Doch er sah sie nur schweigend und ruhig an, mit einem teilnahmslosen Ausdruck auf seinem glatten, jung gebliebenen Gesicht. Dann flüsterte er ihren Namen. Ruth peilte über ihre Schulter, gewahrte Laenea und lächelte schüchtern, als hätte sie Angst.

Alannai straffte den Rücken, die anderen um Haupteslänge überragend, und prostete Laenea in feierlichem Ernst zu. »Pilotin«, sagte sie, trank einen Schluck und beugte sich wieder vor, die Hände auf ihren spitzen Knien abstützend. Auf einer Erhöhung im Fußboden stehend, außerhalb des Zirkels, blickte Laenea auf die drei Menschen hinab, von denen sie sich mit einem Kuß verabschiedet hatte. Der förmliche Abschied voneinander war bei Crew-Mitgliedern gang und gäbe, denn keiner wußte, ob am Ende einer Reise auch alle wieder aus ihrem Narkoseschlaf erwachen würden. Für sie galt das makabere Kindergebet: »Sollte ich im Schlafe sterben ...«

Laenea kletterte zu ihnen hinunter. Der Kreis öffnete sich, aber sie blieb draußen. Sie fühlte sich genauso verunsichert und befangen wie ihre Freunde.

»Setz dich zu uns«, sagte Ruth schließlich. Alannai und Minoru blickten verlegen drein. Laenea ließ sich auf einem Kissen nieder. Ruth, Alannai und Minoru rückten nicht von der Stelle. Sie gluckten dicht beieinander, von Laenea getrennt.

Ruth streckte den Arm nach ihr aus, doch ihre Hand zitterte. Alle warteten, und Laenea suchte nach Worten, um ihnen zu versichern, daß sie sich nicht verändert hätte.

»Ich bin gekommen ...« Aber nichts von dem, was sie fühlte, ließ sich in passende Worte kleiden. Sie wollte ihre Freunde nicht verletzen, indem sie ihnen von ihrer neuen Freiheit vorschwärmte. Sie griff nach Ruths Hand. »Ich bin gekommen, um euch Adieu zu sagen.« Sie umarmte und küßte sie und stieg dann wieder zur Hauptebene empor. Ihre Gefährten von früher wollten nichts mehr mit ihr zu tun haben.

Die ersten Piloten hielten Distanz zur Crew, denn ihre Verantwortung war groß, ganz zu schweigen von der Anspannung. Aber Laenea hatte sich eingebildet, bei ihr wäre das anders. Sie hatte Ruth, Minoru und Alannai gern. Immer würde sie sich um sie sorgen, wenn sie ihre schlafenden Kameraden beobachtete und sie von einer Lichtoase zur nächsten lotste. Sie bemühte sich, die Reserviertheit ihrer Freunde zu verstehen und hoffte, daß sie vielleicht nur Zeit brauchten, um sich an sie zu gewöhnen.

Gespräche schwollen an und ebbten ab wie die Gezeiten, während sie durch die Lounge schlenderte, Leuten ausweichend, die sie kannte. Sie fühlte sich einsam, doch ihr Stolz ließ es nicht zu, daß sie sich den nächsten Korb holte.

Sie überwand die Kränkung, die man ihr zugefügt hatte. Ihr Selbstbewußtsein, ihre Unabhängigkeit, kehrten zurück. Als sie zwei Piloten erkannte, die für sich allein saßen, steuerte sie unverdrossen auf sie zu. Mit beiden war sie schon geflogen, hatte jedoch noch nie ausgiebig mit ihnen gesprochen. Entweder sie akzeptierten sie oder sie zeigten ihr die kalte Schulter. So oder so, im Augenblick war es ihr egal. Sie schlug das Cape zurück, damit sie gleich wußten, wen sie vor sich hatten. Ohne darüber nachzudenken, hatte sie sich angezogen wie alle Piloten: geschnürte Westen oder tief ausgeschnittene Roben, durchsichtige Hemden, trägerlose Oberteile; alles Sachen, die die lange Narbe zeigten, das äußere Zeichen ihrer Verwandlung.

Miikala und Ramona-Teresa saßen einander gegenüber, die Ellbogen auf die Knie gestützt, und in eine gedämpfte, vertrauliche Unterhaltung vertieft. Ramona-Teresa berührte Miikalas Hand und beide lachten leise. Selbst der Rhythmus ihres Geplauders kam Laenea fremd vor, obwohl sie kein Wort verstehen konnte. Wie andere Leute auch, unterstrichen sie das Gesagte mit Gesten und Körpersprache, aber ihre Allüren wirkten gekünstelt, unharmonisch.

Laenea fragte sich, worüber Piloten wohl reden mochten. Gewiß befaßten sie sich nicht mit den Alltagssorgen des gemeinen Volkes wie Wäschewaschen, Einkaufen, Wohnungs- und Partnerschaftsproblemen. Solche Menschen sprachen über … die Erfahrungen, die einzig und allein ihnen vergönnt waren; sie diskutierten über das, was sie sahen, wenn alle anderen in einem todesähnlichen Schlaf lagen.

Menschliche Piloten überstanden den Transit besser als intelligente Maschinen, doch auch ihnen stieß gelegentlich etwas zu. Miikala und Ramona-Teresa gehörten zu den zehn Prozent der Piloten, die aus der ersten Generation übriggeblieben waren, zehn Prozent einer einzigartigen, sich weiterentwickelnden, beinahe esoterischen Elite. Durch ihr Beispiel hatten sie bewiesen, daß es eine Unabhängigkeit von der Zeit gab; den nachfolgenden Piloten, wie Laenea, oblag es nun, die praktische Anwendbarkeit zu bestätigen.

Als Laenea am Rand der Sitzmulde stehenblieb, unterbrachen die beiden Piloten ihr Gespräch und blickten ernst zu ihr herauf.

Ramona-Teresa, eine untersetzte, kräftige Frau mit schwarzem, angegrautem Haar, hob lächelnd ihr Glas. »Pilotin!« Miikala, dessen Augen von buschigen Brauen und einem ungebändigten dunkelbraunen Haarschopf überschattet wurden, schloß sich ihr an und trank gleichfalls auf ihr Wohl.

Mit diesem Toast zollten sie ihr Achtung und nahmen sie in ihren Kreis auf. Laenea lächelte erfreut und ließ sich in die Vertiefung hinunter. Miikala faßte nach ihrem linken Handgelenk, Ramona-Teresa nach ihrem rechten. Laenea verspürte den kindischen, albernen, unwiderstehlichen Drang zu kichern. Sie konnte sich nicht beherrschen; das Lachen perlte hoch wie mit Helium gefüllte Blasen. Es war, als befände sie sich auf dem Meeresgrund, würde Oxyhelium atmen und wie Donald Duck quäken. Das Blut schoß ihr in den Hals und in die Schläfen. Miikala schmunzelte und sagte etwas in einer Sprache, die genauso viele wohltönende Vokale besaß wie sein Name; obwohl Laenea kein Wort verstand, wußte sie genau, was er meinte. Ramona-Teresa umarmte sie. »Willkommen, mein Kind.«

Laenea konnte es nicht fassen, daß diese unnahbaren, einschüchternden Menschen sie mit solcher Begeisterung anerkannten. Das höchste, worauf sie zu hoffen gewagt hatte, war ein kühler, herablassender Gruß, der sie in ihrem Stolz nicht allzusehr verletzte. Immer wieder prustete sie in Intervallen los, doch obwohl es ihr peinlich war, versuchte sie nicht mehr, ihr törichtes Gegibbel zu unterdrücken.

Die beiden anderen Piloten ließen sich von ihrer Heiterkeit anstecken, und dann lachten alle drei. Laenea fühlte sich selig, beschwingt, geradezu ausgelassen. Ein leichter Schwindel packte sie. Die Aufregung setzte Adrenalin frei, und plötzlich überkam sie eine Hitzewelle. Winzige Schweißperlen sammelten sich auf ihrer Stirn, gleich unter dem Haaransatz.

Schlagartig verwandelte sich der dumpfe Dauerschmerz zwischen ihren Rippen in ein heftiges Stechen, als würde ihr das neue Herz, wie zuvor das alte, aus dem Leib gerissen. Sie bekam Atemnot und rang zusammengekrümmt nach Luft. Jedesmal, wenn sie einatmen wollte, zog ihr ein Krampf die Brust zusammen.

Langsam drang Miikalas Stimme zu ihr durch und dämpfte ihre Panik; Ramona-Teresa streichelte sie beruhigend. »Entspann dich. Denk an dein Training …«

Genau. Den Blutstrom eindämmen, die Arterien öffnen, die Kapillaren weiten, die Kontraktionen der unwillkürlichen Muskeln unter Kontrolle bringen. Die Pumpe verlangsamen. Jemand betupfte ihr die Stirn mit einer in Gin getränkten Cocktail-Serviette. Laenea fand die Kühle und selbst den bitteren Beigeschmack des verdunstenden Alkohols erfrischend. Allmählich ließen die Schmerzen nach, und Ramona-Teresa half ihr auf die Sitzbank zurück. Die Gagatschließe ihres Capes wurde geöffnet, und die ältere Pilotin lockerte die Verschnürung ihrer Weste.

»Halb so schlimm«, beschwichtigte Ramona-Teresa.

»Das Adrenalin hat nun mal diese Wirkung. Wir alle müssen noch viel dazulernen, das Training allein reicht nicht aus.«

Miikala, der neben Laenea in der Hocke saß, betrachtete die freigelegte Narbe. »Sie haben dich ja früh entlassen«, bemerkte er. »Dauert die Behandlung jetzt nicht mehr so lange?«

Laenea wurde blaß. Sie hatte völlig vergessen, daß sie buchstäblich aus dem Krankenhaus ausgerissen war. Ihr eigenmächtiges, unerlaubtes Handeln konnte Folgen haben.

»Nimm sie nicht auf den Arm, Miikala«, wies Ramona-Teresa ihn zurecht. »Weißt du nicht mehr, wie dir nach dem Aufwachen zumute war?«

Seine schweren Augenbrauen zogen sich in einem Stirnrunzeln zusammen. »Ich erinnere mich gut.«

»Werden sie mich mit Gewalt zurückholen? Habt ihr vor, mich zu verpfeifen?« fragte Laenea. »Es geht mir gut, ich brauche nur noch etwas Gewöhnung.«

»Wir halten dicht, aber sie könnten versuchen, dich zu schnappen«, meinte Ramona-Teresa. »Denen geht es um das viele Geld, das sie in uns investieren. Aber vielleicht sehen sie die Dinge mittlerweile etwas lockerer. Wenn wir in Ruhe gelassen werden, erholen wir uns besser als in einem Krankenzimmer, wo wir mit aufgezeichneten Herztönen berieselt werden – ich nehme an, daß sie an dieser Methode festgehalten haben.«

Laenea erschauerte. »Euch hat es angeblich gutgetan aber ich habe den Lautsprecher zerdeppert.«

Miikala lachte. »Und die anderen Maschinen piepsten los wie wildgewordene Mäuse, was?«

»Ich dachte schon, sie hätten die Operation abgeblasen. Dabei hatte ich mir so lange gewünscht, eine von euch zu sein …« Laenea merkte, wie ihre Kräfte zurückkehrten, und stemmte sich hoch. Die Weste ließ sie offen, der kühle Luftstrom auf ihrer Haut tat ihr gut.

»Wir haben dich beobachtet«, gestand Miikala. »Wir halten auf jeden von euch ein Auge, aber ein paar fallen uns besonders auf. Wir wußten, daß du zu uns stoßen würdest. Erinnerst du dich noch an sie, Ramona?«

»Ja.« Ramona-Teresa nahm eines der überzähligen Gläser, füllte es aus einem Shaker und reichte es Laenea. »Du hast dich immer gegen das Einschlafen gesträubt, mein Liebes. Manchmal befürchtete ich, du würdest aufwachen.«

»Hör auf, Ramona, mach der Kleinen keine Angst.«

»Diese Tigerin weiß gar nicht, was Angst ist!«

Seltsamerweise machte es Laenea nichts aus zu erfahren, daß sie nahe daran gewesen war, während des Transits wachzuwerden. Sie hatte ja durchgeschlafen, andernfalls wäre sie gar nicht mehr am Leben. Im Nu wäre sie an Vergreisung gestorben, da ihr Körper aufgrund einer Milliarden Jahre währenden Evolution auf Normalzeit und Normalraum eingestellt war; diese physische Abhängigkeit beruhte auf planetaren, lunaren, solaren und biologischen Rhythmen, möglicherweise sogar subatomaren Vorgängen, wer wußte das schon. Von all diesen Fesseln und Behinderungen war sie jetzt befreit.

In einem einzigen Zug leerte sie ihr Glas bis zur Hälfte. Ihr fröstelte an den bloßen Armen und Brüsten, deshalb hüllte sie sich in ihr Cape und wartete darauf, daß der Satin sie wärmte.

»Wann findet dein Trainingsflug statt?«

»Erst in vier Wochen.« Die Zeit kam ihr unendlich lang vor. Die theoretische und praktische Ausbildung hatte sie hinter sich; das einzige, was sie noch auf der Erde hielt, war ihr körperlicher Zustand.

»Zuerst mußt du vollständig genesen sein.«

»Mir dauert das zu lange – man kann nicht von mir erwarten, daß ich das aushalte.«

»Aber es geht nicht anders.«

»Ich will wissen, was passiert. Ich brenne darauf, diese neue Erfahrung zu machen. Wann geht euer nächster Flug?«

»Bald«, erwiderte Ramona-Teresa.

»Nehmt mich mit.«

»Nein, meine Liebe. Das wäre nicht korrekt.«

»Korrekt! Wir müssen unsere eigenen Regeln aufstellen, nicht den Befehlen anderer gehorchen. Die haben ja keine Ahnung, was gut für uns ist.«

Miikala und Ramona-Teresa tauschten einen langen Blick. Vielleicht konnten sich Piloten untereinander mit Augen und Mimik mitteilen, möglicherweise verstanden sich Miikala und Ramona auch ohne Worte, wie jedes gewöhnliche aufeinander eingespielte Liebespaar. Aber Laenea schlossen sie aus.

»Nein.« Ramonas Tonfall ließ keinen Widerspruch zu.

»Ihr könntet mir wenigstens verraten ...« Sofort merkte sie, daß sie etwas Falsches gesagt hatte. Die beiden Piloten schwiegen und schotteten sich ab. Doch Laenea spürte weder Gewissensbisse noch Bedauern, lediglich Wut.

»Es ist ja nicht so, daß die Erfahrungen sich nicht beschreiben ließen. Wenn ihr zusammengluckt, sprecht ihr doch darüber, wenigstens das weiß ich jetzt. Versucht bloß nicht, mir etwas anderes weiszumachen.«

»Das hatten wir auch nicht vor«, versetzte Miikala.

»Ihr seid egoistisch und grausam.« Sie stand auf, befürchtete einen Moment lang, sie würde einen neuen Schwächeanfall erleiden und auf die Hilfe der Piloten angewiesen sein. Ramona und Miikala nickten einander zu, lächelten andeutungsweise und schürten Laeneas Groll damit noch mehr.

»Sie hat die Passion«, sagte einer von ihnen, Laenea wußte nicht einmal, wer. Das Klingen in ihren Ohren wurde stärker. Sie kehrte den Piloten den Rücken zu, kletterte aus der Sitzmulde und ging.

Sie fand einen ansprechenden Platz, der in einen steilen Abhang unweit der Außenhülle eingelassen war. Die Kälte des Ozeans drang bis zu ihr durch. Groteske Kreaturen trieben durch die Scheinwerferkegel. Laenea kuschelte sich in die Nische und entspannte sich, indem sie ihren Pulsschlag abwechselnd beschleunigte und dämmte. Ob sie in ihrem Körper den Wechsel der richtigen Gezeiten spüren würde, wenn sie nur lange genug an diesem Ort verweilte? Würden dann dieselben pflanzenartigen Geschöpfe wieder vor dem Fenster auftauchen, im Rhythmus des Sogs von Sonne und Mond?

Lediglich ein Mann, der in ihrer Nähe ausgestreckt lag und entweder schlief oder bewußtlos war, störte ein wenig ihre Einsamkeit. Sie kannte ihn nicht, aber er mußte ein Crew-Mitglied sein. Seine schwarze, engsitzende Bekleidung ließ aufgrund von Material und Zuschnitt darauf schließen, daß er von einer anderen Welt stammte. Offensichtlich war er ein Neuling. Die Erde stellte das Zentrum des intergalaktischen Handels dar, jedes Schiff schwebte nach relativ kurzer Flugzeit in ihren Orbit ein. Frisch angeheuerte Crew-Mitglieder besuchten die Erde mindestens einmal. Anfänger pflegten jede Welt, die ihre Schiffe anliefen, zu besichtigen, wenn es ihr Zeitplan erlaubte, selbst die Planeten, die eine Quarantäne und Impfungen erforderten.

Laenea hatte keine Ausnahme gebildet. Die Quarantäne, in der einem Null-Strain-Bakterien eingepflanzt wurden, die exotische Umgebungen nicht verseuchen konnten, weil sie sich nur innerhalb eines menschlichen Körpers reproduzierten, war die anstrengendste und wichtigste, aber keine Quarantäne war ein Zuckerschlecken. Und wie die meisten Veteranen akklimatisierte sich Laenea schließlich an eine einzige Welt, blieb während anderer Aufenthalte an Bord und richtete ihren Dienstplan so ein, daß sie möglichst oft ihre Heimat aufsuchen konnte.

Der schlummernde Mann war ein paar Jahre jünger als Laenea. Sie schätzte, daß er so groß war wie sie, aber sie konnte sich täuschen. Er gehörte zu den wenigen Menschen, die so vollkommen porportioniert sind, daß sich ihre Körpergröße nur im Vergleich mit anderen taxieren läßt. Nichts an ihm erschien überbetont oder unverhältnismäßig. Er wirkte kräftig, doch es war eine Stärke, die mit Gewandtheit gekoppelt war, nicht etwa mit Brutalität. Laenea kam zu dem Schluß, daß er weder betrunken noch mit Drogen vollgestopft war, sondern einfach nur schlief. Sein Gesichtsausdruck war gelöst, aber keineswegs schlaff. Er hatte dunkelblondes fransiges Haar, eine Schattierung heller als sein buschiger Oberlippenbart. Als schön konnte man diesen Mann nicht bezeichnen, trotz seiner ebenmäßigen, markanten Züge. Unterhalb der Wangenknochen war seine gebräunte Haut stark vernarbt, wie nach einer bösartigen Kinderkrankheit. Einige der Außenwelten wurden noch von Epidemien heimgesucht.

Laenea wandte den Blick von dem jungen Mann ab. Sie starrte auf einen Punkt, an dem sich die Lichtstrahlen in der Schwärze des Wassers auflösten, und ließ das Bild vor den Augen verschwimmen. Behutsam strich sie mit den Fingern über ihre Narbe. Das Gewebe war noch empfindlich, als würde eine etwaige Verletzung an dieser Stelle mehr schmerzen. Obwohl Laenea müde war und langsam hungrig wurde, gab sie diesen Empfindungen nicht nach. Ganz allmählich würde ihre Energie von selbst zurückkehren. An diesem Abend hatte sie ihrem Körper schon genug zugemutet.

Wie eine Ewigkeit lag der kommende Monat vor ihr; das Abwarten glich den vielen Jahren, die sie in der Crew zugebracht hatte. Auf die anderen Piloten war sie immer noch wütend. Wie ein junger Hund war sie zu ihnen hingelaufen, um getätschelt und gelobt zu werden; und als sie ihrer dann überdrüssig wurden, hatten sie sie mit einem Fußtritt verscheucht, wie wenn sie auf den Boden gepinkelt hätte. Und sie haderte mit sich selbst. Sie fand, sie habe sich blamiert und verspürte den Wunsch, die Scharte auszuwetzen.

Zum ersten Mal sah sie einen Vorteil darin, daß die Zeit während des Transits ausgelöscht wurde. Am liebsten hätte sie den nächsten Monat verschlafen, doch das war unmöglich. Zuerst mußte sie mit ihrer ungewohnten Situation zurechtkommen, ihren veränderten Körper kennenlernen; danach konnte sie sich mit ihrer neuen Umgebung befassen.

Sie nickte ein; die Tiefsee kannte keine Zeit. Bei Tag wie bei Nacht durchdrangen die Lichter dieselbe indigoblaue Dunkelheit. Für Laenea und ihresgleichen hatte die Dimension der Zeit ihre Realität verloren, sie bedeutete ihnen nichts mehr, denn sie brauchten sich ihrem Diktat nicht länger zu unterwerfen.

Als sie die Augen wieder aufschlug, wußte sie nicht, wie lange sie gedöst hatte, ob eine Stunde oder nur Sekunden.

Doch wenigstens ein paar Minuten mußten verstrichen sein, denn der junge Mann, der sich ausgeruht hatte, saß jetzt aufrecht und beobachtete sie. Seine Augen waren dunkelblau mit schwarzen Sprenkeln, eine Farbe wie das Meer. Ein Weilchen merkte er nicht, daß sie wach war, bis sich ihre Blicke trafen; peinlich berührt, weil sie ihn beim Gaffen ertappt hatte, errötete er und schaute zur Seite.

»Früher habe ich auch geglotzt«, bekannte Laenea.

Verdutzt wandte er sich wieder ihr zu; er war sich nicht sicher, ob Laenea mit ihm sprach. »Was?«

»Als ich noch ein Grounder war, stierte ich Crew-Mitglieder an; und nachdem ich selbst flog, faszinierten mich die Piloten.«

»Ich gehöre zur Crew!« verteidigte er sich.

»Woher kommen Sie?«

»Von Twilight.«

Laenea entsann sich, daß sie vor langer Zeit einmal dort gewesen war; Bilder von Twilight drängten auf sie ein. Eine junge Welt, ein düsterer, geheimnisvoller Ort mit hochaufragenden Gebirgszügen und schwarzen, brütenden Wäldern; ein noch nicht ausgereifter Planet, dessen schrundige Bergketten gerade erst entstanden waren. Dichte Wolken umhüllten ihn, einen großen Teil des sichtbaren Lichts herausfilternd, aber die ultraviolette Strahlung hindurchlassend.

Auf dieser Welt herrschte beständig eine abendliche Stimmung, niemals schien der Morgen zu dämmern. Jeder, der Twilight besuchte, glaubte, die Nacht senke sich herab, unabhängig von der realen Tageszeit. Dort lebte ein robuster, ernster Menschenschlag, der sich auch in Katastrophen zu behaupten wußte. Auf Twilight hatte Laenea Kummer, Todesfälle und Schicksalsschläge gesehen, aber niemals Panik oder Verzweiflung.

Laenea stellte sich vor und lud den jungen Mann ein, sich neben sie zu setzen. Zögernd rückte er näher. »Ich heiße Radu Dracul«, sagte er.

Der Name rief vage Erinnerungen in ihr wach. Sie dachte nach, bis ihr ein Licht aufging. Schelmisch spähte sie über Radu Draculs Schulter, als halte sie nach jemandem Ausschau.

»Und wo ist Vlad?«

Radu lachte, und zum ersten Mal erhellte sich seine ernste Miene. Er hatte schöne Zähne, und tiefe Lachfalten gruben sich parallel zu den herunterhängenden Spitzen seines Schnurrbarts in die Wangen. »Wo immer er sein mag, ich hoffe, er bleibt dort.«

Sie lächelten sich an.

»Ist das Ihre erste große Tour?«

»Sieht man mir das Greenhorn so deutlich an?«

»Sie sind allein«, erklärte sie, »und Sie haben geschlafen.«

»Ich kenne hier niemanden. Außerdem war ich müde.«

Mit dem Kinn deutete Laenea auf eine Bande von hyperaktiven, schrillen Leuten, die sich mit Schlafrepressoren und Energiespendern aufgeputscht hatten. »Nach einer Weile schlafen Sie nicht mehr, wenn Sie sich auf festem Boden befinden, sofern es nur Gesprächspartner oder irgendeine Zerstreuung gibt. Dann sind Sie es nämlich leid, zu schlafen, ja fürchten sich regelrecht davor.«

Radu betrachtete die ungezügelten Typen, die jetzt auf den Lift zutobten. »Werden wir alle so?«

»Die meisten von uns.«

»Die Schlafmittel sind schlimm genug. Aber ohne sie geht es nicht – heißt es jedenfalls. Doch so über die Stränge zu schlagen ...« Bedächtig schüttelte er den Kopf. Wenn er die Stirn runzelte, bildeten sich auf seiner glatten Haut zwischen den Augenbrauen zwei steile Falten; die Narben begannen erst unterhalb der Wangenknochen und zogen sich bis zu seiner kantigen Kinnlade.

»Keiner zwingt Sie dazu«, meinte Laenea. Am liebsten hätte sie ihn berührt. Sie wollte sein Gesicht streicheln und sein vom Schlaf zerstrubbeltes Haar glätten. Aber er war anders als die Männer, die sie sonst traf, die sie bereits nach flüchtiger Bekanntschaft anfassen und umarmen konnte. Ohne groß darüber nachzudenken, ging sie aus Lust und Laune mit ihnen ins Bett.

Radu hingegen hatte etwas Reserviertes, Unzugängliches an sich, beinahe etwas Geheimnisvolles. Er schien sich mit einem unsichtbaren Schutzwall zu umgeben, der bei jedem und sei es noch so diskreten Versuch, ihn zu durchbrechen, um so undurchdringlicher würde. Die Art, wie er sich gab, wie er sprach, ermutigte niemanden, ihm zu nahe zu kommen. Er wirkte ständig abwehrbereit.

»Aber Sie glauben, daß ich mich in diese Richtung entwickeln werde.«

»Es passiert ja nicht immer«, lenkte Laenea ein; sie spürte, daß er Zuspruch brauchte, außerdem wollte sie sich selbst und ihre ehemaligen Kumpel verteidigen. »Im Transit schläft man so viel, es ist eine dunkle, leere Zeit …«

»Leer? Träumen Sie denn nicht?«

»Nein, niemals.«

»Ich träume immer«, erzählte er. »Jedes Mal.«

»Der Transit hätte mir nicht soviel ausgemacht, wenn ich derweil geträumt hätte.«

Verständnisvoll taute Radu ein bißchen auf. »Ich kann mir vorstellen, wie belastend das sein muß.«

Laenea entsann sich der vielen Gespräche, die sie mit Crew-Mitgliedern geführt hatte. Ausnahmslos hatten sie über die Traumlosigkeit während des Schlafes geklagt. Es war die einzige Erfahrung, die sie alle miteinander gemeinsam hatten. »Ich kenne niemanden, der so ist wie Sie. Sie haben Glück.«

Ein winziger leuchtender Fisch stupste mit seinem Maul gegen die durchsichtige Wand. Laenea tippte mit der Fingerspitze gegen das Glas und lockte den Fisch in einem simplen Muster die Scheibe entlang.

»Ich habe Hunger«, erklärte sie. »Hier gibt es ein ausgezeichnetes Restaurant. Kommen Sie mit?«

»Ein Restaurant – wo man was zu essen kaufen kann?«

»Ja.«

»Ich bin nicht hungrig.«

Er war ein schlechter Lügner; er zögerte, bevor er sie beschwindelte, und er konnte ihr nicht in die Augen sehen.

»Was ist los?«

»Nichts.« Er lächelte halbherzig. Eines stand jedenfalls fest: Sorgen machte er sich nicht.

»Haben Sie vor, die ganze Nacht hier herumzulungern?«

»Die Nacht ist vorbei; gleich bricht der Morgen an.«

»In einem Zimmer hätten Sie es doch viel bequemer – Sie sind vor Übermüdung eingeschlafen.«

Er zuckte die Achseln; sie merkte, daß sie ihn in Verlegenheit brachte. Vermutlich hatte er kein Geld.

»Ist Ihr Kredit nicht durchgekommen?« fragte sie. »Das passiert ständig. Vielleicht lassen sie die Buchhaltungsprogramme von Schimpansen schreiben.« Oft genug hatte sie sich mit Bürokratie herumschlagen und mit Notkrediten behelfen müssen, wenn ihre Geldtransfers falsch überwiesen worden waren. »Sie brauchen nur …«

»In meinem Fall ist der Verwaltung kein Fehler unterlaufen.«

Laenea wartete darauf, daß er den Umstand näher erklärte. Plötzlich grinste er, als mache er sich über sich selbst lustig. Wenn er so lächelte, wirkte er gleich noch viel jünger. »Ich bin den Umgang mit Geld nicht gewöhnt. Normalerweise benötige ich keines, außer für … wertloses Zeug.«

»Sie meinen LUXUS?«

»Ja. Sachen, die wir auf Twilight nicht oft benutzen, für die kein Bedarf besteht. Lebensmittel, ein Platz zum Schlafen …« Wieder hob er die Schultern. »Auf Kolonialwelten kriegt man so etwas umsonst. Als ich zur Erde reiste, habe ich glatt verschwitzt, einen Kredittransfer zu beantragen. Das passiert mir nicht noch mal.« Er errötete. »Was macht es schon aus, wenn ich eine Mahlzeit versäume und eine Nacht lang nicht in einem Bett schlafe. Als ich auf Twilight noch richtig arbeitete, mußte ich oft ohne Essen und feste Unterkunft auskommen. In ein paar Stunden kann ich meinen Fehler ja korrigieren.«

»Deshalb brauchen Sie jetzt nicht zu darben«, meinte Laenea. »Sie können …«

»Ich respektiere Ihre Sitten und Gebräuche«, fiel Radu ihr ins Wort, »aber bei uns borgt man nicht, und wir nehmen nichts an, was nicht freiwillig gegeben wird.«

Laenea stand auf und streckte ihm ihre Hand entgegen. »Wenn ich jemanden einlade, kommt es immer von Herzen. Und jetzt zieren Sie sich nicht länger.«

Seine Hand fühlte sich warm und fest an, wie poliertes Holz.

KAPITEL 2

An der Spitze des Aufzugsschachts traten Laenea und Radu hinaus in die diesige, helle Nacht. Im Glanz des Mondes verschmolzen das Meer und der Himmel zu einem gesichtslosen Grau. Kein Windhauch kräuselte das Wasser oder vertrieb den Nebel, doch die Luft war eisig. Laenea nahm Radu unter ihr Cape. Ein kaum sichtbarer Nieselregen fällte aus, fing sich in winzigen schillernden Tröpfchen auf dem schwarzen Samt und in Radus Haar, das bei der künstlichen Beleuchtung silbern glänzte.

»Ich komme mir vor wie auf Twilight«, sagte er. »So regnet es bei uns im Winter.« Er streckte den Arm aus und sah zu, wie sich die Regentropfen in seiner Handfläche sammelten. An seinem sehnsüchtigen, nostalgischen Ton merkte Laenea, daß er schrecklich unter Heimweh litt. Sie entgegnete nichts, denn aus eigener Erfahrung wußte sie, daß man niemandem in dieser Situation helfen konnte. Der Schmerz verblaßte im Laufe der Zeit und indem man andere Orte lieben lernte. Bis jetzt hatte Radu noch keine Gelegenheit bekommen, die Erde liebzugewinnen. Doch nun stand er da und starrte in den Nebel, als sähe er Kontinente oder Sterne. Tröstend legte sie den Arm um seine Schultern.

»Lassen Sie uns ein Stück weit laufen.« Laenea war in Test- und Trainingskabinen sowie in Krankenhäusern eingesperrt gewesen, er in Raumschiffen und Quarantänestationen. Auch sie sehnte sich nach frischer Luft, Regen und dem Monolog des Ozeans.

Der Gehweg führte am Rand der Hafenplattform entlang. Ein Geländer schützte vor dem zehn Meter tiefen Absturz ins Wasser. Verhalten nahmen Wellen Anlauf und liebkosten das metallene Kliff, um sich sachte in die Dunkelheit zurückzuziehen. Im Gleichschritt schlenderten Laenea und Radu längs der Kante. Hin und wieder rieben sich ihre Hüften aneinander. Mitunter streifte Laenea Radu mit einem Seitenblick und wunderte sich, wieso sie nicht gleich gemerkt hatte, wie attraktiv er war.

Ihr Herz kreiselte langsam in ihrer Brust, in unerschütterlichem Rhythmus, ihre Empfindungen dämpfend. Ihre Sinne, die soeben noch fieberhaft vibriert hatten, stumpften ab und machten Platz für eine wohlige Lethargie. Ein Schleier schien sich um sie zu legen und sie vor der Außenwelt zu schützen. Sie bemerkte, daß Radu sie unentwegt anschaute. Die Kälte drang durch das Cape und sie schmiegten sich enger aneinander; wie selbstverständlich legte auch Radu seinen Arm um sie, und festumschlungen gingen sie weiter.

»Richtige Arbeit«, sinnierte Laenea.

»Jawohl … Schufterei, körperlich oder geistig.« Bereitwillig nahm er den Gesprächsfaden auf. »Bei uns wird noch mit Muskelkraft gearbeitet. Für den Einsatz von Maschinen ist Twilight zu jung – das technische Gerät wurde hier entwickelt und ist nicht so anpassungsfähig wie ein Mensch.«

Laenea, die brenzlige Situationen erlebt hatte, in denen auf Maschinen kein Verlaß gewesen war, verstand genau, was er meinte. Auf neuen Welten fuhr man besser mit Methoden, die aus der Zeit vor der Automatisierung stammten. Ehe man speziell angepaßtes Gerät konstruierte, mußte man aus Erfahrungen lernen, nach dem Prinzip der Evolution.

»Wer in der Crew eines Raumschiffs mitfliegt, arbeitet auch. Es ist zwar keine Schinderei, aber Arbeit.«

»Man wird nie müde, weder körperlich noch geistig. Dieser Job stellt keine Anforderungen.«

»Reicht Ihnen das Risiko nicht?«

»Abenteuer dieser Art haben für mich keinen Reiz. Es ist wie ein Vabanquespiel.«

Seine Herkunft machte ihn zu einem strengen Richter, der am härtesten gegen sich selbst vorging.

»Sie sind kein Sklave. Sie können jederzeit kündigen und wieder heimkehren.«

»Ich wollte …« Er brach ab. »Ich hatte es mir anders vorgestellt.«

»Ich weiß«, räumte Laenea ein. »Man meint, die Aufregungen würden nie abreißen, aber letzten Endes bleibt nur die Ahnung einer latenten Gefahr.«

»Ich sehnte mich so danach, andere Welten kennenzulernen. Ich wollte so sein wie … es war sehr egoistisch von mir.«

»Moment mal! Wieso egoistisch? Wünscht sich das nicht jeder?«

»Vielleicht. Aber meine Träume gingen in eine andere Richtung. Ich dachte immer daran …« Wieder brach er mitten im Satz ab.

»An was?«

Er schüttelte den Kopf. »Ach, nichts.« Er ging wieder auf Distanz. »Die meiste Zeit transportieren wir belangloses Zeug aus belanglosen Gründen zu belanglosen Leuten.«

»Diese belanglose Fracht finanziert Rettungseinsätze«, hielt Laenea ihm entgegen.

»Das stimmt nicht!« widersprach Radu heftig. In gemäßigterem Ton fuhr er fort: »Die Transitbehörde erlaubt es, daß ihre Ausrüstung in einem Notfall benutzt wird, aber das lassen sie sich bezahlen, da können Sie sicher sein.«

»Wahrscheinlich haben Sie recht«, pflichtete Laenea ihm bei. »Aber das wurde immer so gehandhabt.«

»Es ist aber nicht richtig«, beharrte er. »Auf Twilight …«

Er sprach den Satz nicht zu Ende.

»Sie haben Heimweh«, stellte Laenea fest. »Mehr als

jeder andere, den ich kenne. Es muß schön sein, einen Ort so sehr zu lieben.«

Er verkrampfte sich, als argwöhnte er, sie würde ihn wegen dieser Schwäche hänseln oder verspotten. Doch als sie lächelte, schwand sein Mißtrauen. »Nach einem Flug fühle ich mich immer besser, wenn ich von zu Hause träume.«

Wäre Laenea noch Crew-Mitglied gewesen, hätte sie ihn darum beneidet.

»Vermissen Sie Ihre Familie?«

»Ich habe keine Angehörigen mehr – sie sind alle tot.«

»Es tut mir leid.«

»Sie konnten es ja nicht wissen«, entgegnete er hastig, als hätte er Angst, sie zu verletzen, und nicht umgekehrt. »Sie starben bei der Epidemie.«

In stillem Trost drückte Laenea seine Schulter. Sie bereute ihre gedankenlose Frage. Sie hätte es sich denken können, daß Radu durch die Epidemie, die vor einigen Jahren auf Twilight wütete, Freunde und Verwandte verloren hatte.

»Ich weiß auch nicht, was uns so an Twilight bindet«, bekannte er. »Vielleicht ist es die Herausforderung und das angestrebte Ziel. Alles ist neu. Wir nähern uns der Welt behutsam, zu viel könnte schiefgehen.«

Er schaute sie an, mit Augen, so blau und unergründlich wie ein Gebirgssee; in seinem ruhigen, kräftigen Gesicht stand eine Frage, die Laenea nicht zu deuten vermochte.

Eine Weile marschierten sie schweigend weiter.

Die klamme Luft drang in Laeneas Lunge, strömte in ihre Brust, den Bauch, die Arme und Beine … Sie stellte sich vor, wie die Maschine aus kaltem Metall ihrem Körper die Hitze entzog, während sie sich lautlos drehte. Sie fühlte sich erschöpft.

»Was ist das?«

Sie blickte hoch. Beinahe am Ende der Plattform angelangt, näherten sie sich Lichtern, die verschwommen durch den Nebel glosten. Der amorphe pinkrosa Schein verdichtete sich allmählich zu einzelnen Kuppeln und Fackeln. Laenea hörte ein hohes, metallisches Sirren. Zwei Schritte weiter klarte die Atmosphäre auf.

Die hohen Gerippe von Nebelfängern ragten in konzentrischen Kreisen empor, in deren Mitte die Lichter glühten. Vom Wind berührt, vibrierten die langen Drähte und peitschten den kondensierenden Nebel. Von den Drahtspitzen rieselte Wasser auf den Boden. Das Prasseln der schweren Tropfen auf Metall untermalte mit seinem asynchronen Rhythmus die schwach herüberwehende Musik.

»Eine Party«, meinte Laenea. Die singenden, glänzenden Drähte drapierten sich zu einem vielschichtigen Vorhang, jede einzelne Lage durchsichtig, im Verbund indessen das Licht streuend und schimmernd. Laenea setzte ungerührt ihren Weg fort, doch Radu fiel hinter ihr zurück.

»Was ist los?«

»Ohne Einladung gehe ich nirgendwohin.«

»Sie sind eingeladen. Wir alle sind willkommen. Würden Sie einer Feier in Ihrem eigenen Haus fernbleiben?«

»Ich verstehe nicht, was Sie meinen.«

Laenea erinnerte sich an die Zeit, als sie noch neu in der Crew war. Es dauerte eine Weile, bis man sich an seinen veränderten Status gewöhnte.

»Unseretwegen kommen diese Leute zum Hafen«, erklärte sie. »In der Hoffnung, daß wir uns mit ihnen unterhalten, ihre Speisen essen und ihre Getränke kosten.« Mit der Hand deutete sie auf die Gesellschaft – es sollte eine weitausholende Geste werden, aber mitten in der Bewegung hielt sie inne, weil die Rippen höllisch schmerzten – auf die Lichter, die Tische, den mit Troddeln geschmückten Pavillon, die Nebelfänger, die Menschen in Abendgarderobe, die Bediensteten und die Apparate. »Weshalb sollten sie sich sonst hier einfinden? Warum all das Zeug herschleppen? Sie könnten sich auf einer tropischen Insel oder in einem Fichtenwald erholen, auf einem Berggipfel biwakieren oder in der Wüste den Sonnenaufgang bewundern. Aber sie haben sich für diese Plattform entschieden, und ich versichere Ihnen, sie warten nur auf uns.«

»Sie kennen die hiesigen Sitten«, erwiderte Radu ein wenig skeptisch.

Hinter dem letzten Nebelfänger stieg die Temperatur an. Laenea empfand die Wärme als Wohltat. Sie ließ das feuchte Cape von den Schultern gleiten, und Radu folgte ihrem Beispiel. Ein junger Mann, eigentlich noch ein Knabe, mit glatten Wangen und großen Augen, kam zu ihnen und erbot sich, das Cape abzunehmen. Als er die Narbe zwischen Laeneas Brüsten gewahrte, starrte er sie voller Neugier und Bewunderung an. »Pilotin ...« staunte er. »Willkommen, Pilotin.«

»Danke. Wessen Feier ist das?«

Der Junge, dem es die Sprache verschlagen hatte, schaute über die Schulter und zeigte auf Kathell Stafford, die auf sie zuschwebte, gefolgt von ihrem weißen Tiger.

Graue Strähnen durchzogen Kathells Haar, wie die Silberfäden, die in ihr Seidenkleid eingewirkt waren. Unter ihrer leicht gebräunten Haut schimmerten blaue Venen.

»Dein Besuch ehrt mich«, sagte sie. »Ich hatte gehört, du seist im Training.«

Laenea entdeckte in Kathells Stimme denselben respektvollen, schmeichlerischen Unterton wie bei dem Ladenbesitzer. Sie ergriff Kathells Hände.

»Ich bin immer noch die alte«, entgegnete sie. »Ich habe mich nicht verändert.«

Kathells winzige, zerbrechliche Finger zitterten in Laeneas festem Griff.

»Doch, das hast du wohl«, widersprach sie. »Du bist jetzt Pilotin.«

Befangen ließ Laenea sie los.

Die anderen Gäste, die eine Abwechslung witterten, sammelten sich um sie. Laenea kannte sämtliche Techniken, sich an Crew-Mitglieder oder Piloten heranzumachen: die schüchterne, dreiste oder anhimmelnde Art der Kinder, die salbadernde Jovialität mancher Erwachsener, und die aufgesetzte Blasiertheit der Reichen.

Sie erkannte nur wenige der Leute, die sich hinter Kathell zusammenscharten. Da sie groß war, schaute sie auf die meisten herab, und beinahe wünschte sie sich, sie hätte mit Radu einen Bogen um die Nebelfänger geschlagen, anstatt mitten in die Party hineinzuplatzen. Der hemmungslosen Schwärmerei, die man Piloten entgegenbrachte, fühlte sie sich noch nicht gewachsen, zumal sie fand, daß sie noch gar kein Lob verdient hatte. Die Gäste waren ihr in jeder Hinsicht überlegen, sie waren schöner, besser gekleidet, hatte eine höhere Bildung; trotzdem buhlten sie um ihre Gunst, sonnten sich ein wenig im Abglanz dessen, was ihnen verwehrt war.

Sie sah das Verrinnen der Zeit in ihren Gesichtern, rasend schnell spulten sich die Sekunden ab. Plötzlich empfand sie Mitleid.

Kathell stellte ihr jeden Gast vor. Später konnte sich Laenea höchstens noch an jeden zehnten Namen erinnern. Radu stand abseits, durch die Meute von ihr getrennt, alle um einen halben Kopf überragend. Jemand reichte Laenea ein Glas Champagner. Man umringte sie, wartete darauf, daß sie etwas sagte. Sie merkte, daß sie mit diesen Personen genauso wenig gemein hatte wie mit ihrer ehemaligen Crew. Auch ein Lächeln vermochte ihr Unbehagen nicht zu überspielen.

Ein Mann trat zu ihr und schüttelte ihr die Hand. »Ich wollte schon immer eine Aztekin kennenlernen …«

Sein Redefluß verebbte, als Laenea die Stirn runzelte. Sie wollte nicht kleinlich wirken, deshalb unterdrückte sie ihren Groll. »Ich bin Pilotin, schlicht und einfach.«

»Aber die Azteken …«

»Die Azteken opferten die Herzen ihrer Gefangenen«, stellte Laenea richtig. »Wir haben selbst unsere Entscheidung getroffen und betrachten uns gewiß nicht als Menschenopfer.«

Sie wandte sich ab und beendete das Gespräch, ehe er mit einer läppischen Bemerkung kontern konnte. Laenea fröstelte und wünschte sich weit weg von diesem dichten Pulk aus reichen, souveränen, unfreien Menschen. Sie sehnte sich nach Ruhe und Einsamkeit.

Plötzlich stand Radu neben ihr. Laenea ergriff seine ausgestreckte Hand. Er sagte etwas zu Kathell, das im Rauschen in ihren Schläfen unterging. Kathell nickte und bahnte ihnen einen Weg durch die Menge. Vor ihrer Gastgeberin teilte sich die Menschentraube bereitwillig, man schuf Platz für Kathell und ihren Tiger, aber Kathell marschierte vornweg. Laenea und Radu folgten ihr.

Sie durchschnitten die unterschiedlichsten Aromazonen. Es duftete abwechselnd nach Minze, nach Nelken, nach Fichtennadeln, Moschus und Orangenblüten, wobei die Grenzen zwischen den einzelnen Dünsten scharf umrissen waren.

Dann gelangten sie in den Pavillon. Ehe sich ihnen jemand anschließen konnte, zog Radu die Eingangsklappe zu. Sofort hörte Laenea auf zu frieren. Wahrscheinlich herrschte im Festzelt dieselbe Temperatur wie draußen, doch die lichtabstrahlenden Wände vermittelten ihr das Gefühl, vor den mächtigen kalten Meeresströmungen geschützt zu sein.

Dankbar ließ sie sich in einen weichen Sessel sinken. Der weiße Tiger legte sein Kinn auf ihre Knie, und sie streichelte seinen wuchtigen Kopf.

Kathell nahm ihr das leere Champagnerglas ab und gab ihr etwas anderes zu trinken. Laenea probierte einen Schluck. Warmer Milchpunsch. Ein Wink, daß sie zu Bett gehen sollte.

»Ich komme gerade aus dem Krankenhaus«, erzählte sie. »Wahrscheinlich habe ich mich ein bißchen übernommen. Ich bin noch nicht gewöhnt an …« Mit der freien Hand vollführte sie eine allumfassende Geste, die besagen sollte: an den neuen Körper, an die wiedergewonnene Freiheit, an Radu. Plötzlich sah sie alles verschwommen, und sie schloß die Augen.

»Bleib ein Weilchen hier«, riet Kathell.

Laenea gab keine Antwort; sie fühlte sich angenehm träge und schläfrig. Willentlich verlangsamte sie ihr Herz und ließ die Arterienmuskeln erschlaffen. Blut strömte durch die erweiterten Kapillaren, rötete ihre Wangen und vermittelte ihr eine wohlige Wärme.

Laenea war es, als ob Kathell noch mehr zu ihr sagte, doch ihre Worte verloren sich im Raunen gedämpfter Stimmen, im Säuseln des Windes und der See. Sie spürte nur noch die flauschigen Polster, die laue, würzige Luft und das seidige Fell des weißen Tigers.

Die Zeit verging; wieviel und in welchem Tempo, wußte Laenea nicht. Sie schlief, geborgen und ohne Angst; ihr Schlummer war tief und traumerfüllt, und sie rührte sich kaum, als man sie bewegte. Sie murmelte etwas, und man sprach ihr beruhigend zu; an die Worte sollte sie sich später nicht mehr erinnern, wohl aber an den Tonfall. Wind und Kälte griffen nach ihr und wurden verscheucht. Sie empfand eine leichte Beschleunigung. Dann nickte sie wieder ein.

Nachdem Orca die lange Strecke von Harmony zum Raumhafen geschwommen war, fühlte sie sich ermattet. Sie paddelte zu der Stelle, wo die Fähre andockte, dem Schnittpunkt von Luft, Wasser und der Metallrampe. Die atmosphärische Welt hatte sie wieder. Ihr Stoffwechsel verlangsamte sich, und sie fror. Weit drunten im Ozean spürte sie niemals die Kälte.

Sie richtete sich auf und schüttelte sich das Wasser aus dem kurzen blonden Schopf. Bald nach ihr traf eine Fähre ein. Geräuschlos wurden die Segel gerefft, und mit einem leisen Seufzer sank der Schiffsrumpf tiefer ins Wasser. Orca beeilte sich, das Deck zu erreichen. Schwimmern und Tauchern war es streng verboten, auf diese Weise an Bord zu gehen, doch Orcas Leute benutzten den Pier, als sei er eigens für sie gebaut worden. Lediglich einlaufenden und ablegenden Fähren wichen sie aus, doch das verstand sich von selbst.

Wenn sich die Hafenbehörden wieder einmal zu einer Beschwerde aufrafften, erneuerte der Rat der Taucher seinen Antrag, eine Unterwasser-Einstiegsluke zu ihrem Quartier im Stabilisatorschacht anzubringen. Seit Jahren gab es dieses Hin- und Hergezerre über das, was erlaubt war und was nicht. Orca kümmerte sich nicht um diesen Disput und ging an Bord, wie immer es ihr beliebte, ob über die Andockstelle, die Zugangsleiter oder einen Lift im Fischereihafen.

Die Nachmittagsbrise peitschte kleine Wellen gegen die Wand der künstlichen Insel und trocknete die Wassertropfen im feinen Haarflaum an Orcas Armen und Beinen. Sie streckte sich und reckte ihre mit Schwimmhäuten versehenen Hände der Sonne entgegen.

Als die Fähre wieder auslief, hatte sie die Rampe längst verlassen. Nackt und barfuß tappte sie in das Blockhaus und drückte auf den Knopf, um den Aufzug zu holen. Um diese Zeit, mitten am Nachmittag, waren viele Leute unterwegs. Hafenarbeiter und Crew-Mitglieder fanden den Anblick einer unbekleideten Taucherin nicht ungewöhnlich, doch ein paar Touristen blieben stehen und gafften. Orca beachtete sie nicht. Nur mit dem Aufzug gelangte man zum Quartier der Taucher, und der Weg zum Lift führte über ein Gebiet mit reichlich Publikumsverkehr. Im Traum wäre es Orca nicht eingefallen, zum Schwimmen über eine lange Distanz einen Neoprenanzug oder sonst etwas anzuziehen. Für einen Taucher war diese Vorstellung lächerlich.

Gelegentlich beklagte sich ein Tourist bei der Hafenbehörde, und die Hafenbehörde gab die Beschwerde an den Rat der Taucher weiter. Dieses Gremium befaßte sich ernsthaft mit der Kritik – und stellte einen neuen Antrag auf einen Unterwasser-Eingang. Mittlerweile war daraus eine Art Spiel geworden.

Sich nackt in der Öffentlichkeit zu zeigen, machte Orca nichts aus. Sie wußte, daß einige Leute daran Anstoß nahmen, aber deren Gründe fand sie absurd. Ehe sie im Alter von dreizehn Jahren ihren ersten Ausflug in die Welt der Menschen unternahm, hatte sie außer einem Gürtel für ihr Messer noch nie etwas anderes an ihrem Körper getragen. Sie hatte Jahre gebraucht, um sich an Kleidung zu gewöhnen, und wenn sie jetzt etwas anzog, dann tat sie es, um sich zu schmücken, und weniger, um ihre Blöße zu bedecken.

Der Lift hielt, und Orca betrat die Kabine. Sie hatte es eilig, in das Quartier der Taucher zu gelangen, denn sie war völlig ausgehungert. Was sie sich wünschte, war ein halbes Kilo gegrillter Lachs und hinterher ein paar Süßigkeiten. In den Küstengewässern gab es kaum noch Fische. Sie hatte von ein paar größeren Schwärmen gehört, doch die zogen alle in Richtung des Raumhafens.

Nun, da sich ihr Metabolismus auf die normale Atemluft eingestellt hatte, bibberte sie im kühlen Strom der Klimaanlage. Sie bekam eine Gänsehaut, und ihre Brustwarzen verhärteten sich. Fröstelnd kreuzte sie die Arme über ihrem kleinen Busen.

Seit sie aus dem Wasser gestiegen war, leuchtete ihr Nachrichtensignal, ein winziger Lichtpunkt direkt hinter ihren Augen. Über ihrem inneren Kommunikator ließ sie die Neuigkeiten abspulen. Sie rollten über einen Bildschirm, den sie sich in Gedanken vorstellte, und sie las sie flüchtig durch.

Über ein paar Zeilen von einer Freundin freute sie sich; der Informationsmüll, der beliebig in jedem Hafen verteilt wurde, machte sie wütend. Sie löschte jeden Werbeslogan, sobald sie ihn als solchen erkannte. Die Leute, die sie schrieben, gingen immer raffinierter vor. Orcas Nachrichtenspeicher enthielt einen starken Filter, der Reklamesendungen und ähnliche Makulatur aussortierte, aber manche Anzeigen waren so formuliert, daß sie das Programm täuschten und sich hindurchmogelten. Orca nahm sich vor, es umzuschreiben und die Kriterien enger zu fassen. Es war eine Spirale ohne Ende.

Eine Nachricht irritierte sie besonders: »Das Piloten-Auswahlkomitee hat einen Termin anberaumt …«

Ach, laßt mich doch in Ruhe, dachte sie und würgte die Botschaft ab. Der Nachrichtenspeicher erhielt den Befehl, auch diese Information zu tilgen. Die Administratoren glaubten, sie würde eine gute Pilotin abgeben. Sie war es leid, ihre Einladungen abzulehnen; jetzt ignorierte sie sie einfach. Am liebsten hätte sie eine Blockade eingespeichert, aber es wäre unklug gewesen, die Benachrichtigungen seines Arbeitgebers zurückzuweisen.

Diesen ständigen Verlockungen ausgesetzt zu sein, wurmte sie; und sie *war* in Versuchung, das stritt sie gar nicht ab.

Orca konnte ein Mitglied der Crew sein und gleichzeitig Taucherin bleiben. Sie bezweifelte jedoch, daß ein Pilot den körperlichen Strapazen des Tauchens noch gewachsen war. Da es keinen Präzedenzfall gab, vermochten die Administratoren ihr keine verbindliche Auskunft zu geben, ob ein mechanisches Herz Tiefseetauchen zuließ; man konnte nur raten und sich auf Simulationen berufen. Man schätzte jedoch, daß die Maschine versagen würde, und Orca schloß sich dieser Meinung an. Sie wollte bleiben, wie sie war, und sie wünschte sich, das Komitee möge den Versuch aufgeben, ihre Entscheidung zu beeinflussen.

Der Lift hielt auf der Taucher-Etage, die Türen öffneten sich und Orca betrat das Foyer. Ihre Füße versanken in dem weichen Teppich. Aus einem Spind holte sie sich etwas zum Anziehen, legte die Sachen und ihr Messer in ein freies Schlafzimmer und marschierte in die Küche. Ein Freund von ihr, der zu einer anderen Taucherfamilie gehörte, saß am Tisch, mampfte ein Sandwich und sah fern. Es lief eine uralte Wiederholung aus der Zeit, als es noch flache Bildschirme gab.

»Hallo, Gray.«

»Hallo«, erwiderte er mit vollem Mund.

Orca mochte Gray, zumal er recht gut aussah. Für einen Taucher war er überdurchschnittlich groß. Er besaß blaßgrüne Augen, und sein von der Sonne hellgesträhntes, unmodisch langes Haar hatte er mit einer silbernen Kordel im Nacken zusammengefaßt. In Orca regte sich das vertraute sexuelle Verlangen. Wann immer zwei Taucherfamilien zusammenkamen, sonderten sich die Jugendlichen ab, um miteinander zu spielen. Diese Sitte hielt sich auch hier, im Raumhafen, wenn sich Mitglieder verschiedener Familien trafen.

Orca stellte sich Grays lange Haare vor, wie sie sich auf einem Kissen oder im Wasser ausbreiteten.

Sie holte zwei Lachssteaks aus dem Kühlschrank, warf sie auf den Grill, öffnete eine Flasche Champagner, schenkte sich einen Becher voll ein und setzte sich hin. »Darf ich mal abbeißen?«

Gray grinste und gab ihr die Hälfte von seinem Sandwich. »Jemand, der Champagner aus einem Becher trinkt, *verdient* Erdnußbutter und Gelee als Appetithäppchen.«

Sie nahm einen Bissen von dem Sandwich und trank einen Schluck Champagner. »Nicht schlecht.« Sie bot ihm den Becher an. »Möchtest du mal kosten?«

Er schüttelte den Kopf. »In einer Minute kommt *Der Mann von Atlantis*.«

»Ach, tatsächlich? Welche Folge?«

»Die mit dem fliegenden Riesenoktopus.«

Orca füllte ihren Becher nach, wendete die Lachssteaks auf dem Grill und richtete sich ein, den alten Streifen anzugucken. Er war gefilmt worden, als es noch keine Taucher gab und wimmelte von Fehlern. Orca liebte die Serie. Jeder Taucher, den sie kannte, hatte seine helle Freude daran, ausgenommen ihr Vater, der es für unter seiner Würde hielt, sich mit diesem Schund zu befassen, und obendrein fand, das Anschauen dieses Machwerks sei »politisch unkorrekt«. Wenn man die Sendung unter Wasser ausstrahlte, sahen die Cousins und Cousinen auch manchmal zu, aber sie reagierten mit Verwirrung.

»Er ist wirklich hübsch«, meinte sie während einer Dialogpause, als Mark Harris, der Held, den fliegenden Riesenoktopus bedrängte, dem schurkischen Mr. Schubert nicht bei seinem Plan zu helfen, die Welt zu beherrschen, und der Oktopus Mark Harris mit kleinen quietschenden Lauten der Zuneigung traktierte.

Orca gefielen die Folgen mit Mr. Schubert viel besser als die Episoden, in denen die Marine Mark Harris einen militärischen Auftrag erteilte, den er dann prompt ausführte. Als sie noch Kinder waren, erfanden Orca und ihr Bruder Geschichten und ließen Mark Harris den Militärs sagen, wohin sie sich ihre dämlichen Ansinnen stecken konnten. Danach schwamm er fort und führte einen Guerrillakrieg gegen die Lander, bis sämtliche in Gefangenschaft verkümmernden Wale befreit und alle Walfangschiffe vertrieben waren; die öffentliche Meinung wurde dahingehend beeinflußt, auf mit Schiffsschrauben angetriebene Boote zu verzichten, damit wieder Frieden in die Meere einkehrte. Das kam der authentischen Vergangenheit ihres Volkes viel näher. Doch selbst als Kind hatte sie Mark Harris verziehen, obwohl er all diese Dinge versäumt hatte. Denn im Gegensatz zu den echten Tauchern war er ganz auf sich allein gestellt.

Orca legte ihre gegrillten Lachssteaks auf einen Teller und schickte sich an, sie beim Fernsehen zu verputzen. Sie schlürfte ihren Champagner und ergötzte sich an den prickelnden Perlen, die ihr den Alkohol rasch zu Kopf steigen ließen. Leicht angesäuselt konnte sie den *Mann von Atlantis* noch viel intensiver genießen.

»Möchtest du heute nacht bei mir schlafen?« fragte sie Gray.

»Klar«, antwortete er und stibitzte einen Happen von ihrem Fisch.

Laenea erwachte allmählich; sie fühlte sich erwärmt bis ins Mark. Ein kürzlich erlebter Traum blendete sich halb in ihr Bewußtsein, um gleich darauf wieder davonzudriften, keine Spuren hinterlassend, außer der Erinnerung an sein Vorbeiwehen. Entspannt schloß sie die Augen, um den Traum einzufangen, wenn er wiederkehrte; sie wußte nur, daß sie darin ein Schiff durch den Transit navigiert hatte; an Einzelheiten konnte sie sich nicht erinnern – noch nicht. Eine nervöse Erregung beschlich sie und verscheuchte den letzten Rest von Müdigkeit. Ihr Herz surrte geschwind und schien Hitze abzustrahlen, obwohl es das genausowenig konnte wie ihr Blut zu kühlen.

Im Zimmer war es dämmrig. Sicher war nur, daß sie nicht wieder in einem Krankenhaus lag. Die Luft war nicht übersättigt mit dem strengen, scharfen Geruch von Desinfektionsmitteln und Medikamenten, sondern es duftete zart nach Parfüm. Nicht grober Synthetikstoff, sondern seidenweiche Baumwollaken umhüllten sie. Von der Zimmerdecke her drangen Lichtreflexe zwischen ihre Lider. Sie mußte sich in Kathells Appartement im Punktstabilisator befinden.

Sie stützte sich auf die Ellbogen. Ihre Rippen knackten wie ein alter Parkettfußboden, und von ihrem Brustkorb strahlte ein dumpfer Schmerz in die Schulter- und Beinmuskeln. Mehr vor Überraschung denn vor Pein gab sie einen zischenden Laut von sich. Sie hatte ihren Körper überfordert; sie brauchte Ruhe, keine Aktivität. Langsam ließ sie sich auf das große rote Bett zurücksinken, machte die Augen zu und duselte wieder ein. Dann hörte sie ein raschelndes Geräusch.

»Geht es dir gut?«

Die Stimme hätte sie erschreckt, wäre sie nicht so nahe darangewesen, einzuschlummern. Sie öffnete die Augen und sah Radu neben dem Bett stehen. Seine Jacke war aufgeknöpft; auf seiner nackten Brust und der Stirn glänzte ein feiner Schweißfilm. Er machte ein besorgtes Gesicht.

Laenea lächelte. »Du bist ja noch da.« Automatisch hatte sie angenommen, daß er unterwegs wäre, um all die interessanten Dinge zu sehen und zu unternehmen, die Besucher bei ihrem ersten Ausflug auf die Erde so faszinierten.

»Ja«, entgegnete er. »Natürlich.«

»Du hättest ruhig gehen können ...« Dabei wollte sie, daß er blieb.

Seine Hand auf ihrer Stirn fühlte sich kühl und lindernd an. »Ich glaube, du hast Fieber. Sollte ich nicht lieber jemanden benachrichtigen?«

»Ich habe mich überanstrengt, das ist alles ...« Abermals wollte sie der Schlaf übermannen, doch träumerisch und neugierig fragte sie: »Warum bist du geblieben?«

Bedächtig und wie aus weiter Ferne antwortete er:

»Weil ich bei dir sein wollte. Ich erinnere mich an dich …«

Sie verstand nicht, was er meinte, doch sie vermochte nicht länger dem Schlaf zu trotzen.

Radu hockte auf der Bettkante und strich Laenea eine Haarlocke aus der Stirn. Sie merkte nichts davon. Er war froh, daß sie zwischendurch aufgewacht war, wenn auch nur für kurze Zeit, denn er hatte sich schon Sorgen gemacht. Seit Kathells Gehilfe sie hierhergebracht hatte, lag Laenea da wie tot, doch auch Radu rührte sich kaum vom Fleck. Nun, da er wußte, daß ihr nichts fehlte, stand er auf und streckte sich.

Das riesige Schlafzimmer bot Platz genug zum Auf- und Abgehen, doch er wollte Laenea nicht stören. Leise öffnete er die Tür. Im Korridor war niemand. Das Appartement war so groß, daß er achtgeben mußte, um sich nicht zu verlaufen. Vor ein paar Fotos an einer Wand blieb er stehen: Kathells verkrüppelter weißer Tiger, signierte Porträts, ein kleines Luftschiff. Die Hülle ihres Zeppelins war golden, die Gondel schwarz. Kein Vergleich zu dem geflickten uralten Fluggerät, mit dem Radu auf Twilight geflogen war, aber das Bild beschwor angenehme Erinnerungen herauf. Jener Sommer, ein Jahr vor der Pest, war der schönste seines Lebens gewesen. Mit fünfzehn hatte er eine ganze Saison lang ein Luftschiff zu seiner Verfügung gehabt. Er bereiste den gesamten westlichen Kontinent, freier und ungebundener als je zuvor; selbst in der Crew eines Sternenkreuzers hatte er diese euphorische Aufbruchsstimmung nicht kennengelernt. Gern hätte er gewußt, ob Laenea das Herumvagabundieren in einem Luftschiff auch gefiel.

Eine Zeitlang sah er sich noch in dem Appartement um, fand jedoch niemanden, mit dem er sich unterhalten konnte. Umgeben von derart unerbittlichem Luxus kam er sich linkisch vor. Er ging in Laeneas Zimmer zurück, setzte sich neben ihr Bett und wartete.

Als Laenea dieses Mal erwachte, fühlte sie sich ausgeruht. Schmerzen und Beschwerden waren über Nacht vergangen – oder während des Tages; sie hatte keine Ahnung, wie lange sie geschlafen hatte. Sie wußte nicht einmal, ob sie spätnachts oder frühmorgens zu Kathells Party gestoßen waren.

Sie befand sich in ihrem Lieblingszimmer in Kathells Appartement, von dem ein Raum prächtiger eingerichtet war als der andere. Obwohl Laenea persönlich nicht viel Wert auf Zierat legte, liebte sie dieses ganz in Scharlachrot und Gold gehaltene Gemach mit seiner aufdringlichen Vitalität, seinem dionysischen Flair.

Selbst die Aquarien in den Wänden beherbergten Fische mit goldenen Schuppen und einer juwelengleichen Lumineszenz. Die exquisiten Formen und Farben entlockten Laenea schieres Entzücken. Sie setzte sich hin und schlug die Decken zurück, dann gähnte sie und räkelte sich in kreatürlichem Wohlbehagen. Als sie den schlafenden Radu sah, der in dem roten Plüschsessel alle viere von sich streckte, klappte sie überrascht den Mund zu, weil sie ihn nicht wecken wollte. Geräuschlos stand sie vom Bett auf, holte sich einen Morgenmantel aus dem Schrank und tapste ins Bad.

Nach dem Baden fühlte sie sich wohl; zum ersten Mal seit der Operation konnte sie tief durchatmen. Den Verband hatte sie entfernt, damit er nicht naß wurde, und da ihre Rippen ohne Bandage nicht ärger schmerzten als mit der Binde, legte sie sie nicht wieder an.

Als sie ins Schlafzimmer zurückkam, war Radu wach.

»Guten Morgen.«

»Es ist noch nicht einmal Mitternacht«, erwiderte er lächelnd.

»Wie lange habe ich geschlafen?«

»Den Rest der letzten Nacht und den ganzen Tag.«

»Wo ist Kathell?«

»Keine Ahnung. Sie brach mit ihrer Clique zu

irgendeinem anderen Ort auf. Sie bittet dich, hierzubleiben so lange du möchtest.«

Laenea kannte Leute, die für Kathell beinahe alles getan hätten; aber ihres Wissens hatte Kathell noch nie jemanden um etwas gebeten. Sie war verblüfft.

»Wie, um alles in der Welt, habt ihr mich in das Appartement geschafft? Bin ich gelaufen?«

»Wir wollten dich nicht wecken. Wir legten dich auf einen großen Servierwagen und karrten dich hierher.«

Laenea lachte. »Ihr hättet mir noch eine Blume zwischen die gefalteten Hände stecken und so tun sollen, als hieltet ihr bei mir Totenwache.«

»Jemand machte diesen Vorschlag.«

»Schade, daß ich geschlafen habe – ich hätte zu gern die Gesichter der Lander gesehen, als ihr mich an ihnen vorbeischobt.«

»Wenn du wach gewesen wärest, hätte man dich nicht für tot gehalten.«

Wieder lachte Laenea, und dieses Mal stimmte Radu mit ein.

Wie immer hingen in den wuchtigen Kleiderschränken alle möglichen Sachen in den unterschiedlichsten Größen. Mit der Hand strich Laenea über eine Reihe von Kleidungsstücken und verharrte bei einem Stoff, der sich angenehm anfühlte. Sie entschied sich für eine Bluse aus dunkelgrünem Samt mit weiten Ärmeln, die sie am Hals bis zum Brustbein offenließ.

»Ich schulde dir noch eine Mahlzeit in einem Restaurant«, sagte sie zu Radu.

»Du schuldest mir gar nichts«, entgegnete er viel zu ernst.

Mit einem Ruck schloß sie die Gürtelschnalle und stieg in ihre Stiefel. Sie war wütend. »Obwohl du mich nicht kennst, bist du am allerersten Tag deines ersten Ausflugs zur Erde bei mir geblieben und hast dich um mich gekümmert. Findest du nicht, daß ich … findest du nicht, daß es sich so gehört, wenn ich dir dafür ein

Essen spendiere?« Sie funkelte ihn an. »Aus freien Stücken!«

Er zögerte; ihr Ausbruch überraschte ihn. »Ich nehme die Einladung dankend an«, sagte er gedehnt. Ihre Blicke begegneten sich, und als sich ihre Miene erhellte, lächelte er wieder. Laeneas Zorn verrauchte.

»Dann komm mal mit«, forderte sie ihn auf.

Unbeholfen stemmte er sich aus dem Polstersessel hoch. Kathells Möbel waren nicht geeignet für Leute von seiner oder Laeneas Statur. Sie half ihm beim Aufstehen, und ihre Hände verschränkten sich ineinander.

Die Stadt, die sich in dem Punktstabilisator ausbreitete, hatte zwei völlig verschiedene Gesichter. Zum einen stellte sie eine lärmige, bunte Welt für Touristen dar, dahinter verbarg sich eine diskrete, reibungslos funktionierende Dienstleistungsgesellschaft. Normalerweise liebte Laenea es, neue Restaurants auszuprobieren, doch dieses Mal suchte sie eines auf, das sie gut kannte. Experimente in dieser Hinsicht waren nicht immer ein Erfolg. Die Qualität der einzelnen Lokale war so weit gefächert wie die Kulturen, die hier zusammentrafen.

Vor ein paar Jahren hatte *Marc's* als heißer Tip gegolten; diese Zeiten waren vorbei, doch der Besitzer machte sich nichts aus Modetrends. Ob Piloten oder Prinzen, ob Crew-Mitglieder oder Diplomaten, jeder konnte kommen oder gehen wie es ihm beliebte; falls Marc bestimmte Gäste bevorzugte, so behielt er es für sich.

Laenea führte Radu in das schummrige Foyer des Restaurants und drückte auf einen Knopf. Kurz darauf leuchtete vor ihnen ein Muster aus buntschillernden Lichtern auf, als hätte man Ölfarbe in Wasser gekippt.

»Hallo, Marc«, grüßte Laenea.

Lediglich an der perfekten Modulation von Marcs Stimme merkte man, daß sie künstlich war. Anfangs hatte Laenea die akribische Aussprache imitiert, doch unbewußt war sie dazu übergegangen, Marc für einen Menschen zu halten, der übertrieben viel Wert auf Präzision legte.

Das Farbenspiel erstrahlte in einem hellen Gelb. »Laenea!« rief Marc. »Schön, dich nach so langer Zeit wieder zu sehen. Und als Pilotin obendrein!«

»Ich freue mich auch, daß ich wieder hier bin.« Sie zog Radu einen Schritt nach vorn. »Das ist Radu Dracul von Twilight. Er ist zum ersten Mal auf der Erde.«

»Hallo, Radu Dracul. Ich hoffe, Sie finden uns nicht zu verderbt oder zu langweilig.«

»Weder noch«, antwortete Radu.

Der Oberkellner kam, um sie an einen Tisch zu führen.

»Willkommen!« sagte Marc, anstatt sich zu verabschieden. Das Gelb verwirbelte zu grünen und blauen Schlieren, verblaßte dann und verschwand.

Ihr Tisch wurde vom blauvioletten Widerschein der Lichter erhellt, die sich allmählich im Meer verloren, und am Fenster drängelten sich Fische wie Maulaffen feilhaltende hungrige Straßenkinder.

»Marc hat eine ... ungewöhnliche Art, sich zu präsentieren«, meinte Radu.

»Ja«, pflichtete Laenea ihm bei. »Er kommt nie zu einem heraus und keiner geht zu ihm. Den Grund dafür kenne ich nicht. Manche sagen, er sei entstellt, andere behaupten, er litte an einer unheilbaren Krankheit und müsse den Kontakt mit Menschen meiden. Immer wieder taucht ein neues Gerücht auf. Aber er spricht nie über sich und jeder hütet sich, ihm eine persönliche Frage zu stellen.«

»Auf der Erde scheint man die Privatsphäre mehr zu respektieren als anderswo«, kommentierte Radu trokken, als hätte er selbst Erfahrungen mit neugierigen Schnüfflern gesammelt.

Nun, da Laenea darüber nachdachte, fiel ihr ein, daß

Marc sie erst nach ihrem vierten oder fünften Restaurantbesuch angesprochen hatte.

»Ich glaube nicht, daß es an den Leuten liegt«, meinte sie. »Er möchte sich vor irgend etwas schützen.«

Sie reichte Radu eine Speisekarte und schlug die ihre auf. »Was möchtest du essen?«

»Muß ich mir von dieser Liste etwas aussuchen?«

»Ja.«

»Und dann?«

»Dann kocht es jemand und ein anderer bringt es an deinen Tisch.«

Radu studierte die Karte und schüttelte leicht den Kopf; aber er enthielt sich jeden Kommentars.

Laenea bestellte für sie beide, da Radu die angebotenen Gerichte nicht kannte.

Sie kostete auch den Wein. Er schmeckte ausgezeichnet; sie stellte ihr Glas auf den Tisch und gestattete dem Kellner nachzufüllen. Radu sah aufmerksam zu, wie die dunkelrote Flüssigkeit in dem Kristallkelch anstieg.

»Ich hätte dich fragen müssen, ob du Wein trinkst«, sagte Laenea. »Aber probier ihn wenigstens.«

Rasch hob er den Blick; vielleicht hatte er gar nicht den Wein angestarrt, sondern war in irgendwelche innere Betrachtungen versunken gewesen. Er nahm das Glas, hielt es hoch, schnupperte daran und nippte einen Schluck.

»Jetzt verstehe ich, warum bei uns zu Hause Wein so selten getrunken wird.«

Laenea kostete ein zweites und drittes Mal, fand aber an dem Tropfen – nichts auszusetzen. »Nun ja, wenn du ihn nicht magst …«

Er lächelte. »Twilight ist dafür bekannt, daß dort der schlechteste Wein im gesamten besiedelten Universum erzeugt wird. Jetzt, da ich diesen Wein probiert habe, weiß ich, daß die Behauptung stimmt.«

Laenea schmunzelte und prostete ihm mit ihrem Glas zu. Sie war so ausgehungert, daß ihr der Alkohol bereits zu Kopf stieg. Auch Radu mußte hungrig sein, oder er war an Hochprozentiges nicht gewöhnt, denn er baute seine Hemmungen ab. Er entspannte sich; man hatte nicht länger den Eindruck, er könne jeden Moment aufspringen, den Kellner beim Arm packen und ihn fragen, wieso er hier sei und banalen Leuten aus banalen Gründen banale Dienste leistete. Obwohl er Laenea immer noch unverwandt ansah – manchmal schien er sie regelrecht zu fixieren – konnte er ihr jetzt frei in die Augen schauen, wenn ihre Blicke sich kreuzten.

Seine Aufmerksamkeit störte sie nicht, sie fand sie nur unerklärlich. Sie hatte sich schon zu vielen Männern hingezogen gefühlt, und nicht selten erwiderte ein Mann ihre Gefühle. Radu war ungemein attraktiv. Doch was er für sie empfand, was er von ihr wollte, ging weit über sexuelle Begierde hinaus.

Schweigend aß Laenea und genoß den Wein. ohne eine Erklärung für Radus ungewöhnliches Verhalten zu finden. Die Spannung wuchs, bis sie Laenea, zuerst kaum wahrnehmbar, dann ganz deutlich, von Radu entfremdete. Mit gespieltem Gleichmut saß er da, einen Arm auf den Tisch gelegt, die Faust geballt. Seine Suppe hatte er nicht angerührt.

»Du …«, hob er unvermittelt an.

»Ich …«, begann sie gleichzeitig.

Beide brachen ab. Radu blickte erleichtert drein. Nach einer Weile fuhr Laenea fort:

»Du bist gekommen, um dir die Erde anzusehen, aber du hast noch nicht einmal den Hafen verlassen. Für dich gibt es doch sicher Interessanteres zu tun, als mich beim Schlafen zu beobachten.«

Er drehte den Kopf zur Seite, öffnete langsam die Faust und berührte mit einer Fingerspitze sein Glas. Dann sah er Laenea wieder an.

»Das ist eine neugierige Frage, aber ich finde, ich habe das Recht, sie zu stellen.«

»Ich wollte bei dir sein«, erwiderte er bedächtig. Laenea entsann sich, daß sie im Halbschlaf dieselben Worte gehört hatte.

»›Ich erinnere mich an dich‹, hast du gesagt.«

Er wurde rot. »Ich hatte gehofft, du hättest das schon vergessen.«

»Verrat mir, was du damit gemeint hast.«

»Das klingt alles so töricht, kindisch und romantisch.«

Fragend hob sie eine Augenbraue.

»Seit gestern kommt es mir vor, als lebte ich in einem bizarren Traum …«

»Kein Alptraum, hoffe ich.«

»Du hast mir etwas geschenkt, nach dem ich mich seit Jahren sehne.«

»Geschenkt? Was denn?«

»Deine Beachtung. Dein Lächeln. Deine Zeit …« Er sprach sehr leise und stockend. »Als die Seuche Twilight heimsuchte, starb mein gesamter Clan, acht Erwachsene und vier Kinder. Um ein Haar wäre ich auch ums Leben gekommen …« Mit den Fingern strich er über seine zerklüftete Wange. Eine unbewußte Geste, vermutete Laenea. »Doch dann traf das medizinische Team ein, isolierte das Kryptovirus und stellte einen Impfstoff her. Ich war bereits krank, aber ich genas wieder. Die Crew dieser barmherzigen Mission …«

»Wir blieben mehrere Wochen«, ergänzte Laenea. Immer mehr Einzelheiten ihres Aufenthaltes auf Twilight kehrten zurück: Siedlungen, die kurz vor dem Zusammenbruch standen; Schwerkranke, die sich abquälten, um den Sterbenden zu helfen.

»Du warst das erste Crew-Mitglied, das ich sah. Die erste Person von einer anderen Welt. Du hast mein Volk gerettet und mir die Gesundheit wiedergegeben.«

»Radu, ich war es nicht allein.«

»Ich weiß. Das wußte ich auch damals schon. Aber es spielte keine Rolle. Ich war lange Zeit krank gewesen, und als ich endlich wieder zu mir kam und spürte, daß ich überleben würde, fiel das kaum ins Gewicht. Ich hatte Angst, trauerte um die Verstorbenen und fühlte mich mutterseelenallein. Ich brauchte ... jemanden ... den ich bewundern konnte. Und du warst da. Du gabst mir Halt in diesem Chaos, du warst meine Heldin ...« Er verstummte, als Laenea lächelte. »Es fällt mir nicht leicht, das zu sagen.«

Laenea langte über den Tisch und umfaßte sein Handgelenk. Sein Puls schlug in einem sonderbaren fiebrigen Takt. Ihr fiel nichts ein, was sie ihm hätte sagen können, ohne gönnerhaft oder mütterlich zu klingen; und sie wollte weder in dem einen noch in dem anderen Tonfall mit ihm sprechen.

Er hob den Kopf und blickte forschend in ihr Gesicht. »Ich bewarb mich um eine Stelle in der Crew, weil das immer mein Wunsch war, seit ich ... Ich hoffte, ich würde dich wiedersehen, aber im Grunde hatte ich wohl nie wirklich damit gerechnet. Und dann traf ich dich und vergegenwärtigte mir, daß ich ... dir etwas bedeuten wollte ... günstigstenfalls als Freund, und wenn es nicht anders ginge, konnte ich immer noch in derselben Crew wie du mitfliegen. Doch ... jetzt bist du eine Pilotin, und jeder weiß, daß Piloten sich nicht mit einfachen Crew-Mitgliedern abgeben.«

»Piloten sind stolz auf ihr Einzelgängertum«, erwiderte Laenea mit leiser Erbitterung, denn Ramona-Teresas Abweisung schmerzte sie immer noch. Aber dann besann sie sich; hätten die Piloten sie sofort mit offenen Armen aufgenommen, wäre sie Radu Dracul nie begegnet. »Vielleicht brauchen sie die Einsamkeit.«

Radu schaute auf ihre Hand, die die seine bedeckte, und wieder faßte er an seine zernarbte Wange, als wollte er die Spuren der Krankheit fortwischen. »Ich glaube, ich liebe dich, seit ich dich das erste Mal auf

Twilight sah.« Abrupt stand er auf, zog seine Hand jedoch behutsam zurück. »Ich hätte das nicht …«

Sie erhob sich gleichfalls. »Warum nicht?«

»Ich habe kein Recht …«

»Sprich weiter.«

»… etwas von dir zu verlangen. Zu erwarten …« – sich innerlich windend, brach er ab –, »daß du meine Hoffnungen erfüllst.«

»Und was ist mit meinen Hoffnungen?«

Er verstand nicht, was sie meinte. Laenea streichelte seine rauhe Wange; als er vor der Berührung zurückscheute wie ein nervöses Pferd, wiederholte sie die Liebkosung. Langsam glätteten sich die Falten auf seiner Stirn. »Ich habe nicht so intensiv über dich nachgedacht wie du über mich«, sagte sie, »aber ich halte dich für einen gutaussehenden, bemerkenswerten Mann.«

Radu lächelte ohne Humor. »Auf Twilight gelte ich nicht als schön.«

»Dann gibt es auf Twilight genauso viele Narren wie anderswo.«

»Möchtest du … daß ich bleibe?«

»Ja.«

Er setzte sich wieder, wie jemand, der nicht weiß, ob er wacht oder träumt.

»Hast du schon für den nächsten Transit angeheuert?«

»Noch nicht«, antwortete Radu.

»Bis zu meinem Probeflug habe ich einen Monat Zeit.« Sie überlegte, wohin sie mit ihm gehen, welche Sehenswürdigkeiten sie ihm zeigen konnte. »Ich hatte schon Angst, ich müßte die vier Wochen irgendwie totschlagen …« Sie verstummte, denn in der Eingangstür des Restaurants stand Ramona-Teresa und blickte suchend durch den Raum. Als sie Laenea entdeckte, steuerte sie auf sie zu.

Laenea schwieg und runzelte die Stirn; Radu drehte sich um und schien angesichts von Ramonas beeindruckender Erscheinung zu erstarren. Sie strahlte eine charismatische Aura von erhabener Gelassenheit, Entschlußkraft und Stärke aus. Laenea fragte sich, ob die ältere Pilotin bei ihr etwas wiedergutmachen wollte. Doch mittlerweile war sie nicht mehr darauf erpicht, in geheimes Wissen eingeweiht zu werden, lieber löste sie die Rätsel selbst.

An ihrem Tisch blieb sie stehen, Radu ignorierend; das heißt, sie streifte ihn mit einem abfälligen Blick und wandte sich ausschließlich an Laenea. »Sie wollen, daß du zurückkommst.«

Laenea hatte beinahe die Ärzte und Administratoren vergessen, die ihre Flucht nicht so gleichgültig zur Kenntnis nahmen wie die anderen Piloten. »Hast du ihnen verraten, wo ich bin?« Sofort merkte sie, daß sei einen Fauxpas begangen hatte. »Entschuldige bitte.«

»Sie wollen uns dauernd demonstrieren, daß sie uns unter ihrer Fuchtel haben. Manchmal ist es das einfachste, sie in dem Glauben zu lassen.«

»Danke«, erwiderte Laenea, »aber von Tests und Plastikschläuchen habe ich vorerst genug.« Sie fühlte sich in ihrer Freiheit nicht bedroht, denn egal, was sie tat, man würde sie nicht damit bestrafen, daß man sie am Boden zurückbehielt. Dafür war sie viel zu wertvoll. Nicht einmal Verantwortungslosigkeit konnte man ihr vorwerfen, denn jeder wußte, daß Piloten total verrückt waren.

»Deinen Kreditpaß solltest du vorläufig nicht benutzen.«

»Stimmt ...« Angeblich hatte niemand zu den privaten Dateien Zugang, aber mit Geld und Beziehungen ließ sich zweifelsohne jede Sicherheitssperre umgehen. Jetzt wünschte sich Laenea, sie hätte nicht völlig auf Bargeld verzichtet. »Ramona, hast du Bargeld dabei? Könntest du mir welches borgen?«

Ramona warf Radu einen kritischen Blick zu. »Anstatt deinen Dickschädel durchzusetzen, solltest du lieber mit mir kommen.«

Radu lief rot an. Ramona machte keinen Hehl daraus, daß sie ihn schnitt.

»Ich denke nicht daran«, beschied Laenea sie frostig.

Das mattblaue Licht glitzerte silbern auf Ramonas grauen Haarsträhnen, als sie sich wieder Laenea zuwandte und in die Innentasche ihrer Jacke faßte. Sie gab ihr ein zusammengefaltetes Bündel Banknoten. »Ihr jungen Leute habt nie ein Konzept.« Ramona-Teresa zauderte, schüttelte den Kopf und ging.

Laenea stopfte das Geld in ihre Hosentasche. Es fuchste sie mehr, daß Ramona ihr prompt hatte aushelfen können, als daß sie sie um Unterstützung bitten mußte; offensichtlich hatte die ältere Frau damit gerechnet, von ihr angepumpt zu werden.

»Vielleicht hat sie ja recht«, begann Radu zögernd. »Piloten und Crew …«

Wieder faßte sie nach seiner Hand, streichelte sie und fuhr liebkosend die kräftigen, wohlgeformten Finger entlang. »Sie hätte sich nicht so aufplustern dürfen. Was wir tun, geht sie nichts an.«

»Sie ist … ich habe noch nie jemanden wie sie kennengelernt. Es kam mir vor, als sei sie so weit von mir entfernt, daß wir nicht einmal miteinander sprechen könnten.« Er grinste breit; unter seinem struppigen Schnauzer blitzten kräftige weiße Zähne, und in die Wangen gruben sich tiefe Lachfalten. »Falls sie sich je dazu herablassen würde, ein Wort an mich zu richten.« Mit seiner freien Hand strich er über den grünen Samtärmel von Laeneas Bluse. Sie konnte seinen Puls fühlen, der hastig und aufgeregt pochte. Ein angenehmes Kribbeln durchlief Laeneas Arm, wie ein elektrischer Strom.

»Radu, hast du jemals einen Piloten oder Angehörigen der Crew kennengelernt, der *kein* Exzentriker war?

Ich nicht. Wir sind alle überspannt. Der Transit hat Ramona nicht verändert, höchstens eine bereits vorhandene Neigung verstärkt.«

Er erwiderte nichts darauf; von ihrer Behauptung war er genausowenig überzeugt wie sie selbst.

»Im Augenblick ist es ohnehin egal«, fuhr Laenea fort.

Radu blickte nicht mehr so unglücklich drein; aber seine Skepsis blieb.

Rasch beendeten sie ihre Mahlzeit. Vorfreude, Erwartung, hinderten sie daran, das ausgezeichnete Essen gebührend zu würdigen. Laenea wurmte es, daß man versuchte, sie zu bevormunden, und sie klügelte bereits Pläne aus, wie sie ihre Unabhängigkeit behalten konnte.

Ernst war die Situation indessen nicht; es handelte sich eher um eine Frage des Stolzes und des persönlichen Triumphes, sich dem Zugriff der Adminstratoren so lange wie möglich zu entziehen. »Idioten ...«, murmelte sie.

»Vielleicht haben sie einen ganz bestimmten Grund, weshalb sie dich wieder unter Beobachtung stellen wollen«, mutmaßte Radu. Beide dachten voller Spannung an den vor ihnen liegenden Monat. »Möglicherweise gibt es ein Problem, das dir gefährlich werden könnte.«

»Das hätten sie mir längst mitgeteilt.«

»Warum sollst du dann zurückkommen?«

»Wie Ramona sagte – sie wollen beweisen, daß sie uns unter Kontrolle haben.« Sie trank den Rest ihres Brandys; auch Radu leerte sein Glas. Dann standen sie auf und gingen zum Foyer. »Am liebsten würden sie mich in Styropor packen wie eine teure Maschine, bis ich offiziell mein Schiff übernehme.«

Am Ausgang zückte Laenea die geliehenen Geldscheine.

Marcs Bild formierte sich.

»Das Essen geht auf meine Rechnung«, erklärte er. »Zur Feier des Tages.«

Sie fragte sich, ob Ramona ihm von ihrer Zwangslage erzählt hatte. Ebensogut konnten ihn seine eigenen Quellen informiert haben, oder die Gratismahlzeit war ein weiterer Beweis für seine Großzügigkeit. »Ich wundere mich, daß du nicht schon längst pleite bist«, entgegnete sie. »Vielen Dank, mein Freund.«

»Keine Sorge, ich übervorteile die Touristen«, erwiderte Marc; die künstliche Stimme klang so geschmeidig, daß man unmöglich heraushören konnte, ob er in zynischem Tonfall sprach oder einfach nur scherzte.

»Ich weiß noch nicht, wo ich demnächst hinfliegen werde«, erzählte Laenea. »Suchst du vielleicht etwas Bestimmtes?«

»Etwas Spezielles habe ich nicht im Sinn«, antwortete Marc. »Mich reizen alle schönen Dinge ...« Silberne Flocken stoben durch die Luft, wie ein Miniaturschneesturm, der sich aus heiterem Himmel entlud.

»Ich weiß.«

Nach dem Halbdunkel des Restaurants blendete Laenea die Helligkeit in den Korridoren; sie sehnte sich nach einem ruhigen Ausklang des Abends und milden Mondschein. Eng umschlungen, sich gegenseitig wärmend, schlenderten sie und Radu an den kalten Metallwänden vorbei. »Marc ist ein Sammler«, erklärte sie. »Jeder bringt ihm irgendwelche Sachen mit.«

»Schöne Dinge.«

»Ja ... Ich glaube, er umgibt sich gern mit den hübschesten Artefakten von allen möglichen Welten; wie wenn er sich seine eigene Realität schaffen wollte.«

»Die mit unserer Wirklichkeit nichts gemein hat.«

»So ist es.«

»Genau das würden sie mit dir im Krankenhaus anstellen«, sagte Radu. »Dich isolieren, abkapseln, aber du hältst nichts davon.«

»Für mich wäre das nichts; ich bin nicht Marc.«

Er nickte. »Und wohin gehen wir jetzt?«

»Zurück zu Kathells Appartement, jedenfalls für ein Weilchen.« Sie hob die Hand und massierte seinen Nacken. Sein Haar fühlte sich drahtig an. »Was mich am Training am meisten störte, war das absolute Sexverbot.«

Längs seiner herabhängenden Schnurrbartspitzen kerbten sich tiefe Lachfalten in seine Wangen, und um seine Augen zeigten sich Krähenfüße. »Jetzt verstehe ich, warum dich keine zehn Pferde mehr zurückkriegen.«

Als sie die Suite betraten, schaltete Laenea das Licht ein. Spiegel reflektierten die Helligkeit, strahlende Nischen zwischen rotem Plüsch und goldenem Dekor. Sie und Radu standen auf dem silberglänzenden Fußboden, die Hände ineinander verschränkt, einen Augenblick lang befangen wie zwei schüchterne Kinder. Dann wandten sie sich einander zu, die beiden Gestalten in den Spiegeln ignorierend.

Laenea umrahmte mit den Händen Radus Gesicht und streichelte seine narbigen Wangen. Sie küßte ihn, zurückhaltend beim ersten Mal, dann wilder. Sein weicher, prickelnder Bart kitzelte ihre Lippen und die Zunge. Er packte sie bei den Schultern und zog sie sanft an sich. Ihre Hand stahl sich zwischen ihre Körper und schob sich unter seine Jacke; zärtlich erforschte sie seine glatte Haut, die festen Muskeln seines Rückens, seine Taille und die Hüften. Sein Glied hob sich ihr entgegen, drängte gegen ihren Leib. Sein Atem ging schwer.

Anfangs war alles wie immer – und doch vollkommen anders. Ein neues, bislang unbekanntes Phänomen kam hinzu, wenn auch die Bewegungen, Positionen und Liebkosungen die gleichen blieben. Keine Technik war Laenea fremd, stets hatte sie ihr Vergnügen und vorübergehende Befriedigung gefunden. Nie hatte sie etwas vermißt. Sie wußte nicht um die Steigerung der Lust, die von der Persönlichkeit des Partners abhängt.

Über Radu gebeugt, mit ihrer lockigen Mähne sein und ihr Gesicht gleichermaßen einhüllend, in seine lächelnden blauen Augen blickend, fühlte sie sich ihm nahe genug, um seine Gedanken zu lesen und seine Seele zu spüren. Ohne Eile, hingebungsvoll, tauschten sie Zärtlichkeiten aus. Mit zwei Fingern faßte sie sein hartes Glied und ließ es behutsam in sich hineingleiten. Ihre Brustwarzen verhärteten sich, doch anstatt zu pulsieren, spannte sich die Haut empfindsam und prickelnd über den Knospen. Radu wölbte die Hüften und drang tief in sie ein; ein jäher Impuls trieb ihre Erregung in die Höhe; ein Schauer durchlief sie und ließ sie nicht mehr los. Nach Luft schnappend, konnte sie plötzlich nicht mehr ausatmen. Radu küßte ihre Schultern, ihren Halsansatz, streichelte ihren Bauch und knetete ihre Brüste.

»Radu ...«

Ihr Höhepunkt kam übergangslos und heftig; eine Welle durchzuckte sie, und mit einem einzigen kräftigen Stoß preßte sie Radus Hüften auf die Matratze. Er ergoß seinen Samen in sie, während Laenea hemmungslos erschauerte, sich an ihn klammerte, außerstande, sich seinem Rhythmus anzupassen. Doch es machte beiden nichts aus.

Hinterher lagen sie verschwitzt und keuchend nebeneinander.

»Gehört das mit dazu?« Seine Stimme klang unsicher.

»Es scheint so.« Auch ihr merkte man die Verblüffung an. »Kein Wunder, daß sie solch ein Geheimnis daraus machen.«

»Mindert es deine Lust?« Er war drauf und dran, sich für sie zu ärgern.

»Nein, das nicht. Eigentlich ...« Sie wollte ihm

sagen, daß ihr sexuelles Empfinden zehnmal stärker geworden war, doch die überhitzte Sinnlichkeit hatte sie zu Anfang ihres Liebesspiels eingehüllt, ehe sie merkte, daß mit ihren Reflexen etwas nicht stimmte. Ihre Gefühle während des Vorspiels hatten nichts mit der Tatsache zu tun, daß sie eine Pilotin war. »Es war sehr schön.« Eine lahme Bezeichnung. »Ich kam nur zu schnell. Und wie hat es dir gefallen?«

Er lächelte. »Wie du selbst sagst, waren wir ziemlich früh fertig. Das hat mich überrascht und ein bißchen … erschreckt.«

»Erschreckt?«

»Neue Erfahrungen machen einem immer ein wenig Angst. Auch wenn man sie genießt. Aber vielleicht liegt es gerade daran.«

Laenea lachte leise.

KAPITEL 3

Laenea und Radu dösten, ihre Körper umeinander geschlungen. Laeneas Locken berührten Radus Kinn, und ihre Ferse ruhte auf seiner Wade. Zufrieden genoß sie die Stille, die Muße, die Berührung. Am Körper hatte Radu keine einzige Narbe.

In den Aquarien flitzten die Fische unter der dämmrigen Beleuchtung hin und her, blaue Schatten über das Bett zeichnend. Laenea holte tief Luft und zählte in Gedanken, um ihren Atemzügen einen gleichförmigen Takt zu geben. Atmen ist ein Widerhall, kein Rhythmus, eine Reaktion auf die Sättigung des Blutes und des Gehirns mit Kohlendioxid. Lediglich während des Transits mußte Laeneas Atmung geändert werden. Nun nutzte sie die Technik des Biofeedback, um sich zu konzentrieren. Aufregung und Adrenalin brachten ihr Herz zum Rasen, und wenn sie sich entspannen wollte, mußte sie die Herzaktivität bewußt drosseln.

Doch etwas störte den Kontrollmechanismus. Zuerst sackte ihr Blutdruck nach unten, dann erhöhte er sich auf einen gefährlichen Wert. In den Ohren hörte sie nur noch ein dumpfes Klingen. Schweiß sammelte sich auf ihrer Stirn, in den Achselhöhlen, entlang des Rückgrats. Noch nie zuvor hatte ihr Herz sich geweigert, auf einen bewußten Befehl anzusprechen.

Überrascht und ärgerlich stemmte sie sich hoch und schüttelte ihr Haar zurück. Radu hob den Kopf und legte seine Hand auf ihre Schulter. »Was …?«

Ebensogut hätte er unter Wasser sprechen können. Laenea gab ihm einen Wink, er möge still sein.

Tief Luft holen, Atem anhalten; ausatmen, warten.

Dasselbe noch einmal. Sie wiederholte die Abfolge, bis ihr Körper sich beruhigte und die willkürliche Muskulatur erschlaffte. Ihre Hand sank auf das Bett. Sie legte sich flach auf den Rücken. Immerzu wiederholte sie die Atemübungen. Bis jetzt hatte sie die Kontrolle über ihre unwillkürlichen Muskeln ausgezeichnet beherrscht. Langsam beschlich sie Angst, und sie mußte sich bildhaft vorstellen, wie die Furcht wich und sich auflöste. Endlich reagierten die Muskelstränge der Blutgefäße. Sie wurden weich, elastisch, und streckten sich. Und indem Laenea die subtile Beherrschung ihrer biologischen Funktionen zurückerlangte, gehorchte auch die Pumpe wieder ihren Befehlen.

Als sie sich verdeutlichte, daß ihre Nieren oder ihr Gehirn nicht mehr durch einen extrem hohen Blutdruck gefährdet waren, öffnete sie die Augen. Radu beugte sich über sie, in seine Stirn hatten sich tiefe Sorgenfalten eingegraben. »Bist du …?« flüsterte er.

Sie hob ihre bleischwere Hand, streichelte sein Gesicht, die Augenbrauen, sein Haar. »Ich weiß auch nicht, was passiert ist. Einen Augenblick lang hatte ich die Kontrolle verloren. Aber jetzt ist alles wieder in Ordnung.« Sie plazierte seine Hand auf ihren Körper, zog ihn zu sich herunter, und bald schliefen sie beide ein.

Später analysierte Laenea in aller Ruhe die Situation. Das einfachste wäre, sie ginge ins Krankenhaus zurück; doch diese Lösung behagte ihr am wenigsten. Sie wollte ihre Freiheit behalten, sich ohne Einmischung an ihren veränderten Biorhythmus gewöhnen, mit den anderen Piloten zusammensein, Radu die Sehenswürdigkeiten zeigen. Obendrein faßte sie es als Sport auf, den Administratoren ein Schnippchen zu schlagen.

Kathell hatte ihr einen großen Dienst erwiesen, denn ohne ihr Appartement hätte Laenea sich in einem Hotel einquartieren müssen. Natürlich wäre das aufgefallen, und irgendwann hätte ein höflicher Bote vor ihrer Tür gestanden und sie respektvoll aufgefordert, mit ihm zu kommen. Sollte sie einen unschuldigen Subalternen hohnlachend zum Teufel schicken? Wahrscheinlich hätte sie achselzuckend nachgegeben. Auseinandersetzungen verschafften ihr weder einen Nervenkitzel noch Vergnügen. Sie wußte ganz genau, was sie niemals, unter gar keinen Umständen tun würde, doch wie sie sich als nächstes verhalten sollte, war ihr schleierhaft. Angestrengt dachte sie nach.

»Verdammt noch mal!« fluchte sie.

Radu setzte sich hin und sah sie an. Für ihn und für Laenea waren die Couchen zu niedrig. Sie musterten sich über ihre angewinkelten Knie hinweg. Beide trugen Kaftane, deren Farben sich fürchterlich bissen. Leise in sich hineinglucksend, lehnte sich Radu in die Kissen zurück. »Um die Zornige zu mimen, siehst du viel zu würdelos aus.«

Sie beugte sich vor und kitzelte eine empfindliche Stelle, die sie an ihm entdeckt hatte. »Würdelos – ich werd's dir zeigen ...« Er wand sich außer ihre Reichweite und schlug nach ihrer Hand, verfehlte sie jedoch und fing haltlos an zu lachen. Als Laenea von ihm abließ, lag sie auf ihm und drückte ihn in die weichen Polster der breiten Couch. Seine Peinigerin argwöhnisch beäugend, löste sich Radu langsam aus seiner gekrümmten Haltung. Lachfalten umspielten seinen Mund und die Augen.

»Frieden«, bot sie an und hob die Hände. Er atmete auf. Laenea raffte den Stoff ihres Kaftans und hielt ihn neben sein Gewand. »Gibt es etwas Würdeloseres als uns zwei – in Farben, wie sie in keiner Halluzination vorkommen, und hemmungslos gibbelnd?«

»Nein, etwas Schlimmeres kann ich mir nicht vorstellen.« Zärtlich strich er über ihr Gesicht und ihr Haar. »Aber worüber regst du dich so auf?«

»Über die Administratoren und deren Bürokratie.

Die endlosen Tests, die sie einem aufhalsen.« Dieses Mal klang ihr Lachen bitter. »Einige dieser Checks verdienen tatsächlich die Bezeichnung ›entwürdigend‹.«

»Sind sie denn nicht notwendig? Zu deiner eigenen Sicherheit?«

Sie erzählte ihm von den Hypnosesitzungen, den Sedativa, dem künstlich erzeugten Schlaf, den Gehorsamsübungen. »Ihre Redundanzen sind wiederum mit Redundanzen gespickt. Wenn ich nicht kerngesund wäre, würde ich jetzt draußen auf der Straße mit meinem alten Herzen herumspazieren. Dann wäre ich ein Nichts, ein Niemand.«

»Das wärst *du* nie!«

Doch sie kannte Leute, die als Piloten versagt hatten, und denen man ihr eigenes aufbewahrtes Herz wieder einpflanzen mußte. Keiner von diesen war je wieder geflogen, weder als Pilot noch in der Crew, nicht mal als Passagier.

»Ein *Nichts* wäre ich!«

Ihre Vehemenz machte ihn betroffen. »Aber jetzt geht es dir doch gut. Du hast erreicht, was du wolltest.«

»Ich hasse Komplikationen«, gestand sie. »Ich möchte dir die Erde zeigen. Sie verlangen von mir, daß ich den ganzen nächsten Monat von einer Testmaschine zur anderen wandere. Und wenn sie mich finden, muß ich mich fügen. Meine Freiheit ist begrenzt.« Sie wünschte sich nichts sehnlicher, als die kommenden Wochen in der realen Welt zuzubringen, in einer normalen Umgebung, und nicht unter irreführenden Laborbedingungen, überwacht von Experten, die im Grunde keine Ahnung hatten. Sie wußte nicht, wie sie diese Gefühle erklären sollte. Vielleicht gehörte dieser Konflikt zu den Themen, über die sich Piloten in ihren unergiebigen Gesprächen mit ihrem unzulänglichen Wortschatz auszulassen versuchten. »Das gilt jedoch nicht für dich.«

»Wie meinst du das?«

»Manchmal komme ich auf die Erde zurück und verlasse kein einziges Mal den Hafen. Er ist mein Zuhause, hier finde ich alles, was ich will oder brauche. Ich kann ohne weiteres einen Monat vertrödeln und so tun, als sei ich für niemanden zu erreichen.« Ihre Fingerspitzen fuhren auf der jungen Haut über ihrem Brustbein hin und her. Es verschaffte ihr einen gewissen Trost, obwohl die Narbe ein Symbol für die Trennung von ihren alten Freunden war. Jetzt mußte sie sich einen neuen Freundeskreis aufbauen, aber sie hätte es dumm und unfair gefunden, von Radu zu verlangen, seinen ersten Ausflug zur Erde ausschließlich auf einer künstlichen Insel zu verbringen. »Ich bin hier gebunden, du aber nicht. Auf der Erde gibt es viel Interessantes zu sehen.«

Er ließ sich Zeit mit der Antwort. Laenea hob den Kopf, um ihn anzusehen. Er wirkte angespannt und verstört.

»Wärst du beleidigt, wenn ich dir sage, daß ich mir nichts aus historischen Attraktionen mache?« fragte er schließlich.

»Möchtest du lieber bei mir bleiben? Bist du dir sicher?«

»Absolut!«

Laenea führte Radu durch das weitläufige Appartement bis auf die unterste Etage. Dort schimmerte im matten Licht ein von Steinplatten umgebener, mit einem kunstvollen Mosaik verzierter Swimmingpool. Der Ort glich eher einer Grotte als einer Stätte für sportliche Ereignisse oder lärmende Kinderspiele.

Radu stieß einen Seufzer aus; fragend legte Laenea ihm eine Hand auf die Schulter.

»Hier hat jemand viel Zeit und Arbeit investiert«, meinte er.

»Das ist wahr.« Laenea hatte nie einen Gedanken

daran verschwendet, daß dieser Pool von Menschenhand geschaffen worden war, liebevoll und mit akribischer Sorgfalt, doch genau das traf natürlich zu. Aber die ökonomische Struktur ihrer Welt basierte auf Serviceleistungen, nicht auf Produktion, und die Resultate hatte sie immer für selbstverständlich gehalten.

Sie zogen ihre Kaftane aus und wateten die Stufen hinunter in das lauwarme Wasser. Es linderte die Schmerzen in Laeneas Brustkorb.

»Das tut gut!« Sie drehte sich auf den Rücken und ließ sich treiben; ihr Haar breitete sich fächerförmig aus, gelegentlich driftete eine Strähne zurück, um ihre Schulter oder ihren Rücken zu streifen. Radu sagte etwas, das sie jedoch nicht verstehen konnte; als sie zu ihm hinschaute, sah sie, wie er auf das schattige Ende des Pools deutete. Er tauchte unter und schwamm mit energischen Zügen los, bis sich das laute Plätschern des Wassers in einem beständigen Hintergrundrauschen verlor. Sämtliche Geräusche drangen gedämpft zu Laenea, gleichsam in die Länge gedehnt, wie durch eine akustische Zeitlupe.

Sie zwang ihren Körper dazu, seine innere Verspanntheit zu lösen; durch ihren Willen gesteuert, lenkte sie die nervöse Energie von ihren Schultern in die ausgebreiteten Arme, wo sie dann über die Fingerspitzen abgeleitet werden konnte.

Radu hatte den Pool einmal umrundet; er schwamm unter Laenea hindurch, und die erzeugten Wirbel streichelten ihren Rücken. Sie ließ die Füße auf den Grund des Bassins sinken, als Radu wie ein ungeschickter Delphin aus dem Wasser schoß, lachend und mit tropfnassen Haaren im Gesicht. In dem brusthohen Wasser wateten sie aufeinander zu und umarmten sich. Radu küßte Laeneas Hals, dicht unter dem Ohrläppchen. Wie eine Katze legte sie den Kopf in den Nacken und reckte sich, um die Wonne voll auszukosten, während ihre Hände über Radus Taille wanderten.

»Gut, daß wir so früh hier sind«, sagte Radu, »bevor noch andere eintreffen.«

»Ich glaube, zur Zeit sind wir Kathells einzige Gäste«, entgegnete Laenea. »Wir haben den Pool ständig ganz für uns allein.«

»Sonst wohnt hier niemand?«

»Nein, natürlich nicht. Nicht einmal Kathell hält sich häufig hier auf. Sie benutzt das Appartement nur gelegentlich.«

Er schwieg, peinlich berührt von seinem Schnitzer.

»Das macht doch nichts«, beschwichtigte Laenea. »Die meisten Leute würden so denken.« Allerdings nicht auf der Erde.

Laenea hatte genug neue Welten besucht, um zu verstehen, daß Radu sich inmitten der Fülle von privatem Luxus und persönlichen Dienstleistungen auf der Erde befangen fühlte. Am meisten beeindruckte ihn die Verschwendung von Zeit, denn nach seinen Maßstäben war Zeit ein kostbares Gut. Auf Twilight übte jeder zwei oder drei wichtige Berufe aus, und keiner wäre auf den Gedanken verfallen, prunkvolle Mosaiken herzustellen. Auf der Erde war alles anders.

Sie paddelten durch das flache Ende des Pools, ließen sich auf den Stufen nieder und bespritzten sich gegenseitig mit Wasser. Laenea verspürte erneut das Aufflackern von Lust. Zum ersten Mal seit der Operation fühlte sie sich völlig schmerzfrei. Dieser Umstand übertünchte gewisse Hemmungen, die sie empfand, die zwiespältige Haltung gegenüber ihren eigenen Reaktionen. Die radikale Veränderung ihrer sexuellen Reflexe verunsicherte sie mehr, als sie sich eingestehen mochte.

Sie fragte sich, ob auch Radu wieder zu einem Liebesakt bereit wäre und entdeckte, daß sie sich vor einer erneuten Annäherung fürchtete.

Als sie auf den warmen Steinplatten vor dem Pool

lagen, rückte Laenea näher an ihn heran und küßte ihn. Er legte seinen Arm um sie; ihre Hand tastete über seinen Bauch nach seinem Glied, ein körperlicher Beweis für seine fehlende Bereitschaft hätte ihr weniger ausgemacht als eine verbale Zurückweisung.

Doch er reagierte auf ihre Berührung; sein Penis versteifte sich; mit den Fingerspitzen zeichnete Radu Kreise über ihre Brüste und seine Zunge liebkoste ihre Lippen. Laenea streichelte ihn und ließ keine Stelle seines Körpers aus. Seine Haut war weich und nachgiebig von dem warmen Wasser und der mit Dampf gesättigten Luft. Ihn mit den Beinen umschlingend, zog sie ihn näher an sich. Sie rechnete damit, daß sich dieses Mal ihre Erregung langsam und genußvoll steigern würde.

»Was gefällt dir?« flüsterte Radu.

»Ich ... ich will ... ich ...« Ihr Gestammel endete mit einem Schrei, als er in sie eindrang. Wieder erlebte sie den Höhepunkt in einer einzigen, überwältigenden Woge; es war wie eine Eruption. Radus Finger gruben sich in ihre Schultern, und Laenea zerkratzte ihm mit ihren kurzen Nägeln den Rücken, während er mit kraftvollen Stößen sie einzuholen versuchte. Für Radu kam ihr heftiger Orgasmus nicht unerwartet, doch der Körper lernt langsamer als der Geist. Seine Ejakulation folgte prompt. Erschauernd schmiegte sich Laenea an ihn und stieß einen langen, zittrigen Atemzug aus. Sie spürte, wie Radus Bauchmuskeln bebten.

Laenea nahm sich gern Zeit für die Liebe, und sie vermutete, daß auch Radu nichts an einer schnellen Befriedigung gelegen war. Trotzdem fühlte sie sich wie berauscht. Radu beherrschte ihre Gedanken, aber ihre Emotionen ließen sich nicht in Worte fassen. Statt dessen legte sie eine Hand gegen sein Gesicht; die Fingerkuppen streiften die Schläfen, und ihre Handfläche ruhte auf der zernarbten Haut. Jetzt zuckte er nicht mehr zurück, wenn sie diese Stelle berührte. Mit seiner Hand bedeckte er die ihre.

Radu strahlte eine Ruhe, eine Beständigkeit und Zuverlässigkeit aus, wie sie es noch bei keinem anderen Mann erlebt hatte. Seine Bewunderung für sie war völlig anders als die sonstige Anhimmelei, an die sie gewöhnt war, wenn Grounder nach Statussymbolen heischten oder sich um Abenteuer aus zweiter Hand rissen. Radu war auch dann noch bei ihr geblieben, als sie sich als ganz gewöhnliches, hilfloses, verletzliches Menschenwesen entpuppte; an seinen Gefühlen für sie hatte das nichts geändert. Noch immer verstand Laenea nicht, was ihn eigentlich bewegte.

Mit Handtüchern rubbelten sie sich gegenseitig trocken. Radu hatte sich die Hüfte an der Poolkante aufgeschrammt, und die langen Kratzer auf seinem Rücken stammten von Laeneas Fingernägeln.

»So was hätte ich mir nie zugetraut«, sinnierte sie, ihre Hände betrachtend. Die Nägel waren immer superkurz geschnitten. »Es tut mir leid.«

Radu legte die Arme um sie und trocknete ihren Rücken.

»Dasselbe habe ich dir angetan.«

»Wirklich?« Sie spähte über ihre Schulter. Aus diesem Blickwinkel konnte sie nichts sehen, aber sie spürte ein leichtes Brennen auf der Haut. »Dann sind wir ja quitt.« Sie grinste. »Es ist das erstemal, daß ich jemanden bluten lasse.«

»Das gleiche gilt für mich.«

Aus Kathells Garderobe zogen sie sich saubere Sachen an, dann stromerten sie durch die sich über mehrere Etagen erstreckende City. Wie Radu gesagt hatte, war es noch sehr früh. Droben an der Meeresoberfläche mußte bald der Morgen dämmern. Hier drunten sah man nur die Straßenreiniger und ein paar Lieferwagen, die durch eine Einkaufsstraße flitzten. Laenea war mehr an die Crew-City im dritten Stabilisator gewöhnt, in der rund um die Uhr hektische Betriebsamkeit herrschte.

Als sie so hungrig war, daß sie einen Ausflug mit dem Shuttle nach # 3 vorschlagen wollte, wo Restaurants durchgehend geöffnet hatten, sah sie, wie Kellner Stühle vor einem Straßencafé aufstellten.

»Sieben Uhr«, verkündete Radu. »Für diese Umgebung ein bißchen früh zum Öffnen.«

»Sagtest du nicht, du hättest keinen Kommunikator?«

»Ich habe keinen.«

»Woher weißt du dann, wie spät es ist?« Laenea schaute sich nach einer Uhr um, fand jedoch keine.

Er zuckte die Achseln. »Keine Ahnung, aber ich weiß immer die Zeit.«

»Auf Twilight herrscht nicht mal der Standardtag.«

»Ich brauchte ein Weilchen, um mich umzustellen, aber jetzt kenne ich die Uhrzeiten von beiden Planeten.« Er hob die Schultern. »Es ist irgendein Kniff.«

»Aber sehr nützlich.«

Ein Kellner führte sie an einen Tisch. Beim Frühstück unterhielten sie sich, erzählten von ihren Heimatwelten und den Orten, die sie aufgesucht hatte. Vor der Erde war Radu erst auf drei anderen Planeten gelandet. Zwei davon kannte Laenea, es waren Kolonialwelten, die sich seit ihrem letzten Aufenthalt dort vor etlichen Jahren stark verändert hatten.

Sie tauschten Eindrücke über ihre Arbeit in der Crew aus, und Laenea fand es immer noch faszinierend, daß Radu während des Transitschlafs träumte.

Sie ertappte sich dabei, wie sie nach seiner Hand griff, um einer gewissen Aussage Nachdruck zu verleihen, oder auch aus dem Wunsch heraus, ihn anzufassen. Ihm ging es genauso, aber sie waren beide Rechtshänder. Die Blumen mitten auf dem Tisch kamen ihnen ständig in die Quere. Schließlich nahm Laenea die Vase und stellte sie an die Seite, damit sie und Radu sich über dem Tisch bei den Händen halten konnten.

»Wohin möchtest du als nächstes fliegen?«

»Ich weiß es nicht. Ich habe noch nicht darüber nachgedacht. Außerdem muß ich noch dorthin gehen, wohin man mich schickt, wie es sich gerade ergibt.«

»Ich dachte nur …« Laenea brach ab, und Radu sah sie fragend an. Sie schüttelte den Kopf. »Es ist albern, jetzt schon Pläne für morgen, für den nächsten Monat oder das kommende Jahr zu schmieden … aber ich finde nichts dabei, es kommt mir irgendwie ganz natürlich vor.«

»Mir geht es genauso …«

Schweigend saßen sie da und tranken ihren Kaffee. Radu drückte ihre Hand. »Und was sollen wir tun?« Eine Weile sah er sehr jung und ratlos aus. »Ich stehe noch zu niedrig im Rang, um meinen Einsatz selbst bestimmen zu dürfen.«

»Ich bin mein eigener Herr«, erwiderte Laenea, »außer in Notfällen. Das ist günstig.« Sie lächelte. »Außerdem haben wir einen ganzen Monat Zeit. Vier sorgenfreie Wochen.«

Laenea gähnte, als sie die Eingangsdiele von Kathells Appartement betraten. »Ich weiß auch nicht, warum ich so erschöpft bin.« Vergebens versuchte sie, das Gähnen zu unterdrücken. »Ich habe vierundzwanzig Stunden lang geschlafen und nun bin ich schon wieder geschafft – nachdem ich wie lange auf war? Einen halben Tag?« Sie kickte ihre Stiefel von den Füßen.

»Achteinhalb Stunden«, korrigierte Radu. »Aber in der Zeit hat sich viel ereignet.«

Sie schmunzelte. »Da hast du recht.« Abermals mußte sie gähnen, daß die Kiefer knackten. »Ich muß mich aufs Ohr legen.«

Radu folgte ihr, als sie barfuß durch den Gang tappte, die Treppe hinunter und in ihre Suite. Das Bett war gemacht, und die Decke zu beiden Seiten zurückgeschlagen. Die Kleidung, die Laenea und Radu bei ihrer Ankunft getragen hatten, war gereinigt und gebügelt. Die Sachen hingen in dem Ankleidezimmer zusammen mit dem Cape, das auch nicht mehr muffig roch. Mit den Fingerspitzen streichelte Laenea über den Samt.

Radu blickte in die Runde. »Wer hat das getan?«

»Was? Aufgeräumt? Kathells Angestellte. Sie kümmern sich um die Gäste, wenn welche hier sind.«

»Verstecken sie sich vor uns?«

Laenea lachte. »Nein – wenn wir sie brauchen, kommen sie sofort. Möchtest du irgend etwas?«

»Nein«, entgegnete er scharf. »Nein«, wiederholte er in sanfterem Ton. »Ich bin versorgt.«

Gähnend zog Laenea sich aus. »Ich mache jetzt ein Nickerchen. Und du? Bist du hellwach?«

Er starrte in den Spiegel. Als sie ihn ansprach, zuckte er zusammen und schaute auf ihr Abbild, nicht auf sie selbst. »Normalerweise kann ich tagsüber nicht schlafen«, erwiderte er. »Aber jetzt bin ich auch ziemlich müde.«

Lächelnd drehte er sich zu ihr um.

Beide waren zu schläfrig, um sich ein drittes Mal zu lieben. Laenea staunte über das Ausmaß ihres Kräfteverschleißes. Vielleicht brauchte sie mehr Zeit, um sich von der Operation zu erholen. Aneinandergekuschelt lagen sie und Radu in den scharlachroten Laken.

»Ich komme mir reichlich verrucht vor«, sagte Radu.

»Verrucht? Wieso?«

»Um neun Uhr morgens schlafen? Auf Twilight wäre das unerhört.« Er schüttelte den Kopf; sein Schnurrbart kitzelte ihre Schulter. Laenea zog seinen Arm enger um sich und hielt seine Hand mit beiden Händen fest.

»Ich muß mir wohl noch ein paar liederliche Sitten ausdenken und dich damit in Versuchung führen«, neckte sie ihn schlaftrunken und gluckste leise in sich hinein, doch das Überlegen hob sie sich für später auf.

Mit einem Ruck wurde Laenea wach. Sie hatte einen gesunden Schlaf und wußte nicht, welches Geräusch oder welche Bewegung sie erschreckt haben konnte, wenn sie sich noch so ermattet fühlte. Regungslos daliegend spitzte sie die Ohren und spannte all ihre Sinne an. Die Lichter in den Aquarien waren gelöscht; bis auf das orangerote Glühen der Heizspiralen war es im Zimmer dunkel. Die Luftblasen, die aus dem Aerator perlten, fingen den bernsteinfarbenen Glanz ein und gaukelten wie winzige Halbmode durch das Wasser.

Der Schlag eines Herzens durchpulste Laenea.

Radu lag schlummernd neben ihr und hielt sie immer noch in den Armen. Eine Hand, die Finger leicht gekrümmt, streifte ihre linke Brust. Sie streichelte seinen Handrücken, rückte jedoch behutsam von ihm ab, entfernte sich von dem Takt seines Pulses, denn der bildete die Brücke zu einer Kette, die sie nach harten Anstrengungen endlich durchbrochen hatte.

Als sie das zweite Mal hochschreckte, fühlte sie sich ängstlich, verwirrt und orientierungslos. Einen Augenblick lang glaubte sie, es sei die Folge eines Alptraums. Ihr Kopf schmerzte heftig von dem Dröhnen in den Ohren, doch durch das Klirren und Tosen hörte sie, wie Radu nach Luft rang, während sein Körper sich aufbäumte, als wolle er sich irgendwelcher Fesseln entledigen.

Ohne auf das eigene Herzrasen zu achten, tastete Laenea nach ihm. Seine Haut war glitschig von Schweiß. Mit den Armen rudernd, stieß er sie zurück. Jeder Atemzug war ein qualvolles Röcheln. Als er abermals um sich schlug, packte Laenea seinen Arm und drückte ihn hinunter; dann griff sie die andere wild zuckende Hand und schwang sich rittlings auf ihn.

»Radu!«

Er reagierte nicht. Wieder rief Laenea seinen Namen, dann schrie sie um Hilfe. In seinen beiden Handgelenken spürte sie den Puls, und sie fühlte das unregelmäßige Hämmern seines außer Rand und Band geratenen Herzens.

»Radu!«

Er stieß einen durchdringenden, unartikulierten Schrei aus.

In hilfloser Verzweiflung flüsterte sie seinen Namen, ohne Hoffnung auf eine Antwort. Schauer jagten durch seinen Körper.

Er öffnete die Augen.

»Was ...?«

Laenea beugte sich zu ihm nieder. Er versuchte, eine Hand zu heben. Sie hielt seine Arme immer noch auf das Bett gepreßt. Dann glitt sie von ihm herunter und kniete neben ihm. Auch sie litt unter Atemnot und einer gefährlichen Muskelstarre.

Jemand klopfte leise an die Schlafzimmertür.

»Herein!«

Eines der Mädchen betrat zögernd den Raum. »Pilotin? Ich dachte – Entschuldigen Sie bitte.« Mit einer Verneigung wollte sie sich zurückziehen.

»Warten Sie – Sie haben richtig gehandelt. Rufen Sie sofort einen Arzt.«

Radu stützte sich auf die Ellbogen. »Nein, mir fehlt nichts.«

Das junge Mädchen blickte abwechselnd Laenea und Radu an.

»Bist du sicher?« vergewisserte sich Laenea.

»Ja.« Er setzte sich hin. Schweiß rann ihm in dicken Tropfen an den Schläfen herunter und sammelte sich an seiner Kinnlade. Laenea zitterte; auch sie schwitzte.

»Das hat sich dann erledigt«, bedeutete Laenea dem Mädchen. »Aber haben Sie vielen Dank.«

Das Mädchen entfernte sich.

»Bei den Göttern, ich dachte, du hättest einen Herzanfall.« Ihr Puls nahm einen stolpernden Rhythmus an. Sie spürte, wie das Blut durch ihre Schläfen und die Halsschlagader wallte. Entschlossen ballte sie die Fäuste, bis sich die Nägel in ihre Handflächen fraßen.

Radu schüttelte den Kopf. »Nein, ich bin nicht krank. Du hast selbst gesagt, wenn wir nicht topfit wären, würden wir diesen Job nicht kriegen.«

»Was ist passiert?«

»Es war ein Angsttraum.« Die Hände hinter dem Kopf verschränkt, lehnte er sich zurück und schloß die Augen. »Ich kletterte irgendwo hinauf, ich weiß nicht mehr, was es war, ob eine Klippe oder ein Baum. Plötzlich fand ich keinen Halt mehr und ich stürzte tief hinunter. Ich wußte, daß ich träumte, und ich dachte, vor dem Aufprall würde ich wachwerden, aber ich landete in einem Fluß.«

Laenea hörte ihm zu und merkte sich, was er sagte, doch den Sinn seiner Worte würde sie erst später verstehen. Auf den Knien verharrend, öffnete sie langsam die Fäuste. Wie eine angestaute und dann freigelassene Flutwelle brauste das Blut durch ihre Adern, zog sich zurück und attackierte erneut die Gefäße.

»Eine ungeheuer starke Strömung riß mich mit und zog mich nach unten. Ich konnte keine Ufer erkennen – nicht einmal die Stelle, an der ich abgestürzt war. Neben mir wirbelten Baumstämme und allerhand Treibgut im Wasser, doch jedesmal, wenn ich mich irgendwo festhalten wollte, wurde ich um ein Haar zerquetscht. Meine Kräfte ließen nach, und das Wasser zerrte an mir – ich mußte Atem schöpfen, aber ich kriegte keine Luft ... Kennst du das Gefühl, wenn man glaubt, ersticken zu müssen?«

Sie antwortete nicht; ihre Lunge brannte, und ihre Muskeln zogen sich konvulsivisch zusammen in dem Versuch, die Luftröhre zu weiten.

»Laenea ...« Sie spürte, wie er sie bei den Schultern packte: Sie wollte ihn enger an sich ziehen; sie wollte ihn von sich wegstoßen. Doch indem er sie berührte, löste sich der Bann, den seine Worte bei ihr bewirkt hatten. Pfeifend sog sie den Atem ein.

»Was …?«

»Warte … bitte …« Endlich gelang es ihr, die Sinuskurvengeschwindigkeit der Pumpe in ihrer Brust zu bremsen. Sie fröstelte. Radu hüllte sie in eine Decke. Allmählich kehrte Laeneas Körperkontrolle zurück, langsamer als bei den anderen Gelegenheiten, wenn sie die Gewalt über ihre biologischen Funktionen verloren hatte.

Sie verkroch sich tiefer in die Decke, mehr um Geborgenheit zu finden als um sich zu wärmen. Das hätte ihr nicht passieren dürfen; bis jetzt hatte sie die Rückkopplungsmechanismen ihrer vegetativen Systeme nahezu perfekt beherrscht. Nun jedoch fühlte sie sich benebelt, in einem rauschhaften Zustand, weil das Blut unnötigerweise unter hohem Druck durch ihr Gehirn gesprudelt war. Sie fragte sich, wie viele Millionen von Nervenzellen dabei draufgingen.

Schweigend sahen sie und Radu einander an.

»Laenea …« Ihren Namen sprach er immer noch aus, als hätte er vielleicht kein Recht, ihn zu benutzen. »Was passiert mit uns?«

»Das ist die Erregung …«, sagte sie und brach ab. »Oder ein ganz gewöhnlicher Alptraum …« Sie hatte sich noch nie etwas vorzumachen versucht, und sie stellte fest, daß sie jetzt nicht damit anfangen konnte.

»Nein, es war kein gewöhnlicher Alptraum. Wenn man träumt, weiß man immer, daß einem nichts zustoßen kann, egal, wie sehr man sich fürchtet. Dieses Mal – bis ich dein Rufen hörte und spürte, daß du mich an die Oberfläche zogst, war ich fest davon überzeugt, daß ich sterben müßte.«

Die Spannung wuchs – beide hatten Angst, den anderen zu berühren. Sie riß sich die Decke von den Schultern und griff nach seiner Hand. Er erschrak, aber er erwiderte den Druck. Mit untergeschlagenen Beinen hockten sie auf dem Bett, die Finger ineinander verschränkt, und schauten sich an.

»Es ist möglich …«, setzte Laenea an, nach Formulierungen suchend, die sie beide schonten, »es ist möglich, daß es einen ganz konkreten Grund gibt, weshalb Piloten und Crewleute nicht miteinander verkehren.«

An Radus Miene merkte Laenea, daß ihm dieser Gedanke auch schon gekommen war. Inbrünstig hoffte sie, ihnen fiele eine bessere Erklärung ein.

»Es könnte sich um ein vorübergehendes Phänomen handeln – vielleicht müssen wir uns erst aufeinander einstellen.«

»Glaubst du das wirklich?«

Mit dem Daumenballen rieb sie über seine Knöchel. Sein Puls pochte durch ihre Finger. »Nein«, flüsterte sie. Ihr System vertrug sich nicht länger mit dem Biorhythmus eines normalen Menschen. Dazu hatte sie sich auf psychologischer und subliminaler Ebene zu drastisch verändert; die natürlichen somatischen Abläufe waren so übermächtig, daß sie ihre neue biologische Integrität beeinflußten und sie letzten Endes zerstören würden. »Ich glaube es nicht. Verdammt noch mal, ich glaube es nicht!«

Völlig ausgepumpt, vermochten sie nicht länger zu schlafen. Schweigend, sich elend fühlend, standen sie auf und zogen sich an, einander umkreisend wie zwei Segelschiffe in schwerer See. Laenea wollte Radu berühren, ihn umarmen, die Hände in seinem Nacken verschränken und ihn küssen, während sie das Kitzeln seines Schnurrbarts auf ihrer Haut genoß. All das mußte sie sich verweigern, nicht unbedingt aus Angst, sondern weil sie es unvernünftig fand, ihre eigene Stabilität aufs Spiel zu setzen oder bei Radu einen neuen Alptraum auszulösen; zum erstenmal begriff sie die Wichtigkeit einer simplen, zufälligen Berührung, hinter der keine andere Absicht steckte als einen flüchtigen Kontakt herzustellen, sich des anderen zu versichern.

»Bist du hungrig?« Die Isolation, gepaart mit Schweigen, wurde unerträglich.

»Ja … ich glaube schon.«

Beim Frühstück (Radu behauptete, es sei Abend, also nahmen sie vielleicht ihr Abendbrot ein), gaben sich beide sehr einsilbig. Small talk lag Laenea nicht; für eine Situation wie diese fand sie keine Worte. Radu stocherte in seinem Essen herum und vermied es, Laenea anzusehen. Sein Blick huschte unstet zwischen den gläsernen Wänden zum Ozean und irgendeinem Detail auf ihrem Tisch hin und her.

Laenea aß Obststückchen mit den Fingern. All ihre früheren Sorgen, wie sie ihre Flugpläne so einrichten konnten, um füreinander Zeit zu haben, wie sie der Diskriminierung durch ihre Bekannten begegnen sollten, erschienen ihr mit einemmal oberflächlich und nichtig.

Die einzige Lösung, die sich anbot, war so drastisch, daß sie sie von sich aus nicht vorschlagen mochte. Sich freiwillig als Pilot rekrutieren zu lassen kam für Radu vielleicht genausowenig in Betracht wie für Laenea die Rückkehr in die normale Welt. Wer Pilot wurde, traf eine Entscheidung fürs Leben, es war kein Job, den man nach ein paar abenteuerlichen Jahren des Herumreisens wieder quittierte.

Unversehens stand Radu auf. Sein Stuhl scharrte über den Fußboden und kippte um. Erschrocken blickte Laenea hoch. Verlegen stellte Radu den Stuhl wieder hin. »Hier unten kann ich nicht denken«, sagte er. »Nie ändert sich etwas.« Er deutete auf die Panoramascheiben, hinter denen das ewige Blau in unendliche Schwärze hinüberdämmerte. »Ich gehe nach oben aufs Deck. Ich muß an die frische Luft.« Er wandte sich an sie. »Möchtest du …?«

»Ich finde …« Wind, der salzige Gischt auf ihr Gesicht sprühte – eine verlockende Vorstellung. »Ich finde, wir beide sollten ein Weilchen allein sein.«

»Ja«, bestätigte er dankbar. »Ich nehme an ...« In seiner Stimme schwang Enttäuschung mit. »Du hast recht.« Der weiche Teppich verschluckte das Geräusch seiner Schritte.

»Radu ...«

Er drehte sich um, still, wie wenn er wieder seinen Schutzwall um sich her errichtete, der indessen noch so schwach war, daß ein Wort ihn hätte einreißen können.

»Schon gut ... es ist nur ... Ach, nimm ruhig mein Cape mit. Nachts kann es draußen sehr kalt sein.«

Er nickte stumm und setzte seinen Weg fort.

Im Pool schwamm Laenea mit energischen Zügen, obwohl ihre Rippen wieder schmerzten. Sie war aufgebracht, weil sie das Gefühl hatte, in einer Falle zu sitzen. Gleichzeitig wußte sie, daß es für sie keinen Fluchtweg gab, und daß niemand ihren Zorn verdiente. Gewiß nicht Radu; auch nicht die anderen Piloten, die sie gewarnt hatten. Nicht einmal die Administratoren waren schuld an ihrem Dilemma; auf ihre eigene fehlgeleitete Art hatten sie sich bemüht, sie so behutsam wie möglich auf ihren neuen Zustand vorzubereiten. Ihr Groll mußte sich gegen sie selbst richten, gegen ihren eigensinnigen, störrischen Charakter. Doch auch das hätte nichts bezweckt. Ihr Leben lang hatte sie Siege errungen und Niederlagen eingesteckt, war nur ihrem eigenen Urteil gefolgt und hatte meistens das angestrebt, was andere ihr nicht zutrauten.

Ohne sich im geringsten müde geschwommen zu haben, kletterte sie aus dem Pool. Wenigstens hatte die Wärme die Schmerzen gelindert. Ihre alte Spannkraft kehrte zurück und machte sie rastlos und reizbar. Sie zog sich an und verließ das Appartement, um beim Laufen Dampf abzulassen, damit sie ihr Problem in Ruhe überdenken konnte.

Aber weit und breit war keine Lösung in Sicht, jedenfalls keine akzeptable.

Stunden später, als in der City der Grounder nächtliche Stille eingekehrt war, betrat Laenea wieder Kathells Appartement. Vage fragte sie sich, wo Radu geblieben sein mochte; was sie selbst in der Zwischenzeit getrieben hatte, war ihr reichlich schleierhaft. Sie entsann sich, daß sie mit unverbindlicher Höflichkeit Leute abspeiste, die sie anhielten, begrüßten, sie zu Parties einluden und um Autogramme baten. Jemanden, der von ihr wissen wollte, wie man sich denn als Aztekin fühlte, hatte sie barsch abgekanzelt. Aber sie konnte sich nicht mehr an die Reihenfolge der Ereignisse erinnern oder an den genauen Wortlaut.

Eine Antwort auf ihre Frage hatte sie natürlich nicht gefunden. Die Hände in die Taschen gestemmt, schlenderte sie ins Hauptzimmer; sie wollte einfach nur dasitzen, in den Ozean starren und grübeln.

Sie hatte den Raum zur Hälfte durchquert, da entdeckte sie Radu. Dunkel und mysteriös in dem schwarzen Cape hob sich seine Silhouette gegen das Fenster ab; der blaue Glast schimmerte gespenstisch auf seinem Haar.

»Radu ...«

Er drehte sich nicht um. Als sich ihre Augen an die trübe Beleuchtung gewöhnten, sah sie, daß sein Atem die Scheibe beschlug.

»Ich habe mich für ein Pilotentraining beworben«, sagte er in neutralem Ton.

Laenea spürte ein kurzes Aufflackern von Begeisterung, dann Zweifel, schließlich beschlich sie Angst. Sie sorgte sich um Radu. Als man sie zum Training zuließ, war sie in einem wahren Freudentaumel gewesen. Radu lächelte nicht einmal. Wenn er jetzt die falsche Wahl traf, käme ihn das teuer zu stehen; selbst eine endgültige Trennung konnte ihnen beiden nicht so tiefgreifend schaden wie ein verkehrter Entschluß.

»Und was ist mit Twilight?«

»Das steht nicht zur Debatte«, erwiderte er mit gepreßter Stimme. »Sie haben mich ...« Er drohte an den Worten zu ersticken und mußte sie mit Gewalt hervorstoßen. »Sie haben mich abgelehnt.«

Laenea ging zu ihm, nahm ihn in die Arme und drehte ihn zu sich herum. Mißerfolg und Verzweiflung hatten die feinen Linien um seine Augen tiefer eingegraben. Sie berührte seine Wange. Ihre Umarmung erwidernd, neigte er den Kopf und bettete seine Stirn auf ihrer Schulter. »Sie sagten, ich würde das Training niemals bewältigen. Ich bin an unsere vier Dimensionen gebunden. Ich bin zu abhängig von der Abfolge zwischen Tag und Nacht, dem normalen Verlauf der Zeit. Mein zirkadianischer Rhythmus ist zu stark ausgeprägt. Sie sagten ...« Seine gedämpften Worte wurden immer undeutlicher, die Stimme schwankte mehr und mehr. Laenea streichelte ihm über das Haar, den Nacken, die Arme. Mehr konnte sie nicht für ihn tun. Ihr fiel auch nichts ein, was sie noch hätte sagen können. »Wenn ich die Operation überlebte, würde ich während des Transits sterben.«

Laeneas Augen brannten, und die warmen Tränen rannen ihr über das Gesicht. Sie wußte nicht mehr, wann sie das letzte Mal geweint hatte. Ein heftiges Schluchzen schüttelte Radu, und seine Tränen tropften kühl auf ihre Schulter, ihre Bluse durchnässend.

»Ich liebe dich«, flüsterte Radu. »Ich liebe dich, Laenea.«

»Mein Radu, ich liebe dich auch.« Sie konnte nicht, wollte nicht laut äußern, was sie dachte: Das wird uns nicht genügen. Auch das hilft uns nicht weiter.

Sie führte ihn zu einer breiten, niedrigen Ruhebank, von der aus man den Ozean beobachten konnte. Als sie ihn mit sich auf das Polster zog, handelten beide halb unbewußt; sie achteten nicht auf das, was sie taten oder was sie umgab. Alles andere vergessend, gingen sie ganz ineinander auf. Laenea hielt Radu engumschlungen. Er murmelte etwas Unverständliches.

»Was?«

Er rückte ein Stück von ihr ab und blickte forschend in ihr Gesicht. »Wie kannst du mich lieben? Wir hätten nur auf eine einzige Art zusammenbleiben können, aber ich habe versagt …« Es kostete ihn Überwindung, das Wort auszusprechen.

Laenea löste die Umarmung und ergriff statt dessen seine Hände. »Hierbei kann man nicht versagen, Radu. Das Wort hat in diesem Zusammenhang keine Bedeutung. Entweder man eignet sich für diese Operation, oder man eignet sich nicht. Es ist keine Frage der Ehre.«

Er schüttelte den Kopf und wandte den Blick ab.

Laenea fragte sich, ob er vielleicht zum ersten Mal in seinem Leben ein wichtiges selbstgestecktes Ziel nicht erreichte, nicht bekam, was er unbedingt haben wollte. Er war jung … so jung, daß er sich Vorwürfe machte für etwas, das er gar nicht zu beeinflussen vermochte. Wieder zog Laenea ihn an sich, küßte den äußeren Schwung seiner Augenbrauen, seine hohen Wangenknochen. Sie schmeckten nach Salz.

»Wir können nicht …« Er wollte zurückweichen, doch sie ließ ihn nicht los.

»Ich riskiere es, wenn du auch willst.« Ihre Hand schob sich unter seinen Hemdkragen, knetete die verspannten Nackenmuskeln, während ihr Daumen den Puls seiner Halsschlagader einfing und weiterleitete. Kaum hörbar wisperte er ihren Namen.

In dem Wissen, was sie erwartete und was sie befürchten mußten, liebten sie sich ein drittes und letztes Mal; voller Leidenschaft verausgabten sie sich rückhaltlos vor der kalten, schwarzen See.

Radu schlief schon halb, als Laenea ihn küßte und ihn verließ, bemüht, Gelassenheit vorzutäuschen. In dem scharlachroten und goldenen Zimmer legte sie sich auf das Bett und verdrängte jeden Gedanken bis auf die

Sorge, wie sie ihr rasendes Herz und den hechelnden Atem beruhigen sollte. Sie wollte Radu nicht wieder erschrecken, und helfen konnte er ihr ohnehin nicht. Für ihren Kampf mußte sie sich ungestört konzentrieren können. Die geringe Kontrolle, die sie noch über ihren Körper besaß, entglitt ihr vollends, ehe sie sie zu festigen vermochte. Dafür sorgten die Schmerzen: ein flaches, hurtiges Pochen im Kopf, ein dumpfes, langsames Ziehen in der Nierengegend, ein Stechen in der gesamten Lunge. Der Panik nahe, preßte sie sich die Handballen gegen die Augen, bis sie blutrote Blitze sah; sie stimulierte die Adrenalinausschüttung, und an einem gewissen Scheitelpunkt spürte sie vor Erregung keine Schmerzen mehr.

Prompt stellte sich eine artifizielle, fragile Ausgeglichenheit ein, die sie wie ein Funkenschauer durchgloste.

Ihr Herz verlangsamte sich, beschleunigte, wurde abermals langsamer um gleich wieder aufs neue loszupreschen (dieses Mal jedoch nicht so überstürzt) und pendelte sich allmählich auf ein gemächliches Tempo ein.

Trotz ihrer Angst vor dem Einschlafen konnte sie sich nicht länger wachhalten; ihre Hände sanken zur Seite und sie driftete aus der Welt des Wachseins hinaus.

KAPITEL 4

Als Radu aufwachte, war Laenea fort. Seine Hand tastete über die Polster. Der Platz, auf dem sie gelegen hatte, war kalt. Er stand auf und zog sich an.

Vor Laeneas Zimmer blieb er zögernd stehen. Geräuschlos öffnete er die Tür. Laenea schlummerte tief und fest, das Aquarium warf ein verwirrendes Muster aus blauen Lichtern und Schatten über ihre ausgestreckte Gestalt. Als sie krank war, hatte er stundenlang an ihrer Seite gesessen und sie im Schlaf beobachtet, nun jedoch kam er sich wie ein Eindringling vor. Leise schlich er sich ins Zimmer und holte seine Reisetasche.

Er zauderte; gern hätte er sie ein letztes Mal geküßt, sie geweckt, damit sie ihm erzählte, sie hätte wie durch ein Wunder eine Möglichkeit entdeckt, damit sie beide zusammenbleiben könnten. Aber er sah keinen Sinn darin, ihren Schlaf zu stören, ihren Abschied in die Länge zu ziehen. Nichts, was er und Laenea einander hätten sagen können, vermochte die Tatsachen zu ändern. Piloten verkehrten nicht mit gewöhnlichen Sterblichen. Laenea war eine Pilotin, und Radu ein ganz normaler Mensch. Und die Absage des Piloten-Auswahl-Komitees bekräftigte, daß er nie etwas anderes sein würde.

Also schloß Radu Dracul die Tür und ließ Laenea Trevelyan zurück, die er so kurz gekannt aber seit langem geliebt hatte.

Er verließ Kathell Staffords Appartement und betrat den Aufzug. Geschwind brachte der Lift ihn an die

Meeresoberfläche. Keine Menschenseele begegnete ihm, und dafür war er dankbar. Er fühlte sich außerstande, Höflichkeiten auszutauschen, geschweige sich in ein konventionelles Gespräch verwickeln zu lassen.

So einsam hatte er sich nicht gefühlt, seit auf Twilight die Pest ausbrach. Danach war er so oft allein gewesen, daß es ihm nichts mehr ausmachte; außerdem hatte er seine Träume. All das hatte sich geändert. Die Realität hatte ihn eingeholt, seine Träume erfüllt, um sie dann gnadenlos zu zerstören.

Draußen, im Dunkeln, streichelte die Meeresbrise sein vernarbtes Gesicht und zauste seine Haare. Der Wind roch schwach nach Raketentreibstoff, doch das minderte nicht seine erfrischende Wirkung. Das fremdartig anmutende irdische Klima erzeugte in Radu einen Anflug von Heimweh. Er sehnte sich zurück nach den endlosen Wäldern und der wolkenschweren, kristallenen Atmosphäre seiner Heimatwelt. Es drängte ihn, den Raumhafen und die Erde zu verlassen.

Eine Tram stand auf der Außenspur und wartete auf Passagiere, aber Radu beschloß zu laufen. Bis zum Abflug des nächsten Shuttles zur Erdstation hatte er ausreichend Zeit, im Control Office vorzusprechen. Er schlug den Fußpfad ein.

Die feuchten Metallflächen schimmerten unter den starken Scheinwerfern. Radus Weg führte von gleißend ausgeleuchteten Buchten zu tief verschatteten Zonen, die vom Mondlicht nur leicht gestreift wurden. Der lange Marsch tat ihm gut. Er half ihm beim Denken, obwohl er wußte, daß er kein Patentrezept finden würde, das es ihm und Laenea erlaubte, ein Liebespaar zu bleiben. Ihre Trennung war unumgänglich. Doch das forsche Ausschreiten, die körperliche Anstrengung, waren besser, als wartend an der Abflugrampe zu brüten und sich das Gehirn zu zermartern. Außerdem brauchte er die sportliche Übung. Er war an viel schwereres körperliches Schuften gewöhnt, als sein Job in der Crew ihm abverlangte.

Er strich sich über das Haar und merkte, daß es naß war vom Tau oder von der Meeresgischt. Unversehens sah er ein lebhaftes Bild von Laenea vor sich, wie ihr langes dunkles Haar glänzte, als sie gemeinsam durch den Nebel wanderten, einander umarmend, eingehüllt in ihr Samtcape. Ihr Spaziergang hatte auf Kathells Party geendet ...

Jählings blieb Radu stehen und blinzelte verdutzt, weil er an eine Halluzination glaubte. Kathell hatte doch die Nebelfänger, die knallbunten Pavillons, ihre Freunde und Dienstboten eingesammelt und die ganze Blase an irgendeinen anderen bizarren Ort verfrachtet. Aber da stand, einsam und verloren, ein einzelnes schwarzsilbernes Zelt auf dem grauen Deck. Der schwere Fransensaum schaukelte im linden Nachtwind.

Radu ging zu dem Zelt. Es war kein Hirngespinst. Eine silberne Schnur hielt die Eingangsklappe offen. Drinnen kniete Kathell auf dem Satinboden vor ihrem weißen Tiger.

Das Röcheln der massigen Kreatur füllte die Luft. Radus Schatten fiel über Kathell. Sie blickte hoch.

»Hallo. Radu Dracul«, grüßte sie, ohne im mindesten überrascht zu sein. Radu fragte sich, ob sie überhaupt je zu verblüffen war, oder ob sie bereits alles gesehen und erlebt hatte, was er sich vorstellen konnte, und vieles, was sich seiner Einbildungskraft entzog.

Radu betrat das Zelt und setzte sich neben sie auf die Fersen. Sie kraulte die Schulter des Tigers, doch der reagierte nicht.

»Was machst du ganz allein hier draußen«, fragte Radu.

Sie deutete auf den Tiger. »Das siehst du doch.«

»Ich meine, wieso bist du nicht bei dir zu Hause?«

»Zu Hause?« wiederholte sie abwesend. »Sprichst

du von dem Appartement? Das habe ich doch dir und Laenea überlassen.«

Ihr sachlicher Tonfall hielt Radu davon ab, über ihre Einstellung zu diskutieren, die er reichlich merkwürdig fand. Er ließ das Thema fallen.

»Brauchst du Hilfe?«

Kathell zuckte die Achseln. »Ich habe die anderen weggeschickt, weil sie nicht sehen sollten, wie er stirbt. Aber ich möchte ihn auch nicht verlieren.«

Kathells weißer Tiger war das einzige Exemplar dieser Gattung, das Radu je gesehen hatte, deshalb nahm er zuerst an, die Färbung sei normal. Vielleicht waren ihm deshalb die ernsthafteren Mutationen des Tieres aufgefallen, während andere nur auf das ungewöhnliche Fell achteten. Kein gesundes Wesen hatte einen Gang wie dieser weiße Tiger, die Hinterläufe waren schlecht koordiniert, das Rückgrat war stark verkrümmt; und kein Raubtier, das schielte, würde in der freien Wildbahn lange überleben.

Für Radu war der Tiger ein weiteres Beispiel für die Pervertiertheit der Erdenbevölkerung, die den schönen Schein mehr schätzte als den Nutzeffekt. Er wußte nicht, was er sagen sollte. Worte des Mitleids würden unecht klingen, denn obwohl Kathell ihm leid tat, weil sie um ihren Schützling trauerte, war für das degenerierte Tier der Tod eine Erlösung.

Das Atmen fiel dem Tiger zunehmend schwerer.

»Meine Freunde werden das nicht verstehen«, sagte Kathell. »Ich könnte ihn am Leben erhalten.«

»Nein, das darfst du nicht tun!« Radu spürte, wie er vor Verlegenheit rot anlief. Was ging es ihn an, wenn sie mit sich selbst über das Schicksal ihres Haustiers beriet? Doch er fand den Gedanken unerträglich, daß diese Kreatur, die dazu bestimmt war, majestätisch zu sein, sich noch ein, zwei, oder gar zehn Jahre länger quälen sollte, nur um ein Publikum mit seiner Einzigartigkeit zu ergötzen.

»Verzeihung«, sagte Radu.

»Du brauchst dich nicht zu entschuldigen, du hast ja recht.«

Der Tiger hörte auf zu atmen. Radu und Kathell starrten auf ihn hinunter. Radu hielt die Luft an. Das einzige, was er hörte, war das Brausen der See.

Der Tiger erschauerte mit einem Ruck, die Hinterläufe zogen sich hoch an den Bauch. Schaum tropfte aus dem Maul. Dann erschlafften die Muskeln und er lag reglos da. Die Atemzüge kamen stoßweise und mit langen Pausen. Schweigend, wie versteinert, sah Kathell zu, wie das Leben aus dem wuchtigen Körper wich. Radu zuckte jedesmal zusammen, wenn die Kreatur mühsam nach Luft rang. Die Intervalle zwischen den einzelnen Schnaufern wurden länger.

Der Tiger brauchte so lange zum Sterben, daß Radu Kathell am liebsten gepackt, sie geschüttelt und von ihr verlangt hätte, einen Veterinär oder auch einen Humanmediziner zu holen, der das Tier aus seiner Not erlöste. Endlich, gerade als er glaubte, es nicht länger auszuhalten, fühlte Kathell den Puls des Tigers. Sie ließ die Hand sinken, ihre Schultern hingen herab.

»Das arme Ding«, murmelte sie. Ihre Stimme bebte. Ihr Gesicht lag im Halbschatten, doch auf ihren Wangen glänzten Tränen.

In der tröstenden, kameradschaftlichen Art, in der Crew-Mitglieder sich gegenseitig beim Aufwachen unterstützten, legte Radu seine Hand auf die ihre. Kathell erstarrte und entzog sich seinem Griff. Auch Radu ging auf Distanz, ein wenig gekränkt und betroffen, denn er hatte den Eindruck, sie hätte die Geste mißverstanden.

»Es geht mir gut«, erklärte sie. »Ich wußte schon lange, daß das passieren würde.« Sie sah zu ihm hin, ihre Bewegungen wirkten steif und hölzern. »Ich hätte dich wegschicken müssen«, meinte sie. »Das hätte ich dir nicht antun dürfen.« Es klang weder bedauernd noch traurig, sondern böse und ängstlich. Laenea hatte gesagt, Kathell bäte niemals jemanden um etwas, aber ehrliches Mitgefühl würde sie doch wohl nicht ausschlagen.

»Du warst immer sehr freundlich zu mir«, sagte er. »Es hat mir nichts ausgemacht, bei dir zu bleiben.«

»Ich habe dich um keinen Gefallen gebeten!« Sie stand auf und löste den schweren Satinboden von den Seitenwänden. Radu wollte ihr zur Hand gehen, doch sie winkte ab.

»Ich möchte dir helfen«, sagte er. »Das gehört sich so. Schließlich habe ich deine Gastfreundschaft genossen ...«

»Wenn du das, was ich dir gebe, nicht annehmen kannst, ohne mich mit Dankbarkeit zu belästigen«, sagte sie, während sie die letzte Ecke aus der Verankerung riß, »dann darfst du dir nichts von mir schenken lassen.«

Aus ihrer Tasche zog sie eine Phiole, öffnete sie und verteilte den Inhalt über den Kadaver des Tigers. Ein feiner matter Staubfilm legte sich auf den Pelz.

»In meiner Heimat herrschen andere Sitten«, entgegnete Radu. »Wir sind aufeinander angewiesen.«

Sie hob einen Zipfel des Satins an. Radu trat über die Kante des Stoffs und stand knöcheltief in kleingehäckseltem Farnkraut.

»Ich bin auf niemanden angewiesen«, beharrte Kathell. »Ich will keine Dankbarkeit.«

»Einem unwissenden Barbaren wirst du diesen Patzer wohl noch mal durchgehen lassen«, versetzte Radu gereizt.

Kathell schlug den Kadaver in die Satinplane ein.

»Ich akzeptiere auch keine Selbstbezichtigungen.« Sogar ihr Tonfall war unnachgiebig. »Du sollst mir weder danken noch mir Schuldgefühle einimpfen.« Sie verschränkte die Arme. Gesenkten Kopfes betrachtete sie das Leichentuch des Tigers.

Stumm stand Radu neben ihr, leicht geduckt wegen des niedrigen Zelts. Er überlegte, was er sagen sollte. Die Temperatur im Pavillon begann zu steigen.

»Komm mit nach draußen«, forderte Kathell ihn auf.

Sie bugsierte ihn auf das Deck, dann drehte sie sich um und spähte in das dunkle Zeltinnere hinein.

Aus dem im Schatten liegenden Leichentuch schossen plötzlich grelle Flammen hoch und ergossen sich die Seiten hinunter wie eine Flüssigkeit. Das Farnkraut entzündete sich und fing prasselnd an zu brennen. Radu wich vor der Hitze zurück, doch Kathell rührte sich nicht vom Fleck. Qualm wölkte hoch, und der Kadaver des Tigers implodierte. Das Feuer erlosch.

Sofort ließ die Hitze nach; die nächtliche Brise vertrieb den Rauch.

Das Zelt selbst blieb von den Flammen verschont. Kathell ging wieder hinein und faltete das Satinlaken auseinander. In der Mitte lag ein zerstreutes Häufchen von grauem Staub. Sie sammelte ihn in einen kleinen Stoffbeutel.

»Geh jetzt!« Sie zitterte. »Geh!« Lautlos weinend wandte sie sich von ihm ab und rang um Fassung.

Radu berührte ihre Schulter, strich mit den Fingerspitzen über den weichen Stoff ihres Gewandes. Sie prallte zurück, dann warf sie sich jählings an seine Brust. Radu hielt sie fest, streichelte ihr übers Haar und redete beruhigend auf sie ein, wie er ein kleines Kind getröstet hätte. In seinen Armen fühlte sie sich an wie ein Kind, so klein und zerbrechlich war sie. Einen Augenblick lang wähnte er sich wieder auf Twilight, seine jüngere Schwester in den Armen haltend, die sich in schierem Entsetzen zu ihm geflüchtet hatte, als sie die ersten Symptome der Krankheit an sich bemerkte. Am nächsten Tag starb sie. Die Ängste, Schmerzen und Sorgen jener schrecklichen Wochen kehrten zurück.

Kathell kämpfte gegen jede Träne an, die sie vergoß. Dann, impulsiv wie immer, nahm sie Radus Hände von ihren Schultern und ging auf Abstand. Sich als Silhouette vor dem helleren Hintergrund abhebend, wischte sie sich das Gesicht grob mit dem Ärmel ab.

»Ich sagte dir doch, du sollst mich in Ruhe lassen«, schimpfte sie. »Ich habe dich nicht um Hilfe gebeten. Was willst du?«

Überrascht und verwirrt schüttelte Radu den Kopf. »Ich will gar nichts.«

»Jetzt stehe ich in deiner Schuld! Und ich lasse nie eine Rechnung offen!«

»Aber ich will nichts von dir«, beharrte er. Er kam sich vor, als hätte er ihr ein unerwünschtes Geschenk aufgedrängt und dann eine Gegenleistung verlangt. »Du bist Laeneas Freundin und mir hast du auch eine Gefälligkeit erwiesen.«

»Das war keine Gefälligkeit«, widersprach sie scharf. »Ich hatte mir nichts dabei gedacht. Es hat nichts mit dieser Sache hier zu tun.«

»Blödsinn!« entgegnete Radu. »Wenn du glaubst, daß man ein paar Minuten Anteilnahme wiedergutmachen muß, dann tilge *ich* eine Schuld.«

»Ich lasse es nicht zu, daß man mich für das, was ich gebe, entschädigt.«

»Dieselbe Einstellung mußt du mir zugestehen.« Das Gespräch war in ein absurdes, nervtötendes Spiel ausgeufert, und Radu hoffte, es würde damit enden, daß Kathell ihn nicht länger verdächtigte, er hege irgendwelche Hintergedanken.

»Nein«, protestierte sie. »Das ist nicht dasselbe. Ich schulde dir was. Und ich vertrage es nicht, wenn ich jemandem verpflichtet bin. Ist das so schwer zu verstehen?«

»Du schuldest mir gar nichts«, berichtigte Radu. Die Unterhaltung drehte sich im Kreis. »Das ist albern, eine Bagatelle. Wieso verrennst du dich in die Vorstellung, ich würde etwas von dir wollen, wenn ich doch gar nichts verlange?«

»Weil ich kein Maß mehr kenne, wenn ich erst einmal etwas annehme!« schrie sie. Mit geballten Fäusten, die Augen zu Schlitzen zusammengekniffen, ging sie auf ihn los. »Das lasse ich mir nicht noch einmal vorwerfen!«

Ihr Ausbruch schockierte ihn. »Wer hat dir so etwas unterstellt? Und wie kommst du dazu, das zu glauben?«

»Du kennst mich nicht!« keifte Kathell. »Du wirst nie erfahren, wie ich wirklich bin, und – so die Götter wollen – auch kein anderer!«

»Dann bitte ich dich, mir meine Schuld zu vergeben«, schlug Radu vor. »Das ist das einzige, was ich von dir fordere. Du sollst einsehen, daß ich nichts von dir will.«

»Wie kannst du mich so beleidigen?« kreischte sie. »Du hältst meine Gründe für trivial, *aber das sind sie nicht!*«

In einer beschwichtigenden Geste streckte Radu ihr die Hand entgegen, doch sie schlug danach. Verärgert, weil sie seine Annäherung falsch gedeutet hatte, wich Radu ein paar Schritte zurück und lockerte allmählich die Fäuste.

»Ich stelle keine Ansprüche an dich«, wiederholte er. »Noch würde ich etwas von dir annehmen. Ich verlasse die Erde, und ich möchte weder diesen Planeten noch dich jemals wiedersehen.« Er schlug einen weiten Bogen um sie und setzte seinen Weg fort.

»Ich bin bei dir im Rückstand. Und ich werde meine Schulden bezahlen, damit wir zwei quitt sind.«

Vor Zorn und Scham lief Radu hochrot an, doch er blieb nicht stehen.

»Such dir etwas aus!« brüllte Kathell ihm hinterher. »Aber beeil dich, sonst schaffst du dir eine Feindin!«

Radu blickte nicht zurück.

Ein paarmal fuhren Trams an ihm vorbei, die auf ihren Magnetschienen lautlos durch die Nacht glitten.

Im Zentrum des Raumhafens pulsierten grelle Lichter durch die Dampfwolken aus superkaltem Treibstoff.

Er war immer noch aufgewühlt und ergrimmt, als er das Control Office erreichte, das sich in einem niedrigen Gebäudekomplex in einer Ecke des Landehafens verbarg. Radu reservierte sich einen Platz im nächsten Shuttle zur Erdstation, danach verlangte er den Transitplan. Für mehrere Flüge stellte man noch Crew-Mitglieder ein. Als Radu sich anschickte, auf einem Schiff anzuheuern, das bis New Snolqualmie reiste, eine Koloniewelt, die Twilight nicht unähnlich war, stellte er fest, daß das Schiff von einem Piloten gesteuert wurde.

Er fluchte. Das letzte, was Radu jetzt wollte, war die Gesellschaft eines Piloten. Aber nur wenige der verfügbaren automatisierten Schiffe boten freie Stellen an. Da es wesentlich mehr automatisierte als von einem Menschen gelenkte Schiffe gab, war dies ein unglücklicher Zufall, Ironie des Schicksals.

Keines der anderen Ziele sagte ihm sonderlich zu. Da Radu Twilight auch unter dem Vorwand verlassen hatte, seine Welt brauchte die von ihm verdienten Devisen, entschied er sich für den automatisierten Flug mit der besten Heuer. Er plante, die am weitesten entfernt liegenden Stops anzulaufen und dann nach Möglichkeit auf ein Schiff überzuwechseln, das noch weiter flog. Er wollte bis zu den Grenzen des erforschten Universums vordringen. Natürlich bewarb er sich um die Teilnahme an einer Entdeckungsreise, doch das tat fast jedes Crew-Mitglied, das er kannte. Sie stellten die Anträge aus Neugier, Abenteuerlust, des Geldes wegen. Radu stand sehr niedrig im Rang, und es würde eine Weile dauern, ehe man ihn für eine solche Mission berücksichtigte.

Statt der elektronischen Bestätigung erhielt er dieses Mal eine persönliche Antwort auf seine Bewerbung.

»Radu, wie geht es dir?« Das Crew-Mitglied, dessen transparentes Bild sich in der Luft vor ihm formierte, war ein Normalraum-Navigator mit der Befugnis, ein automatisiertes Schiff für den Transit vorzubereiten. Seit Radu Atnaterta das letzte Mal gesehen hatte, war er stark gealtert. Dabei waren seit ihrem letzten gemeinsamen Flug für Radu nur ein paar Wochen vergangen, allerdings konnte die subjektive Zeitspanne für Atna sehr viel länger gedauert haben. Die Falten hatten sich tiefer in das ebenholzschwarze Gesicht eingekerbt, und der Mann wirkte chronisch erschöpft. Das Haar, das so tiefschwarz war wie seine Haut und die Augen, zeigte Anflüge von Grau. Radu vertraute auf seine Fähigkeit und Erfahrung. Vor allem schätzte er an ihm die durch nichts aus dem Gleichgewicht zu bringende Besonnenheit. Er freute sich, ihn zu sehen.

»Es geht mir gut, Atna.« Es wäre viel zu kompliziert gewesen, auf diese reine Höflichkeitsfloskel mit der verschlungenen Wahrheit zu antworten.

Es dauerte ein Weilchen, bis Atnas Entgegnung von der Erdstation via Satellit zu Radu gelangte.

»Kannst du das nächste Shuttle nehmen? Wir brauchen einen Dritten.«

»Klar, ich habe schon einen Platz reserviert.« Wieder die durch die Grenze der Lichtgeschwindigkeit bedingte lästige Pause.

»Gut. Ich setz dich auf den Dienstplan.«

In der Luft erschien die Bestätigung in kleinen leuchtenden Lettern.

»Danke, Atna.«

»Schön, daß du bei uns bist.«

Er verabschiedete sich.

Radus Fähigkeit, immer die genaue Zeit zu wissen, verriet ihm nicht, wann die Sonne aufgehen würde. Nach Osten spähend, forschte er nach einem Lichtschimmer. In den wenigen Tagen seines Aufenthaltes auf der Erde hatte er kein einziges Mal die Sonne gesehen; nie war er bei Tageslicht draußen gewesen. Aber bis zu diesem Moment war ihm das weder aufgefallen, noch hätte es ihn bekümmert. Gern hätte er jetzt die Erde im Glanz ihrer Sonne gesehen, doch dazu war es zu spät. Vielleicht würde er nie wieder zurückkommen.

Er hetzte zum Shuttle, ging an Bord und wartete auf den Start.

Die Beschleunigung preßte ihn gegen seinen Sitz, als wolle die Erde ihn festhalten. Doch das Shuttle erreichte Fluchtgeschwindigkeit – wie immer –, und obwohl er seinen Kummer und seine Erinnerungen nicht zurücklassen konnte, entführte es ihn an einen Ort, wo er seine Probleme wenigstens zeitweilig bei der Arbeit vergessen durfte.

Laenea quälte sich aus dem Bett; ihr Körper schmerzte, als hätte sie eine Rauferei mit einem stärkeren Gegner verloren. Im Bad spritzte sie sich eiskaltes Wasser ins Gesicht; das half ihr auch nicht. In ihrem Urin befanden sich Spuren von Blut; sie achtete nicht weiter darauf.

Radu war fort. Eine Nachricht hatte er nicht hinterlassen. Nichts war von ihm geblieben, als hätte er absichtlich alle Beweise für seine Anwesenheit verwischt, um dadurch seinen Kummer über ihre Trennung auszulöschen. Laenea wußte, daß nichts den Schmerz zu tilgen vermochte. Sie sehnte sich danach, mit ihm zu sprechen, ihn zu berühren – nur noch ein einziges Mal – und ihm zu zeigen, ihm begreiflich zu machen, daß er nicht versagt hatte. Bei dem Versuch, mit ihr gleichzuziehen, hätte er sich nur selbst vernichtet.

Sie ließ ihn in der Crew Lounge ausrufen, doch er antwortete nicht. Der Computer nahm einen Crosscheck vor und gab Laenea den Bescheid, daß Radu Dracul sich an Bord des Transitschiffs A-28493 befand, das gerade startklar gemacht wurde.

Es war immer noch Zeit, um ihn zu erreichen, ehe er

sich schlafen legte, doch er hatte ein automatisiertes Schiff mit einer langweiligen Route gewählt, vermutlich den erstbesten Job, den er kriegen konnte. Das verriet Laenea deutlicher als jedes ausgesprochene Wort, daß er sie nie wieder sehen, berühren oder mit ihr reden wollte.

Keine Sekunde länger hielt sie es in Kathells Appartement aus. Sie schmiß sich in ihre Kleidung, die Weste aus Trotz bis unterhalb des Brustbeins offenlassend. Es war ihr einerlei, ob man sie erkannte, ins Krankenhaus zurückverfrachtete oder ihr sonst was antat.

Als sie droben an Deck aus dem Aufzug stieg, peitschte der Wind ihr Haar und bauschte das Cape, das wild hinter ihr herflatterte. Sie zog den schwarzen Samt eng um sich und wartete. In die nächste Tram stieg sie ein; es drängte sie, in ihre eigene Stadt zurückzukehren, sie suchte die Gesellschaft von ihresgleichen, den Piloten. Deren Abgeschiedenheit wollte sie teilen und mit ihnen gemeinsam die Geheimnisse des Kosmos hüten.

Laenea wußte, wo sich die Piloten im Raumhafen aufhielten, doch ihre Quartiere hatte sie nie betreten. Ihr Training hatte sie auf dem Festland absolviert, und soweit sie wußte, gestattete man niemandem außer Piloten den Zugang zu ihrer Etage. Sie nahm den Lift und drückte auf den entsprechenden Knopf. Die Kabine sauste nach unten. Als sie stehenblieb, öffneten sich die Türen jedoch nicht.

»Ihr Name bitte.« Die Stimme war von der künstlichen Glattheit, wie sie nur eine Maschine hervorbringt.

»Laenea Trevelyan.«

Normalerweise reagierten Maschinen nach menschlichen Maßstäben sofort. Laenea rechnete mit einer unverzüglichen Anerkennung oder Weigerung.

Nichts geschah.

»Mein Name lautet Laenea Trevelyan!«

Die Pause dauerte an.

Sie stand im Begriff, aufzugeben und fortzugehen, als die Tür leise aufglitt.

»Willkommen, Laenea«, grüßte Ramona-Teresa. Ihre Stimme klang neutral, ohne einen Anflug von Häme oder Tadel. »Willkommen.«

Sie streckte Laenea die Hand entgegen; die zögerte, als sie daran dachte, wie sich Radu angefühlt hatte, als sie ihn das letzte Mal anfaßte. Doch sie und Ramona waren gleich. Sie umklammerte Ramonas warmes, pulsloses Handgelenk.

Ein paar andere Piloten kamen hinzu und nahmen Laenea in ihre Mitte. Sie fragte sich, ob sich Piloten bei der Begrüßung immer umarmten.

Sie lachte befreit.

Auf der Erdstation angekommen, hetzte Radu vom Shuttle zum Transitdock; indem er sich ohne Rücksicht auf Verluste im freien Fall die zentralen Korridore der alten Station hinabstürzte, und nur Halt machte, um am Transitdock seinen Ausweis zu zeigen, schaffte er es, Atnas Schiff rechtzeitig vor dem Abflug zu erreichen. Er trat in das autonome Gravitationsfeld.

Im Kontrollraum blieb er stehen, um seine Balance wiederzufinden und Atna zu begrüßen. Der ältere Mann stand auf, um ihn willkommen zu heißen. Atna war fast so groß wie Radu, nur wesentlich schlanker. Seine Haut wurde langsam schlaff und trocken wie altes Papier.

»Ich freue mich, dich bei uns an Bord zu haben«, sagte er. Die Hände auf Radus Schultern gelegt, lehnte er sich zurück und lächelte. »Aber leider bist du im Rang wieder ganz unten.«

»Das macht nichts«, erwiderte Radu. Er war es gewöhnt, einen niedrigen Dienstgrad zugeteilt zu bekommen und im Schiff das Mädchen für alles zu spielen.

Atnas Blick wurde durchdringender. »Geht es dir gut?«

»Ja«, antwortete Radu. »Warum fragst du?«

»Ich möchte mich nicht in dein Privatleben einmischen«, sagte Atna mit linkischem Achselzucken. »Aber du weißt ja, wie die Leute tratschen. In den letzten Tagen hat man sich über dich den Mund zerrissen. Ich war schon richtig besorgt.«

Als neues Crew-Mitglied und als jemand, der von Natur aus ein Einzelgänger war, kam Radu mit Klatsch kaum in Berührung. Man zog ihn nicht ins Vertrauen, und man redete nicht über ihn – soweit er das beurteilen konnte. Es paßte ihm nicht, daß man über ihn und Laenea herzog, aber er hätte sich denken können, daß über sie geklatscht wurde.

»Mir fehlt nichts«, behauptete Radu.

»Dann entschuldige bitte«, sagte Atna. Gleich darauf rief er mit offensichtlicher Erleichterung: »Ah, Orca! Komm her und mach dich mit Radu bekannt!«

Radu drehte sich um. Er hatte das andere Crew-Mitglied nicht gehört, so geräuschlos bewegte sich die junge Frau mit ihren gummibesohlten roten Segeltuchschuhen. Wie viele Crew-Mitglieder, kleidete sie sich auffallend. Sie trug silberne Hosen, ein silbernes Netzhemd und eine paillettenbesetzte Jacke mit Fischschuppenmuster: silbern, messinggold, kupferrot. Das superkurzgeschnittene, feine hellblonde Haar bildete zu der glatten mahagonibraunen Haut und den schwarzen Augen einen interessanten Kontrast. Für ihren schlanken Körperbau wirkten die Hände überproportional groß.

Verdutzt schaute Radu ein zweites Mal auf die Hände. Sie war eine Taucherin.

»Hey!« grüßte sie und reichte ihm die Hand. Sie packten sich kräftig bei den Handgelenken, und durch die durchsichtigen Schwimmhäute zwischen den Fingern schimmerte die schwarze Manschette seines Hemdes.

»Radu Dracul von Twilight«, stellte er sich vor.

»Oh«, stutzte sie, und Radu gewann den Eindruck, daß auch sie die Gerüchte über ihn gehört hatte. Wenn ja, dann verzichtete sie jedoch darauf, ihn auszufragen. »Orca von den Harmony Isles auf der Erde.« Sie grinste. »Ich fürchte, mein richtiger Name ist außerhalb des Wassers nicht auszusprechen.«

Radu bekam kaum Zeit, um sich über die Anwesenheit einer Taucherin im Schiff zu wundern. Atna schickte beide los, um die letzten Vorbereitungen für den Transit zu treffen. Während Orca die Triebwerke prüfte und Radu sämtliche halbintelligenten Geräte ausschaltete, legte Atna ab und steuerte das Schiff aus der Landebucht der Erdstation. Dann machten sich Radu und Orca für den Einstieg in die Schlafzellen bereit; zum Schluß umarmten sie sich, wie alle Crew-Mitglieder, um förmlich Abschied zu nehmen.

»Schlaf gut«, wünschte Orca ihm und schloß sich in ihre Kapsel ein. Radu kletterte in seine Kammer, legte sich hin und versiegelte die Luke. Das Schiff würde gemächlich zu seinem Transitpunkt schweben und dort nur so lange verharren, bis Atna die zerebralen Funktionen des Navigationscomputers blockierte und sich selbst in einen tiefen Schlaf versetzte. Dann verschwand das Schiff, tauchte ab in den Transit. Radu wußte, daß er den Transit selbst nie in wachem Zustand erleben würde.

Der vertraute, süßliche Duft des Narkosemittels stieg ihm in die Nase, und sofort schlummerte er ein.

Als Radu erwachte, erinnerte er sich gern an seine Träume. Er hatte von Twilight geträumt, von seinem Clan, und von den wenigen Tagen, der Frist, die sich nach Stunden bemessen ließ, die er mit Laenea verbrachte. Jetzt kam ihm sein Zusammensein mit ihr genauso phantastisch vor wie die Träume selbst.

Dann war er wieder hellwach. Ihm fiel ein, daß er

sehr weit von seiner Heimat entfernt war, daß die Pest seine gesamte Familie hinweggerafft hatte, ihn hingegen verschonte – mit Narben stigmatisiert. Er dachte daran, daß es für ihn und Laenea keine Zweisamkeit mehr gab.

Wenn das Schiff aus dem Transit herauskam, wachte Radu manchmal auf, bevor sich die Verriegelung seiner Schlafzelle löste; nun jedoch stand die Luke eine Handbreit offen. Im Aufstehen klappte er sie ganz zurück.

Jemand berührte seinen Arm.

Radu fuhr heftig zusammen.

»Ich bitte um Entschuldigung«, sagte der Pilot neben ihm mit fragend gewölbten Brauen. Er war kleinwüchsig und schmächtig, mit flusigem schwarzen Haar und einer sehr bleichen, durchscheinenden Haut. Radu entsann sich, daß er sein Bild gesehen hatte, und natürlich war Wassili Nikolajewitsch ihm dem Namen nach bekannt. Er war der erste Proband, der Pilot wurde, ohne vorher in der Crew gedient zu haben. Und er galt als hervorragender Pilot.

»Sie haben mich erschreckt«, gab Radu zu. Eine Begegnung mit Wassili Nikolajewitsch hätte ihn immer überrascht, und ihn ohne Vorwarnung auf einem angeblich automatisierten Schiff anzutreffen, grenzte an ein Wunder. Normalerweise teilten die Administratoren Wassili wichtige Flüge zu, die schnelle Rundreisen erforderten, wie diplomatische Missionen oder Rettungseinsätze. »Mit einem Piloten hatte ich nicht gerechnet, und im allgemeinen wache ich als erster auf.«

»Dieses Mal sind Sie auch der erste, aber ich dachte mir, Sie könnten vielleicht Hilfe gebrauchen.« Wassili war der einzige Pilot, den Radu kannte, der sein Hemd bis obenhin zugeknöpft trug, so daß man nur das obere Ende der Pilotennarbe sah.

»Ich dachte, dies sei ein automatisiertes Schiff«,

sagte Radu. Augenblicklich bereute er seinen nörgelnden Ton, doch der Anblick des Piloten hatte ihn leicht aus der Fassung gebracht. Mit beiden Händen rieb er sich das Gesicht, als könne er dadurch die Mattigkeit nach dem Transitschlaf wegmassieren. »Ich dachte wirklich, dies sei ein automatisiertes Schiff«, betonte er. Die Tatsache, daß man so spät einen Piloten eingesetzt hatte, war an sich ungewöhnlich genug; und daß man ausgerechnet *diesen* Piloten abkommandierte, ließ auf höchst ungewöhnliche Umstände schließen. »Was ist los? Wurden wir umgeleitet? Geht es um einen Notfalleinsatz?«

»Ich weiß es nicht«, erwiderte der Pilot. »Davon ist mir nichts bekannt.«

»Haben Sie denn nicht gefragt?« Radu blickte zu den anderen Schlafkapseln hin, doch nur die beiden Zellen, in denen Atna und Orca lagen, waren in Gebrauch. Das Schiff beförderte keine Passagiere, kein medizinisches Team.

»Nein«, entgegnete der Pilot.

»Transportieren wir Medikamente? Krankenhausbedarf?«

»Wir haben überhaupt keine Fracht geladen«, erklärte der Pilot. »Das volle Modul wurde gegen ein leeres ausgetauscht.«

»Aber warum?«

»Ich sagte Ihnen doch, ich weiß es nicht. Offen gestanden ist es mir egal.« Er runzelte die Stirn. »Ich hatte mich um einen Posten in einem Expeditionskorps beworben, als die Administratoren mir diesen Routineflug zuteilten; die nächste X-Team Mission geht erst wieder in sechs Monaten.«

»Vielleicht ist dies kein Routineflug«, wandte Radu ein.

»Verglichen mit einer X-Team Mission?« Wassili lachte spöttisch. »Hören Sie, ich kam nur hierher, weil ich glaubte, Sie könnten vielleicht Hilfe gebrauchen.

Nach einem langen Flug ist das meistens nötig. Aber offenbar kommen Sie allein zurecht, oder?«

Radus Anflug von Hochgestimmtheit und Vorfreude versiegte. Er fand, er schuldete irgend jemandem irgendwo dasselbe Risiko, das Laenea und die anderen auf sich genommen hatten, als sie nach Twilight kamen. Aber dieser Trip war wie alle anderen, weder gefährlich noch ein heroischer Rettungseinsatz. Sie beförderten lediglich überflüssige Konsumgüter zum Nutzen der Transit-Administratoren.

»Es geht mir blendend«, sagte er zu dem Piloten. Nach einer viel zu langen Pause setzte er hinzu: »Vielen Dank.« Er setzte sich hin, um seine Stiefel anzuziehen und gab vor, sich mit einer durchgescheuerten Stelle an seinem rechten Socken zu beschäftigen. Seine Hände zitterten; aber nicht, weil er sich erschreckt oder einen flüchtigen Moment lang gehofft hatte, an einer wichtigen und abenteuerlichen Mission teilzunehmen. Er bibberte, weil der Pilot in seiner Nähe war. Sein Herz raste. Er bemühte sich, den Puls zu kontrollieren. Er wußte, daß seine Mißempfindungen so lange anhalten würden, wie Wassili Nikolajewitsch bei ihm blieb.

Trotz der bedrohlichen Symptome hatte seine widrige Reaktion auf Laenea ihm bis jetzt nur Kummer bereitet, nicht etwa Furcht. Doch wenn ihre Intimität ihn für die Gegenwart eines jeden beliebigen Piloten sensibilisiert hatte, würde er seine Arbeit in der Crew aufgeben müssen. Die Vorstellung entsetzte ihn.

Das Schweigen dehnte sich aus. Radu blickte nicht hoch. Der Pilot machte kehrt und verließ den Raum mit den Schlafzellen.

Radu stieß den Atem aus, den er unbewußt angehalten hatte. Er hörte, wie der Pilot die Crew Lounge durchquerte und sich in die hinter einem Gang liegende Pilotenkabine begab. Die Tür öffnete und schloß sich vernehmlich.

Den löchrigen Socken vergessend, zog Radu seine Stiefel an und stand auf. Langsam normalisierte sich sein Herzschlag. Mit dem Ärmel wischte er sich den Schweiß von der Stirn. Er hatte noch nie von einem Crew-Mitglied gehört, das so auf einen Piloten reagierte wie er. Allerdings redeten die Piloten auch nicht über ihre Inkompatibilitäten mit anderen Menschen. Sie blieben einfach unter sich. Vielleicht um zu verhindern, daß die Körpersysteme gewöhnlicher Menschen aus dem Ruder liefen.

Radu prüfte die anderen Schlafkapseln. Weder Atna noch Orca waren in die Aufwachphase eingetreten, deshalb ließ er sie in Ruhe. Gemächlich schlenderte er durch die Lounge, und an der Pilotenkabine vorbei in den Kontrollraum.

Vor dem Sichtfenster blieb er staunend stehen.

Genau über ihnen schwebte ein smaragdgrüner, mit Federwölkchen betupfter Planet. Sie waren mit einer für ein automatisiertes Schiff unmöglichen und für einen Piloten ungewöhnlichen Präzision aus dem Transit aufgetaucht. Die meisten Schiffe kehrten in der mehr oder weniger korrekten Zone in den Normalraum zurück, zu nah am Ziel für ein weiteres Abtauchen, doch immerhin so weit entfernt, daß die Crew wochen- mitunter monatelang mit Unterlichtgeschwindigkeit weiterreisen mußte. Der Langeweile konnten sie nicht einmal mit Transitdrogen entgehen, denn diese durften nur verabreicht werden, um während des Transits zu schlafen, andernfalls wirkten sie hochgradig toxisch.

Manchmal kam ein Schiff so weit vom Kurs ab, daß es ein zweites Mal in den Transit gehen mußte. Es kam auch vor, daß Schiffe in so entlegenen Regionen des Universums landeten, daß niemand an Bord eine Ortsbestimmung vornehmen konnte und sie den Rückweg nicht mehr fanden. Jedenfalls lautete so die gängige Meinung, daß das mit verschollenen Schiffen passierte.

Es gab keinen konkreten Beweis dafür, daß sie bis in alle Ewigkeit im Transit blieben, obwohl ein paar Theorien darauf hindeuteten.

Radu konnte sich nicht sattsehen an der grünschimmernden Welt da droben; er fand die Geschicklichkeit des Piloten beeindruckend. Wassili Nikolajewitsch verdiente zu Recht den Ruf, der beste seiner Zunft zu sein.

Aus Neugier, inwieweit man den ursprünglichen Flugplan sonst noch abgeändert hatte, warf Radu einen Blick ins Logbuch. Der Hauptcomputer ließ sich unverzüglich aktivieren; Wassili hatte ihn bereits aus seinem Transitmodus aufgeweckt.

Man hatte ihnen nicht nur die Fracht weggenommen und dafür einen Piloten zugeteilt, sogar das Ziel war neu: Ngthummulun. Radu hätte sich die Mühe sparen können, den Namen abzufragen. Er wußte nicht mal, wie man ihn aussprach. Er zog die Stirn kraus. Das Wort kam ihm so absonderlich vor, daß er einen Augenblick lang argwöhnte, sie liefen einen von Extraterrestriern und nicht von Menschen bewohnten Planeten an.

In der Quarantäne vor seinem ersten Aufenthalt auf der Erde hatte man Radu die Null-Strain-Bakterien eingepflanzt, die eine Kreuzkontamination der verschiedenen Ökosysteme verhinderten. Doch er mußte noch mehr Erfahrungen sammeln, ehe die Administratoren ihn zu einem Alien-Kontakt-Training zuließen. Ihm fehlte also nicht nur die entsprechende Ausbildung, sondern auch die erforderliche speziell auf diese Welt zugeschnittene Immunisierung. Falls Ngthummulun ein von Außerirdischen bevölkerter Planet war, durfte er dort nicht landen.

Der Précis verscheuchte seine kurze Anwandlung von Enttäuschung. Ngthummuluns Kolonisten waren Menschen; sie stammten von Australien, einem Kontinent auf der Erde. Radu dachte sich, daß er den Namen vielleicht sogar korrekt aussprechen konnte.

Der Flugplan sah einen knappen Stopover auf diesem Planeten und eine sofortige Rückkehr zur Erde vor. Der gebotene Bonus für diesen Blitzbesuch war so hoch, daß es sowohl das Umdisponieren in letzter Minute als auch Wassilis Rekrutierung erklärte. Die Prämie für die Crew, die nach Radus Ermessen großzügig ausfiel, betrug indessen nur einen Bruchteil des Profits, der für die Transitbehörde dabei heraussprang. Trotzdem wollte Radu nicht zur Erde zurückfliegen. Natürlich brauchte er die Erdoberfläche nicht zu betreten, er konnte umgehend auf einem anderen Tiefenraumer anheuern, aber der unverhoffte Kurswechsel seines Schiffs machte aus seiner fluchtartigen Abreise eine Farce.

Radu fluchte leise. Er war ein so winziges Rädchen im Getriebe, daß er nicht einmal protestieren durfte, obwohl eine Beschwerde nach vollendeten Tatsachen ihm auch nichts genützt hätte.

Der in Aussicht gestellte Bonus hatte die Planänderung bewirkt, soviel war klar. Doch im Logbuch stand nicht, welche Fracht oder Mission diese Extrakosten wert waren.

Radu prüfte die Richtigkeit ihres Bestimmungsorts nach und suchte zu Übungszwecken nach einem besseren Orbit. Er wußte, daß der Pilot bereits die ideale Route bestimmt hatte. Ein Schiff zu lenken war wie Mathematik – Kunst und Wissenschaft zugleich. Über seine eigene mathematische Begabung machte sich Radu keine Illusionen. Er sah, was alle sahen; er handhabte Faktoren, die jedem zugänglich waren. Indessen zum Ursprung der Mathematik vorzudringen, zum Quell der Intuition, blieb ihm verwehrt. Seinen Dienst in der Crew versah er gewissenhaft und effizient, aber in mehr als einer Hinsicht taugte er nicht zum Piloten.

Er ging wieder in die Lounge, einem gemütlichen Aufenthaltsraum, dessen eine Wand mit Pflanzen dekoriert und die andere bunt bemalt war. Auch ohne

Inspektion wußte Radu, daß die Geräte zur Überwachung der Lebenserhaltungssysteme einwandfrei funktionierten. Trotzdem vergewisserte er sich – aus Gewohnheit. Ganz gleich, wie optimal die Luft zirkulierte, in der Nähe der Pflanzenwand herrschte immer eine etwas höhere Sauerstoffkonzentration. Er besprühte die Farnwedel mit Wasser, dann brühte er Kaffee auf. Wie üblich, war ihm der Küchendienst zugefallen, aber die Arbeit bereitete ihm Freude, und er verstand nicht, warum die anderen sich so davor drückten.

Er begutachtete die Lebensmittelvorräte, eine angemessene, wenn auch etwas triste Auswahl. Wenn ihre Rückkehr genauso reibungslos verlief wie die Ankunft, brauchte er nur wenige Mahlzeiten zuzubereiten und konnte stets auf frische Nahrung zurückgreifen.

Nur der Pilot hatte eine Liste mit Aversionen und Allergien abgegeben. Wassili Nikolajewitsch aß vieles nicht. Das würde die Speisen zur Abwechslungslosigkeit verdammen, es sei denn, er kochte von allem zwei Versionen.

Er entschied sich für einen ganz gewöhnlichen Eintopf, den sich jeder nach Belieben selbst würzen konnte. Dann schenkte er sich einen Becher voll Kaffee ein und ging in die Crew Lounge, um auf die anderen zu warten.

In einen Sessel gelehnt, die Füße auf ein Polster gestützt, überlegte er, was er als nächstes tun sollte. Die Erde hatte für ihn keinen Reiz mehr, selbst das Herumvagabundieren kam ihm längst nicht mehr so interessant vor wie zu Beginn seiner Laufbahn in der Crew. Und was die Teilnahme an Forschungsmissionen betraf – Wassilis Erfahrung verdeutlichte ihm, wie gering seine Chancen standen, zu den Auserwählten zu gehören.

Er hatte Heimweh, aber er wollte nicht zurück nach Twilight. Obwohl er seine Welt liebte, verfolgten ihn deren Gespenster. Der Schmerz über den Verlust seiner Familie war abgeklungen, doch ganz vergehen würde er nie. Bevor das Rettungsteam eintraf und einen Impfstoff entwickelte, waren zu viele Menschen gestorben, während Radu durch einen glücklichen Zufall überlebte. Die Seuche tötete jeden, der sich ansteckte. Radu kannte sonst niemanden, der die Krankheit überstanden hatte, obwohl es noch ein paar Überlebende geben mußte. Doch jeder, der durch natürliche Immunität, Glück oder später eine Impfung nicht infiziert war, sah Radu an und fragte sich, warum irgendein geliebter Angehöriger sterben mußte und Radu nicht.

Er rieb sich das Gesicht, die glatte Stirn, die vernarbten Wangen, den kratzenden Schnauzer. Vielleicht sollte er sich wieder einen Vollbart wachsen lassen. Einmal hatte er es schon getan, doch die Haare sprossen in unterschiedlichen Farben und er sah aus wie ein Clown. Zwar verbarg der Bart die Narben, aber lieber wollte er häßlich bleiben als sich zum Gespött der Leute zu machen, deshalb rasierte er ihn wieder ab.

Selbstverständlich brauchte er die natürliche Farbe nicht zu behalten. Er konnte den Bart problemlos dunkelblond färben, passend zu seinem Schnauzer. Der Grund, weshalb er darauf verzichtete, kam ihm selbst ein wenig absurd vor. Aber er legte Wert darauf, sich der Welt zu präsentieren, wie er wirklich war, ohne falsche Fassade. Sich zu verstecken, zahlte sich nie aus. Zwei Jahre lang hatte er versucht, sich in den Bergen von Twilight zu verkriechen. Die physischen Narben mit einem Bart zu kaschieren – oder auch der Versuch, seine seelischen Wunden durch eine Hautregenerierung zu heilen – würden ihm im Endeffekt nichts nützen.

Er sprang auf, als er ein plötzliches Geräusch hörte. Die anderen hatte er ganz vergessen. Er hastete in die Kammer mit den Schlafkapseln und sah, wie Atnaterta sich hochrappelte.

»Warte, Atna, ich helfe dir.«

Radu schob seinen Arm unter die Schultern des älteren Mannes und hob ihn aus der Kapsel. Der Navigator schlotterte vor Kälte. Radu drückte ihn an sich und massierte ihm den Rücken, bis er nach einer Weile mit einer knappen, schläfrigen Umarmung reagierte. Allmählich hörte das Zittern auf.

»Danke«, sagte er. »Jetzt bin ich wach.« Er sah abgekämpfter und älter aus als vor der Reise. Mühsam zwängte er sich in seinen dicken Pullover. Auf Schiffen fror Atna immer.

Auf dem Weg zur Lounge stützte Radu ihn. Anstatt dort zu verweilen, steuerte der Navigator auf den Kontrollraum zu.

»Wir sind auf Kurs«, sagte Radu. »Es ist ein Pilot an Bord.«

»Oh!« Atna blieb stehen. »Ja, sicher, der Pilot. Den hatte ich ganz vergessen.« Seine Miene erhellte sich. »Mir war sogar entfallen, daß ich auf diesem Trip nur ein Passagier bin.« Er ging weiter in den Kontrollraum hinein und spähte zu Ngthummulun hinauf. »Wie ich sehe, hat Waska es wieder einmal geschafft. Wie weit ist es noch? Zwei Stunden?«

»Sogar noch weniger«, erklärte Radu.

Atna begab sich in die Lounge zurück und ließ sich steif in einen Sessel sinken. Radu brachte ihm einen Becher Kaffee und setzte sich ihm gegenüber.

»Was war passiert?«

Atna umschloß den Becher mit seinen langen Fingern und genoß sichtlich die Wärme. »Er wurde zu uns herausgeflogen. Wir hatten den Transitpunkt fast erreicht, als die Nachricht durchkam. Irgendein Schiff wäre abkommandiert worden, deshalb … habe ich eine Freiwilligenmeldung gemacht. Ich hoffe, du hast nichts dagegen.«

Radu zuckte die Achseln. Aufzubegehren wäre sinnlos gewesen; es war bereits geschehen.

»Warum?« fragte er.

»Ngthummulun ist meine Heimat, ich habe also aus purem Egoismus gehandelt«, bekannte Atna lächelnd. »Weil wir nur wenige Waren von Außenwelten kaufen, landen nicht oft Schiffe hier. Ich war schon sehr lange nicht mehr zu Hause.«

»Und was ist der Grund für diese Reise?« Radu versuchte sich zu merken, wie der Name des Planeten ausgesprochen wurde.

»Ich bin mir nicht sicher«, gab Atna zu. »Aber da es sich nicht um einen Notfalleinsatz handelt, kann ich es mir denken. Vielleicht finde ich eine Gelegenheit, es dir zu zeigen.«

Radus Neugier war geweckt, und er wollte gern mehr wissen, doch er hörte das scharfe Klicken einer sich öffnenden Schlafkapsel. Atna wollte aufstehen, doch Radu bedeutete ihm, er solle sitzenbleiben. »Ich helfe ihr. Trink du ruhig deinen Kaffee aus.«

»Ist mir recht. Danke.«

Radu klappte die Luke zu Orcas Zelle hoch. Sie regte sich, langsam das Bewußtsein wiedererlangend. Behutsam nahm er ihre Hand, wobei er befürchtete, er könnte die zarten Schwimmhäute verletzen. Doch als sie die Finger krümmte, zog sich die Membran zurück. Er half ihr beim Aufstehen. Verschlafen lächelnd schlang sie ihre Arme um seine Taille und hielt sich an ihm fest, während er ihren Rücken und die Schultern massierte, die vom langen Liegen verkrampft waren. Unter seinen knetenden Händen strafften und entspannten sich die langen, glatten Muskeln der Schwimmerin.

Sie seufzte tief. »Danke.« Sie ließ ihn los, rieb sich die Augen mit den Fäusten und fuhr dann mit den Fingern durch ihr kurzes blondes Haar. Wie von selbst legte es sich zu der alten duftigen Frisur zurück.

»Schön, daß du wach bist«, sagte Radu.

»Wie hat Atna es überstanden?«

»Recht gut. Er scheint erschöpft zu sein, aber ich glaube nicht, daß ihm ernsthaft etwas fehlt.« Er erzählte ihr von der Kursänderung, dem Piloten, und daß sie Atnas Heimatwelt angelaufen hatten.

»Jeder Transit schwächt Atna ein bißchen mehr.« Orca schüttelte den Kopf, verscheuchte ihre trüben Gedanken und grinste. »Ich freue mich für ihn, daß er sich endlich zu einem Urlaub entschlossen hat.«

Radu hatte noch nie jemanden getroffen, der den Transitschlaf so gut verkraftete wie Orca. Sie räkelte sich genüßlich. »Riecht es nach einer warmen Mahlzeit? Ich bin am Verhungern.«

»Das Essen ist gleich fertig.«

Sie gingen in die Lounge, wo Atna über seinem Kaffee kauerte.

Alles an Orca – ihre ausgeprägten Eckzähne, ihr geschmeidiger Gang, ihre schmalen Hüften, die kleinen Brüste, die großen Augen und Hände – befand sich noch innerhalb der üblichen Norm; mit Ausnahme der Schwimmhäute war für Radu nicht zu erkennen, was an ihr gentechnisch verändert sein sollte. Er gestand sich ein, daß sie ihn faszinierte. Welche Faktoren auch immer Orcas Aussehen prägten, sie war ein Geschöpf von ätherischer Anmut. Als klassische Schönheit konnte man sie nicht bezeichnen, doch sie stellte einen Blickfang dar. Radu fühlte sich nicht ganz wohl bei der Erkenntnis, wie attraktiv er Orca fand, denn er kam sich dabei vor, als würde er Laenea verraten.

Unwillkürlich berührte er sein zerklüftetes, von Kerben übersätes Kinn. Sein Zusammensein mit Laenea hatte nicht lange genug gedauert, um ihn an die Vorstellung zu gewöhnen, daß sie seine entstellenden Narben nicht abstießen. Und er war auch noch nicht lange genug von Twilight fort, um herauszufinden, ob die meisten Außenweltler dachten wie sie, oder ob sie eine Ausnahme bildete. Auf Twilight galt er allgemein als häßlich, und er argwöhnte, daß es anderswo ähnlich war.

»Hey, Atna!« Orca küßte den Navigator auf die Wange. Der tätschelte ihre Hand. Radu stellte einen weiteren Becher mit Kaffee auf den Tisch. Orca nahm ihn dankbar an und trank ihn schwarz.

Gerade als sie sich hinsetzen wollte, schaltete sich die Bordsprechanlage ein. »Eine Stunde Zeit für den präorbitalen Check!« Die Computerstimme gab keinen Hinweis auf die Dringlichkeit der Nachricht. Die Arbeit würde länger als eine Stunde dauern. Hastig stand Radu auf, wobei er dachte: Was nützt es, wenn man immer die genaue Uhrzeit weiß, aber nicht darauf achtet?

Atna stemmte sich von seinem Platz hoch; Orca blickte wehmütig auf ihren Kaffee, zuckte die Achseln und stellte den Becher wieder hin. Sie verdrückte sich in die Triebwerke, während Radu und Atnaterta sich um die Systemkontrollen kümmerten. Daran gewöhnt, daß zwischen dem Austritt aus dem Transit und dem Einschwenken in die Orbitalbahn viel Zeit verging, mußten sie sich jetzt abhetzen, um sämtliche Checks durchzuführen.

Wassili Nikolajewitsch ließ nichts von sich hören und blieb für sich. Radu fragte sich, ob er den Piloten vielleicht beleidigt hätte. Jetzt ließ sich ohnehin nichts mehr daran ändern. Seine Hilfe hätten sie gut gebrauchen können. Radu bereute sein ruppiges Benehmen, während er sich mit den technischen Aufgaben abmühte, Atna zur Hand ging und zwischendurch ein halbwegs genießbares Essen zusammenbrötschelte, das sie im Laufen hinunterschlangen.

Tausende von Flüssen und Millionen von Seen durchsetzten die in zahllosen Grünschattierungen schimmernde Oberfläche von Ngthummulun mit blauen, blaugrauen und silbernen Tupfern und Linien. Da der

Planet nur über behelfsmäßige Landevorrichtungen verfügte, mußte der Fracht-Truck manuell hinuntergesteuert werden. Atna hatte Radu die Kontrollen übergeben, und Radu war nervös. Wassili hatte klargestellt, daß er sie mitsamt der Ladung beim ersten Startfenster zurückerwartete. Das hieß, daß die Landung auf dem Planeten gleich beim ersten Anlauf klappen mußte.

In einem steilen, rasanten Winkel lenkte Radu den Truck durch die Atmosphäre. Das Paisley-Muster unter ihm dehnte und streckte sich aus. Die unterschiedlichen Grün- und Blautöne, die aus großer Entfernung ineinander verschwimmenden Klecksen und Flecken glichen, erhielten Konturen. Als sich der Truck dem Boden näherte und der Horizont zurückwich, flitzte das kleine Schiff über eine riesige monochrome Fläche, deren Abgrenzungen als unregelmäßig verwirbelte Streifen vorbeihuschten.

Radu konzentrierte sich auf die Steuerung und auf die Signale. Unter ihm wischte der Wald dahin, ein sattgrünes, samtiges Plateau, hier und da aufgelockert durch glitzernde helle Einsprengsel, die an Schneefelder erinnerten. Unversehens tauchte die Landepiste auf, eine tiefeingeschnittene Schneise, wie ein dunkler, bodenloser Canyon.

»Das machst du ausgezeichnet«, lobte Atna. »Wunderbar.«

Der Truck verschwand zwischen den Bäumen, Radu drosselte das Tempo und landete so weich wie im Simulator. Er ging auf Umkehrschub, bremste und ließ das Schiff ausrollen. Einen Moment lang zögerte er, angespannt über die Kontrollen gebeugt, dann lehnte er sich aufatmend zurück.

»Sehr gut«, kommentierte Atna. »Besser ging's gar nicht.«

»Danke«, erwiderte Radu. Erst jetzt merkte er die Nervenanspannung. Atnas lockeres Gehabe hatte ihn darüber hinweggetäuscht, wie ernsthaft sein fliegerisches Können auf die Probe gestellt wurde. Er hatte den Test bestanden, keinen Fehler gemacht. Wenn die Fracht bereitstand, konnten sie durch das nächste Startfenster zum Transitschiff zurückkehren. Radu lag mehr daran, Atna eine Freude zu machen, als Wassilis' Zeitplan einzuhalten.

Er öffnete den Ausstieg. Ein Schwall feuchtheißer Luft schwappte herein. Das tropische Klima überwältigte ihn immer wieder mit seiner erstickenden Wucht.

Er sprang auf die Piste und drehte sich um, falls Atna beim Aussteigen Hilfe brauchte. Doch dieser bewegte sich behender und lebhafter, als er ihn je gesehen hatte. Er betrachtete den mit Regen gesättigten üppigen Dschungel und sog in tiefen Zügen die Luft seiner Heimatwelt ein.

Ein großer Bodentransporter näherte sich ihnen, mit den Rädern riesige Wasserfontänen hochspritzend, wenn er durch eine Pfütze brauste. Atna zog sich den Pullover aus. Radu spielte mit dem Gedanken, sich seines Hemdes zu entledigen, doch darunter trug er nichts, und er wußte nicht, ob er mit freiem Oberkörper nicht vielleicht Anstoß erregte.

Als der Laster vor ihnen hielt, begrüßte Atna die Ladecrew überschwenglich in einer Sprache, die Radu noch nie gehört hatte. Atna stellte ihn seinen Freunden vor, und dann verständigte man sich auf Standard.

»Was bringt ihr uns?« fragte Atna.

»Wyunas«, erwiderte der Boss der Ladecrew, eine Frau. »Die erste Ernte.«

Atna lachte. »Also deshalb der ganze Zirkus. Man schickt eine Nachrichtensonde, heuert einen Piloten an, ändert den Kurs …«

Die Frau stimmte in sein Lachen ein. »Wahrscheinlich sollte der Auftakt mit großem Tamtam begangen werden.«

»Zuerst jagte es mir einen gehörigen Schreck ein, das will ich gar nicht verhehlen.«

»Wir hatten günstiges Wetter und eine frühe Ernte. Auf der Erde herrscht im Moment Feriensaison. Wenn euer Schiff rechtzeitig ankommt, sind die Touristen noch alle da und werden sich hoffentlich auf das Zeug stürzen.«

»Mit Waska als Pilot schaffen sie es – aber der Express-Zuschlag wird vom Profit nichts mehr übriglassen«, unkte Atna.

Seine Freundin schüttelte den Kopf. »Wenn sie die Wyunas zu dem empfohlenen Preis verkaufen, schlagen die Kosten für das Schiff und den Piloten kaum zu Buche.«

Atna blickte sie fragend an. »Guck nicht so skeptisch – hoffe lieber, daß es stimmt«, entgegnete sie. »Wir brauchen das Geld.« Sie griff nach seiner Hand. »Schön, daß du wieder daheim bist, Atna. Kann ich dich in die Stadt mitnehmen?«

»Danke, ja.«

»Gut. Bis gleich dann.« Sie tätschelte seinen Arm; alsdann öffneten sie und die anderen die Frachtluke und beförderten kleine Kisten mit der Aufschrift ZERBRECHLICH vom Laster ins Schiff.

»Was sind Wyunas?« erkundigte sich Radu.

»Komm mit. Vielleicht kann ich es dir zeigen.«

Atna führte ihn in den Wald, der den Landeplatz umgab. Ein schmaler Pfad schlängelte sich an gigantischen Baumfarnen vorbei über sumpfiges Gelände. Nach einer Weile stieg der Weg an und mündete am entfernten Hang eines engen Tals. Der Boden wurde trockener und die Bäume kürzer, doch die Farnwedel reichten immer noch ein gutes Stück über ihre Köpfe. Radu streifte einen der dicken Stämme, und ein Schauer aus Wassertropfen prasselte auf ihn nieder.

Durch Gezweig spähte Atna auf eine Lichtung.

»Herrlich!« sagte er. »Dieses Feld ist noch nicht abgeerntet.« Er schob die Fächer aus Farnwedel auseinander und trat zur Seite.

Es war, als schauten sie auf einen winterlichen Wald nach einem Eissturm. Die kahlen Äste der Bäume glitzerten wie Diamanten. Radu folgte Atnaterta in den Eiswald, bis sie von silbernen und schwarzen Gebilden umringt waren. Herabgefallene Blätter moderten als fauliger Matsch auf dem Boden, doch aus der Rinde der Bäume sprossen Tausende von murmelgroßen durchsichtigen Kugeln, die innen und außen mit verschnörkelten Rankenmustern verziert waren, je nach Lust und Laune der Natur. Jedes Gebilde sah ein bißchen anders aus, besaß seinen eigenen, unverwechselbaren Charakter, wie eine Schneeflocke oder ein Fingerabdruck.

Die Bäume sangen, so zart und fein, daß ihre windharfenartige Melodie nur in unmittelbarer Nähe der glänzenden Kristalle zu hören war.

Atna brach ein paar Sphären vom Ende eines Zweigs ab und gab sie Radu. Das Sonnenlicht entzündete sich in ihnen zu hundert winzigen Regenbogen, die zwischen den Prismen und Schleifen funkelten.

»Sind das Samen?«

Atna lachte. »Um die Wahrheit zu sagen, das sind eher Warzen. Baumwarzen. Aber das wird natürlich nicht in den Werbespots erwähnt. Ansteckend sind sie nicht – der Wirtskörper muß besonders adoptiert und sensibilisiert werden, damit die Wyunas überhaupt wachsen. Aber ›Baumwarzen‹ klingt nicht sonderlich ästhetisch.«

»Du hast recht. ›Wyuna‹ hört sich besser an. Wozu sind sie gut?«

»Sie sind unser Hauptausfuhrartikel. Wir brauchten ein hochwertiges Handelsgut, also haben wir eines erfunden.«

Radu nickte. Twilight exportierte Hartholz, das in

den Hochwäldern wuchs. Ngthummulun hingegen war terrageformt, ursprünglich hatte man eine tote Wüstenei vorgefunden. Alles, was hier gedieh, war von der Erde hergeschafft oder an Ort und Stelle entwickelt worden.

»Ich meine, was fängt man mit ihnen an? Welchen Nutzen hat man von ihnen?« Er stellte sich irgendeine komplizierte Funktion vor, die man ausschließlich durch enzymatische Manipulation von Materie erhielt, die dann zu so delikaten und präzisen Formen ausblühte, wie mechanische Technologie es niemals vermocht hätte.

»Nutzen? Gar keinen. Das ist Schmuck, wenn du so willst. Sie dienen rein dekorativen Zwecken. So was gilt auf der Erde als *der* Knüller.«

»Ach so.« Radu spürte eine vage Enttäuschung. Elektronische Komponenten hätten alle gleich ausgesehen. Das hätte er sich denken können. Jeder Wyuna war indessen einzigartig, und auf der Erde hatte nur das Exzeptionelle Erfolg. Die meisten Importartikel waren nichts weiter als Zierat. Das Holz, das Radus Heimat ausführte, war wunderschön, aber es ließ sich zu praktischen Dingen verarbeiten. Nichtsdestoweniger stellte man auf der Erde daraus irgendwelchen schmückenden Firlefanz her.

Radu hielt ein Juwel gegen das Licht, um sich ein letztes Mal die Spektralfarben anzusehen. Dann streckte er die Hand aus, um Atna die Wyunas zurückzugeben.

Mit ausdrucksloser Miene starrte Atna die blitzenden Kugeln an. Er wirkte wie versteinert.

»Atna? Fehlt dir was? Was ist los?« Radu faßte nach Atnas Arm.

»Wie bitte?« Atna hob den Blick, ging rückwärts, schüttelte den Kopf und schaute wieder auf die Juwelen in Radus Hand. »Nein«, wehrte er ab. »Behalte sie.« Seine Stimme klang wie aus weiter Ferne. »Wenn du möchtest, kannst du Orca und Waska welche geben. Auf der Erde werden sie eine Kuriosität sein, jedenfalls die ersten Tage nach eurer Rückkehr.«

Beinahe hätte Radu sie trotzdem nicht behalten. Er konnte nichts damit anfangen. Dann fiel ihm Laeneas Freund Marc ein, der ›schöne Dinge‹ sammelte. Radu schloß die Faust um die Wyunas. Er konnte sie Laenea geben, für Marc.

Brauche ich einen Vorwand, um sie wiederzusehen, fragte er sich. Wenn wir schon kein Liebespaar sein können, ist es mir dann nicht einmal möglich, auf rein freundschaftlicher Basis mit ihr zu verkehren?

»Danke«, sagte er zu Atna und verstaute die organischen Kleinodien in der Tasche. »Bist du sicher, daß mit dir alles in Ordnung ist?«

»Ja.«

Es wurde Zeit, zur Landepiste zurückzukehren; Radu spürte, wie die Minuten bis zum Start verstrichen. Wieder im Dschungel, verbargen die blassen Farne den irisierenden Garten.

Schweigend ging Atna voran, gesenkten Blicks, den Rücken gebeugt. Selbst seine Schritte verursachten keinen Laut. Das durch den Laubbaldachin fallende Sonnenlicht malte goldene und grüne Flecken auf seine schwarze Haut. Am Ende der Landebahn, zwischen Baumstümpfen und Gestrüpp, blieb er stehen. Den Truck hatte man startbereit ans Ende der Piste gefahren.

»Auf Wiedersehen, Atna.«

Sie umarmten sich, wie Crew-Mitglieder es bei jedem Abschied taten. Atna schmiegte seinen Kopf an Radus Schulter und drückte ihn fest an sich; Radu rieb den Rücken des älteren Mannes, als wolle er ihm beim Aufwachen helfen. Als Atna sich zurückzog, ließ er die Hände auf Radus Schultern ruhen, wie wenn er ihn nicht gehen lassen wollte.

»Du hast doch was«, beharrte Radu.

»Bleib hier«, bat Atna. »Flieg nicht zur Erde zurück. Es droht ein Unglück.«

Halb neugierig, halb verwirrt, runzelte Radu die Stirn.

»Du bist in Gefahr.«

»In Gefahr? Was ...«

»Vorhin in der Plantage sah ich ... Ich kann es dir nicht erklären. Du bist hier nicht aufgewachsen, deshalb würdest du es nicht verstehen. Mir träumte ... Ich hatte eine Vision. Ich habe Angst um dich!«

Entgeistert starrte Radu ihn an. »Ich weiß nicht ...«

»Mit dem Schiff wird etwas passieren, und du bist daran beteiligt«, stieß Atna verzweifelt hervor. »Du steckst mittendrin. Mir scheint, du bist sogar die Ursache für den Schlamassel.«

Radu schüttelte den Kopf.

»Hör auf mich!«

»Aber ich muß zum Schiff zurück.«

»Natürlich mußt du die Fracht hinbringen, aber Ngthummulun verfügt über einen Shuttle-Truck. Der kann dich wieder zu uns herunterbringen. Dich und Orca. Sag ihr, hier gäbe es wundervolle Gelegenheiten zum Schwimmen, einen ungeheuer tiefen Bergsee ...«

»Das ist unmöglich.« Rade rückte von ihm ab. »Ohne Crew kann das Schiff nicht fliegen.«

»Waska bringt das Schiff aus dem Orbit und an einen Transitpunkt. Was danach kommt, ist ohne Belang. Ich glaube, das Schiff wird nie wieder auftauchen.«

»Orca soll ich warnen, aber den Piloten im Stich lassen?«

»Wenn du willst, kannst du ihm Bescheid sagen. Er wird aber nicht auf dich hören. Piloten halten sich für unfehlbar. Ihn kann ich nicht retten, genausowenig wie die Fracht. Ich kann nur dir und Orca einen Wink geben.«

»Aber du weißt doch selbst, daß das nicht geht.«

»Gib Orca wenigstens die Chance, für sich selbst zu entscheiden. Wirst du ihr ausrichten, was ich gesagt habe?«

»Obwohl dir völlig klar ist, daß sie gar keine Wahl hat?«

»Bitte, sag es ihr, Radu.«

»Na schön!« In seiner Betroffenheit schlug er einen barschen Ton an. Augenblicklich bereute er seine Ruppigkeit sowie sein Versprechen. Zutiefst erschüttert packte Radu Atnas Hand; dann berührte er sanft seine Stirn. »Atna, fühlst du dich vielleicht nicht wohl?«

Atnas Vision glich nur zu sehr den krausen Halluzinationen der Menschen, die von der Seuche heimgesucht wurden; doch der Navigator hatte weder Fieber noch irgendeines der anderen Symptome, die Radu sofort erkannt hätte.

»Meinst du, ich sei krank? Oder verrückt? Nichts dergleichen; und ich weiß sehr wohl, was ich von dir und Orca verlange. Ich möchte dich nicht erschrecken …« Er sprach hastig und eindringlich. »Doch, ich will dir wohl Angst machen! Bitte, bleib hier und überrede Orca, sich dir anzuschließen.«

»Ich muß los.«

Atna zauderte. »Hast du es dir auch genau überlegt?« Seine Stimme klang mutlos.

»Ja.«

»Dann leb wohl.«

Wieder umarmten sie sich, kurz und unpersönlich. Atna benahm sich, als sei Radu in seinen Augen bereits tot; oder verschollen.

Atna drehte sich um und schlurfte ohne ein weiteres Wort in den Dschungel zurück.

Während Radu im Shuttle Truck ein letztes Mal die Systeme durchcheckte, versuchte er, das unheimliche Gefühl zu verdrängen, das ihn bei Atnas Warnung beschlichen hatte. Im Transit konnte einem Schiff etwas zustoßen – manchmal verunglückten Schiffe sogar im normalen Raum. Atnas Furcht und Unruhe hatten auf ihn übergegriffen und erinnerten ihn an Erlebnisse, die er am liebsten vergessen hätte. Er fand es nicht leicht, sich zu konzentrieren.

Atna hatte etwas Unmögliches von ihm verlangt. Ohne den Navigator war das Schiff ohnehin schon knapp besetzt. Außerdem wagte es Radu nicht, schon wieder um Urlaub zu bitten. Wenn er nur auf Ferien aus war, konnte er gleich nach Twilight zurückkehren. Seine Heimatwelt brauchte seine Arbeitskraft oder das Geld, das er in der Crew verdiente.

Die meisten Sorgen bereitete Radu die Möglichkeit, daß Atna vielleicht krank war. Die Seuche, die auf Twilight solche Verheerung anrichtete, war es nicht: Er äußerte keines der Symptome, und angeblich war das Kryptovirus, der Verursacher der Seuche, ausgerottet. Aber irgendein anderes Leiden ... Er stellte dem Computer des Shuttles ein paar Fragen; als er in den begrenzten Dateien keine Antwort fand, klinkte er sich in die Datenbanken des Transitschiffs ein. Keine Hinweise auf Epidemien, weder hier noch andernorts; der Computer vermochte auch keine Krankheit zu entdecken, auf die Radus Angaben zutrafen.

Wassili schaltete sich in den Datenfluß ein.

»Wieso blockieren Sie den Computer? Wissen Sie eigentlich, wie spät es ist?«

Erschrocken vergegenwärtigte sich Radu, daß das Startfenster sich bald wieder schließen würde. Wassili ärgerte sich zu recht über seine Trödelei.

»Irgend etwas stimmt hier nicht, Wassili Nikolajewitsch«, erklärte Radu. »Atna hat mich gerade mit ein paar sehr eigentümlichen Bemerkungen überrascht. Ich bin besorgt, er könnte ...«

Lachend schnitt Wassili ihm das Wort ab. »Wollen Sie damit sagen, daß er Ihnen die Zukunft vorhergesagt hat?«

»Na ja … ganz so würde ich es nicht ausdrücken.«

»Die Bewohner von Ngthummulun behaupten immer, sie könnten in die Zukunft sehen.«

»Aha.«

»Kommen Sie unverzüglich zum Schiff zurück. Mit diesem Unfug verplempern wir nur unsere Zeit.«

Wenige Minuten später ließ Radu die Triebwerke an. Der Fracht-Truck rumpelte die Piste hinunter, nahm Geschwindigkeit auf und hob mit einem gewaltigen Ruck ab.

Nach einem ereignislosen Flug dockte Radu an; das Shuttle rastete mit einem Klicken, das durch die gesamte Außenhülle des Schiffs weitergeleitet wurde, in eine Landebucht ein.

Radu lockerte den Griff um die Steuerkontrollen. Seine Knöchel traten weiß hervor, die Handflächen waren feucht.

Er hatte perfekt andocken wollen, ohne indessen genau zu wissen, warum er so viel Wert darauf legte. Um zu beweisen, daß er nie ernsthaft befürchtet hatte, sie alle seien möglicherweise von einer gefährlichen Krankheit bedroht? Um zu zeigen, daß er nichts auf Atnas Visionen gab? Um mit seiner Leistung zu prahlen? Aber wem wollte er imponieren? Orca? Wassili Nikolajewitsch?

»Beeilung!« feuerte der Pilot ihn über Funk an. »Ich will den Orbit sofort verlassen!«

Mit leiser Belustigung verdeutlichte sich Radu, daß der Pilot etwas so Banales wie gutes manuelles Andocken im Normalraum gar nicht bemerken würde.

Für den Transit schaltete er den Steuermechanismus und den Bordcomputer ab; derweil sprach er beruhigend auf die Maschinen ein. Obwohl der Computer kein Bewußtsein besaß, redete Radu immer mit ihm, wenn er allein war. Der Apparat konnte ihn hören und seine Wortstrukturen verstehen, doch ob er sich einlullen ließ wie ein Kind, das man zu Bett brachte, entzog sich seiner Kenntnis.

Er öffnete die Haltegurte und schwebte aus dem Sessel; nachdem er die Ausstiegsluke hochgeklappt hatte, hangelte er sich aus der Zone des freien Falls in eine Region künstlicher Schwerkraft. Wieder spürte er das vertraute Ziehen und Schlingern, doch das Gefühl der Desorientiertheit flaute schneller ab als beim ersten Flug.

Er fragte sich, ob er sich jemals so daran gewöhnen würde, daß es ihm gar nicht mehr auffiel.

Unschlüssig begab sich Radu in den Kontrollraum, um sich mit Wassili zu unterhalten. Der Pilot saß zurückgelehnt in seinem Sessel und beobachtete das Computerdisplay, das in changierenden Farben und Wellenformationen schwelgte.

»Hat sich jeder wieder beruhigt?« fragte Wassili, ohne den Blick vom Monitor zu heben.

»Ich hatte guten Grund zur Besorgnis«, verteidigte sich Radu.

»Jemand hätte Sie vorher warnen sollen, daß die Einheimischen von Ngthummulun ziemlich schrullig sind. Aber ich dachte, Sie würden Atna kennen.«

»Ich bin ein paarmal mit ihm zusammen geflogen. Offensichtlich kenne ich ihn doch nicht so gut, wie ich mir einbildete.«

»Wahrscheinlich fürchteten Sie um seine geistige und körperliche Gesundheit. Und natürlich macht es Ihnen Sorgen, ob wir heil nach Hause kommen. Aber keine Bange. Nehmen Sie Atnas Gebrabbel nicht für bare Münze.«

Radus Finger stießen auf die Wyunas in seiner Tasche. Er zog eine Kugel heraus und bot sie Wassili an.

»Atna sagte, ich sollte Ihnen einen Wyuna schenken, wenn Sie ihn haben möchten.«

Wassili streifte das Kleinod mit einem gelangweilten

Blick. »Danke, aber ich trage keinen Schmuck. Könnten Sie feststellen, wie lange Orca noch braucht? Wir nähern uns einem Transitpunkt.«

Mit dem Gefühl, sich seit dem Aufstehen nur blamiert zu haben, steckte Radu den Wyuna in die Tasche zurück und ging.

Er kletterte in den Maschinenraum hinunter. Rings um ihn wummerten die Bässe und fiepten die Fistelstimmen der Transittriebwerke. Hinter Panelen mit Kontrollnetzen glosten die bernsteingelben Lichter eines Informationsdisplays. Er steuerte darauf zu.

»Orca?«

»Bin gleich soweit.«

Vor einem dieser Netze kniend und tief in die Maschen hineingreifend, prüfte Orca das Display, das neben ihr in der Luft schaukelte. Sie forcierte die Reparatur einer defekten Leitung. Die Angaben, die sie studierte, erschienen Radu wie orangerote, zu Schleifenmustern angeordnete Zahlenreihen. Aus seinem Blickwinkel standen die Ziffern seitenverkehrt.

Schweigend schaute Radu zu, bis Orca aufseufzend in die Hocke ging, die Hände aus dem Geschlinge zog und sich streckte. Der Datenblock verblaßte.

»Toll, wie du angedockt hast«, meinte sie fröhlich.

»Danke«, erwiderte Radu. Er freute sich, daß es ihr aufgefallen war.

»Wie geht es Atna?«

»Er schickt dir diese.« Radu gab ihr ein paar Wyunas.

»Deshalb sind wir also hier«, sinnierte sie. Aufmerksam inspizierte sie die Kugeln. »Sie sind ja noch schöner, als er sie mir beschrieben hat. Danke. Aber jetzt möchte ich wissen, wie es ihm geht.«

»Nach der Landung sah er gleich viel besser aus ...« Auf Grund dessen, was Wassili ihm erzählt hatte, hielt er es eigentlich für überflüssig, wenn nicht gar für töricht, Orca in Atnas Befürchtungen einzuweihen. Auch wenn er es ihm versprochen hatte.

»Ich habe mir seinetwegen Sorgen gemacht«, gab Orca zu. Sie hob eine Augenbraue, wie um ihm ihre unausgesprochene Skepsis mitzuteilen.

»Und er sorgt sich um uns«, räumte Radu ein. Schließlich *hatte* er sein Wort gegeben.

»Warum?«

»Er hatte so etwas wie eine ... Vorahnung ... daß unserem Schiff im Transit etwas zustoßen wird. Er möchte, daß wir hier auf Ngthummulun bleiben.«

Orca schüttelte die Wyunas in ihrer hohlen Hand, so daß sie sanft gegeneinander klimperten, und starrte angespannt darauf.

»Er war sehr aufgeregt«, fuhr Radu fort. »Ich mußte ihm versprechen, dich und Wassili Nikolajewitsch zu warnen. Der Pilot hält es für Blödsinn.« Als Orca keine Antwort gab, setzte er hinzu: »Wenn du zur Oberfläche zurückmöchtest ...«

Ohne ihn anzusehen, berührte sie seine Hand, und er verstummte. Ihre Reaktion befremdete ihn. Auf ihrer Stirn erschienen zwei kurze steile Falten und glätteten sich wieder. Das unheimliche Pulsieren der Triebwerke hielt an; das windspielartige Musizieren der Wyunas erinnerte Radu an Ngthummuluns Urwälder.

Orca holte tief Luft, blies den Atem aus und ballte die Fäuste.

»Na schön«, murmelte sie. »Okay. Was hast du gerade gesagt?«

»Ob du nach Ngthummulun zurück willst.«

»Nein. Und du?«

Radu schüttelte den Kopf. »Dann gibst du Wassili recht, daß Atnas Traum nichts zu bedeuten hat?«

»Im Gegenteil. Atnas Träume sind so real wie diese Welt. Sie befinden sich nur auf einer anderen Wirklichkeitsebene, es ist eine unterschiedliche Art, die Dinge wahrzunehmen. Ich kann das nicht erklären. In Standard läßt sich das einfach nicht ausdrücken. Ja, wenn wir unter Wasser wären …« Hilflos zuckte sie die Achseln.

»Du bleibst also auf diesem Schiff?«

»Seine Empfindungen erzeugen in mir keinen Widerhall. Ich fühle keine Bedrohung, jedenfalls nicht für mich.«

»Ich hatte angenommen, du würdest das Ganze in Bausch und Bogen ablehnen.«

»Und ich hätte gedacht, daß du Atna ernster nimmst.«

Plötzlich erschauerte Radu.

»Entschuldige bitte«, lenkte Orca ein, als er nicht antwortete. »Ich wollte dich nicht beleidigen.«

»So hatte ich das nicht aufgefaßt. Ich kann nur nicht …«

Geduldig wartete sie darauf, daß er den Satz zu Ende sprach; wieder fehlten ihm die Worte.

»Atnas Auffassung von der Welt ist völlig anders als meine und wohl auch deine«, erklärte Orca. »Aber ich habe gelernt, seine Sichtweise zu respektieren.«

Zusammen gingen sie in die Crew Lounge zurück, um dem Piloten Bericht zu erstatten, die Transitvorbereitungen abzuschließen und sich zum Schlafen hinzulegen. Vor einem Bullauge blieb Orca stehen und schaute hinaus auf Ngthummulun.

»Außerdem gibt es hier eine Million Seen und keinen Ozean«, sagte sie. »Eher würde ich in einer Badewanne Urlaub machen.«

In der Kabine mit den Schlafzellen verabschiedeten sich Radu und Orca mit einer Umarmung. Orca streckte sich in ihrer Kapsel aus und stülpte sich die Gesichtsmaske über. In wenigen Sekunden schlief sie ein. Radu versiegelte die Luke.

Mit leiser Stimme erinnerte der Computer Radu an die Zeit.

»Ich weiß, wie spät es ist!« schimpfte er. Er wußte nicht, warum er so wütend war. Er sackte auf den Rand der Kapsel, zog sich die Stiefel aus und pfefferte sie in eine Ecke. Dann beugte er sich vor und bettete seine Stirn einen Augenblick lang auf die verschränkten Arme. Schließlich traf er die Vorbereitungen für den Transit, ruhig und gewissenhaft, denn sein Leben hing davon ab, und schlief ein.

KAPITEL 5

Laenea rief ihn; sie brauchte ihn, so wie er sie einstmals gebraucht hatte …

Ein heiserer Sirenenton durchdrang den letzten dünnen Schleier des Transitschlafs und verscheuchte Radus beängstigenden Traum. Er tastete nach der Verriegelung seiner Schlafkapsel. Mit einem Klicken öffnete sich die Luke; er stieß sie zurück und kletterte hinaus. Seine Bewegungen waren unkoordiniert, die Nachwirkungen des Narkosemittels und die Erinnerungen an den Traum machten ihn benommen.

Das trübe Licht ging aus, und im letzten Moment des Halbdunkels begann sich das Schiff zu drehen. Radu verlor die Balance und wurde gegen die Schlafkapsel geschleudert. Er rappelte sich hoch, bemüht, sich in der Finsternis zurechtzufinden. Doch als er auf den Kontrollraum zuwankte, verdichtete sich die künstliche Schwerkraft, verbog sich zu Schlingen und walzte ihn zu Boden.

Dieses Mal blieb er still liegen und wartete darauf, daß die Zuckungen des Schiffs endeten. Trockene Wellen schwappten träge über ihn hinweg, nicht die Wogen eines Ozeans, sondern die durch Gewicht und Schwerelosigkeit erzeugte Dünung. Sein Herz hämmerte, und ihm wurde rot vor Augen. Falls die Brandung der Gravitation stärker wurde, konnten ihn die unsichtbaren Brecher genauso zerschmettern wie das Toben einer erzürnten See.

Doch die Oszillationen ließen nach und hörten schließlich ganz auf. Ein runder Lichtschein, der durch das Bullauge fiel, erhellte den Raum; sonderbar, daß ihm die Dunkelheit soeben noch undurchdringlich vorgekommen war. Das Schiff hatte getrudelt und geschlingert ... nun jedoch blieb der helle Kreis am selben Fleck. Radu stand auf. Vor dem Bullauge loderte ein orangeroter Stern.

Er müßte gelb sein, dachte er erschrocken. Das müßte die Sonne sein, das Zentralgestirn der Erde. Aber dieser Flammenball ist ein roter Riese.

Mit einem Stöhnen verstummte die Sirene. Radus Hemd war unter den Achseln durchgeschwitzt, und Schweißtropfen perlten ihm die Seiten entlang. Jemand rannte durch den Korridor, verharrte indessen vor der Tür zur Schlafkabine.

Radu wartete einen Moment lang, doch nichts passierte. Dann riß er die Tür auf und sah Wassili Nikolajewitsch.

»Was ist los?«

Schweigend glotzte der Pilot ihn an. Seine schwarzen Augen glitzerten, während er Radu forschend musterte, und seine normalerweise bleiche Haut war gerötet.

»Was ist passiert?« beharrte Radu. »Hat es einen Zwischenfall gegeben?«

»Wie fühlen Sie sich?«

»Wie ich mich fühle?« Vielleicht stimmte das Gerücht, und alle Piloten waren tatsächlich meschugge. »Ich würde mich besser fühlen, wenn ich wüßte, was geschehen ist. Dann könnte ich Maßnahmen für einen eventuellen Notfall ergreifen.«

»*Sie* sind der Notfall! Sie sind während des Transits aufgewacht!«

Radu starrte ihn an. Plötzlich hatte er das Gefühl, keine Luft mehr zu kriegen. Sein Herz raste wie verrückt. Seitlich von Wassilis spitzem Kinn klopfte in unregelmäßigen Abständen so etwas wie ein Puls.

»Die Sensoren haben Sie geschützt; sie warfen uns in den Normalraum zurück«, erklärte Wassili nüchtern.

»Schauen Sie nicht so belämmert drein, Ihnen ist ja nichts zugestoßen.«

Radu blickte auf seine Hände. Sie hatten sich nicht verändert, aber jetzt wußte er, warum der Pilot ihn so intensiv angestarrt hatte und davor zurückscheute, die Tür zur Schlafkabine zu öffnen. Auf welch grausige Weise Leute während des Transits krepierten war kein Geheimnis.

»Aber wie konnte ich aufwachen?«

Wassili zuckte die Achseln. »Vielleicht eine falsche Zusammensetzung des Narkosemittels; der Zuleitungsschlauch könnte verstopft sein. Ich weiß es nicht.«

Er klang nicht mehr so aufgeregt, und auch Radu wagte es, sich zu entspannen. Offenbar war er noch einmal davongekommen.

»Wo sind wir?«

Wieder hob der Pilot die Schultern. Er ließ Radu in der Tür stehen und ging zur Schlafkaspel, um die außen angebrachte Instruktion zu studieren.

»Haben wir uns verirrt?«

»Das muß ich erst nachprüfen«, antwortete Wassili, ohne sich zu ihm umzudrehen. »Sobald ich das Schiff stabilisiert hatte, kam ich hierher um nachzusehen. So abrupt bin ich noch nie aus einem Transit geschleudert worden.«

Radu hatte überhaupt noch nie einen Austritt aus dem Transit erlebt, da er diese Phase sonst immer verschlief. Aber wie jedes Crew-Mitglied machte er sich Gedanken darüber, was er wohl sehen würde, falls er zu früh das Bewußtsein erlangte.

Nun bewiesen ihm seine Verstörtheit und die blauen Flecken, daß die Sensoren es ihm niemals gestatten würden, einen Blick auf das Spektakel zu erhaschen, aus dem die Piloten ein solches Geheimnis machten. Selbst wenn jemand für ein einmaliges Erlebnis bereit wäre, sein Leben zu opfern, vorzeitig aufwachte oder

der Narkoseschlaf nicht tief genug war, verhinderten die Sensoren, daß ein normal Sterblicher an diesem Schauspiel teilnahm; die hochsensible Alarmanlage ließ das Schiff einfach aus dem Transit ausscheren und in den dreidimensionalen Raum zurückkehren. Diese absolute Gewißheit beruhigte Radu zwar, weckte jedoch gleichzeitig einen gewissen Neid.

Wieder beschäftigte sich Wassili mit dem Display. »Ich orte unsere Position. Sie, Radu, testen Ihr Blutbild und kontrollieren die Narkoseeinrichtung. Beeilen Sie sich – ich möchte so schnell wie möglich wieder auf Kurs gehen.«

Er ließ Radu mit der blinkenden Maschine allein, die ihn während des Flugs beschützen sollte. Radu fing an zu arbeiten.

Frustriert mußte er sich nach mehreren Stunden eingestehen, daß er keine Fehlfunktion feststellen konnte. Das Anästhetikum, ein Gas, strömte ungehindert, und die Konzentration befand sich an der äußersten Grenze für jemanden von Radus Alter und Größe. Sein Blutspiegel war normal, lediglich die Ausschüttungen von Adrenalin und seiner Spaltprodukte wiesen erhöhte Werte auf. Etwas anderes hatte er auch nicht erwartet; nach diesem Schockerlebnis mußte der Adrenalinpegel steigen.

Unterdessen kreisten seine Gedanken unablässig um seinen Traum und lenkten ihn von seiner Tätigkeit ab. Noch nie zuvor hatte er während des Transitschlafs unter Alpträumen gelitten. Es erinnerte ihn in erschreckender Weise an die Halluzinationen, die ihn auf Twilight kurz vor Ausbruch der Krankheit heimsuchten.

Mach dich nicht verrückt, tadelte er sich. Kein Wunder, daß du Alpdrücken kriegst.

Er grübelte über die Analysedaten seines Blutbildes nach. In Biochemie kannte er sich nur oberflächlich aus; er mußte die Informationen akzeptieren, die das

Programm ihm lieferte. Manchmal sprach der Körper auf eine Droge nicht an und man mußte das Narkosemittel wechseln. Das war die einzige Erklärung, die der Computer ihm anbot. Radu fiel auch nichts besseres ein.

An Bord gab es noch zwei weitere Transitdrogen. Radu traf seine Wahl und entschied sich für die höchste Dosierung. Die Daten lenkte er um, so daß sie frei in der Luft über seinem Schlafcontainer tanzten, und nachdem er die notwendigen Instrumente bereitgelegt hatte, ging er in den Kontrollraum.

»Ich bin soweit.«

»Gut.« Wassili atmete auf. »Konnten Sie feststellen, woran es lag?«

»Anscheinend bin ich plötzlich gegen das gasförmige Anästhetikum immun.«

»Das ist sehr ungewöhnlich.«

»Aber die einzige plausible Erklärung.« Er legte eine Pause ein. »Es sei denn, Atna hat recht, und irgend etwas braut sich zusammen. Oder er ist tatsächlich krank, und ich habe mich bei ihm angesteckt.«

Wassili schnaubte durch die Nase. »Atna spinnt, und Sie sind nicht krank. Auf geht's!«

In der Schlafkabine krempelte Radu den Ärmel auf, hielt das Handgelenk unter das antiseptische Licht und kletterte in seine Kapsel.

»Es ist alles für die intravenöse Injektion vorbereitet«, sagte er. »Das Mittel wirkt schnell, deshalb verabschiede ich mich jetzt schon von Ihnen.«

Wassili kniete nieder und griff nach der steril verpackten IV-Nadel. Seine Hand zitterte, und er war noch blasser als sonst.

»Was haben Sie?« fragte Radu.

Wassili zögerte. »Ich hab was gegen Spritzen. Ich dachte, diese Klinikatmosphäre hätte ich ein für allemal hinter mir ...«

Wassili protzte nicht mit seiner Narbe, aber Radu

hatte die von Laenea gesehen, und auch die anderen Male der Operation, die sie zu einer Pilotin machten. Er konnte es Wassili nicht verdenken, daß er eine Abscheu vor Nadeln entwickelt hatte. Einen Augenblick lang spielte Radu mit dem Gedanken, Orca aufzuwecken, damit sie bei der Narkose half. Aber das wäre lächerlich gewesen. Abgesehen von dem Zeitverlust hätte es für sie einen unnötigen Stress bedeutet.

»Können Sie keine andere Droge nehmen?« Wassili versuchte zu lächeln, blickte jedoch nur noch elender drein.

»Das möchte ich lieber nicht«, erwiderte Radu. Das dritte Anästhetikum wurde oral verabreicht und besaß etliche unangenehme Nebenwirkungen. Radu wünschte sich eine Transitdroge, die über die Haut aufgenommen wurde, doch sämtliche für den Transit geeignete Anästhetika bestanden aus großen organischen Molekülen, die für einen solchen Vorgang zu komplex waren.

Hastig schüttelte Wassili den Kopf. »Natürlich. Entschuldigen Sie bitte.« Er hielt Radus Handgelenk fest und setzte die Nadel an.

Das in der Spritze enthaltene topische Vereisungsmittel prickelte zuerst auf Radus Haut und betäubte dann die Einstichstelle. Unsicher führte Wassili die Nadel in eine Vene, wobei er so tief grub, daß die Injektion schmerzte. Radu biß auf die Zähne.

Die Droge wirkte augenblicklich. Er wollte sich zurücklehnen und spürte, wie er nach hinten kippte.

Um ihn herum gliederte sich die kristalline Schwärze des Transitschlafs.

Radu träumte, wie immer; wieder träumte er von Laenea. Er fühlte sie, roch sie, schmeckte sie. Behutsam wanderte seine Hand über ihre frische wulstige Narbe. Sie flüsterte etwas, das er kaum hören konnte und nicht verstand, und sie lachte auf ihre wunderbar sanfte, kehlige Art. Ihre Haare fielen nach vorn und streichelten seine Schultern; mit den Fingern zwirbelte er ihre Locken.

Wieder flüsterte sie: »Ich liebe dich.« Er wisperte zurück: »Ich liebe dich auch.« Sie sprach noch ein paar Worte. Es kam ihm vor, wie wenn sie sagte: »Ich brauche dich.« Sie beugte sich herunter und küßte ihn, auf den Mund, den Hals, die Innenfläche seiner Hand. Unversehens biß sie mit aller Kraft in sein Handgelenk, Sehnen und Arterien zerfetzend.

»Es tut mir leid«, rief sie. »Das wollte ich nicht ...«

Sie klang sehr weit entfernt. Tränen strömten über ihr Gesicht, und sie verschwand. Radu raffte sich hoch, das Handgelenk umklammernd, um die Blutung zu stillen.

Als er aufwachte, dachte er, der Traum sei vorbei, doch Blut rann ihm die Hand hinunter und zwischen die Finger. Die Welt kreiselte, wie vorhin.

Er suchte nach der Sperre der Kapsel und stieß die Luke auf. Die Lichter flackerten und verblaßten; Schwerkraftwellen pulsierten.

Von einem verschrumpelten Pflaster gehalten, baumelte die blutige Nadel an seinem Handgelenk, und aus der Spitze tröpfelte eine Flüssigkeit.

Radu riß die Nadel ab und warf sie weg; die linke Hand preßte er auf die klaffende Wunde, zu der sich die Einstichstelle vergrößert hatte. Sein Kopf dröhnte; viel zu schnell hatte er das Bewußtsein wiedererlangt.

Außerstande, sich mit den Händen aus der Kapsel zu hieven, stemmte er die Ellbogen auf die Kante des Luks, rollte sich über den Rand und landete mit den Knien zuerst auf dem Fußboden.

Wassili Nikolajewitsch stürmte in die Kammer.

»Was, zum Teufel, geht hier vor?«

Radu versuchte aufzustehen. Schwankend kam er

auf die Beine. Wassili sprang hinzu und stützte ihn. Glänzende Stellen auf Radus schwarzem Hemd zeigten die Blutflecken an. Blut quoll zwischen seinen Fingern hervor. Er staunte, wie warm es sich anfühlte.

Im Schlaf hatte er sich die Nadel der Länge nach herausgerissen, und die Verletzung sah aus, als habe er sich das Leben nehmen wollen. Eine Narbe würde bleiben, es sei denn, er ließe sie später operativ entfernen. Jeder, der sie sah, mußte annehmen, er habe einen Selbstmordversuch hinter sich. Die Vorstellung ergrimmte ihn.

»Ich habe die Nadel mit einem Pflaster befestigt!« verteidigte sich Wassili.

Radu taumelte einen Schritt nach vorn. »Sie ist auch nicht von selbst herausgerutscht. Ich muß sie mir herausgerissen haben. Ich konnte nicht länger schlafen ...«

»Aber Sie *müssen!*« zischte Wassili.

Nachdem Wassili die Wunde an Radus Handgelenk gesäubert hatte, schien der Pilot kurz vor einer Ohnmacht zu stehen. Er arbeitete schweigend, mit zusammengebissenen Zähnen, ein wenig unbeholfen, als schielte er ständig auf einen Punkt neben der Wunde. Radu drückte auf die Vene, während Wassili Verbandszeug holte. Ein Nähen des Risses kam gar nicht in Frage, Wassili wäre dazu niemals imstande gewesen. Endlich war die Blutung gestillt, doch die stechenden Schmerzen hielten an.

Das Verbandszeug in der Hand, blieb Wassili einen Schritt vor Radu stehen.

»Geben Sie es mir.« Radu nahm ihm das Päckchen ab. Doch als er es aufreißen wollte, fiel es zu Boden. Blöde stierte er darauf. Seine Kräfte schwanden immer mehr.

Der Pilot schloß kurz die Augen, machte sie wieder

auf, bückte sich nach dem Verbandszeug und zerriß mit einem Ruck die Folie.

Sobald die Wunde bedeckt war, fiel ihm das Helfen leichter. Er wickelte den Verband zu stramm, aber Radu brachte es nicht übers Herz ihm zu sagen, er solle ihn wieder abnehmen und neu anlegen. Ganz offensichtlich beeinträchtigte ihn Radus Nähe. Je länger die beiden Männer zusammenblieben, um so unbehaglicher fühlte sich auch Radu. Wieder beschleunigte sich sein Puls, und bei jedem Herzschlag pochte die tiefe Wunde.

Wassili war mit dem Verbinden fertig, trat zurück und sah genauso erleichtert aus wie Radu.

»Danke«, sagte Radu.

Wassili ging zum Waschbecken und säuberte sich von dem Blut.

Wackelig stand Radu auf den Beinen und bewegte die Finger. Die Nadel hatte keine Sehnen verletzt, doch der beängstigende Traum zwang ihn dazu, sich zu vergewissern, daß er seine Hand noch gebrauchen konnte. Der Traum stürzte ihn in äußerste Verwirrung. Sonst hatte er während des Transits immer von erfreulichen Dingen geträumt, die beiden letzten Träume bildeten eine absolute Ausnahme.

Er versuchte, Atnas Warnung zu verdrängen. Es ging nicht.

»Wassili Nikolajewitsch, können Sie Kontakt mit der Erde aufnehmen?«

»Natürlich nicht. Seien Sie nicht albern.«

»Ich meinte nicht, daß es jetzt gleich geschehen soll … ich wollte fragen, ob es während des Transits möglich ist. Ich …« Nein, er konnte Wassili nicht erzählen, was er geträumt hatte. »Eine Freundin von mir, Laenea Trevelyan …«

Wassili seufzte. »Sie sollten sie in Ruhe lassen. Wenn sie nicht so verflucht eigensinnig wäre, hätten Sie beide sich gar nicht näher kennengelernt, und das wäre besser gewesen. Sie vernichten sie, wenn Sie sich nicht von ihr fernhalten. Können Sie das nicht begreifen?«

»Ich verstehe vollkommen!« erwiderte Radu erbittert. Es fuchste ihn, daran erinnert zu werden, daß offenbar jeder über ihn und Laenea Bescheid wußte. »Unsere Freundschaft geht Sie nichts an. Ich möchte nur wissen …« – er überlegte sich, was er eigentlich erfahren wollte –, »… ob ihr erster Transitflug gut verlaufen ist«, schloß er lahm.

»Während des Transits kann ich weder die Erde noch einen anderen Ort anfunken«, erklärte Wassili. »Außerdem werden Sie dann ohnehin schlafen. Sie müssen halt warten, bis wir an unserem Ziel ankommen.«

In reizbarem Schweigen fuhren beide mit ihrer Arbeit fort. Weder Radu noch Wassili fanden heraus, wieso Radu diesmal aufgewacht war. Vielleicht hatte geronnenes Blut die Nadel verstopft; wenn ja, so hatte sich der Pfropfen gelöst, als Radu sich die IV herausriß. Möglicherweise war die Öffnung in der Spitze auch gegen die Wand der Vene gedrückt worden. Der Computer verfiel auf dieselbe Lösung wie schon einmal: Radus Organismus sprach nicht auf das Narkosemittel an. Beunruhigend, wenn das zweimal hintereinander passierte.

Radu öffnete den Medikamentenschrank und holte ein Fläschchen mit Kapseln heraus, die dritte Transitdroge.

»Haben Sie eine Ahnung, wo wir sind?« fragte er den Piloten.

»Ich hatte noch keine Gelegenheit, unsere Position zu orten«, antwortete Wassili mit gepreßter Stimme. Er wich Radus Blick aus, fügte jedoch hastig hinzu: »Wenn Sie einschlafen, habe ich vermutlich schon einen Kurs angepeilt.«

Radu blieb nichts anderes übrig, als das Medikament einzunehmen. Er hievte sich in die Schlafzelle, öffnete das Fläschchen und schüttete sich ein paar Pillen in die hohle Hand. Seine Dosis betrug fünf Kapseln. Er zählte umständlich, als fiele ihm diese Aufgabe schwer.

Ohne Flüssigkeit schluckte er die Kapseln hinunter und legte sich hin. Als seine Schultern sich in das Polster senkten, spürte er bereits, wie die Droge wirkte.

Abermals schreckte er aus dem Alptraum hoch; wieder ging alles schief. Brüllend und würgend kam er zu Bewußtsein, mit den Fäusten gegen den Deckel der Box hämmernd, ohne die Geistesgegenwart, die Verriegelung zu öffnen. In seinem Kopf gellten Laeneas Schreie, und er wußte, daß sie starb.

Wie so viele Menschen, von denen er geträumt hatte.

Durch die massive Glasscheibe nahm er Wassilis kalkweißes Gesicht wahr.

»Schlafen sollen Sie! Sie dürfen nicht aufwachen!« Das hysterische Keifen des Piloten durchdrang die Wandung der Kapsel. »Verdammt noch mal, Sie müssen weiterschlafen!«

Mit einem Klicken öffnete sich die Sperre des Schlosses, doch anheben ließ sich der Deckel nicht, weil Wassili ihn mit seinem ganzen Gewicht niederdrückte. Radu kämpfte, um sich aus der Zelle zu befreien, obwohl er merkte, daß er es nicht schaffen würde. Er war einer Ohnmacht nahe, aber eine Bewußtlosigkeit wäre nicht tief genug, um ihn vor den Folgen des Transits abzuschirmen. Dieses Mal würde er sterben.

Mit letzter Kraft warf er sich gegen den Deckel und stemmte ihn auf. Von der Kante getroffen, taumelte Wassili zurück und stürzte hin, wobei er gegen ein Schott prallte.

Auf Händen und Knien neben der Schlafkapsel liegend, hustete und keuchte Radu. Galle brannte scharf und sauer in seiner Kehle, und Tränen der Wut, der

Frustration und der Erleichterung strömten über sein Gesicht. Er zitterte heftig.

Als er sich endlich wieder in der Gewalt hatte, rappelte er sich mühsam hoch. Wassili kauerte an der Wand, die Hände gegen das glatte Metall gepreßt. Wortlos ging Radu, um sich das Gesicht zu waschen und den fauligen Geschmack aus dem Mund zu spülen.

Als er hochblickte und sein triefnasses Gesicht im Spiegel sah, staunte er, daß er sich kaum verändert hatte. Sein Haar war zerzauster als sonst. Vereinzelte feuchte Strähnen, dunkel vom Wasser, klebten auf seiner Stirn. Sein Hemd war schmutzig und stank. Er zog es aus und warf es in die Waschmaschine. Obwohl es in der Trommel landete, passierte nichts. Die meisten Bordgeräte befanden sich noch im Transitmodus, und selbst die halbintelligenten Apparate waren ausgeschaltet. Er fror an der bloßen Brust und den Armen. Kurzentschlossen streifte er den Rest der Kleidung ab und zog sich frische Sachen aus dem Spind an. Diese alltägliche Verrichtung dämpfte ein wenig seine Nervosität; selbst der Brechreiz verging langsam.

Was geschieht mit mir? wunderte er sich.

Im Kontrollraum studierte Wassili das Display des Navigationscomputers. Mit besorgter Miene wandte er sich an Radu.

»Noch einmal hält das Schiff die Belastung nicht aus«, erklärte er.

»Ich auch nicht«, versetzte Radu.

Sie starrten einander an; beide wußten nicht, was sie sagen sollten.

»Nun ja, *einmal* könnte es noch gehen«, wiegelte Wassili ab.

»Womit? Das war die letzte Transitdroge!«

»Ich weiß, daß man zwei Drogen nicht miteinander kombinieren darf; aber könnten Sie nicht die Dosis von einer erhöhen?«

»Meine Dosis liegt bereits an der Schwelle zu einer Vergiftung. Wenn ich noch mehr nähme, würde ich als Pflegefall aufwachen – falls ich das Bewußtsein überhaupt wiedererlangte.«

Wassili warf einen Blick auf das Computer-Display. Es löste sich auf und formierte sich neu zu einer Kugel, die die unmittelbare Umgebung des Schiffs darstellte. Ungefähr im Zentrum funkelte ein gleißend heller Stern, umkreist von seinen inneren Planeten, deren Größe und Farben künstlich akzentuiert worden waren.

Wassili deutete auf einen winzigen, saphirblauen Punkt; es war der Planet, der der Sonne am zweitnächsten stand.

»Diese Welt …« Der Stern blendete sich am Rand der Sphäre aus, der Planet blähte sich auf und über ihm erschienen seine Parameter. »Diese Welt ist bewohnbar«, erklärte der Pilot.

»Dafür kriegen Sie bestimmt einen Entdeckerbonus«, spottete Radu.

Wassili überhörte die sarkastische Bemerkung. »Daran hatte ich jetzt nicht gedacht«, entgegnete er milde, »obwohl Sie wahrscheinlich recht haben.« Nach längerem Schweigen fuhr er fort: »Mit etwas Glück«, sagte er, »mit mehr Glück, als ich in meinem ganzen Leben je gehabt habe, bringe ich dieses Schiff heim zur Erde. Wir sind zu schnell vom Transit in den Normalraum eingeschert … Ich habe nach diesem Stern geforscht. Die Konstellationen sind nicht kartographiert. Ich habe die Orientierung verloren. Doch sobald das Schiff wieder abtaucht, kann ich vielleicht feststellen, wo wir sind. Es gibt … Zeichen? Anomalien und Muster. Jemandem, der diese Phänomene nie gesehen hat, kann ich sie nicht beschreiben. Es fällt schwer genug, mit anderen Piloten darüber zu reden, die sie kennen. Egal. Ich habe Angst, noch einmal mit Ihnen in den Transit zu gehen. Ich habe Angst, Sie zur Erde zu bringen.«

Radu starrte in das transluzente Abbild des Planeten. »Sie könnten mich im Truck hier zurücklassen. Ich könnte warten. Sie sind ständig auf der Suche nach neuen Drogen. Höchstwahrscheinlich testen sie gerade eine, die bei mir anschlägt.« Er schaute Wassili ins Gesicht. »Man würde doch ein Bergungsschiff schicken, das mich abholt – oder?«

»Daß so etwas vorgekommen ist, habe ich noch nie gehört – aber ich bin mir sicher, daß man Sie nicht im Stich läßt«, antworteten Wassili überstürzt. »Vorausgesetzt, man findet eine Möglichkeit ...«

»Und wenn nicht?«

»Ich könnte uns im Handumdrehen heimbringen, wenn ich die Koordinaten dieses Systems wüßte. Als wir das erste Mal aus dem Transit auftauchten, landeten wir in einem kartographierten System. Zwar sind nur wenige Daten vorhanden, aber ich konnte es finden. Beim zweiten Mal mußte ich schon extrapolieren – und ich drückte die Daumen, daß mir dabei kein Fehler unterlief. Ich weiß immer noch nicht, ob ich den richtigen Kurs eingegeben habe, denn wir fielen wieder so schnell aus dem Transit, daß ich den Standort nicht bestimmten konnte. Und nun bin ich völlig ratlos. Hier gibt es so viel interstellaren Staub, daß ich keinen der üblichen Orientierungspunkte finde. Keine Sternenkonstellation und kein Pulsar kommt mir bekannt vor. Das hier ist kein Forschungsschiff, für komplizierte Analysen sind wir nicht ausgerüstet. Selbst mit einem X-Schiff ist es am sichersten, sich in kleinen Schritten vorwärtszutasten. Wir hingegen haben ein paar gewaltige Sprünge vollzogen.« Er klang immer angespannter. »Erforschen ist nicht so simpel, als ginge man einen Weg entlang, und um heimzukehren, brauchte man nur kehrtzumachen und dieselbe Strecke zurückzugehen. Sobald man sich umdreht, sieht alles nämlich ganz anders aus – verstehen Sie?«

»Nein.«

Wassili hob die Hände und ließ sie wieder sinken. Seine Schultern sackten nach vorn. »Das ist der Transit«, meinte er ergeben. »Man kann es nicht erklären. Ich sollte es gar nicht erst versuchen.«

»Kein Pfad sieht genau gleich aus, wenn man ihn in der umgekehrten Richtung begeht, trotzdem läßt er sich zurückverfolgen. Und wenn man einen Fluß heruntergetrieben wurde, kann man ihn wieder hinaufschwimmen.«

»Nicht, wenn ein Wasserfall dazwischen liegt – das ist ein guter Vergleich!« Seine Miene erhellte sich, um sich gleich darauf wieder zu verdüstern. »Nein, das stimmt ja gar nicht. Es ist ganz anders. Man muß sich das so vorstellen ...« Hilflos spreizte er die Finger.

»Sie versuchen mir folgendes zu sagen«, sprang Radu ein. »Da Sie nicht wissen, wo wir sind, würden Sie vermutlich nicht hierher zurückfinden, selbst wenn Sie die Erde erreichen.«

»Ich speichere sämtliche Daten aus dem Normalraum. Es müßte möglich sein, diesen Ort zu lokalisieren.«

»Aber garantieren können Sie es nicht.«

Wassili zögerte. »Leider nein«, gab er widerstrebend zu.

»Ich könnte im Truck ausharren und das Risiko eingehen, daß ich verhungere oder ersticke; beim Versuch, zur Erde zurückzufliegen, sterbe ich im Transit.«

»Es gibt einen bewohnbaren Planeten ...«

Wütend funkelte Radu ihn an. »Für wie blöd halten Sie mich? Ich stamme von einer Kolonialwelt. Nur ein Idiot bildet sich ein, er könnte ganz auf sich allein gestellt in einer neuen Welt überleben. Und selbst wenn ich es schaffen sollte – welchen Sinn hätte mein Dasein?«

»Sie rechnen sich doch nicht etwa eine Chance aus, den Transit heil zu überstehen!«

»Lieber sterbe ich schnell als langsam.« Er sagte es im Zorn, merkte jedoch, daß er es ernst meinte.

»So rasch geht es auch nicht, habe ich mir sagen lassen.«

»Angenommen, ich bleibe hier. Wie hoch stehen die Chancen, daß mich jemand abholt?«

Wassili blickte zu Boden. »Schwer zu sagen. Eins zu zehn vielleicht. Oder eins zu hundert. Falls sich keine Ansatzpunkte für Koordinaten ergeben, wäre es reiner Zufall, wenn ich dieses System wiederfände.«

»Zufall!«

»Tut mir leid. Aber der Transit ...«

»Der Transit! Der Transit!« äffte Radu ihn nach. »Vergessen Sie es. Mir hilft nichts mehr. Ich habe keine Chance.«

»Es tut mir leid!« schrie Wassili. »Ich weiß nicht, was ich Ihnen sagen soll.« Er wandte sich ab und flüsterte: »Vielleicht sieht so das Schicksal der verschollenen Schiffe aus. Möglicherweise speit der Transit sie aus und läßt sie nicht mehr hinein.« Er sprach wie ein ängstliches, verlassenes Kind, aber Radu merkte, daß der Pilot sich nicht davor fürchtete, nie wieder heimzukommen. Die Vorstellung, eventuell kein einziges Mal mehr den Transit zu erleben, versetzte ihn in Panik.

Radu streckte den Arm aus, zog ihn jedoch wieder zurück, ehe er Wassilis Schulter berührte. »Sie sind der beste Pilot der gesamten Flotte. Selbst Atna kennt keinen besseren, und er flog schon in der Crew mit, als es noch gar keine Piloten gab. Sie bringen dieses Schiff heil nach Hause.«

»Und was wird aus Ihnen? Hierher zurückzufinden hängt nicht von mir ab«, wandte Wassili unglücklich ein. »Es kommt darauf an, ob sich dieses System kartographieren läßt. Was soll aus Ihnen werden?«

Als Radu in der Crew anheuerte, wußte er, daß Schiffe manchmal verlorengingen. Er wußte, daß Menschen trotz der Drogen mitunter während des Transits starben, daß das Anästhetikum selbst zum Tod führen konnte. Wie alle anderen, hatte auch er Vorkehrungen für den Fall getroffen, daß ihm unterwegs etwas zustieß.

»Ich habe mein Testament gemacht«, erklärte er. »Und ich möchte nichts hinzufügen.« Er wünschte sich, daß seine Asche nach Twilight überführt würde.

Wassili nickte, ohne ihn anzusehen.

»Dann versuchen wir es … sobald Sie bereit sind.«

Radu schaute aus dem Bullauge auf die glitzernden Sterne, die im Nichts zu schweben schienen. Er wollte nicht allein sein, wenn er starb. Jemand sollte seine Hand halten, ihn umarmen und trösten. Er lehnte sich gegen das kühle Glas.

»Soll ich bei Ihnen bleiben?« schlug Wassili vor.

Radu errötete, peinlich berührt von Wassilis Mitgefühl und seiner eigenen Wehleidigkeit.

»Lieber nicht«, wehrte er ab. Zwar sehnte er sich nach Gesellschaft, aber nicht nach der eines Piloten; vor allen Dingen Wassili konnte er jetzt nicht ertragen.

»Na schön«, erwiderte Wassili. Anstandshalber hatte er bis zu seiner Antwort ein bißchen Zeit verstreichen lassen, doch seine Erleichterung war unverkennbar. Radu konnte es ihm nicht verübeln. Er hätte auch nicht zusehen mögen, wie jemand im Transit verreckte.

Der Pilot faßte in seine Tasche und stellte verlegen eine Phiole auf den Tisch.

»Das gibt man uns mit«, erläuterte er widerwillig, »falls das Schiff vom Kurs abkommt und man kein neues Ziel ansteuern kann. Wenn Sie es nicht mehr aushalten …« Er brach ab.

Radu nickte. Ein rascher und schmerzloser Selbstmord klang im Augenblick verlockend. Vielleicht würde er darauf zurückgreifen.

»Werde ich bei klarem Verstand sein? Wie lange …«

Wassili lachte abgehackt.

Wütend, mit geballten Fäusten, ging Radu einen Schritt auf ihn zu. Abwehrbereit hob Wassili die Hände. Doch Radu war bereits stehengeblieben.

»Entschuldigen Sie«, bat Wassili. »Ich hab's wirklich nicht so gemeint. Aber auf Ihre Frage gibt es keine Antwort. Was mit dem Transit zusammenhängt, läßt sich nicht erklären.«

Radu blieb skeptisch. Er wußte nicht, ob er Wassili glauben sollte. Ihm schwante, daß es den Piloten lediglich darauf ankam, sich mit dem Nimbus des Geheimnisvollen zu umgeben. Doch um weitere Auskünfte wollte er nicht betteln.

»Ich starte das Schiff erst, wenn Sie mir grünes Licht geben«, versprach Wassili.

»Fangen Sie an!« brüllte Radu. »Beeilen Sie sich! Durch Zuwarten ist auch nichts gewonnen.« Er umklammerte die Einfassung des Bullauges. Nach einer Weile hörte er, wie die Tür zufiel, als Wassili in den Kontrollraum ging.

Hinter dem Bullauge schwammen die unvertrauten Sternkonstellationen im All wie die Fische im Ozean, die Radu durch das Fenster in der Unterwasserstadt beobachtet hatte. Dieses Mal lähmte ihn die Gewißheit, daß er Laenea niemals wiedersehen würde. Der Ausgang dieses Unterfangens stand fest.

Durch die Fingerspitzen spürte er das Beben des Schiffs. Als er die Handflächen gegen die Wand preßte, teilte sich ihm das kraftvolle Arbeiten der Triebwerke mit. Unwillkürlich von der neuartigen Situation in den Bann gezogen, lauerte er auf jede Veränderung. Ein Schweißtropfen perlte seine Schläfe hinab. Er neigte den Kopf, um ihn am Ärmel abzuwischen. Wenn er nicht auf der Stelle starb, blieben ihm wenigstens ein paar Minuten, um das Geheimnis des Transits zu lüften. Obwohl er immer neugierig gewesen war, hatte er nie gefragt. Man brauchte kein besonders sensibler

Beobachter zu sein, um zu merken, daß die Piloten darüber nicht sprechen wollten.

Die Vibrationen der Triebwerke schraubten sich in unvorstellbare Höhen. Das Gesicht mit den Händen umrahmend, schirmte er das Glas vom Widerschein aus der Kabine ab. Draußen änderte sich nichts. Natürlich verharrten die Sterne an ihrem Platz. Doch allmählich erkannte Radu, daß sich das Universum draußen wandelte. Die wie Geschmeide glitzernde Sternenpracht explodierte so plötzlich in einem weißblitzenden Glast, daß er erschrocken zurückprallte. Während er geblendet blinzelte, verdunkelte sich das All zu einem konturlosen Grau.

Mit den Fingerkuppen strich er über das Glas. Es war kühl und glatt. Doch dahinter gab es absolut nichts mehr. Angestrengt hielt er Ausschau nach irgendeiner Bewegung, einem ungewöhnlichen Bild, der Verkörperung von Phantasiegebilden und Nachtmahren, der Sichtbarmachung verborgener Wahrheiten. Er schloß die Augen und schärfte seine anderen Sinne, in Erwartung einer Offenbarung – und sei es nur die Ankündigung seines bevorstehenden Todes.

Nichts tat sich.

Radu setzte sich wieder hin und wartete. Er schaute auf seine Hände, rechnete damit, daß die Haut alterte und schrumpelte. Doch es blieben dieselben gebräunten, zupackenden Pranken eines Bauern. Wenn sein Name auf eine adlige Abstammung hindeutete, so lagen die Zeiten eines Herrendaseins schon viele Generationen zurück. Seine Fingernägel waren kurz und schrundig, und manchmal kaute er daran.

Die Triebwerke arbeiteten stetig und reibungslos und ließen das Schiff mitschwingen; eine andere Form der Bewegung nahm Radu nicht wahr. Er achtete auf sein Gespür für die Zeit, das sich immer auf den Bereich ausdehnte, in dem er sich gerade befand. Dieses Talent hatte ihm nie viel Kopfzerbrechen bereitet, es glich einem Partytrick, konnte höchstens noch als nützliche Anomalie betrachtet werden. Eine Erklärung dafür hatte er nicht, und er hätte auch nicht gewußt, wie er jemand anderem diesen Kniff hätte beibringen können.

So wie Radu die Relativitätstheorie interpretierte, verlief die Zeit an verschiedenen Orten unterschiedlich schnell. An dieses Phänomen war er gewöhnt, und er fühlte, wie seine innere Uhr auf den raschen Wechsel reagierte, wenn das Schiff, auf dem er mitflog, Tempo gewann.

Hier indessen, im Transit, zerfiel die fundamentale Ordnung in ein Chaos. An jedem Punkt verging die Zeit mit einer anderen Geschwindigkeit, und sobald Radu sich gedanklich auf eine bestimmte Stelle konzentrieren wollte, ließ sich keine Hierarchie mehr erkennen.

Wieso er diese Wirrnis überhaupt zur Kenntnis nahm, war ihm schleierhaft. Es war, als befände er sich in einem finsteren Raum, umgeben von sich bewegenden Skulpturen, die er jeweils nur für Bruchteile von Sekunden zu sehen bekam, wenn wahllos ein vereinzelter Lichtstrahl darauf fiel, erlosch, und nach dem Zufallsprinzip irgendeinen anderen Gegenstand beleuchtete – und das alles in wahnwitziger Eile.

Er gab den Versuch auf, seine Empfindungen zu analysieren und schaltete völlig ab, bis er sein inneres Gleichgewicht wiederfand. Danach konzentrierte er sich ausschließlich auf die subjektive Zeit. Zu seiner Verwunderung verhielt sie sich genauso wie an irgendeinem beliebigen Ort im Normalraum.

Von Piloten hieß es, sie erlebten im Transit eine Störung ihres Zeitsinns, aber vielleicht lag das an den drastischen Veränderungen, denen sie sich unterzogen, um sich gegen die Diskrepanz zwischen der relativistischen Zeit im Normalraum und dem nichtrelativistischen Universum des Transits immun zu machen.

So gewöhnlich der Transit Radu auch vorkommen mochte, seine Gesetzmäßigkeiten waren unbekannt, und er schwebte in höchster Gefahr. Dagegen konnte er nichts unternehmen, nicht einmal hoffen durfte er. Ihm blieb nichts anderes übrig, als sich in Geduld zu fassen, ohne zu wissen, wann ihn sein Schicksal ereilen würde.

Also harrte er aus, in kalten Schweiß gebadet, während er durch das Bullauge in das grenzenlose diffuse Grau starrte. Hin und wieder glaubte er draußen farbige Schemen aufflackern zu sehen, doch diese Lichteffekte bewegten sich stets am Rand seines Gesichtsfeldes und verschwanden, ehe er sie fixieren konnte. Er schloß nicht aus, daß seine Phantasie ihm Streiche spielte.

Er zog die Knie an die Brust und bettete den Kopf darauf. Von der Dunkelheit getröstet, ließ er die Dinge auf sich zukommen.

Die Zeit verstrich. Radus innere Uhr zählte sie nach Stunden, die ihm wegen der Anspannung indessen wie Tage vorkamen. Einmal wäre er beinahe eingenickt, schreckte aber vor Angst wieder hoch. Warum fürchtete er sich vor dem Einschlafen? Er fühlte sich elend; Traumfragmente wirbelten ihm durch den Kopf – er hörte Laeneas Stimme – und verschwanden wieder. Er schüttelte sich, stand auf und tigerte eine Zeitlang in der Lounge auf und ab.

Schließlich ging er durch den Korridor und stieß die Tür zum Kontrollraum auf.

An der Konsole saß der Pilot und starrte durch das weite Bugfenster. Entweder hörte er das Zuschlagen der Tür, oder er sah Radus verzerrtes Bild in der Glasscheibe. Mit einem Aufschrei schwenkte er herum. Sein Entsetzen wich einem Ausdruck von Schock. Nach einer Weile stieß er scharf die Luft aus, hangelte nach seiner Atemmaske und stülpte sie sich über Mund und Nase. Aus einem Tank, den er an einem Schulterriemen trug, sog er reinen Sauerstoff ein. Als er die Maske wieder abnahm, wirkte er gefaßt.

»Wissen Sie schon, wo wir sind?« erkundigte sich Radu. »Konnten Sie sich orientieren?«

Der Pilot glotzte ihn an. zwinkerte nervös mit den Augen und atmete ein paarmal tief durch. Seine Stimme verriet, daß er die Ruhe nur vortäuschte.

»Ich habe den Weg gefunden«, erwiderte er.

»Wie lange bleiben wir noch im Transit?«

Wassili nahm einen weiteren Zug aus dem Sauerstofftank. »Ich habe bereits versucht zu erklären, daß man solche Fragen nicht beantworten kann. Was die Entfernung betrifft, haben wir die Hälfte der Strecke zurückgelegt; auf die Zeit, die wir noch unterwegs sein werden, hat das jedoch keinerlei Einfluß.« Er sprach, ohne Luft zu holen, und mußte sich dann die Maske wieder aufsetzen. Das Atmen war die Körperfunktion, die die Piloten als letzte aufgaben, um den Transit zu überleben. In unregelmäßigen Abständen inhalierten sie reinen Sauerstoff und atmeten nur dann aus, wenn der Kohlendioxidpegel im Blut den Sauerstoffaustausch hemmte.

»Mittlerweile müßte mit mir doch schon etwas passiert sein, finden Sie nicht auch?« wollte Radu wissen.

»Eigentlich ja«, entgegnete der Pilot. »Jedenfalls glaube ich das. Es tut mir leid, wenn ich mich dauernd wiederhole, aber es gibt keine gesicherten Erkenntnisse darüber, was mit normalen Menschen im Transit geschieht.« Er legte eine Pause ein, um Atem zu schöpfen. »Diejenigen, die nach dem Transit noch ein Weilchen lebten, konnten das, was sich in ihnen abspielte, nicht beschreiben. Etwas, das im Transit vollkommen logisch und erfaßbar aussieht, verwandelt sich hinterher in eine Erscheinung, für die selbst ein Pilot keine

Worte mehr findet. Sie werden schon sehen …« Ihm ging die Luft aus, und er griff zur Maske.

»Ich fühle mich gar nicht anders als sonst«, versetzte Radu; dann begriff er, was Wassili gemeint hatte, ohne es auszusprechen. »Sie wollten sagen, daß ich die Konsequenzen wahrscheinlich erst nach dem Austritt aus dem Transit merke, ist es nicht so?«

Der Pilot hielt die Maske länger als notwendig über dem Gesicht. Endlich nahm er sie herunter. Wie flehend streckte er die freie Hand nach Radu aus. »Ich bin kein Experte auf diesem Gebiet. Mit den Vorfällen, die in den Pioniertagen des überlichtschnellen Reisens passierten, habe ich mich nie befaßt. Und die beiden Male, als Sie aufwachten, haben Ihnen ja auch nicht geschadet.«

Resigniert ließ sich Radu in den anderen Sessel sinken. Er mußte weiter mit der Ungewißheit leben. Der Pilot inspizierte flüchtig die Instrumente und wandte seine Aufmerksamkeit sofort wieder der gesichtslosen, grauen Sichtscheibe zu. Gelegentlich nahm er einen Atemzug aus der Maske, aber so selten, daß das Blut schon mit Kohlendioxid gesättigt sein mußte.

Radu beobachtete, wie die digitalen Anzeigen auf dem Chronometer vorbeirasten, viel ungleichmäßiger als die Sekunden, die in seinen Gedanken vergingen. Er versuchte, ein System hineinzubringen. Nach einer Weile schüttelte er gereizt den Kopf. Etwas höchst Seltsames ging hier vor, aber er konnte nicht klären, worum es sich handelte, weil er vergessen hatte, sich die genaue Zeit zu merken, als er mit seiner Beobachtung anfing. Das hier hatte nichts mit den Launen und Extravaganzen des Transits zu tun. Er war viel zu aufgewühlt, um sich konzentrieren zu können.

»Nun, da Sie es gesehen haben«, sagte Wassili, »wie finden Sie es?«

»Entschuldigung, wovon sprechen Sie?« fragte Radu verdutzt.

»Vom Transit!«

Radu furchte die Stirn. »Etwas Langweiligeres kann ich mir nicht vorstellen. Aber wenn Sie ein Geheimnis daraus machen wollen – ich halte dicht.«

Der Pilot schaute beinahe genauso fassungslos drein wie vorhin, als er Radu offensichtlich gesund und munter im Kontrollraum erblickte.

»Heißt das, daß Sie es nicht sehen – nicht fühlen?«

»Was sollte ich sehen? Was müßte ich fühlen?«

Der Pilot breitete die Arme aus und deutete auf das Bugfenster. »Schauen Sie doch hin – öffnen Sie sich dem Gefühl ... diese Präsenz ist überall, greifbar, jeder empfindet sie anders, es ist unbeschreiblich!«

»Aber da ist doch nichts!« beharrte Radu.

Wassili Nikolajewitsch schwieg eine Weile. Dann fragte er: »Was haben Sie gesagt?«

»Da draußen gibt es nichts. Ich sehe nur einen grauen Nebel, eine Leere.«

»Sie sehen nichts?«

»Wollen Sie mich auf den Arm nehmen? Möchten Sie, daß ich irgend etwas erfinde? Meine Phantasie anstrenge?« hielt Radu ihm ärgerlich entgegen. Die Bilder, die seine Einbildungskraft erzeugt hätte, wären selbst für ihn zu schmerzlich gewesen.

»Was sind Sie?« flüsterte der Pilot. »Sind Sie ein Roboter, eine als Mensch getarnte Maschine? Werden Sie getestet, oder stellt man mich auf die Probe?«

»Was?« Um ein Haar hätte Radu gelacht, doch der Pilot meinte es todernst und machte einen verängstigten Eindruck. »Ich bin ein Mensch, so wie Sie.« Er streckte den Arm aus und hielt ihm das bandagierte Handgelenk unter die Nase. »Sie haben mich doch bluten sehen, Pilot.«

Wassili zuckte die Achseln. »So was ließe sich unschwer vortäuschen.«

»Das ist lächerlich«, wehrte Radu ab. »Jeder weiß, daß intelligente Maschinen im Transit nicht störungsfrei funktionieren.«

»Aber Menschen auch nicht.«

»Wenn man eine solche Maschine erfunden hätte, brauchte man das nicht geheimzuhalten.«

»Piloten wären dann überflüssig – vielleicht sind wir es schon, Ihretwegen, was immer Sie sein mögen ... und das trotz der Anstrengungen, die man in uns investiert, damit wir den Transit überleben.«

»Sie faseln Blödsinn, Pilot«, entgegnete Radu unverblümt. Eine höflichere Wendung fiel ihm nicht ein. »Wenn jemand sich die Mühe gäbe, eine quasi menschliche Maschine zu konstruieren, dann wäre das eine idiotische Art, sie zu testen. Außerdem hätten sich die Erfinder sicher für ein attraktiveres Gesicht entschieden als für das meine.«

Die Erregung des Piloten legte sich ein wenig. »Sie haben recht«, pflichtete er Radu mit der Grausamkeit eines Kindes bei. »Dieses Argument leuchtet mir ein, aber ob Maschine oder nicht, Sie sind resistent gegen den Transit – er kann ihnen nichts anhaben! – jemand wie Sie macht uns Piloten entbehrlich.«

»Ich bin kein Pilot«, klärte Radu ihn auf. »Dazu fehlen mir das Talent und die Ausbildung. Außerdem möchte ich gar keiner sein. Ich werde bestimmt nicht Ihr Konkurrent.«

Sich wieder dem leeren Fenster zuwendend, sog der Pilot langsam und tief den Atem ein. »Vielleicht glauben Sie das wirklich«, sagte er. Er kehrte Radu den Rücken zu, so daß seine Stimme entfernt klang. »Oder Sie wünschen sich so zu denken. Aber Sie irren sich.«

Radu verschränkte die Arme und funkelte ihn empört an. »Möglicherweise sind Sie derjenige, der sich verkalkuliert«, entgegnete er zynisch. »Ich könnte immer noch sterben.«

»Nein«, widersprach Wassili leise. »Sie bleiben am Leben ... es sei denn, *ich* bringe Sie um.«

Verblüfft schwieg Radu.

»Gehen Sie jetzt«, bat der Pilot. »Lassen Sie mich bitte allein.«

Radu verließ den Kontrollraum, obwohl die gequält hervorgestoßene Aufforderung viel mehr von ihm verlangte.

KAPITEL 6

Piloten standen im Ruf, labil zu sein. Radu hatte nie viel darum gegeben. Er verstand nicht, wieso man talentierte Menschen oftmals für verrückt erklärte; Menschen, die tatsächlich irre waren, verhielten sich ganz anders. Laenea Trevelyan war das erste Mitglied dieser elitären Kaste, das Radu näher kennengelernt hatte, und er hielt sie für völlig normal. Wassili gab sich ein bißchen exzentrisch – das stimmte – aber konnte man ihm deshalb Wahnsinn unterstellen?

Radu versuchte, Wassilis Drohung, ihn zu töten, auf die leichte Schulter zu nehmen. Noch nie zuvor hatte jemand ihn bedroht. Daheim auf Twilight nahmen die Leute, die von der Seuche verschont geblieben waren, ihm übel, daß er sich die Krankheit zugezogen und sie überstanden hatte. Seine Narben stigmatisierten ihn, und von einigen Siedlern wurde er gehaßt, weil er überlebte und ihre eigenen Angehörigen starben. Doch selbst in ihrem Gram und in ihrer Wut wäre es zu Hause niemandem eingefallen, ihm ans Leben zu gehen.

Die Selbstmordpillen lagen noch auf dem Tisch in der Crew Lounge. Radu nahm das Fläschchen, warf es in den Müllschacht und wollte sich einreden, daß er sich vor dem Piloten nicht fürchtete.

Wie Wassili Nikolajewitsch vorhergesagt hatte, starb Radu nicht, als das Schiff aus dem Transit auftauchte. Den Übergang nahm er nicht einmal wahr. Müde und gelangweilt saß er in der Lounge, hielt sich aber krampfhaft wach. Aus irgendeinem Grund hatte er Angst einzuschlafen, selbst wenn es ein natürlicher Vorgang war.

Hin und wieder schaute er zum Bullauge hin, doch der leblose graue Ausblick, dem nichts Kryptisches eignete, förderte nur seine Schläfrigkeit. Bewußt vermied er es, in diese Richtung zu sehen. Aber als er einmal beinahe eingenickt wäre, dann wieder hochschreckte und sich verwirrt und orientierungslos im Raum umschaute, bemüht, die schwindenden Fetzen eines weiteren wilden Traums zu erhaschen, fing das Bullauge seinen Blick ein. Dort präsentierte sich der Normalraum mit einem Muster aus weit verstreuten Sternen. Über ihnen, gar nicht weit entfernt, blähte sich in blauen, weißen und braunen Farbtönen die Erde.

Hinter ihm ging die Tür auf. Radu sah Wassili Nikolajewitsch, der ihm ernst zunickte. Als der Pilot sich abwandte, trat Radu einen Schritt auf ihn zu.

»Ich möchte mit Laenea sprechen«, sagte er.

»Das geht nicht.«

»Sie haben kein Recht ...«

»Das geht nicht, weil sie sich auf ihrem ersten Trainingsflug befindet.« Wassili sperrte sich in den Kontrollraum ein allein.

Die starke Anspannung, unter der Radu so lange gestanden hatte, flaute allmählich ab. Erschöpfung, Hunger und die drei unterschiedlichen Narkosemittel, die er seinem Körper zugemutet hatte, zeigten ihre Wirkung. Er fühlte sich schwindlig, und ihm war schlecht. Das verletzte Handgelenk schmerzte höllisch.

Er wünschte sich, seine Träume von Laenea, wie sie in Todesgefahr schwebte, würden endlich abklingen und in Vergessenheit geraten wie die meisten Träume, doch hartnäckig und lebhaft spukten sie in seinem Kopf. Er wäre erst wieder beruhigt, wenn sie zurückkehrte und er mit ihr sprechen konnte. Diese Alpträume, die Halluzinationen, die ihn während seiner

Krankheit gequält hatten und Atnas Vision vermischten sich miteinander und machten es ihm schwer, Realität und Phantasie auseinanderzuhalten. Atnas Vorahnung einer drohenden Katastrophe ließ sich nicht mehr als Hirngespinst abtun, dazu war Radu selbst während des Flugs zu viel passiert.

Er fühlte sich hilflos und verunsichert, außerstande, wichtige Probleme in Angriff zu nehmen; unterdessen mußte er das Schiff für das Andocken an die Erdstation vorbereiten. Fluchend machte er sich an die Arbeit.

Als die Systeme der anderen Schlafkapsel Orca langsam in den Wachzustand zurückschleusten, ging Radu grollend zu seinem Container, wischte das Erbrochene auf. Im Bad wusch er sich die Hände und benetzte sein Gesicht mit kaltem Wasser.

Hast du erwartet, daß der Pilot deine Kotze wegwischt? fragte er sich zynisch.

Während er ein leichtes Frühstück zusammenschusterte – für ein ausgiebiges Mahl fehlte die Zeit –, trank er einen Becher Kaffee; seine Befürchtung, vom Koffein würde ihm übel werden, war unbegründet. Nach dem Trunk ging es ihm besser.

Als er hörte, wie Orca aufstehen wollte, eilte er zu ihr, um zu helfen. Ihre Finger waren eiskalt, die durchsichtigen Schwimmhäute beinahe farblos. Er nahm sie in die Arme, streichelte ihren Nacken, massierte ihren Rücken und die Seiten, um sie zu wärmen. Sie zitterte heftig.

»Verdammt noch mal!« schimpfte sie. Ihre Zähne klapperten. Sie kuschelte sich dicht an Radu und schmiegte ihre Stirn gegen seine Brust. »Ich fühle mich sterbenselend.«

»Das wird schon wieder. Wir sind nur zwei Stunden von der Erde entfernt.«

Er hielt sie fest, bis das Bibbern nachließ.

Orca lachte unsicher. »Danke. Jetzt bin ich wieder

auf dem Damm.« Verlegen zog sie sich von ihm zurück. »So schlimm habe ich noch nie reagiert.«

Radu fuhr fort, sanft ihre Arme zu streicheln, denn sie sah immer noch nicht erholt aus.

»Ist irgend etwas passiert?« fragte sie. »Fühlst du dich anders als sonst?«

»Nein«, erwiderte er automatisch, dann schränkte er seine Lüge ein. »Doch, ja. Dieses Mal empfand ich das Wachwerden als sehr unangenehm.« Zumindest diese Feststellung stimmte. Gern hätte er ihr die Wahrheit gesagt, aber er traute sich nicht. Er wollte nicht denselben Blick in ihren Augen sehen, mit dem der Pilot ihn angestarrt hatte.

»Ich bin froh, daß Atna daheimgeblieben ist«, bekannte Orca. »Das war ein ungemütlicher Flug. Wer weiß, was das für ihn bedeutet hätte. Ich glaube, seine Ängste waren begründet.«

»Ja«, gab Radu gedehnt zu. »Ja, seine Vision war keine Spinnerei.«

Orca kletterte ins Unterdeck, um die Transit-Triebwerke zu checken und das Schiff zum Auftanken bereitzumachen. Radu holte ein Datensignal von der Erdstation ein, doch er stellte die Uhren in der Lounge, ohne auf das Eintreffen der Information zu warten. Einmal hatte man ihn gerüffelt, weil er die Neuprogrammierung vornahm, ehe er die Ortszeit abfragte. Daß er die korrekte Zeit eingestellt hatte, focht seinen damaligen Vorgesetzten nicht an. Der Nachweis eines offiziellen Datensignals ersparte ihm Scherereien.

Nach subjektiven Zeitmaßstäben war das Schiff sechs Wochen lang fort gewesen. Ihren Bonus hatten sie sich verdient. Vielleicht konnte sich Wassili noch seinem Forschungsteam anschließen.

Nun, da er sich allein im Kontrollraum aufhielt, versuchte Radu, mit Laenea Kontakt aufzunehmen; er hoffte, sie sei zurückgekehrt, seit Wassili sich das letzte Mal nach ihr erkundigt hatte. Doch ihr Schiff war noch unterwegs. Radus Berechnungen zufolge hatten er und Laenea ungefähr zur gleichen Zeit den Transit im Wachzustand erlebt.

Er fragte sich, ob sie ihn genauso langweilig gefunden hatte wie er.

Eigentlich hielt sie sich schon ziemlich lange da draußen auf. Wie lange ein Trainingsflug dauern sollte, wußte er nicht. Er versuchte, seine Sorgen zu beschwichtigen, indem er sich verdeutlichte, daß die Zeit, die während des Transits bei Überlichtgeschwindigkeit verstrich, mit der chronologischen Abfolge im Einsteinschen Raum nichts gemein hatte. Während auf der Erde sechs Wochen vergangen waren, düsten sie binnen achtundvierzig Stunden nach Ngthummulun, und er selbst hatte nicht mal einen vollen Tag im Transit zugebracht.

Radu wässerte und düngte die Pflanzen, die das Lebenserhaltungsystem unterstützten. Sowohl die Instrumente wie seine eigene Wahrnehmung sagten ihm, daß die katalysierte Photosynthese auf Hochtouren lief.

»Was werden Sie unternehmen?«

Radu erschrak, als Wassili unversehens vor ihm auftauchte.

»Ich weiß es noch nicht«, entgegnete Radu. »Eigentlich wollte ich gleich wieder auf einem automatisierten Schiff anheuern ...«

»Sie können nicht mehr auf einem automatisierten Schiff mitfliegen. Sie würden es ständig aus dem Transit werfen.«

»Das ist mir klar!«

»Verraten Sie mir eines: Hegen Sie eine persönliche Abneigung gegen mich, oder können Sie Piloten generell nicht leiden?«

»Weder noch«, antwortete Radu. »Mein Problem ist, daß ich auf Piloten reagiere, wie Piloten auf normale Menschen ansprechen, wenn sie ihnen zu nahe kommen.«

»Ach was!«

Radu zuckte die Achseln.

»So etwas höre ich zum ersten Mal«, räumte Wassili ein.

Radu seufzte. Es nervte ihn, daß ihm schon wieder jemand sagte, daß er aus dem Rahmen fiel.

»Sie werden hierbleiben müssen«, erklärte der Pilot.

»Auf der Erdstation? Warum?«

»Wenn Sie wollen, können Sie zur Erde fliegen. Aber weiter kommen Sie nicht ohne die Mitwirkung eines Piloten; und kein Pilot wird Sie an Bord lassen, ehe wir beschlossen haben, was wir mit Ihnen anfangen.«

»Wassili Nikolajewitsch«, sagte Radu, um einen sachlichen Ton bemüht, »etwas höchst Eigenartiges ist passiert. Wir müssen die Administratoren davon in Kenntnis setzen ...«

Der Pilot stürmte mit einer solchen Wut auf ihn zu, daß Radu unwillkürlich einen Schritt zurückwich.

»Und was dann? Wenn sie Sie wieder gehen lassen – falls sie Ihr Gehirn nicht Zelle für Zelle auseinanderpflücken, um zu sehen, wie es funktioniert ...«

Radu fand diese alberne Unterstellung keineswegs zum Lachen.

»... brauchen Sie immer noch ein Schiff mit einem Piloten. Und wenn Sie uns verraten ...« Er legte eine Kunstpause ein. Die Drohung war um so wirkungsvoller, wenn sie lediglich angedeutet blieb.

»Pilot, ich bin weder Ihr Feind noch Ihr Rivale. Wir sollten herausfinden, ob es noch mehr Menschen wie mich gibt. Meinetwegen hätte das Schiff so weit vom Kurs abkommen können, daß wir nie wieder heimgefunden hätten. Vielleicht ist etwas ähnliches mit den verschollenen Schiffen geschehen.«

»Was unternommen wird, entscheiden nicht Sie!«

»Da bin ich anderer Meinung.«

»Wenn Sie ohne Erlaubnis der Piloten etwas über den Vorfall durchsickern lassen, werden Sie es bereuen.«

Radu blickte auf ihn hinunter. »Wissen Sie was«, schleuderte er Wassili entgegen, »Atna hatte recht mit seiner Prophezeiung.«

»Das ist absurd!« widersprach der Pilot. Abrupt drehte er sich um und verließ den Raum.

Radu stieß leise Verwünschungen aus. Er hätte die Beherrschung nicht verlieren dürfen; dadurch hatte er alles noch schlimmer gemacht. Und es war völlig unangebracht gewesen, Wassili an Atnas Warnung zu erinnern. Warum er sich dazu hatte hinreißen lassen, wußte er selbst nicht.

Orca kam aus dem Maschinenraum hochgeklettert. Schwungvoll warf sie die Bodenluke zu.

»Worum ging's?«

Radu zögerte und fragte sich, wieviel sie gehört haben mochte. Er widerstand der Versuchung, seine frühere Lüge einzugestehen und ihr alles zu erzählen. Dadurch hätte er Orca nur unnötigerweise gefährdet.

»Wassili Nikolajewitsch hat mir nur den Unterschied zwischen einem Piloten und der Crew verdeutlicht.« Sie mit einer faulen Ausrede abzuspeisen war ihm fast noch peinlicher, als sie zu beschwindeln.

Mit einem forschenden Ausdruck sah Orca ihn an; doch falls sie noch weitere Fragen hatte, behielt sie sie für sich.

Das Schiff dockte an der Erdstation an. Ehe der letzte Rest der künstlichen Schwerkraft entwich und der radialen Beschleunigung des Satelliten Platz machte, hämmerte die Chef-Marketing-Agentin von Ngthummulun an die Außenluke. Radu öffnete sie, und die Agentin rauschte herein.

»Ich staune, wie schnell ihr wieder zurück seid«, triumphierte sie. »Das ging ja unglaublich fix.« Sie schüttelte Wassilis Hand. Der Pilot blickte unbehaglich drein und befreite sich fast unhöflich aus ihrem Griff.

»Die Prämien habe ich bereits auf eure Konten überwiesen«, fuhr die Agentin unbekümmert fort, ohne Wassilis Nervosität zu bemerken. »Auf die Höhe der Zahlungen habe ich einen gewissen Einfluß, und den habe ich dieses Mal geltend gemacht.«

Radu fühlte sich zu ausgepowert, um sich darüber zu freuen. Außerdem ging der größte Teil seiner Entlohnung direkt auf das Konto von Twilight; dieses Geld bekam er nie zu sehen. Wassili brummelte etwas vor sich hin und widmete sich angelegentlich der Nachricht, die über dem Kontrollpanel aufzuflimmern begann.

Orca maß Wassili und Radu mit einem verächtlichen Blick. Herzlich ergriff sie die Hand der Agentin. »Wir wissen das zu schätzen. Vielen Dank. In wenigen Minuten hat Radu das Frachtmodul für den Transfer bereit.«

Radu entging nicht der an ihn gerichtete warnende Unterton.

»Wunderbar!« sagte die Agentin freudig. »Für das Vier-Uhr-Shuttle habe ich mir einen Platz reservieren lassen – ich könnte es gerade noch schaffen.« Wieder drückte sie Orcas Hand und sauste so eilig davon, wie sie gekommen war.

Die Arme über der Brust gekreuzt, pflanzte sich Orca vor Wassili und Radu auf. »Etwas so Unhöfliches habe ich selten erlebt!« warf sie den beiden vor. »Egal, wie böse ihr aufeinander seid – oder warum ihr euch gefetzt habt –, das gibt euch nicht das Recht, die Frau zu brüskieren.«

Radu starrte zu Boden. Wassili schielte über die Schulter zu Orca hin und wandte sich wieder ab.

Die Taucherin gab ein ärgerliches Schnauben von sich und stolzierte aus dem Raum. Ihre Schuhe verursachten nicht den geringsten Laut, doch mit heftigem Klirren riß sie die Luke zum Triebwerksraum auf und schmiß sie wieder zu.

Wassili knurrte eine Verwünschung, sprang von seinem Sessel hoch und verzog sich türenknallend in seiner Kabine.

Radu blieb allein zurück; aufgebracht, verwirrt, wütend. Er schaute auf das Kontrollpanel, über dem eine Nachricht langsam in der Luft verblaßte. Es war ein Eingriff in Wassilis Privatsphäre, doch bevor sie verschwand, las Radu die Botschaft. Danach verstand er, warum der Pilot so heftig reagiert hatte. Seine Stelle in dem Forschungsteam hatte man anderweitig vergeben; obwohl das X-Schiff erst in ein paar Tagen auslaufen würde, war sein Ersuchen um Wiederaufnahme in die Mannschaft abgelehnt worden.

Orca und Radu arbeiteten schweigend, jeder für sich. Radu leitete den Transfer des Frachtmoduls ein und schaltete die Betriebssysteme des Schiffs ab, während Orca sich um die Triebwerke kümmerte. Noch während sie schufteten, hörte Radu, wie Wassili von Bord ging. Der Pilot brauchte nicht bis zum Schluß zu bleiben; er war nicht dazu verpflichtet, der Crew zu helfen oder das Schiff den nächsten Benutzern zu übergeben.

Als Radu sämtliche Aufgaben erledigt hatte, war er geschafft. Vorsichtig öffnete er die Luke zum Maschinenraum. »Orca, kann ich dir helfen?«

Sie hangelte sich die Leiter hoch. »Nicht nötig, ich bin fertig.« Sie hockte sich auf die Kante der Einstiegsluke, rieb sich die Augen und gähnte.

»Du hattest recht«, sagte Radu. »Ich habe mich wirklich mies benommen. Es tut mir leid.«

»Die meisten dieser Marketing-Agenten sind solche Haie, daß wir denen, die großzügig handeln, zumindest Höflichkeit schulden.«

»Wassili hatte einen triftigen Grund für seine Verärgerung«, erwiderte Radu. »Er wartete auf die Antwort von seinem X-Team.«

»Und? Ist sie eingetroffen?«

»Sie haben ihm einen Korb gegeben.«

Sie schnaubte durch die Nase. »Er hat doch wohl nicht im Ernst erwartet, daß sie ihm die Stelle jetzt noch überlassen würden, oder?«

»Ich glaube schon.«

»Radu, für die Administratoren zählt nur der Profit.« Sie stand auf, streckte sich und verriegelte die Luke. »Etwas, das funktioniert, wird nicht mehr verändert, auch wenn sie damit die Chance vertun, eine Sache möglicherweise noch zu verbessern. Waska hält den Zeitrekord für jede Rundreise, die er als Pilot gesteuert hat. Wenn er auf eine Expedition geht, kann er der Transitbehörde bei Termingeschäften keine Prämien mehr zuschanzen.«

»Aber er trüge dazu bei, neue Planeten aufzuspüren.«

»Neue Welten bringen nicht so viel ein, wie du vielleicht denkst. Die Transitbehörde kann einen fremden Planeten nicht für sich beanspruchen, sie kann ihn nicht besitzen. Sie würden nicht einmal nach unbekannten Welten forschen, wenn diese Entdeckungsreisen nicht subventioniert und jeder Erfolg mit einer fetten Prämie belohnt würde.«

»Ursprünglich hatten sie Wassili die Stelle zugesagt ...«

»Aber konkret ist nichts daraus geworden, oder?«

»Das ist eine sehr zynische Sichtweise, Orca.«

»Erzähl mir das noch mal, wenn du erst ein bißchen länger bei der Crew bist.«

Gern hätte er ihre Ansicht widerlegt und Wassilis Abfuhr auf einen weniger menschenverachtenden Grund zurückgeführt; doch als harmlose Erklärungen fielen ihm nur eine Verkettung unseliger Zufälle und gedankenlose Bürokratie ein.

»Du siehst aus, wie ich mich fühle«, meinte Orca. »Und mir geht es beschissen. Laß uns rausgehen.«

Im Spindraum hielt Orca einen Wyuna gegen das Licht, spähte hinein und versteckte ihn dann in ihrer

Reisetasche. Obendrauf stopfte sie Bekleidung: Stücke aus glänzendem, zerknittertem Goldlamé, oder aus metallischen Stoffen, die in sämtlichen Regenbogenfarben schillerten. Subjektiv gesehen war der Trip so kurz gewesen, daß ein Kleiderwechsel kaum notwendig war. Radu zog sein anderes Hemd aus dem Reinigungsgerät und warf es in seine Tasche.

Sie verließen das Schiff und checkten sich in der Erdstation ein. Wie versprochen, enthielten ihre Konten ein beträchtliches Guthaben, wobei Radus bereits mit einer Überweisung nach Twilight belastet war. Er fragte sich, ob sein Beitrag auch nur ein kleines bißchen half, den Schuldenberg abzutragen, mit dem seine Welt als Folge der Epidemie zu kämpfen hatte.

Radu studierte den Shuttle-Flugplan, während Orca sich um die Platzreservierungen kümmerte. Erst am nächsten Tag war etwas frei. Radu machte einen Faust um den Griff seiner Reisetasche. Er wollte nichts wie weg von der Erdstation, weg von den Piloten, um sich an einen Ort zurückzuziehen, wo er nachdenken konnte.

Orca reservierte für sich einen Platz; Radu setzte außerdem seinen Namen auf die Warteliste für Flüge zu einem beliebigen Landehafen auf der Erde. Orca wollte nach North America Northwest zurück, doch für Radu war diese Gegend mit zu vielen Erinnerungen an Laenea belastet. Er zog eine andere Umgebung vor.

Er und Orca stellten sich auf das Gleitband, das sie zum Crew-Sektor der Orbitalstation brachte.

»Wirst du gleich wieder anheuern?« erkundigte sich Orca.

»Nicht sofort«, bekannte Radu. »Und du?«

»Ich warte auch noch ein Weilchen. Meine Familie arrangiert ein Treffen, und ich habe zugesagt, daß ich nach Möglichkeit auch komme.«

»Wo wohnst du?«

»In der Strait of Georgia. Weißt du, wo das ist?«

»So ungefähr.« Vor seinem ersten Ausflug auf die Erde hatte er sich mit der Geographie rings um die Landeplattformen vertraut gemacht. Er entschied sich für North America Northwest, weil das Klima dort den Witterungsbedingungen auf Twilight am nächsten kam. Doch das Festland und die Binnengewässer, die östlich der Plattform lagen, hatte er nicht gesehen; er hatte die künstliche Insel ja nicht einmal verlassen.

»Dort ist es wunderschön«, schwärmte sie. »Wenn ich woanders bin, habe ich Heimweh. Dann vermisse ich sogar meine Familie.« Sie grinste schief. »Obwohl ich nicht mit allen gut auskomme.«

Vielleicht erklärte das, weshalb Orca, eine Taucherin, in der Crew arbeitete. Er hatte sie schon fragen wollen, aber auf Twilight und den meisten Koloniewelten gab man sich mit den Informationen zufrieden, die die Leute von sich aus preisgeben. Außerdem hätte sich Orca ermutigt fühlen können, dann auch Radu Fragen zu stellen, mit einem Recht auf Antwort. Er konnte sie mit lahmen Ausflüchten wie der finanziellen Not seines Planeten abspeisen, doch die wahren Gründe für sein Fortgehen behielt er lieber für sich. Und warum er sich ausgerechnet jetzt bemüßigt fühlte, auf der Erde zu verweilen, mochte er beim besten Willen nicht verraten.

Radu und Orca verließen das Gleitband und passierten den Eingang zum Crew-Sektor.

Sechs Piloten hatten sich im Halbkreis postiert und lauerten ihnen auf. Von Orca nahmen sie keine Notiz. Sie starrten ausschließlich Radu an. An einem Ende der Reihe musterte Wassili Nikolajewitsch Radu mit einem frostigen Ausdruck, als wäre er ihm völlig fremd, als hätten sie nie ein freundliches Wort gewechselt. Orca griff nach Radus Hand. Dankbar umschloß er ihre langen, kräftigen Finger.

Zögernd ging sie einen Schritt vorwärts. Radu folgte

ihr, obwohl er am liebsten kehrtgemacht und das Weite gesucht hätte. Die Piloten behielten Schulterschluß und wichen nicht zur Seite. *Alle* waren Piloten, einzig Wassili stellte seine Narbe nicht zur Schau.

»Hallo, Waska«, grüßte Orca. Er ignorierte sie und fuhr fort, Radu anzugaffen.

»Wassili Nikolajewitsch, ich verspreche Ihnen …« Radu brach ab, als die Miene des Piloten sich verhärtete.

»Sie kommen mit uns«, bestimmte Wassili. Zu Orca gewandt, sagte er: »Ihr Job ist zu Ende. Sie werden nicht mehr gebraucht.«

»Wer sagt das?« Radu an der Hand mit sich ziehend, wollte sich Orca durch die Phalanx der Piloten pflügen.

»Machen Sie keinen Ärger, Orca«, riet ihr einer der Piloten. »Das hier geht Sie nichts an.«

»Finden Sie? Was wird hier eigentlich gespielt?« hartnäckig versuchte sie, mit der Schulter voran die Kette zu sprengen.

Als sie sich endlich durch die Meute gezwängt hatte, drehten sich die Piloten um, marschierten ein Stück weit mit ihnen und kesselten sie erneut ein.

Radu spürte, wie sein Puls jagte. Er hoffte, es sei nur die Angst, doch als sich der Kreis um sie schloß, begann sein Herz wie verrückt zu hämmern. Seine Brust krampfte sich zusammen; das Blut rauschte so stürmisch durch seine Adern, daß er alles wie durch einen scharlachroten Schleier sah; in seinen Ohren brüllte ein Phantomwind.

Hilflos stolperte er hinter Orca her, versuchte, die Ruhe wiederzugewinnen, doch er hatte seinen Körper nicht mehr in der Gewalt. Sein Puls und der Blutdruck ließen sich nicht eindämmen; genausowenig hätte er sich kraft seines Willens Flügel sprießen lassen können, um die Erdstation zu verlassen.

Er schritt hurtiger aus – rannte blindlings los und

wäre um ein Haar gestrauchelt – doch die Piloten zogen mühelos mit. Orca, die die Führung übernommen hatte, warf ihm über der Schulter einen Blick zu, Radu konnte nicht sprechen. Bis zum Gemeinschaftsraum, wo sie auf andere Crew-Mitglieder und Personal treffen würden, war es nicht mehr weit. Radu nahm sich vor, bis dorthin durchzuhalten. Vor so vielen Zeugen würden ihm die Piloten gewiß nichts antun.

Er knickte um und fiel hin. Sein Knie prallte gegen den Metallboden, und er ließ Orcas Hand los. Auf den Knien liegend schnappte er nach Luft, während sein Herz zu bersten drohte. Er hörte nichts außer dem Wummern seines Pulses. Es gab auch nichts zu hören. Langsam hob er den Kopf. Schweigend starrten die Piloten auf ihn herab, wobei sich ihr verschwommenes Bild in sein Gesichtsfeld ein- und ausblendete.

Orca versuchte ihn zu stützen. Wie aus weiter Ferne hörte er sie schreien: »Holt einen Arzt! Verdammt noch mal, hilft denn keiner?«

Radu kippte um, doch Orca verhinderte, daß er auf dem Boden aufschlug, indem sie ihn vorsichtig auf das Deck legte. Unter seinem Rücken und den zuckenden Händen spürte er das kalte Metall. Über ihm dehnten sich die Lichter zu endlosen glühenden Schlangen. Durch die Bodenplatten übertrug sich das Vibrieren von Schritten auf ihn, und schützend hielt er einen Arm vor die Augen. Er wollte die Piloten nicht sehen, die auf ihn herabstierten und danach trachteten, ihn durch ihre schiere geballte Willenskraft sterben zu lassen.

Beinahe unmerklich verlangsamte sich sein Herzschlag. Der Krampf in der Brust löste sich, und er konnte wieder freier atmen. Er ließ den Arm zur Seite sinken und machte die Augen auf. Neben ihm kniete Orca, mit den Fingern seine Halsschlagader belastend.

Die Piloten waren fort.

»Nicht bewegen«, warnte Orca. »Ich hole Hilfe.«

Irgendwie gelang es ihm, ihr Handgelenk zu umklammern, ehe sie aufstand.

»Nein, warte.« Er hielt inne, um Luft zu holen. Er konnte nur ganz flach atmen, und vor Schwäche zitterten seine Finger.

»Du hast einen Herzanfall.«

Radu schüttelte den Kopf. »Es ist etwas anderes.«

Orca zog die Stirn kraus. »Du spinnst. Ich hole jemanden. Ich hätte mich schon früher um Hilfe bemüht, aber ich hatte Angst, du müßtest beatmet werden.«

Radu spürte den unbändigen Drang zu lachen; stattdessen stieß er japsende Laute aus.

»Was findest du daran so komisch?«

»Eine Taucherin kennt sich mit künstlicher Beatmung aus.« Wieder mißglückte ihm das Lachen.

»Wir sind nicht die einzigen Leute im Ozean«, hielt sie ihm vor, »und manchmal geraten Lander in Schwierigkeiten. Großer Gott, was ist schon dabei? Leg dich wieder hin.« Sie eilte davon.

Radu verging das Lachen; er stemmte sich hoch und versuchte aufzustehen. Orcas paillettenbesetzte Jacke rutschte von seinen Schultern, über die sie sie gebreitet hatte. In den Fingern hatte er ein taubes Gefühl; nur mit Willensanstrengung ließen sie sich krümmen. Unbeholfen klaubte er die Jacke auf. Orca hörte das Geräusch, blieb stehen und kam zurückgerannt. Er hielt ihr die Jacke entgegen.

Ihn besorgt ins Auge fassend, nahm sie die Jacke und schlüpfte fahrig hinein. Sie sah an sich hinunter. Durch ihr ärmelloses Netzhemd zog sich eine breite Laufmasche, wo der metallisch glitzernde Faden gerissen war. Unter dem losen Gewebe sah man ihre Rippen und eine kleine Brust. Ärgerlich raffte sie die Jacke vorn zusammen, um den Riß zu verbergen.

»Geht's schon wieder?«

»Ja.«

»Was war passiert?«

»Ich vertrage die körperliche Nähe von Piloten nicht. Aber frag mich bitte nicht, warum. Und es scheint immer schlimmer zu werden.«

»Wußten sie das? Haben sie dich mit Absicht fertiggemacht?«

»Ich glaube ja.« Immerhin hatte er Wassili Nikolajewitsch davon erzählt.

»Was wollten sie von dir?«

»Sie wollten mich ... überzeugen, daß ich besser meinen Mund halte.«

Mit finsterer Miene funkelte sie ihn an. »Schon gut. Vergiß es.« Sie machte auf dem Absatz kehrt und setzte sich in Trab. Er versuchte, mit ihr Schritt zu halten, taumelte und wäre beinahe wieder gestürzt. Sie fing ihn auf und legte seinen Arm um ihre Schultern, damit er sich auf sie stützen konnte. »Komm!«

Ohne Orca wäre Radu verloren gewesen. Sie schleppte ihn zu den winzigen Unterkünften der Crew-Sektion. Nachdem sie eine leere Kabine ausfindig gemacht hatte, öffnete sie die Tür, bugsierte ihn hinein und legte ihn auf das schmale Bett.

»Soll ich dir die Stiefel ausziehen?«

»Das kann ich selbst.« Auf der harten Matratze liegend, winkelte er ein Knie an, um mit den Händen die Stiefel zu erreichen. Er fühlte sich, als würde er nie wieder aufrecht sitzen können.

»Stell dich nicht so an.« Orca packte den Stiefel und zog.

»Paß auf deine Hände auf.«

Ein herzhafter Ruck, und der Fuß war frei. Orca ließ den Stiefel fallen, hob die Hand und spreizte die Finger mit den transparenten Schwimmhäuten.

»Ich weiß, daß sie sehr zart aussehen, aber so empfindlich sind sie nicht«, erklärte sie. »Das Gewebe ist sogar sehr zäh.« Sie zeigte ihm eine lange gezackte Narbe zwischen Zeige- und Mittelfinger der linken Hand. »Und wenn es mal einreißt, heilt es im Nu.« Sie zog ihm den anderen Stiefel aus. »Außerdem sind die Häute beim Schwimmen keine große Hilfe.«

»Warum habt ihr sie dann?« fragte er verdutzt.

»Früher, als es noch keine Taucher gab, glaubte man, wir müßten so aussehen. Und als dann die Gentechnik so weit fortgeschritten war, daß man uns erschaffen konnte, wurden wir nach diesen Vorstellungen gestylt. Wir beschlossen, so zu bleiben.«

»Sehen deine Füße genauso aus?« Wenn Radu nicht so groggy gewesen wäre, hätte er diese Frage nie gestellt. Er wurde rot. »Entschuldige bitte …«

»Ich kann meine Zehen zurückklappen, wie ein Schnabeltier«, antwortete sie. »Und dazwischen spannen sich Schwimmhäute.« Sie grinste. »Nein, meine Füße sehen ziemlich menschlich aus, mit Ausnahme der Zehennägel. Willst du mal sehen?«

Er nickte interessiert, und er war froh, daß sie ihm seine Neugier nicht übelnahm.

»Weißt du, an einem Taucher ist wirklich nichts Geheimnisvolles.« Sie setzte sich auf die Kante seines Betts, zog sich ihre roten Segeltuchschuhe aus und wackelte mit den Zehen. Sie waren auffallend lang, wenn auch nicht unnormal, mit angedeuteten Schwimmhäuten.

Radu stemmte sich auf einen Ellbogen und nahm Orcas Fuß in die andere Hand. Die Zehennägel glichen Krallen, wie bei einer Katze oder einem Tiger; sie ließen sich einziehen, waren massiv und mit scharfen Spitzen versehen. Orca beugte den Spann, und die Krallen fuhren zu voller Länge aus. Eine grub sich vorsichtig in seine Hand.

»Ein guter Schutz«, erläuterte sie. »Im Meer ist man manchmal darauf angewiesen. Gegen Haie richten sie nicht viel aus, aber wo ich herkomme, gibt es nicht viele gefährliche Räuber.« Sie zog die Krallen wieder ein und angelte nach ihren Schuhen.

Als sie aufstand, legte sich Radu wieder auf das Bett.

»Glaubst du, daß sie dich noch mal in die Zange nehmen werden?« fragte sie.

Radu wiegte den Kopf. »Ich weiß es nicht.« Im Augenblick vermochte er nicht klar zu denken; und mit Piloten wollte er sich erst recht nicht befassen. Dazu wäre er gar nicht in der Lage gewesen. Geborgen in der normalen Raumzeit, wollte er nichts weiter als schlafen.

Als dunkle Silhouette hob sich Orca gegen die schmuddelige helle Kabinentür ab. Sie zuckte die Achseln, als wolle sie ihre Skepsis demonstrieren, und aktivierte das Türschloß, damit niemand zu ihnen eindringen konnte. Dann drehte sie sich um.

»So naiv bin ich nicht, um dir das abzunehmen. Aber heute nacht möchte ich dich nicht gern allein lassen, und offengestanden bin ich selbst nicht erpicht darauf, mich abzusondern. Hast du was dagegen, wenn ich bleibe?«

»Nein, natürlich nicht.«

Sie kickte sich die Schuhe wieder von den Füßen und warf die Paillettenjacke auf den Boden. »Ist das Bett breit genug für uns beide? Obwohl in diesen Kabinen zwischen den Pritschen und dem blanken Fußboden kein großer Unterschied besteht.«

»Es ist Platz genug.« Radu rückte zur Seite und Orca legte sich neben ihn, zwischen ihn und die Tür. Er freute sich über ihre Gesellschaft und war dankbar für ihre Besorgnis.

Sie verströmte einen Duft, den er noch nie bei einem Menschen wahrgenommen hatte; ein kühler, salziger Geruch, wie Frühnebel über dem Meer. Er fragte sich, wie sie wohl seine Körperausdünstungen beschreiben würde. Vielleicht roch er für sie nach Wald, Erdschollen und fremdartigem Boden.

»Licht aus, bitte«, sagte Radu. Die Lampen erloschen, und im Zimmer wurde es stockdunkel.

Ungefähr eine Stunde lang lag Radu wach; er fand

einfach keine Ruhe und zwang sich dazu, sich nicht hin- und herzuwälzen.

»Kannst du nicht schlafen?« fragte Orca leise.

»Nein. Woher weißt du das? Habe ich dich geweckt?«

»Ich kann dich sehen.«

»Hier drinnen ist es doch pechfinster«, wunderte er sich. Das gehörte zu den wenigen Dingen, die Radu an den Raumstationen nicht gefielen. In den fensterlosen Innenkabinen kam man sich vor wie in einer Höhle. Er drehte das Gesicht in die Richtung, in der er Orcas Gesicht vermutete, doch er sah nicht einmal einen Schimmer ihres hellen, flaumigen Haares. Das Geflecht aus Äderchen in seinen Netzhäuten flimmerte als rotes Muster gegen die absolute Schwärze.

»Für dich ist es dunkel«, erklärte sie. »Aber ich kann sehen. Viel weißt du nicht über Taucher, oder?«

»Nur, daß ihr zurückklappbare Zehen habt wie ein Schnabeltier und Schwimmhäute.«

Orca kicherte und bohrte ihre Krallen in den festen Stoff seiner Hose. Er hörte das kratzende Geräusch, doch die messerscharfen Spitzen drangen nicht bis zu seiner Haut durch.

»Nein«, erwiderte er in ernsthafterem Ton. »Ich weiß nur, was du mir erzählt hast.«

»Wir sehen tiefer in den Infrarot- und Ultraviolettbereich hinein als die Menschen.«

»Bezeichnest du dich denn nicht mehr als Mensch?«

»Mein Vater behauptet, daß wir keine sind.«

»Und was meinst du?«

Sie zögerte. »Ich würde sagen, wir besitzen mehr Unterscheidungsmerkmale als jede andere menschliche Rasse, aber noch sind wir keine neue Spezies. Wir befinden uns in einer Übergangsphase.«

»Und was steht am Ende dieser Entwicklung?«

»Ich weiß es nicht.« Es klang sehr traurig.

»Was hast du?« fragte Radu. Seine Hand wanderte

ihren Arm hinauf; sanft streichelte er ihre Schulter, ihren Hals, ihr Gesicht. Mit den Fingerspitzen wischte er ihr die Tränen von den Wangen. »Orca, was ist los?«

»Ich habe keine Ahnung, was einmal aus uns werden soll. Und ich glaube, ich möchte es gar nicht wissen.«

»Aber das sind doch alles nur Spekulationen. Solche Verwandlungen ziehen sich über Generationen hin.«

»Nicht bei uns«, klärte sie ihn auf. »Wir wurden nicht aufgrund einer natürlichen Evolution zu Tauchern. Und es gibt keinen Grund, den Mutationsprozeß zu verlangsamen.«

»Ach.« Radu schämte sich für seine Unwissenheit. »Ja, sicher. Eure nächste Generation kann schon ganz anders aussehen.«

»Sogar ich kann mich verändern.«

»Du ...?«

»Darum geht es ja bei diesem Treffen. Es soll entschieden werden, ob wir uns noch weiter umgestalten. Technisch gesehen ist das kein Problem. Man legt fest, welches Ziel man anstrebt, konstruiert die DNS, züchtet eine Reihe von Trägerviren und sensibilisiert den eigenen Körper ...«

Radu spürte, wie sie die Achseln zuckte. »Ein paar Tage fühlt man sich krank, wie bei einer Grippe, während sich das Virus repliziert. Dann geht es einem wieder gut, die neuen Gene sind integriert, und allmählich formen sie dich nach dem modifizierten Bauplan um.«

Unwillkürlich erschauerte Radu.

»He«, beschwichtigte Orca ihn. »So schlimm ist das nun auch wieder nicht. Die Prozedur ist trivial, ich hab das schon ein paarmal ausgehalten. Aber dabei ging es nur um kleinere Änderungen. Die wirklich drastischen Mutationen machen mir angst, trotzdem verwandeln wir uns nicht in Frankensteins Monster.«

»Natürlich nicht. Entschuldigung – ich weiß auch

nicht, warum ich so reagiert habe. Kennst du das Gefühl, daß man sich plötzlich einbildet, eine Situation schon einmal erlebt zu haben?«

»Na klar. Das nennt man *Déja-vu.* Dein Geist spielt dir einen Streich; es ist eine Art gedankliches Echo, bewirkt durch sich überkreuzende Neuriten.«

»Wahrscheinlich«, räumte Radu ein. »Was immer es ist, vorhin konnte ich dir nachfühlen, warum du dich dagegen sträubst, daß man an deinem Körper wie auch immer geartete Veränderungen vornimmt.«

»Ich muß mich dieser Wandlung nicht unterziehen«, berichtigte sie ihn. »Das Ganze ist freiwillig. Aber wenn alle es tun und ich mich ausschließe ...« Sie brach ab.

»Dann wärst du ein Außenseiter«, kommentierte Radu nach einer Weile. »Eine Fremde in deiner eigenen Familie.«

Orca nickte an seiner Schulter, dann hielt sie ihn eine Zeitlang fest umschlungen.

»Laß uns das Thema wechseln«, schlug sie nach einer Weile vor. Ihre Stimme klang wieder unbekümmert, voller Optimismus. »Erzähl mir etwas über Twilight. Womit hast du dich beschäftigt, bevor du in die Crew aufgenommen wurdest, oder kamst du direkt von der Schule zu uns?«

»Bei uns geht man nicht offiziell zur Schule«, erklärte Radu. »Aber man hat auch nie ausgelernt. Auf Twilight leben nicht so viele Menschen, daß wir es uns leisten könnten, sie scharenweise studieren zu lassen. Neben irgendeiner körperlichen Arbeit beschäftigt man sich mit wissenschaftlichen Fächern, was gerade nützlich erscheint. Ich interessiere mich für Geologie, und als ich alt genug war, um wirklich eine Hilfe zu sein, schloß ich mich jeden Sommer einer Gruppe von Landvermessern an. Später zog ich dann auf eigene Faust los. Wir auf Twilight probieren uns mehr oder weniger in allen Sparten. Ich arbeitete in der Baumschule meines Clans, baute Häuser, lenkte ein Luftschiff ...«

Orca gab einen sonderbaren Laut von sich.
»Stimmt was nicht?«
»Ein *Luftschiff?*«
»Hast du was gegen Luftschiffe?«
»Das einzige, was ich noch mehr hasse als Luftschiffe, sind Boote.«
»Warum?«
»Wenn man in einem Boot sitzt, kann man nicht sehen, was sich unter einem befindet. Man kommt sich vor, als würde man mit verbundenen Augen und verstopften Ohren Auto fahren.«
»Das erklärt nicht, warum du keine Luftschiffe magst.«
»Du wirst lachen«, meinte sie.
»Kann sein«, erwiderte Radu. »Ein bißchen Heiterkeit könnte mir jetzt nur guttun.«
Orca lachte in sich hinein. »Dann mach dich auf was gefaßt. Ich werde luftkrank. Und in einem Boot wird mir jedesmal speiübel.«
Das fand Radu in der Tat sehr witzig. Orca war nicht beleidigt, denn sie lachte mit.
»Die meisten Taucher verabscheuen Boote«, erzählte sie. »Sobald man in einem sitzt, braucht man eine Unmenge an technischen Geräten, um irgendwelche Informationen zu bekommen. Unter Wasser stößt man einfach einen kräftigen Schrei aus, lauscht aufmerksam, und schon erfährt man alles, was man wissen möchte.«
»Und was stört dich an einem Luftschiff?« bohrte Radu weiter.
»So weit ich weiß, bin ich die einzige Person auf der Welt, die eine Abneigung gegen Luftschiffe hat.«
»Die einzige Person auf mehreren Welten, wie mir scheint. Ich durfte unseres nur eine Saison lang fliegen, weil die Warteliste so lang war.« Plötzlich gähnte er.
»Ich bin auch müde«, gestand Orca.
Scheu umarmten sie einander und schliefen ein.

Radu wurde von Träumen gequält, die nicht klar und plastisch, sondern dumpf und verworren schienen. In ihnen vermischten sich Bilder von Laenea mit nebulösen Erinnerungen an den Transit, Heimweh war durchwirkt mit Angst. Von Panik ergriffen, setzte er sich kerzengerade hin und stierte im Dunkeln in Richtung Tür; er bildete sich ein, sie müsse jeden Moment auffliegen, und ein Pulk von Piloten käme herein.

Er verdrängte die paranoide Vorstellung, bat um Licht und sah sich in der winzigen, fensterlosen Kammer um. Orca war fort. Er wunderte sich ein bißchen und war enttäuscht, aber verdenken konnte er es ihr nicht.

Über das Kommunikationsterminal im Raum prüfte er den Status von Laeneas Transitschiff. Es war immer noch unterwegs. Er runzelte die Stirn und machte einen Gegencheck, doch das Display vermittelte keine weiteren Informationen. Er schaltete die Anlage aus.

Sich mit den Fingern die Haare kämmend und sich aus der Bekleidung schälend, tappte er in die enge Naßzelle.

Auf Twilight wäre es niemandem eingefallen, so heiß und so ausgiebig zu duschen wie er. Und während er sich in dem dampfenden Wasserstrahl aalte, plagte ihn nicht einmal ein schlechtes Gewissen.

Hier in der Orbitalstation gibt es genug Wasser, dachte er. Mit Energie braucht man auch nicht zu sparen, das weiß ich. Aber das ist nicht der Grund, weshalb ich hier stehe und kostbares Naß verschwende. Ich bin dabei, mich zu verändern. Langsam fange ich an, vom Leben etwas zu erwarten. Und ich lasse mich gern verwöhnen.

Doch diese Selbsterkenntnis fand er ernüchternd.

Die Dusche hatte Radu erfrischt, aber über sein weiteres Vorgehen war er sich immer noch nicht im klaren. Als er ins Zimmer zurückging, hockte Orca im Schneidersitz auf dem zerwühlten Bett und breitete sämtliche

Zutaten für ein Frühstück vor sich aus. Radu entwischte ins Bad und langte nach einem Handtuch.

»Du bist nicht der erste nackte Mann, den ich sehe«, sagte Orca. »Bei mir zu Hause zieht man sich so gut wie nie was an. Komm und iß.«

Ehe er sich zu ihr gesellte, wickelte er sich ein Handtuch um die Hüften.

»Ich dachte, du seist weggegangen«, sagte er.

»Das war ich auch, aber jetzt bin ich wieder hier.«

»Ich meinte, du seist endgültig fort.«

Ihr Lächeln erlosch. »Mit dem Gedanken hatte ich gespielt.«

Radu setzte sich auf die Bettkante. »Für dich wäre es bestimmt besser gewesen.«

Orca gab ihm ein Stück Obst und begann, elegant verpackte Papierschachteln auszuwickeln.

»Du bist also wild entschlossen, dir von niemandem helfen zu lassen, oder?«

Vorsichtig biß Radu in die runde, gelbgrüne Frucht. Sie hatte einen angenehm süßsauren Geschmack.

»Köstlich«, lobte er. »Was ist das?«

»Ein Apfel«. erwiderte Orca ungeduldig.

Radu nahm den nächsten Bissen und wollte wieder etwas über das pikante Aroma sagen, doch als er Orcas Miene sah, verzichtete er auf weitere Ablenkungsmanöver.

»Es tut mir leid, daß du in die Geschichte hineingezogen wurdest«, sagte er. »Wenn ich wüßte, wie du mir helfen könntest, würde ich deine Unterstützung gern annehmen. Aber um die Wahrheit zu sagen, ich verstehe selbst nicht, was passiert ist, und ich habe keine Ahnung, wie es weitergehen soll.«

»Ach, komm! Deshalb hast du dich auf dem Schiff mit Waska gestritten, ist es nicht so? Und dieser kleine Stunt gestern nacht – du hattest Angst, genau wie ich, aber du warst nicht überrascht.«

»Ich würde dir einen schlechten Dienst erweisen,

wenn ich dich in alles einweihte«, meinte Radu. »Ich möchte dich nicht in Gefahr bringen.«

»Hör mal, Radu, wir beide gehören zur Crew. Das legt man nicht einfach ab, wenn man von Bord geht.«

»Es wäre dumm, dich einem noch größeren Risiko auszusetzen.«

Sie hob die Schultern. »Ich bin so oder so in einer heiklen Situation. Die nehmen doch an, daß ich über alles Bescheid weiß.«

Sie hatte recht. Wenn die Piloten in ihm eine Bedrohung sahen, mußten sie annehmen, daß auch Orca für sie eine Gefährdung darstellte. Man durfte sie nicht allein lassen.

»Du könntest sie davon überzeugen, daß du nichts weißt«, schlug er vor. »Sie wissen, wie man herausfindet, ob jemand die Wahrheit spricht …«

»Sie würden sich nicht mal bemühen, mich zu testen. Taucher lernen Biokontrolle ebenso wie Piloten. In mancher Hinsicht sind wir ihnen sogar überlegen. Wir können Stress so neutralisieren, daß man uns nichts anmerkt. Wenn ich will, kann ich so tun, als ob ich löge – aber ich kann nicht beweisen, daß ich die Wahrheit sage.«

Radu rieb sich das Gesicht mit einer Hand. »Es ist zwecklos«, sinnierte er, »einfach zwecklos.«

Langsam zerknüllte Orca ein Stück Einwickelpapier zu einem festen Ball und warf ihn auf das Bett.

KAPITEL 7

In dem Shuttle zur Erde saß Radu gleich neben Orca. Die Situation wäre weniger peinlich gewesen, wenn sich einer von ihnen woanders hätte hinsetzen können, doch jeder Platz war besetzt. Ohne ein Wort miteinander zu wechseln, schnallten sie sich an, als das Schiff sich zum Ablegen vorbereitete.

Radu schaute sich jeden einzelnen Passagier gründlich an. Außer ihm und Orca gehörte niemand zur Crew. Nach ihrer Routine im Umgang mit der Schwerelosigkeit zu urteilen, befand sich Personal der Erdstation an Bord, doch die meisten Fluggäste waren Touristen oder andere Besucher.

Er wünschte sich, er könnte Orca etwas Einlenkendes, Versöhnliches sagen, um das Mißtrauen zu zerstreuen, das er zwischen ihnen gesät hatte. Doch sie grollte ihm. Angespannt, in übertrieben aufrechter Haltung, saß sie da. Im Bug des Shuttles tat sich etwas. Radu folgte Orcas Blick.

Gerade stieg eine Pilotin ein. Radus Puls fing an zu rasen.

Vor seinem Platz blieb Ramona-Teresa im Mittelgang stehen. Sie sah ihn nicht mehr so streng an wie damals, als sie Laenea davon abgeraten hatte, sich ihn – oder jemand anderen, der kein Pilot war – zum Liebhaber zu nehmen. Sie nickte Orca zu und lächelte Radu an, als wollte sie sagen: Anscheinend hast du ein Faible für exotische Frauen; nur schade, daß du meinen Rat bezüglich Laenea in den Wind geschlagen hast.

Radu errötete und wandte den Blick ab. Zu Ramona-Teresa sagte er kein Wort, und er war zu befangen, um mit Orca zu sprechen.

Während des gesamten Fluges zur Erde hüllten sich Radu und Orca in Schweigen. Spätnachts landeten sie auf der Hafenplattform. In der Hektik des Aussteigens ging Orca im Gewühl verloren. Obwohl Radu froh war, daß sie von den Piloten nichts mehr zu befürchten hatte, kam er sich sehr einsam vor.

Er entdeckte Ramona-Teresa in der Menge, doch sie nahm keine Notiz von ihm. Radu war verwirrt. Sie war nicht unter den Piloten gewesen, die sich ihm entgegengestellt hatten. Ob sie noch gar nicht wußte, was passiert war?

Radu strich sich mit der Hand über die Augen und massierte seine Schläfen. Doch, sie war eingeweiht. Er war sich sicher, daß sie Bescheid wußte.

Er ging zum nächsten Kommunikationsterminal und fragte den Status von Laeneas Schiff ab.

Es war immer noch nicht zurückgekehrt.

Seine Besorgnis wuchs. Er mußte jemanden finden, der sich mit dem Pilotentraining auskannte und ihn informieren konnte, wie lange der erste Flug gewöhnlich dauerte.

Flüchtig liebäugelte er mit dem Gedanken, Ramona-Teresa abzufangen und sie zu fragen. Dann lachte er über diese Idee.

»Möchten Sie die an Sie gerichtete Mitteilung lesen?« erkundigte sich das Terminal.

»Ist denn eine für mich da?«

Das Terminal faßte die Frage als Bejahung auf und reagierte dementsprechend; aus Gründen der Vertraulichkeit druckte es eine Kopie aus, anstatt die Worte in die Luft zu schreiben oder sie laut aufzusagen. *Suchen Sie mich nach Ihrer Rückkehr unverzüglich auf. Allein! Kommen Sie in mein Restaurant. Marc.*

Radu befingerte den Wyuna in seiner Tasche. Er wunderte sich, daß Laeneas geheimnisvoller Freund sich überhaupt an ihn erinnerte.

Kurzerhand stopfte er die Nachricht zu dem Wyuna in die Tasche. Er war neugierig, was Marc ihm so wichtiges zu sagen hatte. Er beschloß, gleich zu ihm zu gehen.

In Marcs Restaurant brannte kein Licht. Radu stand vor der verschlossenen, dekorativen Tür und überlegte, was zu tun sei.

Vor ihm erschien flackernd und flimmernd Marcs Bild. »Hallo, Radu Dracul.«

»Hoffentlich habe ich Sie nicht geweckt«, sagte Radu. »Aber ich erhielt gerade Ihre Nachricht.«

»Ich schlafe nur selten«, erwiderte Marc. »Treten Sie ein.«

Geräuschlos öffnete sich die Tür. Radu spähte in den dämmrigen Raum, sah jedoch niemanden; ein Licht ging an, und noch immer tauchte keine Menschenseele auf.

»Keine Angst«, ermutigte ihn Marc. »Ich halte mir keine Tiger, wie einige von Laeneas Freunden.«

Die Erwähnung des Tigers erinnerte Radu an Kathell Stafford und ihre Drohung. Seit seinem Flug nach Ngthummulun hatte er kaum noch an sie gedacht. Wußte Marc von dieser Geschichte? Nervös betrat Radu das Restaurant.

Farne, Ranken und tropische Pflanzen säumten die Wände und hingen in Ampeln von der Decke des Foyers. Bei seinem ersten Besuch hatte Radu das viele Grün gar nicht bemerkt. Schmunzelnd vergegenwärtigte er sich, daß er und Laenea zu der Zeit nur Augen füreinander hatten, anstatt die Dekoration zu bewundern.

Wie die Pflanzen im Ökosystem des Schiffs, so erhöhten auch diese hier den Sauerstoffgehalt der Umgebung. Radu erkannte mehrere Sorten, die man eigens für den Gebrauch in Transitschiffen gezüchtet hatte. Außerhalb eines Raumfahrzeugs hatte er sie noch nie gesehen. Vor einer zweiten schmiedeeisernen Tür blieb er stehen. Marcs Innendisplay formierte sich, wobei seine Erkennungsfarben durch einen transparenten Regenbogen glitzerten.

»Nicht hier entlang«, korrigierte er. »*Das* ist der richtige Weg.«

Leise öffnete sich eine Tür, die durch die Pflanzen perfekt getarnt war, und gab den Blick auf einen weiteren unbeleuchteten Korridor frei.

»Ich möchte diese Tür gern wieder schließen«, mahnte Marc, als Radu trödelte.

Radu trat durch das einen Dschungel simulierende Blätterdickicht. Die Tür glitt zu, das helle Karree hinter ihm schmälernd, bis es gänzlich erlosch.

Wie blind wartete Radu auf eines von Marcs Kommunikationsdisplays oder irgendeinen Lichtschimmer. Der Widerhall eines großen Saales antwortete auf das Pochen seines Herzens.

Allmählich gewöhnten sich seine Augen an die Düsternis. Am Rand seines Gesichtsfelds glomm ein Funke auf. Ein vager Schemen nach dem anderen ließ sich ausmachen. Er war umgeben von lumineszierenden, zart geformten Gebilden.

Nach und nach gingen die Lichter an. Das kalte Leuchten verblaßte, in den Schatten gestellt von Artefakten, die durch ihre extravagante Farbigkeit bestachen. Längs der Wände zogen sich gläserne Regale hin, auf denen Marc all die schönen Dinge hortete, die man ihm mitbrachte.

»Gefällt Ihnen meine Sammlung?«

Es war nicht die unmodulierte, künstliche Stimme, sondern ein klares, direktes, menschliches Organ. Langsam drehte sich Radu danach um. Am Ende des Raums, in einem Alkoven, saß Marc. Er war keineswegs verkrüppelt, wie man munkelte. Er war ein recht gutaussehender Mann, Mitte bis Ende vierzig, mit dunkelbraunem Haar, grauen Augen und einem sehr blassen Teint. Das faltenlose Gesicht wirkte freundlich und gelassen.

»Ihnen passiert nichts«, äußerte Marc. »Von mir geht keine Gefahr aus. Ich kenne die Gerüchte, die über mich kursieren. Bei mir dürfen Sie sich ganz sicher fühlen.«

»Ich habe keine Angst.« Radu näherte sich ihm, und auf Marcs Nicken hin setzte er sich auf eine Bank. »Ich bin nur überrascht, Sie kennenzulernen. Laenea erzählte mir, Sie pflegten keine Kontakte.«

»Das stimmt beinahe«, räumte Marc ein. »Aber nicht ganz.«

Marc trug eine lange Hose aus blauem Samt, Sandalen und ein ärmelloses Seidenhemd. Wie versteinert saß er da; doch die angespannten Muskeln seiner bloßen Arme verrieten, daß er sich rühren konnte, wenn er es wollte.

Er ist nicht gelähmt, dachte Radu; und in diesem Augenblick schlug Marc bedächtig ein Bein über das andere. Er bewegte sich, als fürchte er die Konsequenzen einer zu hastigen Regung. Manche Krankheiten machen die Knochen so spröde, daß sie bei der geringsten Belastung brechen ...

»Danke, daß Sie gekommen sind«, sagte Marc. »Ich hatte gehofft, daß Sie auf meine Nachricht reagieren. Ich wollte unbedingt mit Ihnen sprechen, bevor Sie etwas gegen die Piloten unternehmen.«

Radu hob eine Augenbraue. »Sie scheinen über gutunterrichtete Quellen zu verfügen.«

»Manche Leute bringen mir Sachen mit«, entgegnete Marc, »andere versorgen mich mit Informationen.«

Radu fiel der Wyuna ein. Er fischte ihn aus der Tasche. In den harten, opaleszierenden Wulsten brach sich das Licht.

»Als ich das hier sah, dachte ich sofort an Sie.«

Lächelnd betrachtete Marc Radus Mitbringsel, doch er griff nicht danach.

»Wahrscheinlich besitzen Sie bereits eine ganze Vitrine voll von diesem Zeug«, sagte Radu. Durch seine Beziehungen war Marc vielleicht schon mit Wyunas beschenkt worden, als diese noch im Experimentierstadium steckten. Radu schloß die Hand um das Juwel. Hier auf der Erde kam er sich immer wieder vor wie ein linkischer Tölpel.

»Nein!« widersprach Marc rasch. »Im Gegenteil, ich habe so etwas noch nie gesehen. Was ist das – eine Muschel? Ein Stein?«

Radu legte den Wyuna auf die Lehne von Marcs Sessel. Marcs Hände bedeckten Panele voller Schalter und Knöpfe; er faßte das fremdartige Kleinod nicht an, sondern beugte sich vor, um es näher zu begutachten.

»Das ist ein Wyuna«, erklärte Radu. Als er von Ngthummuluns Einnahmequelle berichtete, beschloß er, nichts auszulassen. »Es hat damit etwas auf sich, aber Atnas Volk legt Wert darauf, es nicht an die große Glocke zu hängen.«

»Atnas Geheimnisse sind bei mir gut aufgehoben«, versprach Marc. »Wie die Ihren im übrigen auch.«

Marc erzählte, was Atna ihm wie beiläufig über die Baumwarzen anvertraut hatte.

Unglaublich langsam, mit merklich zitternder Hand, nahm Marc den Wyuna zwischen Daumen und Zeigefinger. Dabei hob er kaum den Arm. Radu fragte sich, ob er vielleicht an einer Muskelerkrankung litt, die seine Beweglichkeit einschränkte.

»Der Wyuna ist wunderschön«, lobte Marc. »Danke, daß Sie an mich gedacht haben.« Mehrere Minuten lang betrachtete Marc den Wyuna mit forschenden Blicken, während er ihn zwischen den Fingern hin und her rollte. Zum Schluß legte er ihn auf die Sessellehne zurück und ließ seine Hand wieder auf das Kontrollpaneel sinken.

»Sie haben die Piloten ja mächtig aus der Fassung gebracht«, sagte er.

Radu zögerte mit der Antwort. Doch da Marc offenbar im Bilde war, konnte es ihm nicht schaden, wenn sie darüber diskutierten.

»Woher wissen Sie von dem Vorfall? Mir bleuten sie ein, daß ich den Mund zu halten hätte – warum haben sie Ihnen gegenüber geplaudert?«

»Wer kennt sich schon mit Piloten aus?«

»Ich habe es satt, immer diese alte Leier zu hören. Ich will nichts mehr davon wissen. Die Piloten sind auch nur Menschen, wie Sie und ich. Ich glaube nicht, daß sie sich so sehr von uns unterscheiden.« Er zwang sich dazu, einen gemäßigteren Ton anzuschlagen. »Und mir scheint, Sie geben mir recht.«

»Genau«, pflichtete Marc ihm bei. »Sie haben ganz richtig erkannt, daß die Piloten sich mitunter aufführen wie das gemeine Volk.« Er deutete ein Schmunzeln an. »Ein sehr menschlicher Zug bei vielen ist die Klatschsucht. Und wie die meisten Menschen werden sie unberechenbar, wenn sie in Panik geraten.«

»Ich füge ihnen keinen Schaden zu.«

»Das bleibt abzuwarten. Keiner weiß. wie die Administratoren auf die Nachricht reagieren werden. Zuerst wird man Sie studieren wollen, Radu.«

»Müssen sie es denn überhaupt erfahren?«

»Das läßt sich gar nicht umgehen. Ein paar Tage mag es dauern, aber selbst wenn keiner persönlich bei ihnen petzt, enthält der Flugrecorder Anomalien, die der Computer bei der Auswertung der Aufzeichnungen herauspickt.«

»Sie kennen sich in diesen Dingen ja sehr gut aus«, staunte Radu.

»Nun ja … ich … war selbst mal Pilot.«

Verblüfft lehnte sich Radu zurück. »Ein Pilot? Davon hat Laenea mir nie etwas erzählt …«

»Sie weiß es nicht«, fiel Marc ihm brüsk ins Wort. »Nur sehr wenige Leute kennen mein Geheimnis. Alte Piloten, nicht die jüngeren. Ich war nicht einmal ein Mitglied der ersten Arbeitsgruppe. Ich war ein Experiment. Die meisten Menschen, die mich damals kannten, halten mich für tot.«

»Aber warum? Wieso igeln Sie sich hier ein? Und weshalb durfte ich zu Ihnen kommen?«

»Während des Transits ist etwas mit mir passiert«, erwiderte Marc. »Wie auch mit Ihnen, Radu. Ich dachte, ich könnte Ihnen helfen.«

In Marcs Nähe spürte Radu nichts von dem körperlichen Unbehagen, das ihm in Wassili Nikolajewitschs oder Laeneas Beisein zusetzte; ganz zu schweigen von dem Terror, der ihn überfiel, als ihn die Piloten umringten und ihn damit beinahe umbrachten. Selbst jetzt, da er Marcs Status kannte, blieb er ruhig.

»Was soll ich denn unternehmen?« fragte Radu. »Ich bin kein Pilot.«

»Nicht nach den üblichen Kriterien«, pflichtete Marc ihm bei. »Doch sollten Sie ein Beispiel dafür sein, daß gewisse normale Menschen den Transit heil überstehen, werden die Piloten zu Kuriositäten. Mit Außenstehenden pflegen sie keinerlei Umgang, sie verkehren nur mit ihresgleichen. Vielleicht behalten sie ihre Arbeit, aber bald würden sie eine Minderheit in der Raumfahrerkaste darstellen. Um Piloten zu werden, geben sie viel auf. Aber dafür gewinnen sie um so mehr. Sie können – und sie wollen – keine gewöhnlichen Sterblichen mehr sein.«

»Aber jetzt bin *ich* doch wohl die Monstrosität«, stellte Radu nüchtern fest.

»Wer weiß?« gab Marc im gleichen sachlichen Ton zurück.

»Wassili Nikolajewitsch meinte, er sollte mich

töten«, erzählte Radu. »Ich glaube nicht, daß er es fertiggebracht hätte, aber ich hatte auch nicht den Eindruck, daß er einen Witz machen wollte.«

Radu erwartete, daß Marc lächelte, doch dessen Miene blieb ernst.

»Werden Sie mich unbehelligt wieder gehen lassen, Marc?« fragte Radu.

Dieses Mal schmunzelte Marc. »Selbstverständlich. Ich bin kein Pilot mehr, und meine Loyalitäten sind ein bißchen weiter gesteckt. Allerdings gebe ich zu, daß ich über Ihre Erfahrungen gern mehr wissen möchte.«

»Ich fürchte, mehr kann ich dazu gar nicht sagen. Ich wachte während des Transits auf und habe überlebt.«

»Es steckt mehr dahinter. Das kann nicht alles sein. Sind sie vorher schon mal zu früh aus der Narkose erwacht? Waren Sie unruhig?«

»Nein. Im Gegenteil. Die Aufzeichnungen besagten immer, daß ich friedlicher schlief als die meisten meiner Kollegen.«

»Hat sich auf einem Ihrer anderen Flüge etwas Außergewöhnliches ereignet?«

»Nein.«

»Antworten Sie nicht so schnell und nicht so bestimmt. Hatten Sie Probleme mit dem Wachwerden?«

»Nein.«

»Waren Sie meistens der erste, der aus dem Schlafcontainer stieg?«

»Ja.« Er dachte an die relativ geringe Anzahl seiner Transitflüge. Nur ein einziges Mal hatte ihm jemand beim Aufstehen geholfen, und das war Wassili gewesen, der erste Pilot, mit dem er geflogen war. Sonst hatte er sich stets an Bord von automatisierten Schiffen befunden. »Ich war bis jetzt immer der erste. Allerdings gehöre ich noch nicht lange zur Crew.«

»Hatten Sie das Gefühl, daß Sie während des Transits tief und fest schliefen?«

»Und ob. Ich benötigte eine hohe Dosis des Narkosemittels, und ich habe geträumt.«

»Geträumt!«

Radu zögerte. »Laenea war auch überrascht, als ich es ihr erzählte. Ist das so ungewöhnlich?«

»Ja. Ich höre zum ersten Mal davon.«

»Ich verstehe nicht, was daran so besonders sein soll.«

»Normalerweise dürfte so etwas gar nicht vorkommen. Das liegt an dem Unterschied zwischen dem natürlichen Schlaf und dem durch Drogen erzeugten Transitkoma. Wie wurden Sie wach, als Sie bei Ihrem letzten Flug eigentlich hätten narkotisiert sein sollen?«

»Beim ersten Mal dachte ich, die Gaszuleitung wäre verstopft. Aber das war nicht der Fall.« Er streckte den Arm aus und zeigte die Bandage. »Das zweite Mal riß ich mir die Nadel heraus. Das Anästhetikum, das ich zu guter Letzt in Pillenform schluckte, blieb nicht im Magen.« Er legte die Stirn in Falten und verschränkte die Arme vor der Brust. »Vielleicht ist das gar nichts Unnormales. Möglicherweise könnten die meisten Menschen den Transit im Wachzustand überleben, und die ersten, die es probierten, starben aus ganz anderen Gründen.«

»Glauben Sie das wirklich?«

Radu nahm sich Zeit mit der Antwort. Schließlich gab er zu: »Ich wünschte, es wäre so, aber das kommt mir auch ziemlich unwahrscheinlich vor.«

»Mir ebenfalls, und ich habe Gründe für meine Zweifel. Wovon haben Sie geträumt?«

»Wenn ich sonst unterwegs war? Oder beim letzten Mal?«

»Ich möchte gern alles wissen.«

»Früher hatte ich immer angenehme Träume. Ich träumte von zu Hause, von meinem Clan, wie es zu der Zeit *vor* der Seuche war. Und auf dem Hinweg nach Ngthummulun war ich im Traum mit Laenea zusammen.«

»Und auf dem Rückweg?«

»Da träumte ich wieder von ihr, aber etwas stimmte nicht; sie brauchte Hilfe, sie rief nach mir …« Ihn fröstelte. Die Träume hatten sehr real gewirkt. Erst wenn er persönlich mit ihr gesprochen hatte, würde er überzeugt sein, daß ihr nichts fehlte. »Durch diese Alpträume wurde ich wach.«

»Hatten Sie früher schon ähnliche Alpträume?« erkundigte sich Marc.

»Ja, eine Zeitlang«, räumte Radu widerwillig ein. »Auf Twilight …«

»Unter welchen Umständen?«

»Es passierte während der Seuche. Ich träumte von Menschen, die kurz darauf starben. Es waren Alpträume oder Halluzinationen. Manchmal ließ sich kaum ein Unterschied feststellen …«

»Moment mal«, unterbrach Marc. »Was haben Sie gesagt?«

»Mitunter war ich so erschöpft, daß ich nicht wußte, ob ich träumte oder an Halluzinationen litt. Im Traum versuchte ich vergebens, meinen Angehörigen und Freunden zu helfen …«

»Eben sagten Sie wörtlich: ›Ich träumte von Menschen, die kurz darauf starben.‹«

Radu zauderte. Er war versucht zu sagen, er hätte sich mißverständlich ausgedrückt. »Gelegentlich kam es mir so vor«, gestand er dann ein. »Mir schien, ich ahnte bereits den Tod einer Person voraus, noch ehe derjenige krank wurde. Das meinte ich übrigens mit Halluzinationen.«

Marc ließ sich nicht anmerken, ob er ihm zustimmte. »Gibt es Ähnlichkeiten zwischen den Träumen von damals und dem, was Sie während Ihres letzten Transitflugs erlebten?«

»Eigentlich nicht. Auf Twilight waren die Menschen

tatsächlich in Gefahr. Laenea befindet sich in Sicherheit.«

»Auf einem Transitflug ist man nie völlig sicher«, widersprach Marc. »Laeneas Trainingsflug dauert schon außergewöhnlich lange.«

»Aber Sie glauben doch nicht, daß ihr etwas zugestoßen sein könnte, oder?«

»Gewißheit haben wir erst dann, wenn sie zurückkommt ...«

Radu versuchte zu lächeln. »Wahrscheinlich besteht sie nur darauf, auf ihrem ersten Flug alles zu lernen, was es zu lernen gibt.«

»So wird es sein.« Marc saß reglos da, den Blick unverwandt auf Radu geheftet. »Und jetzt schildern Sie mir Ihre Eindrücke während des Transits.«

»Ich sah gar nichts. Wassili Nikolajewitsch fragte mich, wie mir der Transit gefiele, und ich wurde wütend, weil ich dachte, er wolle mich auf den Arm nehmen. Aber dem war nicht so. Er nahm irgend etwas wahr.«

»Ja ...«, sagte Marc. »Und Sie bemerkten nichts?«

»Vor dem Bullauge erstreckte sich nur eine einheitlich graue Wand, als hätte man einen Sichtschutz vor das Glas gehängt.« Er zuckte die Achseln. »Na ja, hin und wieder schien es mir, ich sähe Farben aufblitzen, aber das war sicher eine optische Täuschung.«

»Mag sein.«

»Aber im Transit kann man doch nicht blind fliegen – wie sollte ich da ein Schiff steuern? Warum stellen sich die Piloten so an?«

»Radu«, entgegnete Marc freundlich, »ich finde, Sie sollten Ihre Begabung akzeptieren, anstatt sie zu leugnen. Der Transit ist so gut wie unerforscht. Sie werden dazu beitragen, ein paar Erkenntnisse mehr zu sammeln, ob es Ihnen paßt oder nicht.«

Radu ließ die Schultern hängen; er fühlte sich unglücklich, nervös, verbittert.

»Haben Sie Pläne für die nähere Zukunft?«

»Wie kann ich Pläne machen?« fragte Radu. Gestern abend, auf der Erdstation, fingen mich die Piloten ab. Ich sollte mit ihnen gehen, aber ich weigerte mich. Doch ohne ihre Hilfe kann ich nicht mehr in der Crew mitfliegen; ich käme nicht einmal mehr nach Hause.«

»Wenn Sie die Piloten nicht verprellen, werden sie sicher eine vernünftige Entscheidung treffen.«

»Was versteht ein Pilot unter einer vernünftigen Entscheidung? Daß man mich gnädigerweise am Leben läßt? Könnten Sie nicht vermitteln?« fragte er verzweifelt. »Die Piloten müssen Sie doch respektieren und auf Ihren Rat hören.«

Marcs Blick richtete sich über Radus Kopf hinweg auf einen imaginären Punkt. Er atmete stoßweise, als müsse er gegen heftige Emotionen ankämpfen.

»Nicht so sehr, wie Sie vielleicht glauben«, lautete Marcs Antwort.

»Sie sind so etwas wie ein Pionier. Sie haben dazu beigetragen, daß es überhaupt Piloten gibt.«

»Ich bin ein gescheiterter Pilot«, versetzte Marc. »Es spielt keine Rolle, daß ich einer der ersten war. Als ich zurückkam, mußte man mir mein eigenes Herz wieder einpflanzen. Jetzt bin ich weder ein Pilot, noch könnte ich mich mit Ihnen vergleichen, Radu.«

Radu stellte keine Fragen. Er wartete darauf, daß Marc von sich aus weitersprach.

Mit halbgeschlossenen Augen sah Marc ihn an.

»Jeder erlebt den Transit anders. Die Leute, die fragen, wie es denn ist, bilden sich ein, sie könnten ihn verstehen, wenn sie nur jemand aufklärte. Aber in Wahrheit begreift niemand den Transit, die Piloten genausowenig wie die gewöhnlichen Menschen. Wenn Ihnen jeder Pilot, den Sie träfen, eine Antwort gäbe, wären Sie hinterher immer noch nicht klüger, höchstens wesentlich verwirrter.« Marc stellte die Beine gerade nebeneinander und umklammerte mit den Händen die Armstützen seines Sessels. »Auf mich hatte der Transit eine solche Wirkung, daß ich … in Panik geriet.« Seine Stimme bebte. Die Augen waren weit aufgerissen, doch der Blick ging ins Leere.

»Im Schock löste ich das Notsignal aus. Sie wissen, was dann passiert …«

Radu nickte und dachte daran, wie durch ihn der Transit vorzeitig abgebrochen wurde.

»Es dauerte eine Ewigkeit, bis ich den Mut fand, den Rückflug anzutreten. Zum Schluß stand ich vor der Wahl, entweder meine Angst zu überwinden oder zu verhungern. Es befand sich kein Sternsystem in der Nähe, wo ich hätte landen und in Frieden sterben können.« Er lächelte traurig. »Andernfalls wäre ich wohl lieber im Exil geblieben, als mich noch einmal den Schrecknissen des Transits auszusetzen.

»Aber der Rückweg gestaltete sich vollkommen anders. Ich kann ihn genausowenig beschreiben wie den Höllentrip davor. In einem wahren Begeisterungstaumel kam ich zurück. Nur, daß ich kein Pilot mehr war. Ich konnte mich nicht ausreichend von der normalen Raumzeit lösen. Der Transit hat mich verwandelt. Zum Sterben reicht es nicht, aber einen weitern Flug im Wachzustand würde ich nicht überstehen. Diesen Preis hätte ich gezahlt, nur um das berauschende Erlebnis zu wiederholen, doch das lassen die Administratoren natürlich nicht zu.«

»Vor Ihrem ersten Flug garantierte Ihnen auch niemand, daß Sie überleben würden«, hielt Radu ihm entgegen.

»Damals entwickelte man noch die Parameter. Man hielt mich für geeignet. Leider traf das nicht zu.«

»Aber Sie sind ein Held«, meinte Radu. »Warum kapseln Sie sich so ab?«

Marc seufzte. »Ich hätte nichts dagegen, wenn man mich als Held feiern würde. Doch ich bin ein Fossil. Und dann noch das.« Er hob eine zitternde Hand.

»Tremor? Wen stört das?«

»Das ist nicht alles. Auf dem Flug wurden eine Menge Gehirnzellen zerstört.«

»Ach so«, erwiderte Radu. »Das tut mir leid.«

»Ich halte nichts davon, ein geschädigtes Gehirn zu regenerieren.«

»Sie kommen mir nicht vor wie jemand, der einen Hirnschaden hat.«

»Der Defekt ist schlimm genug, um eine Regeneration zu rechtfertigen, aber nicht so arg, daß man mir die Entscheidung abnimmt. In meinen lichten Momenten weiß ich, daß ich mein Selbst, mein Ego, nicht aufgeben möchte.«

»Die Hirnrinde ist in Mitleidenschaft gezogen?«

»Das gesamte Gehirn ist betroffen.« Zum ersten Mal schwang in Marcs Stimme eine Spur von Bitterkeit mit. »Der Schaden verteilt sich gleichmäßig, aber der entscheidende Punkt ist natürlich der Cortex.«

Radu nickte. Es war etwas anderes, eine abgetrennte Hand, einen durchschnittenen Nerv oder ein krankes Herz erneuern zu lassen. Selbst bei einigen Gehirnpartien, die für die motorischen und sensorischen Reaktionen zuständig waren, lohnte sich eine Verjüngung. Aber welchen Sinn hätte es, die Zonen zum Nachwachsen zu stimulieren, die das Erinnerungsvermögen beherbergten? Alles, was ein Leben, eine Persönlichkeit ausmachte, würde bis zur Unkenntlichkeit verzerrt und verfremdet.

»Ich würde auf das Niveau eines dreijährigen Kindes zurückversetzt«, erklärte Marc. »Eines vierjährigen, wenn ich Glück hätte. So frühe Erinnerungen habe ich gar nicht, ich wäre also eine hohle Form, ein leeres Blatt.« Er schüttelte den Kopf. »Dabei habe ich in meinem späteren Leben Erlebnisse gesammelt, die ich auf gar keinen Fall missen möchte. Diese Augenblicke im Transit zum Beispiel, und viele andere. Nein, mein Freund, ich bleibe, wie ich bin.«

»Das tut mir leid«, wiederholte Radu.

»Genug davon. Ich mag keine Wehleidigkeit. Befassen wir uns lieber mit Ihrem Problem. Ich werde sehen, was ich für Sie tun kann.«

»Danke«, sagte Radu. »Bevor ich Ihre Nachricht erhielt, wußte ich nicht, an wen ich mich wenden sollte. Ich wollte mit Laenea sprechen, aber sie ist noch im Transit.«

»Radu ...« Marc brach ab. Er schloß die Augen, dann blickte er auf seine Hand. Sie zitterte, obwohl er sich bemühte, die Finger um das Panel mit Schaltern und Knöpfen zu schließen. Seufzend drückte er auf eine Taste.

Bei dem plötzlich eintretenden klirrenden Geräusch schrak Radu heftig zusammen. Er sprang auf und schwenkte abwehrbereit herum, ehe er merkte, daß sich nur die Glastüren vor die Regale mit den Ausstellungsstücken schoben. Beschämt wandte er sich wieder Marc zu.

»Entschuldigen Sie, wenn ich Sie erschreckt habe«, sagte Marc. »Radu, Sie müssen jetzt gehen. Ich habe meine Kräfte verausgabt und kann für nichts mehr garantieren.«

»Brauchen Sie Hilfe?«

»Nein. Es wird schon wieder, wenn ich zur Ruhe komme. Bitte, gehen Sie jetzt.«

»Aber ...«

»Keine Widerrede!« befahl Marc scharf. »Verlassen Sie die Hafenplattform und halten Sie sich von den Piloten fern, bis ich eine Gelegenheit hatte, mit ihnen zu sprechen. Sowie ich wieder bei Kräften bin, setze ich mich für Sie ein.«

»Marc ...«

»Bitte, gehen Sie!«

Marc stand auf. Mit steifen, mühsamen Bewegungen faßte er nach Radus Arm. Aus Angst, Marc zu verletzen, ließ Radu sich fügsam von ihm durch die Tür lotsen.

»Marc …«

Jählings trat Marc zurück, und die geheime Tür schloß sich zwischen ihnen. Radu tastete die Wand ab, grub die Finger durch den grünen Filz aus Ranken, um die Verriegelung zu finden. Doch er berührte nur glattes, fugenloses Metall.

In zarten Farben tänzelte Marcs Bild vor seinen Augen.

»Glauben Sie mir«, ertönte Marcs elektronisch modulierte Stimme. Radu hörte die Resonanzen des natürlichen Organs heraus, die die Basis bildeten. »Glauben Sie mir, bald bin ich wieder wohlauf. Es ist eine Frage des Stolzes. Diese Anfälle sind kein schöner Anblick. Kontaktieren Sie mich jeden Tag, bis ich Ihnen eine Antwort gebe, aber hinterlassen Sie keinen Hinweis auf Ihren Aufenthaltsort.« Das Bild verschwand.

»Aber …« Eine Zeitlang lungerte Radu noch im Foyer herum; er haderte mit sich, weil er Marc allein gelassen hatte. Kraft seines Willens versuchte er, das Bild erneut herbeizuzaubern, doch diese Kommunikationsmöglichkeit verschloß sich ihm, wie die Tür. Ihm blieb nichts anderes übrig, als zu gehen.

Durch ein Fenster spähte er vorsichtig nach draußen auf die Straße. Zu dieser späten Stunde lag sie einsam und verlassen da. Radu trat in den Korridor und steuerte den Aufzug an. Marc hatte ihm die Piloten nähergebracht. aber auch seine Furcht vor ihnen erhöht. Die Piloten hatten ebenfalls Angst, was sie menschlicher erscheinen ließ, und gleichzeitig um so unberechenbarer und gefährlicher. Marcs Empfehlung, Radu solle ihnen aus dem Weg gehen, war ein ausgezeichneter Tip.

Als er um eine Ecke bog, begegnete er plötzlich Orca. Überrascht blieb er stehen. Wütend funkelte sie ihn an und kreuzte die Arme über der Brust.

»Willst du die Piloten dazu auffordern, dir zu folgen?« fragte sie streitlustig.

»Nein, natürlich nicht«, entgegnete er. »Was machst du hier? Woher wußtest du, daß ich hier bin?«

»Bei den Göttern!« stöhnte sie. »Dich sollte man gar nicht von Bord lassen. Kolonisten müßte man ein Überlebenshandbuch geben. Euch Landeier muß man in Watte packen! Radu, du hast deine Datei nicht gesperrt. Respektiert man auf Twilight so sehr die Privatsphäre, daß ihr das nicht nötig habt? Was hast du dir eigentlich dabei gedacht?«

»Moment mal, hast du die an mich gerichteten Mitteilungen gelesen?«

»Reg dich nicht auf. Ich wollte nachschauen, ob du deine Datei gesperrt hast. Die Piloten finden dich genauso problemlos wie ich.«

»Ich begreife das nicht, Orca. Kann jeder alles über mich erfahren – einfach so? Wie kommt das?«

Sie ließ die Arme wieder sinken und schüttelte den Kopf. »Die eigene Datei zu schützen, ist praktisch ein Reflex«, erklärte sie. »Eltern tun es für ihre Kinder, wenn sie noch sehr jung sind. Aber die Sperre wird nicht automatisch ausgelöst, man muß schon selbst daran denken. Wenn man es versäumt, kann jeder in deinen privatesten Angelegenheiten herumschnüffeln.«

Radu beruhigte sich wieder. »Danke, daß du mich aufgeklärt hast. Wie schützt man seine Datei?«

»Du besitzt keinen Personalkommunikator, oder?«

Er schüttelte den Kopf. Auf Twilight gab es kaum derartige Geräte, und an Bord eines Schiffes brauchte man sie nicht. Als er auf der Erde landete, hatte er sich keinen Kommunikator besorgt, weil er niemanden kannte, den er hätte anrufen können.

»Komm mit!«

Sie lotste ihn zu einem Terminal und rief seine Datei ab. Sie brauchte sich nicht einmal zu identifizieren; ohne nachzuprüfen, ob Orca befugt war, sich die Informationen zu verschaffen, spie der Computer sämtliche verfügbaren Daten über Radu aus, sogar seinen Kontostand und Marcs Botschaft.

Orca sagte einen Code auf, und vor ihr erschien ein Lichtfleck, wie das Abbild einer Nova.

»Steck deine Hand da hinein«, forderte sie Radu auf.

Vorsichtig berührte Radu den äußeren Rand der hellen Sphäre. Seine Haut begann zu kribbeln, als fasse er in ein elektrisches Feld.

»Dir kann nichts passieren«, ermutigte Orca ihn. »Auf diese Weise werden nur deine Fingerabdrücke registriert.«

Radu schob die Hand in das abenteuerlich flakkernde Licht. Es tastete die Handfläche bis zu der Stelle ab, wo das Gelenk bandagiert war. Danach blendete sich das Display allmählich aus.

»Fertig«, kommentierte Orca.

»Ist das alles?«

»Das genügt. Die Sperre ist nicht absolut sicher, aber ganz so schnell kann man jetzt nicht mehr deine Spur aufnehmen.«

»Warum bist du zurückgekommen?« wollte Radu wissen.

»Keine Bange, ich bin dir nicht hinterhergelaufen, um dich mit weiteren Fragen zu belästigen.« Sie steuerte auf den Lift zu.

Er griff nach ihrer Hand. »Orca ...«

Als er plötzlich ein Geräusch hinter sich hörte, wirbelte er herum, aus Angst, er könne sich wieder einer Meute von Piloten gegenübersehen. Doch ein ganz gewöhnlicher Passagier bog um die Ecke, marschierte mit einem fragenden Blick an ihm vorbei, stieg in den Aufzug und verschwand.

Erleichtert lachte Radu auf, dann merkte er, wie fest er Orcas Hand umklammerte. Er lockerte seinen Schraubstockgriff.

»Entschuldigung – habe ich dir wehgetan?«

Sie bewegte ihre langen, schmalgliedrigen Finger. Radu fürchtete, er hätte sie gequetscht.

»Alles in Ordnung.« In einer vertrauensvollen, vielleicht sogar versöhnlichen Geste, schob sie ihre Hand wieder in die seine.

»Ich hätte dir was brechen oder die Schwimmhäute verletzen können ...«

Ihre Finger schlossen sich fest um sein Handgelenk und sperrten die Blutzirkulation ab, obwohl sie kaum Kraft aufzuwenden schien. Dann drückte sie zu, und Radu wand sich vor Schmerzen.

»Orca ...« Er versuchte sich zu befreien. Orca schien völlig entspannt zu sein, doch ihre Finger gaben nicht nach, und Radu blieb ihr Gefangener.

»Ich bin nicht aus Zucker, das habe ich dir schon mal gesagt«, erklärte sie kühl. »Die Häute zerreißen nicht, und wenn du mir die Finger brechen willst, mußt du dich schon sehr anstrengen. Sind wir Freunde? Ich dachte, wir kämen gut miteinander aus, aber du zweifelst ja alles an, was ich dir sage.«

Abrupt ließ sie ihn los.

Radu betrachtete sein Handgelenk. Die weißlichen Abdrücke von Orcas Fingern färbten sich langsam rot. Zu dem Bluterguß am anderen Arm kämen nun noch diese blauen Flecken. »Von jetzt an glaube ich dir alles«, versprach er.

»Halte mich ruhig für eine Lügnerin, das ist mir völlig schnuppe. Aber behandle mich bitte nicht wie einen verpimpelten Grounder oder eine zarte Muschel, die beim leisesten Wellenschlag zerbricht ...« Verächtlich zog sie die Nase hoch.

»Auf mich wirkst du so grazil«, verteidigte er sich. »Bei mir zu Hause ...« Er hoffte, er würde sie nicht gleich wieder vor den Kopf stoßen. »Seit ich Twilight verließ, bin ich von Menschen umgeben, die mir furchtbar schmächtig vorkommen. Ständig habe ich Angst, ich könnte ihnen versehentlich etwas zuleide tun. In Wassili Nikolajewitschs Gegenwart fühle ich mich tolpatschig, und als ich Atna beim Wachwerden half, hatte ich den Eindruck, ich würde einen Singvogel in den Händen halten, so zerbrechlich fühlte er sich an.« Laenea erwähnte er nicht. Sie hatte nie den Anschein von Schwäche erweckt, aber für ihn stellte sie ohnehin eine Ausnahmeerscheinung dar.

»Ich bin eine Taucherin der dritten Generation«, erklärte Orca. »Wir hatten noch nicht genug Zeit, um zu degenerieren.«

Radu rieb sich die schmerzenden Stellen an seinem Arm. »Ich werd's nicht wieder vergessen.«

Sanft berührte sie seine Schulter. »Tut mir leid. Komm jetzt mit mir.«

Sie stiegen in den Aufzug; an der Oberfläche angelangt, verließen sie das Blockhaus. Orca drehte ihr Gesicht in den Wind und sog tief den Atem ein. Hinter dem Schleier aus Treibstoffdünsten und Ozon wehte die salzige Brise eines Ozeans, der über die halbe Welt reichte. Ohne abzuwarten, ob er sich ihr anschlösse, lief sie ein paar hundert Meter weit an der Kante der Plattform entlang. Radu holte sie ein, und schweigend setzten sie gemeinsam den Weg fort. Um diese Zeit war es auf der künstlichen Insel sehr ruhig; die gleitenden Scheinwerfer fielen zurück, und die isolierende Dunkelheit hüllte sie ein.

Am Ende der Landeplattform hielt Orca die Finger an die Lippen und stieß einen komplizierten, schrillen, weittragenden Pfiff aus. Wie lauschend legte sie den Kopf schräg, dann spähte sie heiter hinaus auf die sanft wogende Dünung. Radu sah nichts in den dunklen Wellen, und er hörte lediglich das leise Klatschen des Wassers an den Metallwänden.

Orca musterte ihn mit einem ernsthaften, durchdringenden Blick.

»Wenn du Hilfe annimmst, dann stehen ich und meine Familie dir zur Verfügung. Komm in den

Hafen von Victoria und frag nach uns. Wir sind nicht schwer zu finden, es sei denn, wir wollen unentdeckt bleiben.«

»Danke«, erwiderte Radu.

Orca öffnete ihre Paillettenjacke, ließ sie von den Schultern gleiten und entledigte sich ihres Netzhemdes. Danach streifte sie sich die Hose von den schmalen Hüften und kickte die Kleidungsstücke zusammen mit den roten Schuhen zur Seite. Wie sie so an der Kante des Docks stand, schimmerte ihre Haut im Mondlicht wie Bronze.

»Was hast du vor?«

»Ich muß nach Hause zurück.«

»Du willst schwimmen? Diesen weiten Weg? Wirst du nicht erfrieren? Und deine Kleider läßt du einfach so liegen?« Nun, da sie tatsächlich fortging, überkam Radu ein unerklärliches Gefühl der Einsamkeit.

»Die Sachen, die ich behalten will, sind in meiner Tasche. Irgend jemand wird meine Klamotten ins Crew-Quartier bringen. Wenn nicht, ist es mir auch egal.«

»Ich nehme das hier mit.« Er bückte sich nach dem Zeug.

Anstatt zu antworten, deutete Orca auf das Meer.

Der schwarze Rücken eines gigantischen Tieres durchpflügte die Wellen und tauchte wieder ab. Sekunden später schnellte das Geschöpf mit einem spektakulären Sprung aus den Wogen. Schneeweiße Flekken glänzten an den Seiten. Geräuschlos teilte der geschmeidige, massige Körper beim Wiedereintauchen das Wasser, erst im letzten Moment ließ er die mächtige Fluke peitschen. Ein Schauer aus Gischt benetzte Radus Wange.

Orca lachte. »Sie spielt.«

»Was für eine Kreatur ist das?«

»Meine Namensvetterin, Orca. Ein Killerwal. Sie ist gekommen, um mich abzuholen.« Die Stimme der Taucherin klang entfernt, als schwämme sie bereits nackt und übermütig in der eisigen, geheimnisumwitterten See. »Sie begleitet mich heim.«

»Auf Wiedersehen, Orca«, sagte Radu.

Weder gab sie eine Antwort, noch umarmte sie ihn zum Abschied. Jetzt war sie nicht mehr eine von der Crew, sondern nur noch Taucherin. Sie schwenkte die Arme nach hinten und streckte sie wieder aus, als sie von der Plattform hechtete. In einer langen, flachen Kurve sauste sie in die Tiefe und tauchte ohne einen Spritzer zu verursachen in ein Wellental.

Radu wartete darauf, daß sie wieder an die Oberfläche käme, doch er sah weder Orca noch ihre Namensvetterin. Minutenlang harrte er auf seinem Beobachtungsposten aus, und schließlich machte er kehrt.

Wenn er Marcs Rat befolgen wollte, der ihm sehr vernünftig erschien, blieb ihm gerade noch genug Zeit, um die erste Fähre zum Festland zu erwischen. Er freute sich darauf, diese monströse Metallkonstruktion zu verlassen, wieder saubere Luft zu atmen und die Sonne über einer fernen, dunklen Bergkette aufgehen zu sehen.

Er fragte sich, wie geschwind Orca und ihre Namensvetterin wohl schwimmen mochten, und ob die Fähre vielleicht an ihnen vorbeisegelte; ob sie die ganze Zeit lang unter Wasser blieben? Er wußte nicht, ob Orca Wasser atmen konnte, oder ob sie zum Luftschöpfen auftauchen mußte. Doch im Morgengrauen konnte er sie vielleicht vom Deck der Fähre aus sehen, wie sie mit ihrer Freundin dem heller werdenden Horizont zustrebte.

Sanfte Wellen leckten die Seitenwände der Insel. Im Frühdunst blinkten die Lichter des Fähranlegers wie trübe, ferne Sterne. Radu marschierte längs der Kante. Die Dunkelheit und die Stille erinnerten ihn an seine Heimat und an die zwei Jahre, die er ganz allein in den Bergen gehaust hatte. Damals hatte er sich kein einziges Mal verlassen gefühlt. Einsamkeit überkam einen meistens inmitten vieler Menschen.

Hör auf, dich selbst zu bemitleiden, ermahnte er sich wütend. Orca hat dir ihre Hilfe und Freundschaft angeboten, und du hast sie abblitzen lassen.

Plötzlich wünschte er sich, er könnte hinabtauchen in den nebligen, schwarzen, tröstlichen Ozean, und mutterseelenallein und ungestört zum Festland schwimmen.

Er wußte, daß das eine Utopie war. Ihm fehlten die speziellen Eigenschaften, die Orca dazu befähigten, in diesem Klima über einen langen Zeitraum hinweg im Wasser zu bleiben. Bei der Eiseskälte würde er spätestens nach einer halben Stunde das Bewußtsein verlieren und an Unterkühlung sterben.

Schatten erschreckten ihn; er drehte sich um, sah jedoch nichts.

Natürlich siehst du nichts, schalt er sich. Es ist ja nichts da. Fürchtest du dich jetzt schon vor Schatten? Wenn du dich zu Hause auf Twilight so aufführen würdest, wärst du binnen einer Saison reif für das Tollhaus.

Trotzdem peilte er noch einmal zu der Stelle hin, wo sich etwas bewegt zu haben schien.

Wie ein Geist trat Wassili Nikolajewitsch in Erscheinung, nur sein bleiches Gesicht war in der Finsternis auszumachen. Unwillkürlich schnappte Radu nach Luft. Die Schemen hinter dem Piloten regten sich. Hier und da fiel ein Lichtschimmer auf eine lange blonde Locke, ein dunkles Antlitz, einen grauen Wolfsstein, der im Abglanz der Lampen wie ein Tierauge gloste. Nebelschleier hüllten die Gruppe ein.

»Dieses Mal kommen Sie lieber mit uns«, sagte Wassili.

Radu trat einen Schritt auf ihn zu. »Lassen Sie mich doch in Ruhe«, zischte er. »Warum belästigen Sie mich?«

»Fangen Sie bitte keinen Streit an. Alles ist bereits entschieden.«

»Ohne mich!«

»Wie oft soll ich Ihnen noch sagen, daß Sie in dieser Angelegenheit nichts zu bestimmen haben?«

Radu geriet in Panik. Er wirbelte herum und lief weg. Doch wohin sollte er sich flüchten? Die Piloten fächerten sich zu einem Halbkreis auf und drängten ihn an den Rand der Plattform. Er spähte über die Schulter. Sie rückten auf ihn zu, ihn mit jedem Schritt enger einkesselnd. Er rannte schneller, obwohl er bereits vor Anstrengung keuchte. Die lange Abwesenheit von Twilight hatte ihn verweichlicht.

Jählings tauchten vor ihm zwei weitere Piloten auf.

Er rutschte auf dem glatten Deck aus und blieb stehen. Langsam wandte er sich um. Die verschwommenen, von hinten beleuchteten Gestalten der Piloten umringten ihn.

Als er das nächstemal haltmachte, lag vor ihm der Ozean.

Kopfüber sprang Radu von der Plattform.

Er wollte zum Fähranleger schwimmen, hinaufklettern und einen solchen Lärm veranstalten, daß unbeteiligte Personen ihn hörten ...

Dann schlug das Wasser über ihm zusammen.

Die Kälte raubte ihm den Atem. Zappelnd gelangte er an die Oberfläche, eisiges Salzwasser in Mund und Nase. Spuckend und hustend kämpfte er gegen seine Panik an. Über ihm stritten sich die Piloten. Der Nebel machte sie unsichtbar, und Radu konnte nur ihre Stimmen hören. Falls sie Waffen trugen, so schoß doch niemand auf ihn, auch sprang ihm keiner hinterher.

Das Salz biß in seiner Armwunde, bis die Kälte den Schmerz betäubte.

Twilights kalte Bergseen speicherten noch einen Funken der Wärme ihres Planeten, doch dieser Ozean verhieß nur die unermeßliche Tiefe eines bitterkalten, lichtlosen Wassers.

Mühsam paddelte Radu an der Metallwand entlang. Wenn er nur in Bewegung blieb, würde alles gutgehen. Jede hohe Welle klatschte ihm salzige Gischt ins Gesicht. Die nasse Kleidung zog ihn nach unten. Er versuchte, die Stiefel abzustreifen; es ging nicht. Hemmungslos schlotternd, begann er zügig zu schwimmen. Orcas Sachen befreiten sich aus seiner Hand und wurden fortgeschwemmt. Er setzte hinterher und schaffte es, sie zu retten. Irgendwie schien es ihm ungemein wichtig zu sein, sie festzuhalten. Orcas Jacke wickelte sich um seinen Arm.

Seine einzige Hoffnung bestand darin, die Rampe zu erreichen, ehe er ohnmächtig wurde. Die Strecke, die ihm so kurz vorgekommen war, als er oben auf der Plattform marschierte, dehnte sich ins Endlose. Eine Sinnestäuschung, dachte er, verbiß sich gedanklich in dieses Wort, bis ihm die Bedeutung entglitt.

Ein Brecher, der von der Metallklippe abprallte, schlug über ihm zusammen. Verzweifelt strampelte er in Richtung Oberfläche, verlor die Orientierung in dem Wasser, das schwarzem Eis glich, und entfernte sich immer weiter von der rettenden Luft.

Ein gewaltiger dunkler Schatten schob sich unter ihn. Der Anblick drang durch seinen von der Kälte benebelten Verstand. Er entsann sich, was er über die Erde und ihre Raubtiere gelesen hatte, und was Orca ihm über die Haie erzählte, als sie ihm ihre Krallen vorführte. Entsetzt ruderte er mit den Armen und kämpfte sich nach oben. Er wollte Luft schnappen; er versuchte, um Hilfe zu rufen. Mit aller Kraft kraulte er auf den Anleger zu, doch die Strömung riß ihn immer weiter vom Hafen fort.

Die Kreatur unter ihm begann aufzutauchen, und er spürte die Turbulenzen ihrer Bewegung. Er machte sich auf einen höllischen Schmerz gefaßt, rechnete jeden Augenblick damit, daß sich Zähne durch sein Fleisch gruben und sein heißes Blut durch die zerfetzten Adern sprudelte. Doch er fühlte nur, wie das riesige Tier ihn langsam hochhob.

Mittlerweile hatte er einen Zustand jenseits von Angst, Qual und Leid erreicht. Eine innere Ruhe durchströmte ihn. Wenn das Untier ihn attackierte, würde er nichts empfinden. Nie wieder würde er körperliche oder seelische Torturen erdulden müssen. Radu verlor das Bewußtsein.

KAPITEL 8

Wieder rang Radu mit einem Alptraum. Laenea befand sich auf Twilight, als Mitglied der Rettungsmannschaft. Anstatt in der Sicherheit des im Orbit kreisenden Schiffs zu bleiben, war die Bordcrew zusammen mit dem medizinischen Team gelandet. Als sie ankamen, setzten bei Radu gerade das hohe Fieber und die geistige Verwirrtheit ein, erste Symptome der Seuche, die er noch nicht wahrhaben wollte. So weit entsprach der Ablauf der Realität.

Doch in dem Alptraum wurde Laenea an seiner Stelle krank, und er kümmerte sich um sie, anstatt umgekehrt. Er befürchtete, sie könne sterben, wie seine anderen Freunde und Familienmitglieder, deren Tod er vorhergesehen hatte, ohne ihnen helfen zu können. Damals hatte Laenea Radus Leben gerettet. Aber in seinem Traum starb Laenea ihm unter den Händen weg, und er weigerte sich, ihr Schicksal zu akzeptieren.

Er wachte auf. Der Alptraum verblaßte wie alle Träume.

Dann wollte er den Deckel seiner Schlafkapsel öffnen. Seine Hände stießen gegen unbehandeltes Holz. In einer Anwandlung von blankem Terror und hochbrodelnden Erinnerungen hämmerte er gegen die Planken. Er stand kurz vor dem Erfrieren; ein Monstrum hatte ihn angegriffen. Man hatte ihn für tot erklärt und niemand hatte sein Testament gelesen. Anstatt ihn zu verbrennen und die Asche nach Twilight zu schicken, hatte man ihn in eine Kiste gebettet und diese vergraben. Ein wiederkehrender Alptraum war zur Realität geworden.

Nach der Seuche träumte er unentwegt davon, er sei zusammen mit seiner Familie und seinen Freunden beigesetzt worden. In dem eigentümlichen Zeitfluß, den man im Traumzustand erlebt, sah er sich, wie er sein eigenes Grab aushob, wie er nacheinander die Gruben für seine Mutter und seine Geschwister geschaufelt hatte, bis nur noch er übrigblieb. In seinen Träumen befreiten sich seine toten Anverwandten und er aus den Särgen, buddelten sich durch die dicke Erdschicht und kehrten ins Leben zurück.

Jetzt kann ich nichts mehr für sie tun, dachte er; genausowenig, wie ich Laenea helfen kann.

Der Deckel über ihm ließ sich nicht anheben. Er streckte die Arme aus und suchte nach einer anderen Möglichkeit, aus seinem Gefängnis auszubrechen. Eine Hand stieß gegen eine Mauer, die andere griff ins Leere, und durch den Schwung rollte er auf die Seite.

Er purzelte aus dem Bett.

Die Luft roch frisch, und es gab einen Widerhall wie in einem großen Zimmer. In seinem Kopf überschnitten sich so viele Ebenen aus Träumen, Erinnerungen und Realität, daß er schon glaubte, er sei verrückt geworden.

Flackernd gingen Lichter an, so grell, daß sie ihn blendeten. Eine schemenhafte Gestalt setzte sich neben ihm in die Hocke.

»Radu, ist alles okay?«

Er erkannte Orcas Stimme. Seine Augen gewöhnten sich an die Helligkeit. Orca beugte sich über ihn und zeigte ein besorgtes Gesicht.

Radu hievte sich hoch und schaute in die Runde. Zwei Wände voller Bücherregale; die eingebauten Kojen verliehen dem Raum das Flair einer Schiffskabine. Doch das Unterwasser-Bullauge über dem Schreibtisch und die Abmessungen der Kammer verrieten ihm, daß sie sich in einem der Schlafzimmer des Raumhafens befanden.

»Was ist passiert?« drängte Orca.

»Ich hatte einen Alptraum«, erklärte er. »Aber jetzt bin ich wach.« Er wollte aufstehen und brachte die Kraft dazu nicht auf. »Ich dachte ...« Er sah an sich hinab. Seine Beine waren unversehrt.

Mit dem Kinn deutete Orca auf das Bullauge. In dem Lichtschein, der sich von drinnen in den Ozean ausbreitete, schwebte der schwarz-weiße Rumpf von Orcas Freundin, dem Killerwal, vorbei. Radu erschauerte.

»Meine Cousine hat dich gehört«, erzählte Orca. »Weil wir gespielt hatten, waren wir noch nicht weit gekommen. Als sie mitbekam, wie du ins Wasser eintauchtest, dachte sie zuerst, du seist einer von uns, aber die Schwimmbewegungen machten uns stutzig. Dann merkten wir, daß du in Schwierigkeiten warst, und kehrten zurück.«

»Dafür danke ich euch sehr.«

Sie zuckte die Achseln und zog die Stirn kraus. »Haben sie dich ins Wasser gestoßen?«

»Nein. Sie sind mir gefolgt. Sie wollten mich mitnehmen, aber ich bin getürmt. Ich glaube nicht, daß sie die Absicht hatten, mich ins Wasser abzudrängen. Ich bekam einen Schreck und geriet in Panik.«

»Sie wollten dir übel mitspielen, wie beim letzten Mal«, behauptete Orca. »Als du auf der Plattform lagst und nach Luft rangst, haben sie keinen Finger gekrümmt, um dir zu helfen. Und als ich dich vorhin aus dem Wasser zog, hatten sie sich bereits verdrückt.«

»Wo sind sie jetzt?«

»Ein paar von ihnen lauern dir auf. Ohne Einladung dürfen sie den Tauchersektor nicht betreten. Sie wollen dich draußen abfangen.«

»Mir ist ein schwerwiegender Fehler unterlaufen«, meinte Radu. »Ich habe dich in diese riskante Sache hineingezogen, ohne dich über die Hintergründe aufzuklären. Das kann ich nachholen, wenn du möchtest.«

Sie half ihm in die Koje zurück, deckte ihn zu und hockte sich im Schneidersitz auf den Boden. »Ich bitte darum.« Es klang längst nicht mehr so neugierig wie früher.

Nie hätte er gedacht, daß ihn das bloße Erzählen einer Geschichte so auslaugen könnte, doch als er an die Stelle kam, wo er von der Plattform sprang, zitterte er vor Erschöpfung.

»Bei den Göttern«, staunte Orca. »Im Transit wach … kein Wunder.«

»Ich weiß nicht, was ich tun soll«, gab Radu zu. Er preßte sich die Handballen gegen die geschlossenen Augenlider und kämpfte gegen die Spannung und Müdigkeit an. »Marc sagte mir, ich solle abwarten, bis er Neuigkeiten für mich hätte, aber wer weiß, wie lange es dauert, bis er …« Marcs Geheimnis hatte er für sich behalten und Orca nur von seinem eigenen Dilemma erzählt, doch dadurch ließen sich manche Vorgänge nur lückenhaft erklären – »… Fortschritte gemacht hat.«

»Warum rufst du ihn nicht einfach an und fragst ihn, was er bis jetzt erreichen konnte? Dann weißt du wenigstens, woran du bist, und ob du dir was Neues einfallen lassen mußt.«

Radu glaubte nicht, daß Marcs Gesundheitszustand sich über Nacht gebessert hatte, aber einen Versuch war es wert.

»Gute Idee«, fand er.

»Ich warte in der Lounge auf dich«, kündigte Orca an und ließ ihn allein.

Über das Außenvideo kontaktierte er Marcs Nummer. Wenn er keine Antwort erhielt, würde er nochmals versuchen, Laenea zu erreichen. Mittlerweile mußte sie zurück sein.

Die fließenden Farben, mit denen sich Marc zu erkennen gab, ballten sich zu einem Wirbel und strömten wieder auseinander.

»Hallo.« Verglichen mit der natürlichen Stimme, klangen die elektronischen Töne flach und monoton. »Mit wem spreche ich, bitte?«

»Radu Dracul. Geht es Ihnen wieder besser, Marc?«

»Verzeihung. Wer sind Sie?«

Vor Verblüffung verschlug es Radu die Sprache; stumm glotzte er auf den Bildschirm.

»Würden Sie bitte Ihren Namen wiederholen?«

»Radu Dracul. Laenea Trevelyans Freund.« Ihm war klar, was passiert sein mußte: Ein Anfall hatte Marcs Erinnerung an ihr Gespräch und an Radu selbst gelöscht.

»Schon gut«, wehrte er ab. »Entschuldigen Sie die Störung.«

»Leider kann ich Ihren Namen nicht finden. Laeneas ist natürlich eingespeichert.«

»Unlängst war ich bei Ihnen, kurz bevor Sie krank wurden. Ich hätte Sie nicht so früh schon wieder belästigen dürfen.« Ärgerlich und enttäuscht, obwohl er wußte, daß er unfair war, streckte Radu die Hand aus, um die Verbindung zu kappen.

»Warten Sie«, hielt Marcs Stimme ihn zurück. »Wußten Sie denn nicht, daß Marc ein Analogon besitzt? Ich bin nicht Marc selbst. Ich vertrete ihn, wenn er gerade nicht abkömmlich ist.«

»Nein«, antwortete Radu. »Das wußte ich nicht.«

»Ich bedaure, daß ich Sie nicht erkannt habe, aber mein Personenprogramm hinkt um ein paar Stunden hinterher. Marc findet es taktlos, jede persönliche Begegnung einzuspeichern. Das führt manchmal zu Komplikationen, wenn er plötzlich … abberufen wird, wie gestern abend.«

»Ich weiß. Ich war ja bei ihm.«

»Bei ihm?«

»Ja. Geht es ihm wieder gut?«

»Man hat mir ausdrücklich untersagt, über dieses Thema zu sprechen«, erklärte das Analogon. »Kann ich

Ihnen sonstwie behilflich sein? Rufen Sie wegen Laenea an? Marc war auch ihr Freund. Ich freue mich nicht darauf, ihm berichten zu müssen, daß sie als vermißt gilt.«

»Vermißt ...?«

»Ihr Schiff ist verschollen.«

»Wie kann es verschollen sein?« fragte Radu völlig perplex. »Das verstehe ich nicht. Gerade wollte ich sie anrufen; sie ist draußen auf einem Trainingsflug, und es gibt keine Anzeichen dafür, daß etwas schiefgegangen ist ...« Als ihm auffiel, daß er plapperte, brach er ab.

»Es tut mir aufrichtig leid«, erwiderte das Analogon in einem Tonfall unverhüllten Bedauerns. »Aber als Sie ihren Namen erwähnten, dachte ich, Sie hätten es schon gehört.«

»Gar nichts habe ich gehört!«

»Ihr Schiff wurde für verloren erklärt. Ich meine natürlich das Schiff ihres Ausbilders.«

»Aber – es ist doch nur überfällig. Ein paar Tage ...«

»Das Schiff hätte schon vor zwei Wochen zurück sein müssen. Mein lieber Mann, der erste Transittrip ist immer kurz.«

»Wie kann man sie für verschollen erklären? Nur weil jemand behauptet ...?«

»Der Trainingsflug, den Miikala für sie ausgesucht hat, dauert nur zwischen einer halben Stunde und einem halben Tag. Laeneas Anwesenheit führt natürlich eine Unbekannte in eine Gleichung ein, die man bestenfalls als empirisch bezeichnen kann. Man hat sogar sehr lange gewartet, ehe man mit der offiziellen Erklärung herausrückte ...«

Radu verschloß die Ohren vor der Litanei, die Marcs mitfühlendes, wohlinformiertes, leidenschaftsloses Analogon herunterhaspelte; er wollte einfach nicht wahrhaben, daß Laenea für immer fort war. Das changierende Muster verschwamm vor seinen Augen.

Laenea war viel zu real, um verlorenzugehen. Er hatte sich noch nicht einmal vollständig damit abgefunden, daß sie nie wieder ein Liebespaar sein konnten, obwohl sein Verstand ihm sagte, daß ein Körperkontakt ausgeschlossen war. Nie und nimmer würde er ihren Tod akzeptieren; er wollte es gar nicht erst versuchen.

Sie war tatsächlich in Gefahr, und ich habe es gespürt, sagte er sich. Ich wachte im Transit auf, weil ein Instinkt mir keine Ruhe gab. Es ist wie bei den Halluzinationen damals auf Twilight, dachte er. Aber vielleicht waren es ja gar keine Hirngespinste. Möglicherweise hat Marc recht ... Atna lag mit seinen Prophezeiungen ja auch nicht daneben. Im Detail hat er sich geirrt, aber grundsätzlich stimmte seine Vorhersage.

Als ihm auffiel, wie still es im Raum geworden war, richtete er sein Augenmerk wieder auf das Videophon. Zwei leuchtendblaue Kreise, wie Augen, schienen ihn zu fixieren. Erschrocken blinzelte er, und das Bild verwirbelte sich wieder zu abstrakten Mustern.

»Es tut mir leid, daß ich Ihnen die schlechte Nachricht mitteilen mußte«, beteuerte Marcs Analogon. »Ich hätte es Ihnen schonender beigebracht, wenn ich gewußt hätte, daß Sie völlig ahnungslos sind.«

»Es ist nicht Ihre Schuld«, entgegnete Radu müde. »Ich sollte jetzt lieber gehen.«

»Möchten Sie eine Nachricht hinterlassen? Wo kann man Sie erreichen?«

»Ich weiß es nicht«, antwortete Radu. »Sagen Sie Marc ...« Ihm fiel nichts Wesentliches ein. »Richten Sie ihm nur aus, daß ich angerufen habe.«

»Geht klar.«

»Auf Wiedersehen.«

»Entschuldigen Sie nochmals, daß ich Sie nicht erkannt habe«, säuselte das Analogon. Die Verbindung brach ab, und die lebhaften Farben erloschen.

Wie betäubt zog Radu sich an und begab sich in die Lounge der Taucher.

Orcas Lächeln erstarb, als sie sein Gesicht sah.

»Was ist los?«

»Man hat Laeneas Schiff für vermißt erklärt.«

»Ach, Radu ...« Tröstend nahm sie seine Hand, führte ihn zu einer Couch und sorgte dafür, daß er sich hinsetzte. »Das tut mir leid ... ich bin ihr in der Crew begegnet. Ich mochte sie gut leiden.«

»Ich kann es nicht glauben«, stieß er hervor. »Ich *will* es nicht glauben.«

Ein paar Minuten lang saßen sie schweigend nebeneinander. Falls Orca Laenea für tot hielt, so versuchte sie nicht, Radu zu ihrer Ansicht zu bekehren.

»Soll ich dich ein Weilchen allein lassen? Oder möchtest du, daß ich bei dir bleibe?«

»Auf dem Rückflug von Ngthummulun habe ich von ihr geträumt.«

»Wann? Das ist unmöglich. Für einen natürlichen Schlaf hatten wir doch keine Zeit.«

»Es war im Transit, bevor mein Körper die Drogen abstieß. Ich träume immer im Transit, nur hatte ich dieses Mal Alpträume.« Das letzte Bild, das sich ihm eingeprägt hatte, war Laenea, wie sie verzweifelt um Hilfe rief, die er ihr nicht gewähren konnte. So wollte er sie nicht in Erinnerung behalten. In Gedanken sah er sie am liebsten, wie sie lachend den Kopf zurückwarf.

»O Götter!« stöhnte er. Er schlug sich die Hände vors Gesicht. »Ich dachte, es seien Halluzinationen. Ich glaubte, sie hätten aufgehört. Wieso sehe ich im Traum den Tod meiner Freunde voraus?«

Nach kurzem Zögern entgegnete Orca: »Soll das heißen, daß du sie hast im Traum sterben sehen, und dann passiert es wirklich?«

»Ich träume, daß sie Hilfe brauchen, aber ich kann nie etwas für sie tun. Es begann während der Seuche«, erzählte er unglücklich. »Ich weiß, daß es verrückt klingt …«

»Eigentlich nicht«, meinte Orca. »Aber auf Atna wolltest du nicht hören.«

Radu schlang die Arme um seine angewinkelten Knie. »Ich war mir nicht sicher, was ich von seinem Gerede halten sollte«, gab er zu. »Und was mir selbst passiert ist, führte ich auf die Krankheit und das hohe Fieber zurück.«

Orca streichelte seinen Arm.

»Damals auf Twilight«, fuhr Radu fort, »als die Seuche ausbrach … änderten sich meine Träume. Nach einer Weile bildete ich mir ein, ich wüßte, wer als nächster sterben würde. Ich versuchte, die Leute zu warnen …«

»Großer Gott!«

»Ja.« Radu schüttelte den Kopf. »Daraus hätte ich lernen sollen, aber ich war wohl zu beschränkt. Ich verhielt mich Atna gegenüber wie meine Landsleute mich behandelten.«

»Du hast dir nichts vorzuwerfen«, entschied Orca. »Weder auf Twilight noch im Transit hättest du etwas unternehmen können. Selbst Piloten forschen nicht nach vermißten Schiffen. Es tut mir leid, daß Laenea verschollen ist, aber jetzt mußt du dich um deine eigenen Probleme kümmern. Du darfst dich nicht hängenlassen.«

»Warum nicht?«

»Spinnst du? Willst du dich den Piloten ausliefern?«

»Das hatte ich nicht gemeint«, erklärte Radu. Die Wunde an seinem Handgelenk pochte. »Ich möchte wissen, wieso man nicht nach den verirrten Schiffen sucht.«

»Weil man jahrelang Ausschau gehalten und kein einziges gefunden hat. Deshalb gab man die Suche ganz auf.«

»Sie können die Schiffe nicht orten, weil es keine

Kommunikation mit ihnen gibt. Doch als Laenea Hilfe brauchte, wußte ich Bescheid.«

»Radu, sie ist *verschollen!*«

»Verschollen heißt noch lange nicht, daß sie tot sein muß. Keiner weiß, was aus diesen Schiffen wurde. Sie könnte noch am Leben sein.« Er sah zur Ausgangstür hin und dachte daran, wer hinter dem Quartier der Taucher auf ihn wartete.

Orca folgte seinem Blick. »Dort kannst du nicht rausgehen!«

»Ich muß aber. Ich muß die Piloten dazu bringen, daß sie mir zuhören. Ich habe geträumt, ich könnte helfen, wenn ich nur wüßte, was zu tun ist. Jetzt ist es mir klar. Ich muß Laenea finden.«

»Warum sollten sie dir glauben?«

Er zuckte die Achseln. »Sie haben keinen Grund mir zu trauen, dafür mehrere Gründe, skeptisch zu sein. Außerdem fühlen sie sich durch mich bedroht. Trotzdem muß ich es versuchen. Andernfalls werden Laenea, ihr Ausbilder und die Crew sterben.« Bedächtig stand er auf. Er fühlte sich immer noch zittrig.

Orca hielt ihn am Arm fest. Mit ihrem Griff ließ sie ihn spüren, wie stark sie war.

»Warum, zum Teufel, habe ich dich aus dem Wasser gezogen, wenn du gleich wieder zu ihnen zurückkehrst?« schimpfte sie. »Wäre ich nicht umgekehrt, könnte ich fast schon zu Hause sein. Sei doch vernünftig!«

»Ich kann dich ja verstehen«, gab Radu zu. Behutsam legte er seine Hand auf die ihre, und sie lockerte ihre Umklammerung.

»Entschuldigung.«

»Schon gut«, winkte Radu ab. »Vermutlich hast du ja recht.«

»Wenn du das wirklich glaubtest, würdest du nicht hinausgehen.« Sie folgte ihm in die Halle und ins Zentrum des Taucherquartiers. Dort gelangte man durch eine Tür zu dem Foyer mit den öffentlichen Aufzügen.

»Vielen Dank für alles«, sagte Radu.

»Du gehörst wohl nicht zu den Leuten, die glauben, ihr Lebensretter dürfe über ihr weiteres Schicksal entscheiden.«

»Leider nein«, antwortete er und lachte. Seine Umarmung fiel ein bißchen länger und herzlicher aus, als es beim Abschied zwischen Crew-Mitgliedern der Sternenflotte üblich war. Wenn die Piloten ihm Glauben schenkten, wenn er sie dazu brachte, seinen Wünschen nachzukommen, würde er ihre Gesellschaft noch für eine unbestimmte Zeit erdulden müssen, ohne den Trost eines anderen normalen menschlichen Wesens. Er war froh, daß ihm wenigstens die Erinnerung an Orcas Freundschaft blieb.

»Auf Wiedersehen«, sagte er.

»Auf Wiedersehen.«

Zögernd wandte er sich dem Ausgang zu; dann trat er so nahe heran, daß sie seine Anwesenheit spüren mußten. Die Tür glitt auf und schloß sich hinter ihm.

Die beiden Piloten, die ihn abfingen, standen auf. Besonders Wassili Nikolajewitsch schien überrascht zu sein, ihn zu sehen. Nun, da er aus freien Stücken zu ihnen kam, wußten sie offenbar nicht, was sie mit ihm anfangen sollten.

»Da ihr mir nicht sagt, was ihr von mir wollt«, begann Radu, »verrate ich euch, womit ihr mir dienen könnt.«

Wassilis Miene verdüsterte sich. »Sie haben hier nichts zu bestimmen.«

Indem Radu auf die Piloten zuging, wuchs seine Anspannung.

»Laenea Trevelyans Schiff ist verschwunden«, sagte er. »Ich glaube, ich kann es finden. Was ich im Transit erlebt habe ...«

»Sie können ... *was?*« staunte die Pilotin, die Wassili

begleitete. »Moment mal, darüber diskutieren wir lieber woanders.« Sie wollte nach seinem Arm fassen. »Kommen Sie bitte mit uns.«

Radu wich ihr aus. »Ich komme mit, aber halten Sie bitte Abstand. Ich möchte nicht unhöflich sein, aber in Ihrer Nähe fühle ich mich unwohl. Umgekehrt können Sie einen Körperkontakt mit mir genausowenig vertragen.«

»Glauben Sie?« höhnte Wassili.

»Sei still, Waska!« schnauzte die Pilotin ihn an. »In dieser Sache haben wir schon genug Mist gebaut. Und jetzt suchen wir uns einen Ort, an dem wir uns ungestört unterhalten können.«

Orca ließ Radu Dracul allein seines Weges ziehen. Er war erwachsen, er hatte das Recht, eigene Entscheidungen zu treffen, selbst dann, wenn er nicht wußte, was er tat, und wenn diese Beschlüsse unklug waren.

Ihre Cousine glitt an dem Bullauge vorbei, das Glas mit der Spitze ihrer Fluke streifend. Das leise Geräusch erinnerte Orca an ihre anderen Pflichten und an das Versprechen, das sie ihrer Familie gegeben hatte. Sehnsüchtig dachte sie daran, wie sie in der vergangenen Nacht frei und ungebunden mit ihrer Freundin umhergeschwommen war.

Sobald Orca den Ozean verließ, kam sie sich isoliert vor, als seien sämtliche ihrer Sinneswahrnehmungen um die Hälfte reduziert. Im Wasser breitete sich nicht nur der Schall effektvoller aus als in der Luft, auch Berührungen, Düfte und Temperaturempfindungen wirkten intensiver. Derartige Reize besaßen dann eine völlig andere Struktur. Die Erlebnisfähigkeit erhöhte sich um das Hundertfache. Orca schirmte das Glas mit den Händen ab, um die störenden Lichtreflexe auszublenden. Wieder wischte ihre Cousine am Fenster entlang.

Sie schaltete den Lautsprecher ein. Wenn sich eine

von beiden außerhalb des Wassers befand, konnten sich die Freundinnen nur in Middle Speech verständigen. Diese Sprache war deutlicher als Standard, doch verglichen mit True Speech hatte sie etwas Kaschierendes, Substanzloses an sich.

Die Vettern und Basen waren wesentlich intelligenter als Menschen, aber bei weitem nicht so hoch entwickelt wie die großen Wale, für die Orca viel zuviel Ehrfurcht empfand, um sich mit ihnen anzufreunden. Trotzdem wirkten sie gleichzeitig naiv.

Obwohl sie jahrtausendelang von Menschen abgeschlachtet wurden, hatte diese gnadenlose Jagd weder Argwohn noch Zynismus in ihnen geweckt. Seit der Revolution war der Walfang geächtet. Ein paar gesetzlose Jäger hatten versucht, das Verbot zu unterlaufen, doch sie verschwanden auf Nimmerwiedersehen. Orcas Mutter wußte mehr darüber, aber sie ließ sich nur selten auf dieses Thema ein, höchstens nach einem langen Tag im Meer und einem Brandy zuviel nach dem Dinner.

Die Unterschiede zwischen Walen und Menschen, die Orcas Bruder kaum auffielen, erschienen Orca so gewaltig, daß sie staunte, wieso überhaupt eine Verständigung zwischen diesen beiden Spezies möglich war. Doch das gegenseitige Verstehen hielt sich in engen Grenzen. Die Menschen begriffen nicht, daß die Wale Schicksalsabläufe einfach hinnahmen. Wale kannten weder Groll noch Haß, und Empfindungen wie Ehrgeiz oder Angst waren ihnen noch fremder.

Ihre Konzeptionen gingen so weit über den menschlichen Horizont hinaus, daß sie nicht einmal in True Speech einen Sinn ergaben. Orcas Bruder verstand ihre Auffassungen, aber weder im Wasser noch in der Luft gelang es ihm, sie Orca begreiflich zu machen.

Komm zu mir nach draußen, forderte ihre Cousine sie auf. Ich kann dich nicht richtig sehen, ich kann dich kaum hören, ich kann dich nicht berühren. Ich will erfahren, was du so getrieben hast.

Ich weiß, erwiderte Orca. Ich möchte dich anfassen, ich möchte das kalte Meer auf meinem Rücken spüren und meinen Bauch an deinem Leib wärmen. Aber es geht nicht, meine Freundin, ich kann dich jetzt nicht begleiten.

Du gehst wieder fort, in unheilschwangere Gefilde.

Mach dir um mich keine Sorgen, beschwichtigte Orca. Das Reisen hat mir nicht geschadet; ich wäre sehr traurig, wenn ich nie mehr wegkönnte.

Es bekümmert dich, wenn du hierbleiben mußt, meinte ihre Cousine, und ich mag es nicht, wenn du gehst.

Gehen bedeutete für die Wale dasselbe wie *verschwinden,* was wiederum ein Synonym für *sterben* war. Ihre Cousine meinte nicht, daß sie sterben würde, doch der schmerzliche Unterton war unverkennbar. Das Meer war ein Element, in dem eine andere Familie, die Grauwale, an einem Tag ein Lied singen und vierundzwanzig Stunden später ihr eigenes Echo hören konnten – Echo kam der menschlichen Vorstellung von diesem Phänomen noch am nächsten, doch was die Grauwale, die anderen Cetaeceen und die Taucher hörten, war dieselbe Schallwelle des Liedes, gedehnt und moduliert, weil sie den Globus einmal umrundet hatte.

Im Ozean verschwanden intelligente Lebewesen nur dann akustisch, wenn sie starben.

Ich weiß, bedauerte Orca. Und es tut mir leid. Ich liebe dich.

Ihre Cousine wedelte vorbei, lockte sie, ins Wasser zu kommen und mit ihr zu spielen. Mit diesem Begriff verknüpften die Vettern und Basen Schmusen, Sex und Spielen aus Spaß an der Freude; dies alles enthielt ein und dieselbe Tonsequenz.

Orca wünschte sich, sie könnte mit ihrer Cousine

umhertollen, sich von ihren Liedern umschwärmen und einhüllen lassen.

Es tut mir leid, wiederholte sie. Wenn ich ihn jetzt im Stich ließe, wäre es, als würde ich einem Neugeborenen nicht beim Atemholen helfen …

Ihre Cousine gab einen überraschten Laut von sich, denn der Vorwurf, jemand könnte ein Junges dem Tod durch Ertrinken preisgeben, war die größtmögliche Beleidigung.

Deine Bekanntschaft ist kein Säugling, Cousine. Besitzt er so wenig Verstand, daß er deine Unterstützung braucht?

Wenn ich ihm nicht helfe, ist er ganz allein.

Es gibt andere.

Ja. Aber er ist nur umgeben von – Orca koppelte die Klangfolge für das Wort *Pilot* mit dem akustischen Signal für *Hai.* Obwohl das Endergebnis in Middle Speech recht grob ausfiel, hätte eine blutsverwandte Cousine sie verstanden. Die Namensvettern jedoch, die aus einem Milieu stammten, in dem kein Feind sie bedrohte, wußten selbst in True Speech nichts mit dem Begriff Angst anzufangen. Es gab ein Wort dafür, doch man hatte es den Tauchern zuliebe erfunden; für die Wale beschrieb es ein Gefühl, das ihre menschlichen Verwandten angesichts eines potentiellen unerwünschten Ereignisses überkam. Selbst das überstieg das Verständnis der Wale, denn für sie war jede Eventualität gleichbedeutend mit einer Chance.

Es tut mir leid, sagte Orca. Er gehört zu meiner anderen Familie. Verstehst du das?

Nein, antwortete ihre Cousine. Das verstehe ich nicht. Aber ich werde es akzeptieren. Auf Wiedersehen.

Auf Wiedersehen.

Orca schaltete die Sprechanlage ab und eilte zur Tür hinaus. Der ganze Wortwechsel hatte nur wenige Augenblicke gedauert; sie hoffte, sie konnte Radu noch einholen.

Die Aufzugtüren glitten zu. Sie zwängte ihre Hände dazwischen, stemmte sie wieder auf und betrat seelenruhig die Kabine, in der sich Radu, Wassili Nikolajewitsch und eine junge Pilotin namens Chase befanden.

»Was wollen Sie denn hier?« herrschte Wassili sie an.

Orcas plötzliches Erscheinen hatte ihn erschreckt, und seine Verblüffung verwandelte sich in Groll.

Orca schob die Hände in die Taschen und zog die Schultern hoch. Sie schlug den gleichen gereizten Ton an wie der Pilot. »Da es keinen Grund gibt, weshalb Radu Ihnen trauen sollte, begleite ich ihn, wo immer Sie ihn hinbringen.«

»Sie werden nicht gebraucht!«

»Sie werden mich schneller nötig haben, als Sie denken«, versetzte Orca. »Selbst wenn Sie das kleinste verfügbare Schiff nehmen, sind Sie auf eine Crew von mindestens zwei Leuten angewiesen, und für diesen Flug dürften sich nicht viele Freiwillige melden.«

»Was für einen Flug?«

»Darüber wollte ich mit Ihnen in der Halle reden«, mischte sich Radu ein.

»Aha«, sagte Chase. »Dann warten Sie lieber mit Ihrer Eröffnung, bis wir ungestörter sind.«

Wie die Taucher, so besaßen auch die Piloten ihre eigene Etage im Stabilisatorschacht. Niemand sonst durfte hinein, mit Ausnahme geladener Gäste oder Besuchern in Begleitung. Die Isolation diente nicht nur dazu, die Privatsphäre der Piloten zu wahren, man wollte sich auch vor elektronischen Störfaktoren schützen.

»Orca«, sagte Chase, »wir sind gegen sämtliche Formen von Transmission abgeschirmt. Das Feedback ist sehr heftig. Wenn Sie mit jemandem kommunizieren möchten, sollten Sie es außerhalb unseres Quartiers tun.«

»Ich verstehe«, entgegnete Orca. »Vielen Dank.«

»Was meint sie damit?« flüsterte Radu.

»Das war eine diskrete Warnung, meinen internen Kommunikator nicht zu benutzen; andernfalls explodiert mein Kopf.«

»Was?«

»Schon gut«, wiegelte sie ab. »Wir wollen ja auch nicht, daß Fremde in unsere Unterkunft eindringen und Transmissionen vornehmen.«

Chase führte sie durch mehrere in konzentrischen Kreisen angeordnete Zonen hindurch in das Zentrum des Pilotenquartiers.

Mitten in der Wohnanlage, in einem fensterlosen Raum, hatten sich mehr Piloten versammelt, als Radu je in einem Verband gesehen hatte. Ein paar von ihnen erkannte er wieder, sie hatten zu der Meute gehört, die ihn auf der Erdstation umzingelt hatte; einige kannte er aus Nachrichtensendungen, und dann war da noch Ramona-Teresa.

Sie stand auf. Unter dem roten Spitzeneinsatz ihrer Bluse, der von ihrem Bauchnabel aus keilförmig zu den Schultern reichte, schimmerte ihre leuchtendweiße Narbe.

»Gut gemacht, Chase«, lobte sie. »Gut gemacht, Waska. Endlich habt ihr ihn gefunden.« Sie sah abgekämpft und müde aus.

»Zweimal hättet ihr ihn um ein Haar umgebracht«, fuhr Orca sie an.

»Laß nur, Orca«, versuchte Radu sie zu beschwichtigen.

»Draußen auf Deck wollten wir ihm nichts zuleide tun«, wehrte sich Wassili. »Was passiert ist, war ein Unfall.«

»Wir hatten nicht damit gerechnet, daß Sie ins Wasser springen würden«, erklärte Chase. »Als wir Ihnen einen Rettungsring hinterherwerfen wollten, war der

Wal schon dabei, Sie zum Fähranleger zu transportieren.«

»Ich hatte keine Lust, mich von Ihnen schon wieder in die Zange nehmen zu lassen.«

»Das kann ich verstehen«, räumte Chase ein. »Es tut mir leid, das hatte ich nicht berücksichtigt.«

Ramona-Teresa stieß einen erbitterten Seufzer aus.

»Ich entschuldige mich auch bei dir, Ramona«, fuhr Chase fort. »Keiner von uns ist darin geschult, Leute zu bespitzeln und zu kidnappen.«

»Das weiß ich. Trotzdem hättet ihr etwas geschickter vorgehen können. Und wieso habt ihr die Taucherin mitgeschleppt?«

»Wir haben keinen von beiden gewaltsam hierhergebracht«, korrigierte Chase. »Sie *wollten* kommen.«

»Orca bildet sich ein, sie müßte ihn beschützen«, frotzelte Wassili.

Radu merkte, wie Orca sich vor Wut verkrampfte; er drückte ihre Hand, doch er zweifelte, ob er sie würde zurückhalten können, wenn sie sich losreißen wollte.

»Da sie mir schon zweimal das Leben gerettet hat, als Piloten mich bedrängten«, erzählte Radu, »bin ich für ihre Begleitung sehr dankbar.«

»Radu Dracul«, begann Ramona. Sie sprach betont langsam und präzise, wie um anzudeuten, daß sie sich nicht mehr unterbrechen oder vom Thema ablenken lassen würde. »Es stimmt … ich hatte Sie aufgefordert, mit uns zu reden. Das war gestern abend. Mittlerweile hat sich die Situation geändert. Ein Schiff ging verloren …«

»Ich weiß. Deshalb bin ich ja hier. Sie sollen mir helfen, Laenea zu finden.«

Nachdem sich der Aufruhr – der streckenweise einem Heiterkeitsausbruch glich – gelegt hatte, schilderte Radu, was ihm seiner Meinung nach während des Transits zugestoßen war. Danach wurde er eine Stunde lang mit skeptischen Fragen und Spekulationen bombardiert. Er stand mit dem Rücken zur Wand, und die Piloten blieben auf Distanz, anders als zu dem Zeitpunkt, als sie ihn hatten einschüchtern wollen. Ihre Anwesenheit bereitete ihm Unbehagen, doch die unangenehmen Empfindungen hielten sich in erträglichen Grenzen.

Zuerst glaubte ihm keiner der Piloten ein Wort; dann, als ihnen die Möglichkeiten, die er aufzeigte, einleuchteten, mußte er gewisse Aspekte seiner Geschichte bis zum Überdruß wiederholen. Er antwortete brav, lediglich über seine Beziehung zu Laenea schwieg er sich aus; er verriet nur, daß sie miteinander befreundet waren, alles weitere ging niemanden etwas an.

Ramona-Teresa, die wußte, daß sie ein Liebespaar gewesen waren, beteiligte sich kaum an dem Verhör. Sie saß in einer Ecke in einem Sessel, beobachtete, lauschte und paffte derweil eine Zigarre.

Eines stand fest: etwas Absonderliches, nie Dagewesenes, ging hier vor. Sprunghaft änderten sich die Themen; noch während man Hypothesen aufstellte, was genau mit Radu passiert war, spekulierten andere über die Ursachen dieses Phänomens und ob und in welcher Weise es den Piloten schaden beziehungsweise nützen könnte.

»Nein«, wiederholte Radu zum vielleicht zehnten Mal. »Ich weiß nicht, ob meine exakt gehende innere Uhr in irgendeiner Beziehung zu meinen Reaktionen im Transit steht. Wahrscheinlich hat eines mit dem anderen nichts zu tun. Ich sage noch einmal, daß ich im Transit nichts wahrgenommen habe. Der Transit hat keinerlei Auswirkung auf mich, ich erhalte keine Sinneseindrücke, aber er bringt mich auch nicht um.«

Die Piloten, deren Interesse zunahm, rückten dichter an ihn heran. Jemand stellte ihm die nächste Frage. Er hörte, daß man ihn ansprach, doch die Worte verschmolzen mit den Hintergrundgeräuschen, wie Rauch, der in Nebel aufgeht; und dann vermischten sich der Lärm und der übelriechende Qualm von Ramonas Zigarre.

Radu wollte sie bitten, sie auszudrücken, doch er brachte es nicht über sich. Er fand sie noch genauso einschüchternd wie bei ihrer ersten Begegnung, und hier hatte sie das Hausrecht. Jemand anders fragte ihn etwas, und er antwortete, ohne sich zu bemühen, den Wortlaut zu verstehen.

»Es spielt keine Rolle. All das ist jetzt unwichtig. Für mich kommt es nur darauf an, das verlorene Schiff zu finden – aber dazu brauche ich Ihre Hilfe. Wir sollten keine Zeit mehr verschwenden.«

Er drängte sich durch die im Halbkreis stehenden Piloten und flüchtete sich in die entfernteste Zimmerecke, wobei er darum kämpfte, die Fassung zu bewahren. Er sehnte sich nach einem Fenster, selbst wenn es nur einen Blick in den Ozean gestattete. Vor Frustration hätte er am liebsten geweint, die konzentrierte Aufmerksamkeit der Piloten brachte ihn an den Rand eines Zusammenbruchs. Jemand berührte seinen Arm, und er zuckte heftig zusammen.

»Entschuldigung«, sagte Orca. »Geht es dir gut? Laß uns eine Weile nach oben aufs Deck gehen.« Ihre Stimme schraubte sich höher als sonst, und als Radu sie bei der Hand nahm, fühlten sich ihre Finger eiskalt an.

»Du zitterst ja«, stellte Orca fest. Sie rieb ihm die Hände. »Und gleich fang ich auch an zu bibbern. Was haben diese Typen nur an sich?«

»Weißt du, was sich an Bord eines jeden Schiffs befindet, für den Fall, daß es sich verirrt?«

»Nein. Ich habe keinen blassen Schimmer, was du meinst.«

»Als mir keine andere Wahl blieb, und ich während des Transits wachbleiben mußte, gab Wassili mir ein Fläschchen mit Selbstmordpillen, falls die wie auch immer gearteten Qualen für mich unerträglich würden. Doch eigentlich sind die Pillen dazu gedacht, die Besatzung zu erlösen, sobald es sich abzeichnet, daß sie entweder verhungern oder ersticken wird.« Er schloß die Augen, doch er spürte, wie die Tränen unter den Lidern hervorquollen. Im Geiste sah er die schmale Phiole mit den glitzernden, transluzenten Kristallen vor sich.

Orca umarmte ihn, wie sich Freunde gegenseitig trösten. »Daran hatte ich nie gedacht«, gab sie zu. »Wahrscheinlich glaubte ich, daß man einfach verschwindet, wenn ein Schiff verlorengeht, so wie es den Leuten vorkommen muß, die daheim geblieben sind.«

»Ich weiß nicht, wie lange sie warten wird«, flüsterte Radu. »Ich kann nicht einmal raten, wie lang ihr die Zeit im Transit erscheint. Aber Laenea ist keine Person, die sich vor Unabänderlichkeiten drückt.« Er sah zu der Traube von Piloten hin, die miteinander tuschelnd die Köpfe zusammensteckten und ihn und Orca ignorierten.

»Haben Sie mich gehört, Wassili Nikolajewitsch?« brüllte Radu. »Erinnern Sie sich an die Pillen, die Sie mir gegeben haben?« Die Piloten wandten sich ihm zu und gafften ihn an. »Ramona-Teresa, was glauben Sie, wie lange Laenea auf uns warten wird? Um in Verzweiflung zu versinken, ist sie zu stolz.«

»Was Ihnen fehlt, mein Junge, ist Geduld, und das gleiche galt für Laenea. Wenn sie etwas länger gewartet hätte, um ihren eigenen Körper besser kennenzulernen, wären sie und Miikala vielleicht nicht verlorengegangen. Möglicherweise wäre uns allen eine Menge erspart geblieben.«

Radu wollte dagegen protestieren, daß sie Laenea schon für tot erklärte; doch als er zum Sprechen ansetzte, brachte sie ihn mit einer flinken, energischen Handbewegung zum Schweigen.

»Falls wir sie finden sollten ...«, fuhr sie fort.

»Ramona«, unterbrach Wassili sie aufgeregt, »deine persönlichen Gefühle sollten hier ...«

Ein Blick von ihr genügte, und Wassili verstummte. Kopfschüttelnd begann sie von neuem. »Falls Sie Laenea finden sollten«, wandte sie sich an Radu, »ist sie nach wie vor eine Pilotin. Sie hingegen – ich weiß nicht, was Sie sind, aber der Versuch, Sie in einen Piloten zu verwandeln, würde Sie töten. Haben Sie das kapiert? In dieser Hinsicht läßt sich nichts ändern.«

»Ich verstehe vollkommen«, gab Radu zu. »Mir ist klar, daß Laenea zur Pilotin taugt, ich hingegen für die Operation ungeeignet bin. Eine Rückführung in den Normalzustand ...«

Ramona-Teresa kniff die Augen zusammen.

»... ist selten von Erfolg gekrönt und würde in diesem Fall erst gar nicht in Angriff genommen werden, selbst wenn es simpel wäre.« Mehr zu sagen, verbot ihm sein Stolz. Wenn die Piloten ihm unterstellten, er wollte Laenea dazu bewegen, all ihre Ambitionen und Träume aufzugeben und sich selbst um seinetwillen zugrunde zu richten, dann hatten sie keine Ahnung, weshalb er sie liebte und warum sie seine Gefühle erwiderte.

Ramona-Teresas Miene erhellte sich. »Mit der Zeit werden Sie schon noch Geduld lernen. Und Sie haben recht, wenn Sie auf einen baldigen Aufbruch drängen.« Sie wandte sich Orca zu. »Sie kennen den Plan? Sie wissen, wie gefährlich er ist?«

»Ja, Pilotin, ich bin im Bilde.«

»Trotzdem möchten Sie mitfliegen?«

»Sie können wohl kaum jemanden nehmen, der in die Geschichte nicht eingeweiht ist.«

»Schön. Dann wissen Sie auch, daß strengstes Stillschweigen geboten ist. Die Administratoren ...« Sie sah Radu an und lachte; ein Hoffnungsschimmer nach all den verbissenen Diskussionen. »Wenn Sie meinen, wir brauchten lange, um eine Entscheidung zu treffen, Radu Dracul, dann sollten Sie mal eine gewisse Zeit bei den Administratoren verbringen. Und dazu wird es kommen, wenn Ihre Mission gelingt. Dort wird man Sie Geduld lehren.«

KAPITEL 9

Ein paar Täuschungsmanöver waren notwendig, doch Ramona-Teresa bekleidete einen so hohen Rang, daß bei ihrer, Wassilis, Radus und Orcas Ankunft auf der Erdstation ein Schiff bereitstand, um sie für den angeforderten Urlaub zu ihrem Heimatplaneten zu bringen. Jedes Crew-Mitglied und die meisten anderen Piloten hätten auf einen planmäßigen Flug warten müssen, doch man schuldete Ramona-Teresa dieses Privileg, von dem sie noch nie zuvor Gebrauch gemacht hatte. Natürlich hätte man ihre Bitte abgeschlagen, wäre durchgesickert, wozu sie das Schiff in Wirklichkeit benötigte.

Sicher hätten die Administratoren etwas geahnt, hätten sie von der zusätzlichen Ausrüstung gewußt, die Wassili einem Freund aus der X-Team Planungsabteilung abschwatzte. Schon vor Jahren hatte man es aufgegeben, nach verschollenen Schiffen zu forschen, und eine Verschwendung von Ressourcen wäre auch in diesem Fall nicht erlaubt worden.

Radu paßte es nicht, daß Wassili mitkam. Aber Ramona-Teresa hatte auf sein Mitwirken bestanden, weil er von allen Piloten der beste war. Offiziell sollte er Ramona heimbringen und das Schiff dann zur Erde zurückfliegen.

Sie bestiegen das Transitschiff und legten von der Erdstation ab. Wassili steuerte den Transitpunkt an, von dem aus Laenea zu ihrem Trainingsflug aufgebrochen war.

»Das Schiff ist vom Kurs abgekommen«, tönte die Computerstimme, als im toten Punkt des Displays

Lichter aufflackerten. »Soll ich Navigationshilfen der zweiten Ebene zuschalten?«

»Desaktivieren Sie die Cerebralfunktionen«, befahl Wassili. »Das letzte, was ich jetzt brauche, sind Belehrungen.«

Radu gehorchte und würgte den gutgemeinten Protest ab, indem er den Computer auf Transitmodus umstellte.

»P-2709, hier spricht die Erdstation. Ihr Schiff treibt ab, Pilot. Haben Sie Probleme?«

»Keine Probleme, Erdstation; bei uns ist von einem Abdriften nichts zu bemerken.«

»Ihr Kurs verlagert sich, Pilot. Sie haben sich einen halben Radianten von Ihren Koordinaten entfernt und befinden sich mehrere Grad über der korrekten Ebene.«

»Das ist ja lächerlich!«

Ramona schleppte Orca aus der Transmitterzone.

»Orca, legen Sie sich rasch schlafen. Gleich fangen sie an, hysterisch zu werden, und wenn sie spitzkriegen, daß wir den falschen Transitpunkt ansteuern, schicken sie uns vielleicht sogar jemanden hinterher. Um eine Schleife zu fliegen bleibt uns nicht genug Zeit.«

»Okay«, erwiderte Orca. »Viel Glück.«

Radu begleitete sie in die Schlafkabine. Alles war schon vorbereitet. Radu umarmte sie; bewußt prägte er sich ein, wie sich der Druck ihrer Arme und die Berührung ihrer kraftvollen Hände auf seinem Rücken anfühlten. Zum Schluß drückte sie ihm einen Kuß auf den Hals, direkt unter seinem Ohrläppchen. Sein Puls hämmerte gegen ihre Lippen. Sie küßte ihn zum erstenmal, und Radu fragte sich im stillen, ob sie mehr damit meinte als das übliche Auf Wiedersehen.

Langsam löste sich Orca von ihm, wobei ihre Hände seinen Rücken entlangglitten, dann umschlang sie kurz seine Unterarme.

»Viel Glück«, wünschte sie auch ihm.

»Ich bin froh, daß du hier bist«, bekannte Radu.

»Wenn ich schlafe, bin ich dir wohl kaum von Nutzen, aber …« Sie zuckte die Achseln, schwang sich in ihre Schlafkapsel und setzte sich auf die Liege. »Aber da kann man nichts machen.« Sie grinste. »Es sei denn, du findest heraus, wieso du den Transit im Wachzustand überstehst und bringst uns anderen den Trick bei.« Noch einmal überzeugte sie sich, ob die Narkosevorrichtung auch einwandfrei funktionierte.

»Radu …«

»Ja?«

Sie wandte den Blick ab, dann schaute sie ihn forschend an. »Zum Teufel noch mal. Du bist ja kein Pilot. Was hast du gesehen?«

Radu blinzelte verständnislos. Dann fing er an zu lachen. Orca lehnte sich stirnrunzelnd zurück.

»Egal«, winkte sie ab. »Vergiß es.« Sie langte nach der Anästhesiemaske.

Radu hielt ihre Hand fest. »Warte noch einen Moment. Entschuldige bitte. Ich habe nur gelacht, weil ich gar nicht mehr daran gedacht hatte, seit ich …«

»Warum solltest du auch? *Du weißt ja Bescheid.*«

Er schüttelte den Kopf. »Das ist es ja. Ich habe *nichts* gesehen – da gab es nichts zu sehen. Es war, als würde man in dichten Nebel hineinschauen, einen Nebel, der kein Ende nimmt und in dem sich nichts verbirgt.«

»Meinst du, es ist alles gelogen? Daß sie uns jahrelang vorgemacht haben, da gäbe es Wunder was zu erleben, und in Wirklichkeit war da *nichts?* Daß wir uns den Kopf über *Lügen* zerbrochen haben?«

»Ich weiß es nicht«, erwiderte Radu. »Vielleicht unterscheidet uns das von Piloten, daß wir nicht wahrnehmen können, was sich da draußen befindet. Oder sie sind anders als wir, weil sie sich ihre eigenen Sinneseindrücke erschaffen. Ich habe wirklich keine Ahnung.«

»Wer kennt sich schon mit Piloten aus?« kommentierte Orca leise.

Radus Zeitgespür meldete sich. »Gleich geht der Alarm los, Orca. Du hast nur noch wenige Minuten zum Einschlafen.«

»Okay.« Sie tätschelte seinen Arm. »Paß gut auf dich auf da draußen.« Sie legte sich hin, stülpte sich die Maske über Mund und Nase und atmete tief ein. Bald darauf weiteten sich ihre Pupillen, und die Lider fielen zu. Radu schnürte ihre roten Schuhe auf, streifte sie von ihren Füßen und verstaute sie unter der Schlafkapsel. Die Container hatten Standardgröße, deshalb sah die Taucherin sehr klein darin aus. Am liebsten hätte Radu eine Decke gesucht und Orca darin eingehüllt. Statt dessen klappte er den Deckel der Box zu und stand auf.

Ramona-Teresa kam in die Kabine mit den Schlafzellen, als der automatische Alarm sein Warnsignal abgab.

»Sie schläft«, sagte Radu.

»Gut. Die Instrumente zeigen das gleiche für Sie an, Radu.« Sie entfernte sich wieder. Radu faßte ihr hastiges Weggehen nicht als Affront auf; auch sie mußte sich auf den Transit vorbereiten. Weder Ramona-Teresa noch Wassili Nikolajewitsch durften ein Nachlassen ihrer Konzentration oder ihrer Biokontrolle riskieren.

Die Sekunden flogen dahin. Ein letztes Mal veranschaulichte sich Radu, was er im Begriff stand zu tun. Es war nichts anderes als ein Vabanquespiel, das ihm den Tod bringen konnte, ein Spiel, dessen Regeln er nicht kannte. Doch sollte er es gewinnen, war der Preis sehr hoch, außerdem war es jetzt zum Aussteigen zu spät.

Er wirbelte herum und sah gerade noch, wie das schwarze, gestirnte Universum vor dem Bullauge zu einem zarten Silbergrau verblaßte. Ohne sich zu rühren, mit angehaltenem Atem, harrte er der Veränderungen, die sich in ihm vollziehen würden, sollte seine Resistenz gegen den Transit nur vorübergehend gewesen sein. Doch alles verlief wie beim letzten Mal: es passierte gar nichts. Er ging in den Kontrollraum.

Die Piloten hatten ihre Sauerstofftanks und Atemmasken angelegt. Wassili beobachtete etwas in seinem Gesichtsfeld – etwas, das für Radu unsichtbar blieb. Ramona-Teresa hielt den Blick auf einen Punkt in der Unendlichkeit gerichtet.

»Ich werde dem Flugplan folgen, den Miikala eingereicht hatte«, erklärte Wassili, »jedenfalls so weit es mir möglich ist.« Er schöpfte Atem. Als er wieder sprach, mogelte sich Sarkasmus in seine Stimme. »Danach werden Sie wohl das Navigieren übernehmen wollen, Radu.«

»Ich bin mir noch nicht schlüssig, wie es weitergeht«, erwiderte Radu gelassen.

»Viel Zeit zum Überlegen haben Sie nicht, denn es war ein kurzer Flug«, gab der Pilot zurück. »Wir können nicht ewig aufs Geratewohl weiterfliegen, sonst landen wir noch wer weiß wo.« Er atmete aus seinem Sauerstofftank.

»Vielleicht ist ihnen genau das zugestoßen.«

»Fortwährend versuche ich ihnen zu erklären, wie das Prozedere abläuft«, versetzte Wassili so aufgebracht, daß er sich unterbrechen und aufs neue Sauerstoff tanken mußte. »Es klappt, wenn man seinen Ausgangspunkt und das Ziel kennt; oder den Start und eine vertraute Route. Ein Stück weit kann man abweichen, aber wenn die Entfernung zu groß wird, und man nicht immer wieder auftaucht, um sich neu zu orientieren, *verirrt* man sich.« Er kehrte Radu den Rücken zu und beschäftigte sich mit dem Interface zwischen dem Bordcomputer und dem Rechner, den er dem Forschungsteam abgeluchst hatte.

»Laß uns abwarten, bis wir am Ende von Miikalas Flugroute angelangt sind, ehe wir neue Pläne schmieden, Waska«, schlug Ramona einlenkend vor. Zu Radu gewandt, sagte sie: »Und weil Sie schliefen, während Sie angeblich Hilferufe von Laenea empfingen, sollten Sie ruhig versuchen, wieder einzuschlummern, um zu sehen, was dann passiert.«

»Sie haben recht«, meinte Radu. Er zögerte und schaute auf das graue Sichtfenster. Obwohl er Ramonas Rat vernünftig fand, widerstrebte es ihm, ihn zu befolgen. Wenn er einschlief und nicht von Laenea träumte, würde das für ihn bedeuten, daß sie tot war.

Erst als Wassili ihn mit einem durchdringenden Blick musterte, verließ Radu den Kontrollraum.

In der Crew Lounge entledigte er sich seiner Stiefel und legte sich auf die Couch. In dem Versuch, eine bequeme Position zu finden, wälzte er sich hin und her, doch nach einer Weile gab er es auf, den Schlaf herbeizwingen zu wollen. Er stand wieder auf.

Nach den Strapazen der letzten Tage hätte er sich erschöpft fühlen müssen, doch er war hellwach und rastlos, angespannt und nervös. Während des Transits war es ihm zuwider, sich einem natürlichen Schlaf zu überlassen.

Er spürte Appetit auf eine Tasse Kaffee, doch die hätte ihn um so länger wachgehalten. Und daß Schlafmittel bei ihm nicht wirkten, wußte er bereits.

Um sich abzulenken, hantierte er in der Küche herum; egal, was sich auf diesem Flug ereignen würden, sein niederer Dienstgrad verdonnerte ihn so oder so zum Zubereiten der Mahlzeiten.

Die mechanischen Tätigkeiten halfen ihm, sich zu entspannen. Die Ellbogen auf das schmale Sims gestützt, starrte er hinaus in das konturlose Grau. Die Beschreibung, die er Orca gegeben hatte, stimmte nicht ganz. Was von außen gegen die Scheibe drückte, sah in der Tat aus wie Nebel, hatte jedoch keine Tiefe. Diesem Phänomen eignete eine distanzlose Weite; ein homogenes, unkonturiertes Nichts, und lediglich seine Phantasie bevölkerte es mit peripheren funkelnden Blitzen.

Vielleicht würde er mehr sehen, wenn er nur lange genug fokussierte; vielleicht lag es an dem Entzug sämtlicher Sinnesreize, daß sich den Piloten visuelle Eindrücke aufdrängten.

Doch das glaubte er nicht.

Allmählich, unbemerkt, lullte das sanfte Grau ihn ein. Er gähnte und spürte, wie seine Aufmerksamkeit erlahmte; schläfrig begannen seine Gedanken zu wandern. Er atmete langsam und regelmäßig, sog tief und möglichst locker die Luft ein, wobei er es vermied, bewußte Überlegungen anzustellen; bereitwillig öffnete er sein Unterbewußtsein, machte es aufnahmefähig. Die Geräusche seines Körpers, seine ruhigen Atemzüge, der kräftige, stete Herzschlag, stimmten sich auf die Vibrationen der Schiffstriebwerke ein.

Er fühlte sich zu kraftlos, um die wenigen Schritte bis zur Couch zu gehen; es war ihm zu anstrengend, gegen die überwältigende Lethargie anzukämpfen. Er sackte zu Boden, während seine Hände über das kühle Glas und die in gedämpften Farben gehaltene Bordwand glitten. Auf dem Deck rollte er sich zusammen; den Rücken, Geborgenheit suchend, in die Zimmerecke geschmiegt, die Wange auf seinen Arm gebettet.

So schlief er ein.

Radu fror. Er bibberte hemmungslos, und seine Finger und Zehen fühlten sich taub an, als er sich durch einen dichten Schneesturm hindurchkämpfte. Über eine flache, leere Ebene wanderte er langsam mit ausgestreckten Armen dahin. Nur bis zu seinen Fingerspitzen konnte er sehen. Aber er traf auf keinerlei Widerstände; dieses Land war frei von Bäumen, Büschen, irgendwelchen Markierungen überhaupt. Kein Laut war zu hören; selbst das Geräusch seiner Schritte wurde erstickt.

Der Sturm nahm kein Ende, doch unter den Schneeverwehungen konnte er gerade noch einen Pfad ausmachen.

Radu brach jede Regel, die er in puncto Überleben in der Wildnis kannte. Er hatte sich verirrt und sollte an Ort und Stelle ausharren; statt dessen pflügte er sich durch knietiefen Pulverschnee, um einer beinahe zugeschneiten Spur nachzugehen. Dabei durfte er seinen Standort gar nicht verändern, damit man ihn finden konnte.

Damit man ihn finden konnte! Er lachte.

Die Entfernung, die er zurücklegte, ließ sich nur nach Sekunden messen, und ohne nachzudenken merkte er sich die Zeit. Der Weg knickte im rechten Winkel ab; Radu folgte ihm.

Bei der zweiten Biegung blieb er stehen.

Er wußte, wie rasch man die Orientierung verlieren konnte, wenn man sich verlaufen hatte. Ohne einen Bezugspunkt waren Distanz und Richtung bedeutungslos. Er schaute den Weg zurück, den er gekommen war, vermochte die Abzweigung jedoch nicht mehr zu erkennen, und die Löcher, die er in den Schnee gestapft hatte, füllten sich bereits auf.

Er konnte es nicht beweisen, wußte nicht einmal, wie er darauf kam, aber eine innere Stimme sagte ihm, daß der dritte Pfad senkrecht zu den beiden anderen lag. Gleichwohl bildete der Boden eine einheitlich glatte Fläche, und die einzig verbleibende Dimension war oben und unten.

Zögernd schlug er den dritten Weg ein. Das Gelände war solide und sicher, fühlte sich nicht irgendwie sonderbar an; keine Veränderung der Schwerkraft machte ihm zu schaffen, und der Schnee fiel immer noch von ›oben‹.

Als der dritte Steg auftauchte, lotrecht zu den letzten dreien, fand er das Ganze beinahe komisch. Als er noch jünger war und elementare Mathematik studierte, hatte er die dreidimensionale Geometrie mit brutaler Gewalt bezwungen. Vier räumliche Dimensionen endeten für ihn mit einem Remis. Mit den Formeln konnte er arbeiten; was sie indessen darstellten, ging über seinen Horizont hinaus. Fünf Dimensionen überfielen ihn aus dem Hinterhalt und verpaßten ihm eine solche Abreibung, daß ihm sogar der Wunsch nach Rache verging. Trotzdem wagte er sich jetzt auf einen fünften Pfad, der wiederum vertikal zu allen anderen lag, und er meisterte ihn ohne Mühe.

Wie lange konnte dies weitergehen? Von Geometrien mit *unendlich* vielen Dimensionen hatte er gehört, sich aber nie damit beschäftigt.

Allmählich wurde er müde. Durch die sensorische Deprivation begann seine Phantasie ihm Streiche zu spielen, indem sie ihm imaginäre Töne und Lichter vorgaukelte. Radu sehnte sich nach einem Hauch von Realität, und wenn es nur das leise Rascheln von herabfallenden dicken Schneeflocken gewesen wäre.

Dann schien es ihm, als hörte er in der Stille jemanden rufen.

»Laenea?«

Keine Antwort.

Gleichzeitig ließ der Blizzard einen Augenblick lang nach, und er sah die nächste Abzweigung.

Vorsichtig betrat er den sechsten Pfad und ging weiter.

Der Weg dehnte sich so sehr in die Länge, daß er schon befürchtete, er hätte sich geirrt. Die Vertiefung in der silbrigen Schneedecke ließ sich kaum noch wahrnehmen, und allmählich fragte er sich, ob er die Spur verloren hatte und einer Illusion nachlief. Dabei hielt er ständig Ausschau nach dem nächsten Wendepunkt.

Er hatte keinen gesehen, und an manchen Stellen war der Weg vor ihm deutlich zu erkennen. Daheim auf Twilight schätzte man ihn als kundigen Fährtenleser. Kein Zweifel, der Pfad war eindeutig da. Mittlerweile türmte sich der Schnee so hoch, daß er sich nur mit Mühe vorwärtskämpfte, und er spürte, wie seine Kräfte immer rascher schwanden. Nach seinen eigenen Berechnungen war er nun seit fast fünf Stunden unterwegs. Er fragte sich, ob für die Piloten der gleiche Zeitraum verstrichen war; vielleicht hatte ihr Schiff seinetwegen einen falschen Kurs eingeschlagen und sie hatten sich selbst verirrt.

Sonderbarerweise fand Radu diese Vorstellung nicht sehr beunruhigend.

Der Schnee war tückisch. Er rutschte aus und fiel auf Hände und Knie; als er sich zu hastig wieder hochraffen wollte, glitt er abermals aus, stürzte dieses Mal schwer und tat sich weh. Flach im Schnee liegend, hörte er, wie sein Herz immer schneller klopfte. Das Geräusch dröhnte in seinen Ohren, und in der Finsternis vor ihm explodierten gleitende Lichter. Mit einem Aufschrei hielt er sich die Arme vor die Augen.

Radu zwang sich, ruhiger zu werden. Er gewann die Kontrolle über seinen Körper zurück und verdeutlichte sich immer wieder, wo er sich befand und was er tat. Dann hob er behutsam den Kopf und stützte sich auf die Ellbogen. Als er die Augen öffnete, entdeckte er die nächste Biegung: den Knick in die siebente Dimension.

Sich hochrappelnd, spähte er den siebenten Pfad entlang; er wußte nicht, wie viele Wege dieser Art er noch beschreiten konnte; das schlimmste war, daß er keine Ahnung hatte, wie viele Dimensionen sich noch vor ihm auftun würden.

Abermals rief jemand seinen Namen. Trotz des heftigen Schneesturms und der Bürde der auf ihm lastenden Stille erkannte Radu klar und deutlich Laeneas Stimme.

Hellwach setzte sich Radu kerzengerade hin, die Arme vor sich ausgestreckt.

Schwerfällig blinzelnd vergegenwärtigte er sich, daß

er im Crewraum war. Fröstelnd lehnte er sich gegen die Wand und starrte die beiden Piloten an, die in der Tür standen und Maulaffen feilhielten.

»Haben Sie mich gerufen?« fragte er benommen.

»Nein«, erwiderte Ramona-Teresa. »Sie riefen nach uns.«

»Wir nähern uns dem Ende der Flugbahn; von dort aus müssen wir entweder zu unserem Ausgangspunkt zurück oder wieder in den Normalraum eintauchen«, klärte Wassili ihn auf.

Radus absurde innere Uhr tickte und rasselte und verriet ihm, daß er beinahe so lange geschlafen hatte, wie er in seinem Traum gewandert war. Wenn er die Traumzeit mit der realen Zeit verglich, sofern Zeit im Transit überhaupt real war, bog er gerade auf den sechsten und längsten Pfad ab.

»Fliegen Sie weiter.«

»Wie weit?«

Radu zuckte die Achseln.

Wassili machte ein wütendes Gesicht und stapfte davon.

KAPITEL 10

Im Kontrollraum versuchte Radu, den Piloten von seinem Traum zu erzählen. Zweimal setzte er an und zweimal brach er ab, außerstande, die passenden Worte zu finden. Er nahm einen neuerlichen Anlauf, in dem täppischen Bemühen, Ideen auszudrücken, für die es keine verbalen Entsprechungen gab.

»Ich lief einen Weg entlang«, erklärte er. »Die Strecke war präzise abgegrenzt. Jede Abzweigung davon beschrieb einen rechten Winkel, aber …« Er zauderte, weil er befürchtete, daß Wassili und Ramona ihn auslachen würden. »Jedes Mal, wenn ich einen neuen Pfad einschlug, dachte ich, er läge lotrecht zu allen anderen. Aber niemals erklomm ich eine Steigung, der Boden verlief völlig eben …« Wieder brach er ab. Er fand, er gäbe keine Informationen von sich, sondern äußerte lediglich seine eigene Verwirrung und Anspannung, und darunter mußte seine Glaubwürdigkeit leiden. Außerdem wußte er besser als jeder andere, daß Träume sich in Bildern mitteilten. Ihm oblag es, die Metaphern zu deuten. »Das passierte sechsmal hintereinander. Doch als ich an die siebente Wegbiegung gelangte, hörte ich Laenea rufen. In diesem Moment wurde ich wach«, schloß er lahm.

Keiner der beiden Piloten sagte etwas. Wassili war wachsbleich geworden. Er blickte Ramona an. Die ältere Pilotin fixierte Radu; ihre sonst so gelassene Haltung war erschüttert; sie wirkte leicht schockiert. Sie neigte den Kopf und kniff sich in den Nasenrücken, als sei sie zu Tode erschöpft.

»Es könnte sein, daß ich die zusätzlichen Richtungen falsch gedeutet habe«, sagte Radu hastig.

»Nicht Richtungen«, korrigierte Ramona-Teresa, »Dimensionen.«

»*Sieben* davon?«

»Theoretisch gibt es sieben räumliche Dimensionen; sechs kennen wir aus praktischer Erfahrung – bis jetzt.«

»Eine siebente Dimension existiert nicht, Ramona«, beharrte Wassili.

Ramona lächelte halbherzig. »Stimmt«, gab sie zu. »Bis jemand sie entdeckt.«

»Das ist Haarspalterei! Wenn es sie gäbe, hätte einer von uns sie gefunden. *Ich* habe mich wirklich bemüht.«

»Aha!« erwiderte Ramona. »Willst du damit sagen, daß die Beweise nichts taugen?«

Wassili funkelte sie grimmig an. »Beweise sind langweilig.«

Ramona schmunzelte. »Du fühlst dich in deiner Eitelkeit verletzt, Wassili. Glaube mir, mein Stolz ist auch getroffen.«

»Das alles ist doch unwichtig«, rief Radu verzweifelt. »Wir suchen nicht nach einer neuen Dimension – wir wollen Laeneas Schiff finden.«

»Er hat nicht mal eine Ahnung, was das bedeutet«, höhnte Wassili.

»Wenn wir das Schiff orten? Ich glaube schon, daß ich weiß, was das heißt«, verteidigte sich Radu.

»Nicht das Schiff – die siebente Dimension.«

Radu furchte die Stirn.

»Mit vier Dimensionen können wir unsere Galaxie bereisen«, erklärte Wassili. »Menschen, die vier Dimensionen wahrnehmen, sind keine Seltenheit; diejenigen, die fünf und sechs erfassen, sind schon wesentlich dünner gesät; aber das spielt keine große Rolle, denn die sechste Dimension erstreckt sich ohnehin in den leeren intergalaktischen Raum. Die siebente Dimension ist es, die uns das Universum erschließt.«

»Wir haben gerade erst begonnen, die Sternensysteme in erreichbarer Nähe zu erkunden«, wandte Radu ein. »Wozu sollten wir bis Andromeda fliegen?«

»Wenn wir uns die siebente Dimension nutzbar machen können, sind uns keine Grenzen mehr gesetzt. Ein Quasar ließe sich bis zu seiner Entstehung zurückverfolgen, die experimentelle Physik kann ihre Theorien bestätigen oder verwerfen; unvorstellbare Möglichkeiten tun sich auf.« Bedächtig wandte sich Wassili wieder der Sichtscheibe zu. »Vielleicht erfahren wir dann endlich, was genau sich während des Transits abspielt.«

»Na schön«, sagte Radu leise hinter Wassilis Rücken. Eigentlich hätte die Aussicht auf einen ungeheuren Fortschritt in der Wissenschaft ihn glücklich stimmen müssen, doch er fühlte sich nur zermürbt und ausgepumpt. »Na schön«, wiederholte er. »Ich verstehe.«

»Nein, Sie verstehen gar nichts!« widersprach ihm Wassili, ohne ihn dabei anzusehen. »Das Ganze beruht ohnehin nur auf einem Zufall.«

»Tatsächlich?« warf Ramona ein. Während sie durch ihre Atemmaske Luft schöpfte, ließ sie Wassili nicht aus den Augen. Er erwiderte ihren Blick, schaute zur Seite und wurde sichtlich nervös. »Willst du dir das einreden, um dein Gesicht zu wahren?«

Wassili drückte sich die Atemmaske über Mund und Nase und sackte in mürrischem Schweigen in sich zusammen.

»Was Sie uns gerade beschrieben haben«, wandte sich Ramona an Radu, »entspricht dem Plan für einen ersten Trainingsflug, bei dem der Ausbilder den frischgebackenen Piloten die Hyperebene entlangführt und ihm die Abzweigungen in die verschiedenen Dimensionen zeigt.« Sie atmete tief ein. »Zuerst läßt man den Piloten durch die drei normalen Dimensionen navigieren, dann taucht man in die vierte, fünfte und sechste ab, sofern der Neuling sie erkennt.« Sie legte eine

Kunstpause ein, um Radu Zeit zum Nachdenken zu geben. »So weit ich es beurteilen kann – vorausgesetzt, es handelt sich um den üblichen Trainingsflug und Ihre Zeitwahrnehmung korrespondiert mit meiner Einschätzung der Distanz – haben Sie präzise den Kurs aufgezeigt, den wir gerade verfolgen.«

»Ich ...« Radu schüttelte den Kopf.

»Ich weiß«, beschwichtigte Ramona. »Für uns ist das auch starker Tobak.«

»Und was jetzt?« mischte sich Wassili wieder ein, mit den Händen auf die Sichtscheibe deutend. »Kann er rausgucken und uns den Weg in die siebente Dimension weisen?«

»Nein«, erwiderte Radu. »Ich sehe überhaupt nichts.«

»Wir halten uns immer noch an den Flugplan, aber wir nähern uns dem Punkt, an dem sie hätten umkehren müssen; was machen wir, wenn wir dort angekommen sind?«

»Ich habe keine Ahnung«, entgegnete Radu. »Bitte, wenden Sie das Schiff nicht. Die Zeit ist noch nicht reif.«

»Im Transit *gibt es keine Zeit!*« brüllte Wassili.

»Für mich schon«, widersprach Radu freundlich.

»Waska«, tadelte Ramona, »das reicht! Du wolltest dieses Schiff steuern, aber noch können wir nach Hause zurückkehren und die Suche von neuem beginnen.«

»Ihr braucht den besten Piloten, den ihr kriegen könnt«, erwiderte Wassili grämlich.

»Das stimmt, aber langsam frage ich mich, ob du überhaupt auf unserer Seite bist.« Sie hielt inne, und Wassili rutschte unbehaglich hin und her. »So viel besser als Chase oder Jenneth bist du auch nicht; selbst ich könnte bei diesem Flug das Steuer übernehmen.«

»Jetzt können wir nicht mehr zurück«, erklärte Radu. »Es ist mir egal, wie er sich mir gegenüber benimmt, Hauptsache, er bemüht sich, das umzusetzen, was ich ihm zu sagen versuche.«

»Ich würde mich ja gern Ihren Anordnungen fügen – sofern Sie mir präzise Befehle geben.«

»Behalten Sie den gegenwärtigen Kurs bei«, sagte Radu. »Immer geradeaus.«

Das lange Warten und die Nähe der Piloten machten es Radu schwer, ruhig zu bleiben. Bis soeben noch war sein halbherziger Glaube, etwas wahrgenommen zu haben, das er nicht einmal verstand, nichts weiter gewesen als der verzweifelte Versuch, die Realität abzuleugnen, sich vor der Möglichkeit zu verschließen, daß Laenea tot war. Nun jedoch, da seine Empfindungen mit etwas Konkretem übereinstimmten, faßte er sie als Wirklichkeit auf.

Hinter der Sichtscheibe sah er immer noch nichts anderes als diesen unstofflichen grauen Nebel. Der Anblick ermüdete ihn dermaßen, daß die imaginären farbigen Lichtblitze an Intensität zunahmen. Die Arme über der Brust gekreuzt, lehnte er sich gegen die Wand. Wenn er schon an Halluzinationen litt, dann wünschte er sich, interessantere Bilder zu sehen.

Wassili hatte für wenige Minuten den Kontrollraum verlassen; Radu setzte sich in den Pilotensessel neben Ramona.

»Fliegt unser Schiff in diesem Augenblick durch sechs räumliche Dimensionen?«

»Ja«, bestätigte Ramona. »Normalerweise würde Wassili mit dem Schiff nach Belieben durch einen multidimensionalen Raum hüpfen, den Sie sich als eine Art Hyperkubus vorstellen müssen.« Sie hielt inne, um Sauerstoff zu tanken. »Doch da wir einem Trainingsflug folgen, bewegen wir uns entlang der Schnittlinie, wo die Hyperebenen der fünften und sechsten Dimension aufeinandertreffen.«

Vergeblich versuchte Radu, sich den Ablauf auszumalen. »Ich begreife nicht, wie Sie die vielen Variablen einbeziehen.«

»Da gibt es zwei Modelle. Die meisten von uns bevorzugen den mathematischen Weg, die Approximation, indem man die Hyperebenen als eine Kombination zweidimensionaler Räume präsentiert.«

»Und die zweite Möglichkeit?«

»Reine Konzeption.«

»Was?«

Ramona schmunzelte über seine verwirrte Miene. »Haben Sie schon einmal jemanden kennengelernt, der jedes mathematische Theorem beweisen kann, aber so viele Zwischenschritte ausläßt, daß niemand ihm zu folgen vermag?«

Radu nickte.

»Diese Menschen machen aus der Wissenschaft eine Kunst, ihre Intuition vollführt Sprünge, die andere nicht nachvollziehen können. So einer ist Waska.«

»Aber ich funktioniere anders. Es wundert mich nicht, daß ich kein Genie bin. Aber da draußen, direkt vor mir, befindet sich der Transitraum. Wieso sehe ich nichts?«

»Mir scheint, die Frage sollte lauten: Warum sehen die Piloten etwas? Das ist nie geklärt worden.«

Radu wiegte nachdenklich den Kopf.

»Wie nehmen Sie die Inneneinrichtung dieses Schiffs wahr?« wollte Ramona wissen. »Sieht alles aus wie sonst?«

Radu nickte. »Natürlich. Ist es bei Ihnen anders?«

»Und ob. An Bord und auch zu Hause verfolgen uns Phantomeindrücke; man muß sie bewußt ausblenden, sonst erdrücken sie einen.«

Bewußt ausblenden, sinnierte Radu.

Er merkte, daß Wassili neben ihm stand. Rasch machte er ihm Platz. Der Pilot setzte sich hin, ohne von ihm Notiz zu nehmen.

»Wir sind weit über den Punkt hinausgeflogen, an

dem Miikala und Laenea hätten umkehren sollen?« fragte er. »Kennst du dich in dieser Zone aus, Ramona?«

»Nein, dieser Kurs ist mir fremd.«

»Ich *muß* eine Peilung vornehmen, andernfalls ist völlig ungewiß, wo wir landen, und hier gibt es viele Anomalien.«

»Wir müssen weiterfliegen«, beharrte Radu. »Wir sind gleich da.«

»Was nützt es, wenn wir dort ankommen – wo immer sich dieser Ort befinden mag – wenn wir nicht mehr zurückfinden?«

»Wieso sollten wir jetzt schon die Orientierung verlieren? So lange sind wir doch noch nicht unterwegs.« Befremdet blickten die Piloten ihn an, und vor Frustration hätte Radu am liebsten geschrien. »Ich weiß! Ich weiß, daß die Zeit hier keine Bedeutung hat, trotzdem ist es so!«

»Sagte ich nicht, daß er von der siebten keinen blassen Schimmer hat?« spottete Wassili.

»Jede weitere räumliche Dimension verlängert exponentiell die zurückgelegte Entfernung eines Schiffs«, erklärte Ramona geduldig. »Was einem im Transit kurz erscheint, kann im Normalraum sehr weit entfernt liegen, besonders, wenn man sich in der sechsten bewegt.«

»Ach so«, sagte Radu. »Aber – könnten wir noch ein kleines bißchen weiterfliegen?«

Ramona seufzte. »Wir sollten tun, was er sagt, Waska.«

»Von einem Crew-Mitglied lasse ich mich nicht herumkommandieren!« Wassili angelte nach seiner Sauerstoffmaske und nahm einen langen, tiefen Atemzug.

»Können Sie uns an genau diese Stelle zurückbringen, wenn Sie dieselbe Richtung und dieselbe Geschwindigkeit einschlagen?« fragte Radu.

»Deshalb bin ich ja hier, oder?«

»Also gut.«

Radu gab so unverhofft nach, daß Wassili ein verdutztes Gesicht machte.

»Du bekommst deinen Willen, Wassili Nikolajewitsch«, sagte Ramona-Teresa. »Hol uns aus dem Transit.«

Wassili beschäftigte sich mit den Kontrollen. Einen Augenblick später verwandelte sich die graue Wand vor dem Fenster in schimmernde Schwärze. Jeder Pilot stärkte sich noch einmal mit einem Zug aus dem Sauerstofftank und fing dann einigermaßen normal an zu atmen.

Radu hörte auf, die Sekunden zu zählen, die sie auf der sechsten Spur verbracht hatten. In seinen Gedanken verwoben sich so viele unterschiedliche Zeitstränge miteinander, daß er Angst bekam, er könnte sie unwiderruflich verheddern.

Als er nach draußen schaute, stockte ihm der Atem.

Das Schiff schwebte unweit der feurigen Scheibe eines aufblühenden Sterns; so nahe, daß sie jeden Moment von den flammenden Tentakeln verschlungen werden konnten, so nahe, daß Radu inmitten des gewaltigen brennenden Wirbels im Zentrum Ströme und Gipfel aus gleitenden Farben sah …

Er schielte zu Wassili und Ramona hinüber. Wassili blickte gereizt drein; Ramona wirkte geistesabwesend, aber beide machten einen ruhigen Eindruck.

Dennoch legte sich Radus Nervosität nicht; rasch wandte er sich wieder dem Fenster zu.

Der Ausblick traf ihn wie ein Schlag. Nicht ein einziger im Verschmelzen begriffener Stern lag unter dem Schiff. Seine Augen hatten ihn getäuscht, indem sie das Farbenspiel mit Bewegung verwechselten. Was er sah, drehte sich tatsächlich, und zwar mit einer ungeheuren Geschwindigkeit. Doch das Gebilde selbst besaß eine so ungeheure Ausdehnung, daß seine Rotation nicht wahrnehmbar war, selbst wenn Radu es sein Leben lang beobachtet hätte.

Ihm schwindelte, während er staunend auf die Milchstraße hinunterschaute. Ihr duftiger, verschleierter Rand zeichnete sich als diagonale, verschwommene Linie vor dem Bullauge ab.

Ramona gab einen Laut von sich, der gelinde Überraschung ausdrückte. »Wir sind wirklich sehr weit geflogen, Waska. Kannst du unsere Position markieren?«

»Mit dem Computer des X-Teams müßte es gehen. Ich frage mich nur, wann wir unser Ziel erreichen werden.«

Beide sahen Radu an, ohne die Frage zu stellen, die im Transit nicht zu beantworten war.

»In ungefähr zehn Minuten subjektiver Zeit«, erwiderte er. »Das entspricht jedoch nicht dem, was das Chronometer anzeigt. Soll ich Ihnen einen Countdown geben?«

»Bei allen Göttern, nein! Wissen Sie denn *gar nichts* über Piloten?«

»Entschuldigung«, sagte Radu, erschrocken über Wassilis ungestüme Reaktion.

»Ihnen mag es vielleicht egal sein, aber Ramona und ich möchten gern wieder nach Hause zurückfinden.«

»Waska«, mischte sich Ramona ein, »er hat nichts getan, was dich aus dem Konzept bringen könnte, und er wird dich nicht behindern. Laß ihn also in Ruhe!«

»Es tut mir leid«, entschuldigte sich Radu ein zweites Mal. »Ich war mir nicht bewußt, wie vorsichtig Sie sein müssen.«

»Normalerweise sind wir nicht so schnell aus dem Gleichgewicht zu bringen«, erklärte Ramona, »Aber Ihre Anwesenheit erzeugt in uns einen zusätzlichen Stress, so wie Sie uns als Belastung empfinden.« Sie massierte sich die Schläfe und schloß die Augen, als könne sie sich vor Erschöpfung kaum noch aufrecht halten.

Radu verstand den Wink und verließ den Kontrollraum.

Er suchte sich einen Platz in der Nähe von Orcas Schlafcontainer. Das Anästhetikum sollte entspannend wirken, aber Orca hatte die Zähne zusammengebissen. Ihre Kiefermuskeln traten hervor, und unter der Haut malten sich deutlich die Halssehnen ab. Sie regte sich, als stünde sie kurz vor dem Aufwachen.

Radu wünschte sich, sie *wäre* wach, und er könnte sich mit ihr unterhalten. Doch der Wunsch war so egoistisch, daß er keinen weiteren Gedanken daran verschwendete. Die Verzögerung machte ihm Sorgen, und er hoffte, die Piloten hätten die Peilung bald abgeschlossen. Orca zu wecken, wäre ein großes Risiko für die Taucherin gewesen; kaum hätte sie ihren Schlafcontainer verlassen, würde sie schon wieder hineinklettern müssen.

Lange saß er da und wachte über ihren unruhigen Schlaf. Ihre absonderlichen Hände waren zu Fäusten geballt. Er bildete sich ein, sie brauchte den Trost eines anderen Menschen genauso dringend wie er selbst.

Er rieb sich die Augen und ging wieder in die Crew Lounge. Vor dem Sichtfenster warf er sich in einen Sessel.

Vielleicht lief unbewußt bei ihm der gleiche Vorgang ab, den Ramona mit ihrem Willen beeinflussen konnte: das Ausblenden gewisser Eindrücke, um den Organismus vor einer Reizüberflutung zu schützen. Er lehnte sich zurück, konzentrierte sich auf all seine Sinne und versuchte, sich für jedes wie auch immer geartete Geräusch, Gefühl oder Bild zu sensibilisieren; vielleicht gelang es ihm, einen traumähnlichen Zustand herzustellen, der ihm die Erleuchtung brachte.

Allmählich schärften sich seine Wahrnehmungen; er hörte die leisesten Töne, die das Schiff von sich gab: den trägen Luftstrom, der aus den Ventilatoren entwich, das weiche Knacken und Knistern, wenn die photosensitiven Zellen sich lichtsuchend dem Schein der Sterne entgegenreckten. Seine gespreizten Finger spürten die körnige Struktur der blauen Sesselpolsterung, und er roch die gelegentliche Ionisierung des Sauerstoffs.

Ein Pfeifen drang an seine Ohren.

Wassilis fröhliche, wenn auch mißtönende Melodie gab Anlaß zu Hoffnung, doch die unregelmäßige Tonfolge ging Radu auf die Nerven. Er hielt sich die Ohren zu und fand, daß es ihm lieber war, wenn der Pilot sich gereizt und schweigsam gab. Das Flöten hielt an.

Ich darf mich davon nicht stören lassen, dachte Radu. Hier drin ist es doch kaum zu hören.

Aber nachdem er erst einmal zugelassen hatte, daß das Geräusch ihn ärgerte, fixierte er sich darauf. Heftig rieb er sich die Ohren, um sich mit dem Meeresrauschen ähnlichen Tönen abzulenken, doch das penetrante Gepfeife drang weiterhin durch.

Er überlegte, ob er zu Wassili gehen und ihn bitten sollte, still zu sein.

Doch das wäre lächerlich, genauso albern wie der Umstand, daß er diese Melodie überhaupt als lästig empfand.

Er beugte sich vornüber und stützte den Kopf auf die verschränkten Arme. Plötzlich ging sein Atem hastig und flach, das Herz begann zu rasen; die Welle von Schmerz, die ihn überrollte, ertränkte das Pfeifen sowie jeden bewußten Gedanken. Er legte sich auf die Seite, zog die Knie an die Brust und versuchte, die Qualen zu ertragen, während sein Puls sich zu einem wirkungslosen Flattern auflöste.

Nach Luft schnappend, rollte er sich auf den Bauch und breitete die Arme auf dem kühlen Boden aus. Da sein Überleben davon abhing, zwang er sich dazu, seine Körperreaktionen behutsam zu beeinflussen.

Die Biokontrolle beherrschte er. Gelegentlich, wenn die Voraussetzungen stimmten, vermochte er sich sogar in eine tiefe Trance fallen zu lassen. Augenblicklich waren die Bedingungen zwar alles andere als ideal, aber eine Trance würde ihm jetzt auch nichts nützen. Statt dessen mußte er den Stress abbauen, bevor die Überbelastung ihn umbrachte. Zuerst kam das richtige Atmen: Langsam, bedächtig, in einem absolut gleichförmigen Rhythmus sog er die Luft ein und blies sie wieder aus.

Das Herz beruhigte sich. Er spürte förmlich, wie der Blutdruck absackte. Vorsichtig zog er die Knie an, dann streckte er die Beine und stemmte sich, von den Wänden der Zimmerecke gestützt, zu einem Kopfstand hoch. Ruhe kehrte in ihn ein, sein Geist klärte sich, während er Entspannungsübungen abhielt.

Erst als er einen der Piloten sprechen hörte, merkte er, wieviel Zeit vergangen war. Dann begriff er, daß man mit ihm redete.

»Was ist los? Ist ihm was zugestoßen?« drang Ramonas Stimme schwach aus dem Kontrollraum.

Wassili legte eine lange Pause ein, ehe er antwortete. »Ich glaube nicht«, meinte er unwirsch. »Er steht in der Ecke auf dem Kopf.«

Radu sah ein, daß er einen grotesken Anblick bieten mußte. Er öffnete die Augen. Aus seiner Perspektive sah der Pilot nicht weniger töricht aus. Lachend sackte Radu nach unten; er konnte gar nicht mehr aufhören zu kichern.

»Geben Sie mir Bescheid, wenn Sie fertig sind.« Wassili stapfte davon.

Prustend stellte sich Radu auf die Füße. Eigentlich hätte er sich schämen müssen, statt dessen fühlte er sich ruhig, entspannt und im Vollbesitz seiner Kräfte wie schon lange nicht mehr. Ob dieser Zustand von Dauer sein würde, entzog sich seiner Beurteilung.

Er ging in den Kontrollraum. »Ich bin fertig«, wandte er sich an Wassili.

Ramona-Teresa sah ihn mit unverhohlener Besorgnis an. »Geht es Ihnen gut?«

»Jetzt ja.«

»Was war passiert?«

»Mein Körper spielte verrückt. Wie bei meinem Zusammenprall mit den Piloten auf der Erdstation und wie zu der Zeit, als ich – mit Laenea zusammen war.«

Ramona furchte die Stirn. »Hatten Sie Atemstillstand? Herzrhythmusstörungen?«

Er zuckte die Achseln. »Für ein Weilchen.«

Es dauerte lange, bis sie weitersprach. Und dann klang ihre Stimme sehr leise und traurig. »Ich fürchte, wir müssen umkehren.«

»Was? Warum? Auf gar keinen Fall!«

»Ob wir mit unserer Suche Erfolg haben, ist mehr als fraglich. Und für Sie ist das Risiko zu groß.«

»Das überlassen Sie mir.«

»Nein«, widersprach sie. »Gewisse Dinge können Sie nicht beeinflussen, Radu. Ich habe erlebt, daß die Körperfunktionen von Piloten durch gewöhnliche Menschen beeinträchtigt wurden, aber mir ist kein einziger Fall bekannt, in dem es umgekehrt verlief. Ich mache mir Sorgen. Wenn Ihnen im Transit etwas passiert, kann Ihnen nichts und niemand helfen, bis das Schiff wieder in den Normalraum eintritt. Weder Waska noch ich wären imstande, Ihr Herz wieder zum Schlagen zu bringen oder Sie künstlich zu beatmen. *Es geht einfach nicht.*« Sie legte eine effektvolle Pause ein. »Und wenn wir aus dem Transit auftauchen, ist es vielleicht zu spät. Haben Sie das verstanden?«

»Natürlich«, erwiderte Radu. »Aber mir wird nichts passieren. Es geht mir gut. Wir müssen weiter – wir können jetzt nicht aufgeben.«

Sie lächelte mit schmalen Lippen. »Sie sind davon überzeugt, daß wir sie finden werden, oder?«

»Zweifeln Sie etwa daran?«

»Ich habe Angst, Ihnen zu vertrauen. Aber langsam fange ich an, Ihnen Glauben zu schenken.«

Wassili schwenkte seinen Sessel herum. »Habt ihr zwei euren Streit beendet?«

»Ja, Waska, es gibt nichts mehr zu sagen.«

»Dann bringe ich uns in den Transit zurück«, verkündete Wassili. »Jetzt gleich!«

Wieder verwandelte sich das Universum zu einem monotonen Grau. Radu hatte sich mehr erhofft. Enttäuscht, aber sich in die Situation fügend, ließ er die Sekunden vorbeiticken. Und mit jedem Augenblick, der verging, gelangte er näher an die letzte Wegbiegung, wo er den endgültigen Test zu bestehen hatte, die einzige Bewährungsprobe, die wirklich zählte.

»Wie lange noch?« nörgelte Wassili.

»Was?« Radu konnte es nicht fassen, daß ein Pilot diese Frage stellte. »Als ich versuchte, es Ihnen zu sagen, haben Sie mich angeschnauzt. Warum möchten Sie etwas wissen, das für sie nicht von Bedeutung ist? Und Sie obendrein noch in Gefahr bringt ...«

»Sagen Sie es mir schon – wenn Sie im Transit ein Gespür für den Raum haben, dann bekomme ich vielleicht ein Verständnis für die Zeit.«

»Verständnis!« platzte Radu heraus.

»Verraten Sie mir nur, ob es schon bald soweit ist.«

»Es dauert nicht mehr lange.«

Die Zeit verstrich, und durch das Bullauge spähte Radu angestrengt in das Grau, Ausschau haltend nach irgend etwas, und sei es nur ein Unterschied in der Intensität dieses substanzlosen Nebels. In Gedanken begann er mit einem stummen Countdown der Sekunden.

»Jetzt muß ich das Schiff wenden«, erklärte Wassili: »Wir halten geradewegs auf eine Anomalie zu.«

Eine der gleitenden Halluzinationen flackerte auf, dieses Mal nicht am Rande von Radus Blickfeld, sondern genau im Zentrum. Er blinzelte ein paarmal, in dem Versuch, sie zu verscheuchen wie die anderen, doch das Bild blieb.

Es weitete sich sogar noch aus, und gleichzeitig verdichtete sich seine Struktur; die Farben strahlten und steigerten ihre Leuchtkraft, knäulten sich ineinander und drifteten wieder davon, wie die Fäden eines Wandteppichs.

»Haben Sie gehört?« schrie Wassili. »Wenn Miikala und Laenea hier hindurchgeflogen sind, finden wir sie niemals. Uns hat es auch gleich erwischt.«

Radu rührte sich nicht vom Fleck, aus Angst, jede Bewegung, jeder Seitenblick, könnte die Erscheinung an die Peripherie gleiten und auf immer verschwinden lassen.

»Ramona!« brüllte Wassili.

»Ja, kehr sofort um!«

»Nein, Wassili, noch nicht!«

Der Pilot wollte dem wie irrsinnig blitzenden Gebilde ausweichen und leitete ein Wendemanöver ein. Radu sprang ihn an. Mit der Schulter fegte er Wassili zur Seite, der polternd auf das Deck stürzte.

Die Kontrollhebel lagen warm in Radus Hand. Mit voller Maschinenkraft riß er das Schiff herum, und der Ruck durchdrang die künstliche Schwerkraft. Radu taumelte und wäre um ein Haar hingefallen. Der gigantische, wie aus flatternden Schleiern gesponnene Fleck glänzte in intensiven Farben, nahm an Größe und Tiefe zu und öffnete sich, um sie in Empfang zu nehmen. Er weitete sich zu einer riesenhaften Seifenblase von lichter Transparenz, eine Aurora, die noch atemberaubendere Vorhänge wob als die flammenden Himmel von Twilight. Es war ein schillerndes Spektakel aus Kapriolen schlagendem Feuer.

Mitten hinein lenkte Radu das Schiff.

Wassili schrie.

Das Transitschiff erbebte. Radu rechnete damit, daß jeden Augenblick der Rumpf bersten und die Luft mit schrillem Kreischen entweichen würde, bis nur noch das verwehende Grollen des davoneilenden Schalls zu hören wäre. Doch das Schiff drang in die Aurora ein, und die Aurora durchflutete das Schiff. Aus Dimensionen, die Radu sich in seiner Phantasie zwar vorstellen, aber nicht mit Worten beschreiben konnte, regneten Farben auf ihn herab, durchrieselten seine Haut, die Muskeln und die Knochen. Er erschauerte bei der Berührung. Er fühlte sich, als könne er die Arme ausbreiten und das gesamte Universum umschlingen, von seinem Ursprung bis zum Ende.

In diesem Moment verstand er, wie die Piloten den Transit empfanden.

Bestürzt und desorientiert sackte er auf dem Pilotensessel in sich zusammen. Mit den Augen zwinkernd versuchte er, seinen Blick zu klären. Alles um ihn herum, Maschinen wie Menschen, waren von Licht und Schatten umflutet. Er rieb sich die Augen, doch die Schatten blieben.

Wassili rappelte sich hoch, warf sich auf Radu und packte ihn am Hemd.

»Was haben Sie gesehen? Sagen Sie mir, was Sie gesehen haben!«

Radu starrte auf Wassilis Hand; die vielfältig aufgespaltenen Bilder faszinierten ihn, erfüllten ihn gleichermaßen mit Angst und Begeisterung. Er faßte nach Wassilis Hand, um dessen Griff zu lockern, doch sobald er den Piloten berührte, prallte dieser fluchend zurück. Gern hätte Radu Mitleid mit ihm gehabt, eigentlich wollte er wütend auf ihn sein, doch diese Emotionen kamen ihm auf einmal nichtig vor.

»Verdammt noch mal, sagen Sie mir ...«

»Wassili, Radu«, mischte sich Ramona mit leiser Stimme ein, »seht her.«

Sie deutete auf das Fenster.

Ich darf mich nicht dagegen sperren, sagte Radu sich vor. Ich darf mir nicht einreden, daß ich nichts sehe.

Bedächtig wandte er sich um und schaute in die Richtung, in die Ramona zeigte.

Ein Mosaik aus Bildern, wie die Scherben eines zertrümmerten Spiegels: Vor ihnen blitzte in einem abenteuerlichen Muster aus Silber und Schwarz ein anderes Transitschiff.

Ramona übernahm die Kontrollen. Mit äußerster Anspannung steuerte sie ihr Schiff auf den fremden Tiefenraumer zu.

Wassili schnarrte eine Verwünschung und versuchte, Radu von dem Pilotensitz zu zerren. Radu stand auf und probierte behutsam sein verändertes Wahrnehmungsvermögen aus. Wassili fixierend, suchte er zwischen der Vielzahl von Widerspiegelungen nach der echten Erscheinung.

»Wenn ich könnte, würde ich Ihnen gern beschreiben, was ich sehe«, erwiderte er, »aber es geht nicht. Ich bin mir selbst noch nicht im klaren, was sich vor meinen Augen abspielt. Das müssen Sie mir glauben.«

»Ich glaube Ihnen *nicht!*«

»Hört auf, ihr zwei«, warf Ramona ärgerlich ein, »und bereitet das Andocken vor.«

Sie selbst führte das Ankopplungsmanöver durch, geräuschvoll und unsauber. Die beiden Schiffe wurden klirrend gegeneinandergeschmettert, die Verbindungsbrücken klinkten sich ein, und durch das Zusammenwirken von Impuls und Trägheit begannen sie schwerfällig zu trudeln. Ohne sich die Zeit für eine Korrektur zu nehmen, sprang Ramona von ihrem Sitz und stürmte zur Luftschleuse. Wassili ignorierend, preschte Radu hinterher.

Er rannte gegen eine Wand und prellte sich schmerzhaft die Schulter. Tränen stiegen ihm in die Augen und zersplitterten die Bildfragmente in seinem Blickfeld noch mehr. Er schüttelte den Kopf und wischte sich mit dem Ärmel die Augen ab. Die Luftschleuse öffnete sich. Sich durch den Eingangstunnel tastend, hielt Radu darauf zu.

Ramona ging an Bord des anderen Schiffs. Radu zögerte. Das Poltern ihrer Schritte hallte in seinen Ohren nach. Er faßte sich ein Herz und folgte ihr.

In der abgedunkelten Kabine mit den Schlafkapseln verweilte sie nicht, aber Radu blieb stehen. Die Sensoren und Instrumente sonderten ein verwaschenes Glimmen ab. Über einen Container gebeugt, versuchte er, die Kalibrierung zu entziffern. Anzeichen von Aktivität waren das einzige, was er zu erkennen vermochte.

»Ramona, das Crew-Mitglied lebt!« rief er.

Sie ließ sich nicht aufhalten.

»Laenea ...« Radu wollte ihren Namen herausschreien, doch nur ein Flüstern kam über seine Lippen.

Gleich hinter Ramona betrat er die Crew Lounge. Sie stockte so abrupt, daß er um ein Haar mit ihr zusammengeprallt wäre, dann ging sie ein paar zögernde Schritte und verharrte abermals. Auf der Couch lag – von einem Laken verhüllt – ein Mensch.

Radu sah einen lebenden Mann, einen toten, einen verwesten Kadaver. Nach Luft ringend ließ er den Prozeß des Vergehens an sich vorbeiziehen.

Ramona lüftete das Tuch und blickte schweigend auf Miikalas Leichnam hinab.

Ihre Miene drückte nur Trauer aus, weder Ekel noch Furcht noch Verblüffung: sie sah nicht, was Radu wahrnahm. Für sie war Miikalas irdische Hülle Realität. Radu konnte sich die Abfolge der Bilder nur als Projektionen aus der Vergangenheit und Zukunft erklären, wie wenn er plötzlich unbegrenzten Zugriff auf die räumlichen Dimensionen und auf die Zeit hätte.

Mittlerweile war er zu abgestumpft, um noch zu erschrecken, und Miikalas Sterben fand er nicht abstoßend, da er auf Twilight viel grausigere Tode gesehen hatte. In dem Versuch, sich nicht gänzlich vor seinen neuen, erweiterten Sinneseindrücken zu verschließen, fing Radu damit an, nach und nach jeden Schatten auf eine einzige Realität zu übertragen, die er so gut es ging herauspickte; ihm war klar, daß er seine Perzeption reduzieren mußte, andernfalls würde er vor optischer Überlastung quasi erblinden. Es war in etwa so, als würde er deinen dreidimensionalen Kubus auf ein zweidimensionales Blatt Papier zeichnen, seine Augen von Fern- auf Nahsicht umstellen.

Allmählich kehrte er in eine Welt zurück, in der die Schatten die Objekte nicht auslöschten, eine Welt, die sein Hirn nicht überforderte. Aber es war nicht mehr die alte Umgebung, wie er sie kannte, und er bezweifelte, ob er sie je wieder wie früher sehen würde.

Ramona kniete neben Miikala und berührte seinen Hals; natürlich suchte sie nicht nach seinem Puls, sondern nach einer Spur von Wärme, einem Lebenszeichen. Am liebsten hätte Radu sie bei der Hand genommen und weggezogen, sie in die Arme geschlossen und getröstet, denn bei Miikala ließ sich nur noch der Tod feststellen.

Miikala mochte Selbstmord begangen haben, aber Radu wußte, daß Laenea niemals ein Crew-Mitglied dazu verdammen würde, beim Versiegen des Narkosemittels aufzuwachen und einsam auf entsetzliche Weise zu krepieren.

Er lief an Ramona vorbei in den Kontrollraum.

Alle viere von sich gestreckt, die Atemmaske auf dem Gesicht, eine Hand herunterbaumelnd, lag Laenea im Pilotensessel; rings um sie her blinkten die Instrumente. Angstvoll, beklommen, schlich Radu näher, er fürchtete sich davor, ein zweites Mal die Verwandlung eines Menschen aus Fleisch und Blut zu einem Häufchen Gebeine und Staub zu sehen.

»Laenea …«

Seine Stimme brach ab. Sie bewegte die Hand. Er fuhr heftig zusammen, als ihre Fingerspitzen auf dem Boden ein scharrendes Geräusch verursachten.

Dann räkelte sie sich, nahm die Maske ab und gähnte. Sie schüttelte die dunklen Locken zurück, wie in den wenigen Tagen ihres Zusammenseins, wenn sie aus tiefem Schlaf erwachte.

»Laenea …«

Sie sprang auf die Füße und wirbelte herum, ihr langes schwarzes Haar eine wüst zerzauste Mähne.

»Radu!« Desorientiert, noch halb im Schlaf, irrte ihr Blick hin und her. »Ich habe von dir geträumt – ich träume immer noch. Es muß so sein.«

»Nein, das ist die Wirklichkeit. Wir haben euch gesucht und gefunden.«

Er lächelte; vor Erleichterung und Verblüffung fing sie haltlos an zu lachen, ein wunderbares Lachen, spontan und ungekünstelt. Radus Schmunzeln verwandelte sich in ein absurdes, peinliches Schluchzen. Er war selig, außer sich vor Freude. Sie fielen sich in die Arme und hielten sich eine Ewigkeit lang fest umschlungen. Ihnen war es egal, daß sie Pilotin war und er nicht.

»Wie kommt es, daß du hier bist?« Sie ging ein bißchen auf Abstand; mit dem Finger tippte sie auf die Stelle an seinem Hals, wo die Pilotennarbe enden würde, wenn er eine hätte. »Du bist kein Pilot, aber du bist wach … und unversehrt …«

»Ich weiß nicht, wie ich es erklären soll. Während des Transits wachte ich auf. Ich wußte, daß dein Schiff in Gefahr war.«

»In Gefahr …? Aber …« Ihr ging die Luft aus; sie schnappte sich die Maske und sog gierig den Sauerstoff ein. »Entschuldige, aber daran bin ich noch nicht gewöhnt.«

»Dein Schiff wurde für verschollen erklärt. Doch im Transit ist irgend etwas mit mir geschehen. Ich *wußte,* daß du hier draußen bist und lebst.«

»Wie konnten sie das Schiff einfach aufgeben? So lange sind wir doch noch nicht hier. Ich meine, es kommt mir nicht lange vor. Wie lange *waren* wir denn weg?« Wieder fischte sie nach ihrer Maske; sie war noch nicht geübt darin, ihren Atem sparsam einzusetzen und in einfachen, unmodulierten Sätzen zu sprechen wie die erfahreneren Piloten.

»Dein Schiff ist zwei Wochen überfällig, und das, nach dem man die maximale Dauer für diesen Flug berücksichtigt hat.«

Sie schüttelte den Kopf. »Du verstehst sicher, wie schwierig es hier draußen ist, auf die Zeit zu achten.«

»Das hat man mir erzählt. Mehrere Male schon.«

»Ich hatte mich gerade erst hingesetzt, um die Situation zu überdenken und einen Weg zu finden, das Schiff nach Hause zu bringen. Dabei muß ich wohl eingenickt sein. Nachdem Miikala …« Ihre Stimme verebbte; sie spähte über Radus Schulter. »Du bist doch nicht auf eigene Faust hierhergekommen, oder?«

»Nein. Ich beschwor die Piloten, mir zu helfen. Wassili und Ramona-Teresa …«

»Ramona! Ist sie hier? Wo?«

»Vorhin war sie noch bei mir – nebenan.«

»O nein …«

»Was hast du?«

»Miikala liegt in der Lounge.«

»Ich weiß. Ich sah … nimmst du die Dinge hier anders wahr?«

Sie überhörte die Frage. »Miikala und Ramona waren ein Liebespaar, bereits zu einer Zeit, als beide noch keine Piloten waren.« Sie rannte in den Nebenraum; Radu folgte ihr.

Natürlich, dachte er. Er fühlte sich beschämt, zerknirscht und dumm. Jetzt, wo es zu spät war, fielen ihm die zahlreichen Hinweise auf Ramonas und Miikalas enge Beziehung ein. Wie blind er gewesen war. Er hatte Ramona mit ihrem Schmerz allein gelassen.

Sie kniete vor der Couch und blickte Miikala an. Laenea ging neben ihr in die Hocke und nahm sie in die Arme. Hilflos lungerte Radu in ihrer Nähe herum.

»Was ist passiert? Wie seid ihr hierher geraten? Wie kam er dazu, sich mit einem Neuling an Bord auf Experimente einzulassen? Verlor er den Mut, als ihr nicht mehr zurückfandet? Ach, *verdammt!*«

Laenea drückte sie an sich. Radu, der wußte, wie Ramona sich fühlte, was sie durchgemacht haben mußte, seit sie erfuhr, daß das Schiff verschollen war, wollte helfen, sie zu trösten. Mit seinem eigenen Optimismus hatte er Ramona angesteckt, und nun erlebte sie diese Enttäuschung. Doch er mischte sich nicht ein, denn er spürte, daß jeder Kontakt mir ihm sie noch mehr verletzen würde.

»Sicher, es sollte nur ein Trainingsflug werden. Wir gingen in den Transit – Ach, Ramona …«

»Ich weiß, Kindchen.« Ramona sprach sehr leise; die Augen hielt sie geschlossen, und ihre dichten schwarzen Wimpern waren mit Tränen benetzt.

»Doch als der Flug zu Ende war, als er sagte, wir müßten umkehren, kam es mir vor, als hätte ich an den Kontrollen eines Flugzeugs gesessen, ohne überhaupt von der Piste abzuheben.«

Verwundert rückte Ramona-Teresa von ihr ab. »Du hast es gesehen? Du, Laenea? Beim ersten Mal?«

»Ich zeigte es ihm, und dann sah er es auch. So einfach ging das. Dann flogen wir hinein, aus purer Neugier. Ich sah … ich fühlte …« Sie brach ab. »Ich finde nicht die richtigen Worte. Er hatte gerade erst angefangen, mich zu unterrichten.«

»Selbst Miikala hätte nicht ausdrücken können, was mit euch geschehen ist«, sagte Ramona. Ihre Stimme bebte. Mit ihrer Fassung war es vorbei. Die unerschütterliche, souveräne Pilotin barg ihr Gesicht an Laeneas Schulter, und die wiegte sie sachte hin und her. Radu wußte, daß eine gute Nachricht die eigene Trauer verstärken konnte, wenn man niemanden hatte, um die Freude zu teilen.

»Er war euphorisch, Ramona«, erzählte Laenea. »Er erklärte mir, was die siebente Dimension bedeutet. Wir erforschten sie ein Stück weit. Zuerst dachte ich, er sei nur müde. Doch dann … bekam er einen Anfall. Es war, als träfe ihn der Schlag, ich weiß es nicht. Ich versuchte, ihn wiederzubeleben ...« Sie warf einen Blick auf Miikalas Leichnam. »Ich weiß, daß er keine Schmerzen spürte. Aber er könnte noch leben, wenn ich nicht ...«

»Das weißt du nicht!« fiel Ramona ihr aufgebracht ins Wort. Mit dem Handrücken wischte sie sich die Tränen ab, dann sprach sie in gefaßterem Ton weiter. »Vielleicht war es wirklich die siebente Dimension, die ihn umbrachte, aber dich trifft keine Schuld – du mußt zugeben, daß es für einen Piloten keinen schöneren Tod geben kann.« Sie brach ab, ihre Stimme versagte. »Jedenfalls werde *ich* mich an diese Überzeugung klammern.«

Sie fing wieder an zu weinen, und Laenea hielt sie fest.

»Laß uns nach nebenan gehen«, schlug Laenea vor. »Komm mit.« Sie führte Ramona in den Kontrollraum zum Pilotensitz.

»Es geht schon wieder«, sagte Ramona-Teresa. »Es geht schon wieder.« Laenea kniete neben ihr und hielt ihre Hand.

»Habt ihr die siebente Dimension gefunden?«

Radu fuhr zusammen. In der dämmrigen Eingangsluke stand Wassili; ein Muster aus Licht und Schatten glättete seine herben Züge.

»Wir sind mittendrin, Wassili«, antwortete Laenea ruhig. »Du befindest dich die ganze Zeit über in der siebenten.«

»Aber wo ist sie? Wie sieht sie aus?«

»Siehst du sie nicht? Sie umgibt dich, und wenn du sie erst einmal erfaßt hast, kannst du sie nicht wieder verlieren.« Sie blickte Radu an. »Du erkennst sie, Radu, nicht wahr?«

»Ja«, gab er zu. »Ich erkenne sie.«

»Ihr lügt«, beschuldigte Wassili die beiden. »Jeder kann behaupten, er sähe etwas, um dann den Ruhm für die Entdeckung einzuheimsen. Aber was nützt es, wenn kein anderer das Phänomen wahrnimmt? Ich glaube euch nicht.«

»Langsam bin ich es leid, als Lügner hingestellt zu werden«, protestierte Radu.

Laenea zügelte ihr Temperament. »Wassili ... du hast doch sicher eine Spezialausrüstung der X-Abteilung mitgebracht?«

»Was denkst du denn? Wir hatten nicht die Absicht, uns auch noch zu verirren.«

»Gut.« Laenea drückte auf einen Schalter. Die Schiffe purzelten aus dem Transit, und rings um sie her öffnete sich das Universum. »Und nun schaut.«

Sterne breiteten sich aus zu sonderbaren Mustern. Bei der Vorstellung, daß sie ihre Galaxis verlassen hatten und sich in einem fremden Sternsystem befinden mußten, beschlich Radu eine leise Angst.

Seelenruhig betrachtete Laenea das All und die Gestirne.

Je länger Radu hinsah, um so absonderlicher kamen ihm die Himmelskörper vor. Eine Zeitlang hegte er den Verdacht, er hätte die Fähigkeit zur objektiven Wahrnehmung verloren.

Ramona stieß einen langgezogenen Seufzer aus. Radu blickte genauer hin, und seine Sicht klärte sich.

Jeder Stern – jeder helle Fleck, denn es handelte sich um Flecken, nicht um Punkte, Flecken mit unscharfen Rändern, dort, wo sich die Materie ausdünnte – war in Wirklichkeit eine einzelne Galaxis. Und die weiter entfernt strahlenden Lichter stellten ganze Galaxiencluster dar.

»Wo *sind* wir?« hauchte Wassili.

»Wir sind dort angelangt«, antwortete Ramona, »wo du schon immer hinwolltest.«

Jenseits des Sichtfensters entfalteten sich zur Gänze Zeit und Raum; die kleinen Schiffe pendelten am äußersten Rand des Universums, Milliarden Lichtjahre von seinem Entstehungszentrum entfernt. Wassili preßte die Hände flach gegen das Glas. Radu wußte nicht, ob der Pilot nach den Sternhaufen greifen oder sie von sich wegschieben wollte.

Dann fing Radu Laeneas Blick ein.

»Verstehst du das?« fragte sie leise.

»Nicht annähernd.«

Sie grinste. »Mir geht es genauso. Aber einmal werde ich es ergründen.«

Zum ersten Mal erlebte Radu Laenea als Pilotin. Ihr Auftreten, ihre Pose, unterschieden sie deutlich von anderen Menschen. Heiter, gelassen, streichelte sie seine Wange.

Er fürchtete, dies könnte die letzte Berührung zwischen ihnen gewesen sein. Die tiefe Kluft, die Piloten von der gewöhnlichen Crew trennte, ließ sich durch nichts überbrücken.

Radu nahm Laeneas Hand; er küßte die Innenfläche, dann ließ er die Hand langsam sinken. Sie sah ihn noch ein Weilchen länger an, nickte mit dem Kopf und zog sich zurück, als Radu gleichfalls auf Distanz ging.

Laenea betätigte einen Steuermechanismus. Lautlos und weich begann das Schiff zu rotieren. Die Galaxien schwebten davon.

Auf der anderen Seite lag … nichts.

Der interstellare Raum ist von einer tiefen Schwärze, reich gespickt mit Sternen. Doch selbst die konturlosen Schatten des Vakuums ließen sich nicht mit der völligen Lichtlosigkeit vergleichen, die Radu nun erblickte. Er versuchte, die Finsternis zu durchdringen, sie mit Bildern zu bestücken, die eine Vergangenheit oder eine Zukunft verhießen. Doch da draußen herrschte eine trostlose Leere, eine Ödnis ohne Sterne, ohne Galaxien, ohne Licht, Hitze oder Strahlung. Dort war nichts, und nie hatte es etwas in dieser toten Sphäre gegeben. Er schaute einen Ort, der noch nicht existierte und auch nie vorhanden sein würde. Das immer noch expandierende Universum würde ihn verschlingen, und dann hätte es ihn nie gegeben.

Das Schiff drehte sich weiter, bis die Galaxien wieder ins Blickfeld glitten. Ramona lehnte sich in den Pilotensessel, als sei sie völlig ausgebrannt; Wassili gab vor Wut und Enttäuschung einen unartikulierten Laut von sich. Radu fühlte sich wie vor den Kopf geschlagen. Mit einem Knopfdruck brachte Laenea das Schiff zum Stillstand.

»Lange kann man sich das nicht ansehen«, meinte sie. »Glaubst du mir jetzt, Wassili? Nur indem wir in die siebente Dimension eindrangen, konnten wir diesen Ort erreichen.«

»Natürlich«, entgegnete Wassili mit grimmigem, geradezu selbstquälerischem Vergnügen. Er machte auf dem Absatz kehrt und schnürte aus dem Kontrollraum.

»Warum kann er es nicht sehen?« wunderte sich Laenea. »Man braucht doch nur hinzuschauen.«

»So einfach ist das nicht«, klärte Ramona sie auf. »Alle Piloten haben einen Sinn für die vierte Dimension, aber nur die Hälfte von uns nimmt die fünfte wahr, und fünfzig Prozent dieser Gruppe die sechste. Was die siebente betrifft – Wassili und ich hatten unsere Chance, als Radu uns hierherlotste. Aber wir waren blind für das, was er spürte und was du verstehst.«

Radu rieb sich das Gesicht mit den Händen, drückte die Finger gegen die Augen, um wenigstens zeitweise das Licht des Universums auszublenden, das aus der Vergangenheit, der Gegenwart und der Zukunft zu ihnen drang. Doch er wußte, daß die Atempause nur kurz sein durfte; bei ihm hatte es länger gedauert, bis die Erkenntnis dämmerte, gleichwohl hegte er keine Zweifel an dem, was sich seinen Sinnen darbot. Um indessen die Implikationen dieser Entdeckung zu entwirren, würde er eine geraume Zeit brauchen. Er fühlte sich ausgelaugt und entkräftet.

Er riß sich zusammen und ließ die Arme an den Seiten herunterbaumeln. Ramona kauerte mit hängenden Schultern auf ihrem Platz, während Laenea sich über ihren Computer beugte, der mit Wassilis Terminal und der Anlage des X-Teams gekoppelt war. Eine gewaltige Datenflut spulte sich in der Luft ab.

Als endlich eine Sequenz stehenblieb, stieß Laenea vor Erleichterung einen leisen Pfiff aus. »Bevor ihr kamt«, gestand sie, »hatte ich schon Angst, ich würde den Rest meines Lebens damit zubringen, den Rückweg anhand von sukzessiver Approximation zu finden.« Sie wandte sich an Radu. »Du wirst es nicht leicht gehabt haben, dich bei ihnen durchzusetzen – Danke, Radu.«

Er schaute ihr in die Augen.

Das ist nicht fair, haderte er im stillen; wir sollten einander viel näher sein, aber es geht nicht, wir müssen verzichten. Er liebte und bewunderte Laenea noch genauso sehr wie früher; auch die körperliche Anziehung war nicht schwächer geworden.

»Es war mir egal«, bekannte er. »Für mich gab es keine Alternative. Ich mußte mich auf die Suche nach dir machen.«

Sie lächelte.

»Dann laßt uns aufbrechen! In Richtung Heimat!«

KAPITEL 11

Langsam erwachte Orca. Anfangs sah sie alles unscharf. Sie blinzelte in die verschwommenen Leuchtkörper an der Decke und versuchte mit aller Macht, den Blick zu klären. Schließlich nahm sie die Narkosemaske ab. Der chemische Mief war bereits verdunstet, aber am liebsten hätte sie sich zusammengerollt und wäre wieder eingeschlafen. Sie wünschte sich, sie befände sich im Ozean, in irgendeinem einsamen Hafen, wo sie, in der Geborgenheit einer Schule von Killerwalen dösend, auf den Wellen schaukeln konnte.

Ihre Knie und der Rücken waren steif und schmerzten. Träge hob sie den Deckel der Schlafkapsel und kletterte hinaus, wobei sie sich zum ersten Mal nach einer helfenden Hand sehnte. Sie hatte damit gerechnet, Radu zu sehen. Vielleicht war etwas schiefgegangen und die Strapazen des Transits hatten ihren Tribut gefordert ...

Sie schlüpfte in ihr goldenes Netzhemd und tapste barfuß aus der Kabine.

Radu, der den Korridor entlanghastete, blieb stehen, als er sie entdeckte.

»Du lebst ja noch!« atmete sie auf.

Er nickte.

»Wo sind wir?« fragte Orca. Ihre Schultern taten weh; sie massierte sich das Schlüsselbein. »Ich fühle mich, als hätten wir eine lange Reise hinter uns.«

»Ich zeig dir was«, versprach Radu.

Sie folgte ihm in den verlassenen Kontrollraum. Staunend riß sie die Augen auf.

Vor ihr dehnte sich ein Meer aus Galaxien, zu nebelhaften Spiralen verdichtete Sternenkonzentrationen, Milchstraßen, die sich wiederum zu Clustern verknoteten. Inmitten dieser funkelnden Inseln glosten dunkelrote, sterbende Sonnen. Das Schiff dümpelte am Rand des Universums, fernab jeder Region vereinzelter Gestirne.

»Wir sind wirklich weit gekommen«, wisperte sie.

Ihr schwante, was das bedeutete. Orca trat ans Fenster heran, lehnte die Stirn gegen die Scheibe und umrahmte das Gesicht mit den Händen, um die Spiegelungen auszublenden.

»Licht aus, bitte«, sagte Radu zu dem Computer, der dem Wunsch nachkam. Orca stand im Dunkeln, die Hände gegen das Glas gepreßt. Sie fühlte sich, als könnte sie sich auflösen und die Scheibe durchdringen; sie wollte sich atomisieren und hinausdriften in den Raum, um das gesamte Universum in ihren Körper aufzunehmen und ihre eigenen Moleküle in das Vakuum zu schleudern.

Das Bild vor ihr verschwamm. Sie blinzelte heftig, doch das Glas war beschlagen. Tränen rannen ihr über das Gesicht.

»Orca – bitte weine nicht, wir sind nicht verloren.« Er legte ihr den Arm um die Schultern. »Ich wollte dir keine Angst machen. Wir finden den Heimweg.«

»Ich weiß«, sagte sie. »Ich meine, mir ist nicht bange. Mir ist nicht bange ...« Sie verstummte, außerstande zu erklären, was sie bewegte. »Es ist mir einerlei ...« Sie erwiderte seine Umarmung, bemüht, seine Besorgnis zu dämpfen, und weil sie die Nähe eines anderen Menschen brauchte, um ihre eigene Erregung zu zügeln.

Sterne und Galaxien spendeten das einzige Licht, das in den Kontrollraum drang. Es schimmerte auf Radus dunkelblondem Haar und seinen hohen Wangenknochen. Orca bedauerte, daß Transitschiffe so wenige Fenster hatten; am liebsten wäre ihr ein Schiff aus einem transparenten Material gewesen, dann hätte sie sich im Glanz und in der Glorie des Universums aalen können.

»Ihr müßt durch die siebente Dimension geflogen sein«, flüsterte sie. »Und *du* hast sie entdeckt.«

»Laenea hat sie erkundet; wir haben nur ihre Spur verfolgt.«

Orca löste sich von Radu und wandte sich wieder dem Fenster zu. Sie spähte an der Außenhülle des Schiffs entlang nach unten. Die Andockluke war nicht zu sehen, aber hinter der Flanke des Suchschiffs konnte sie den gewölbten Rumpf von Laeneas Trainingsschiff erkennen.

Als Radu Laeneas Geschichte erzählte, hörte Orca schweigend zu; hie und da nickte sie. Sie bekam alles mit, was er sagte, doch der Anblick des Universums lenkte sie zunehmend ab.

»Radu«, fiel sie ihm unvermittelt ins Wort, »was befindet sich auf der anderen Seite?«

Er vermied es, aus dem Bullauge zu schauen. »Nichts«, antwortete er.

»Nichts?«

»Nichts. Dunkelheit – obwohl die Bezeichnung eigentlich nicht stimmt. Es ist eher das Fehlen von Licht. Ich kann es nicht erklären. Laenea wird es dir zeigen. Ich bin noch nicht soweit, mir den Anblick ein zweites Mal zuzumuten.« Übergangslos wechselte er das Thema. »Ich kümmere mich jetzt um das Mittagessen«, sagte er und drehte sich um. »Ihr alle seid sicher hungrig.« Er redete, wie wenn seine prosaischen Pflichten die außergewöhnliche Leistung, die er vollbracht hatte, zunichte machen könnten.

»Radu ...«

Orca streckte den Arm nach ihm aus. Obwohl sie hinter ihm stand und er sie nicht sah, verkrampfte er sich, ehe sie ihn berührte.

Sie ließ die Hand wieder sinken.

»Okay. Bis später dann.«

Er nickte stumm und setzte seinen Weg fort.

Orca ließ ihn gehen, allein, und hoffte, es sei das Richtige.

Radu hatte bereits begonnen, Gemüse kleinzuhacken, als ihm auffiel, daß er sich für ein höchst zeitaufwendiges Gericht entschieden hatte. Er hätte sämtliche Zutaten in die vollautomatische Zubereitungsanlage in der Bordküche geben können, und wahrscheinlich würde man ihn auslachen, wenn er zugab, daß er auf altmodische Weise gekocht hatte. Doch mittlerweile war er über die Meinung anderer Leute erhaben. Die manuelle Arbeit tat ihm gut. Wenn er Zwiebeln und Bok Choy schnitt, kreisten seine Gedanken nicht ständig um die siebente Dimension, seine fremdartigen Sinneswahrnehmungen und den Rand des Universums.

Er kostete die Sauce. Sie schmeckte fade. Er würzte mit übertrieben viel Pippali und einer Handvoll geraspeltem Ingwer.

Er spürte die radiale Beschleunigung, als die aneinander gekoppelten Schiffe langsam zu kreiseln begannen. Nach einer halben Umdrehung wurden sie durch Umkehrschub gestoppt. Radu machte die Augen zu und öffnete sie wieder. Selbst bei geschlossenen Lidern schaute er das sich entfaltende Universum, dessen Dimensionen sich gleich Blütenblättern öffneten, um den Blick in einen bodenlosen Absturz freizugeben.

Radu Dracul erschauerte.

Als Laenea die Schiffe wendete, bis der Bug auf die Grenzen des Alls wies, starrte Orca wie gebannt auf das Bild, das sich ihr darbot. Der Abgrund lag direkt vor ihnen; nein, er entzog sich für alle Ewigkeit nicht nur ihrem Blick, sondern ihrem Verständnis.

»Dreh das Schiff wieder um.« Wassilis Stimme klang nervös, gereizt.

»Nein!« protestierte Orca.

»Laenea ...«

»Sehen Sie nicht hin, wenn Sie es nicht aushalten«, meuterte Orca.

»Dieses unheimliche Nichts wäre trotzdem da; ich weiß es, ich fühle es.«

»Es bleibt aber auch, wenn wir es nicht direkt vor Augen haben!«

Wassili wollte sich an den Kontrollen zu schaffen machen. Ramona hielt ihn zurück. »Waska, was immer da draußen liegt, es kommt nicht hier herein und frißt uns auf.«

Mit vor Grimm hochgezogenen Schultern stapfte Wassili aus dem Kontrollraum.

Ramona zögerte, seufzte und ging ihm hinterher. »Laenea, was *ist* das?« fragte Orca leise.

»Ich wünschte, ich wüßte es«, gab Laenea zu. »Ich habe versucht, es herauszufinden, aber hinter unserem jetzigen Standort ergeben die Transitgleichungen keine Lösungen mehr. Weiter kann man nicht fliegen.«

Orca starrte in die Peripherie des Universums. Laenea beschäftigte sich mit den Steuermechanismen.

Nach einer geraumen Weile nahm das Schiff seine gemächliche Kreisbewegung wieder auf. Orca gab einen flehenden Laut von sich.

»Tut mir leid«, entschuldigte sich Laenea. »Aber mir graust es auch, wenn ich länger daraufschaue. Können Sie Ihr Schiff startklar machen, Orca? Um nach Hause zu kommen, müssen wir auch diese Triebwerke benutzen.«

Störrisch blieb Orca vor dem Fenster stehen; vor ihr breitete sich ein Feld aus Galaxien aus.

»Ja«, gab sie widerstrebend nach. »Geht in Ordnung ...« Sie verließ Laeneas Schiff. Was sie gerade erlebt hatte, hinterließ in ihr zwiespältige Gefühle: Sie kam sich gleichzeitig erhaben und unbedeutend vor. Mit Bestimmtheit wußte sie nur, daß sie das Universum erforschen wollte, bis sie alle seine Geheimnisse verstand.

Nun konnte sie nachempfinden, was ihr Bruder fühlte, wenn er ins Meer hinabtauchte, in Tiefen, in die kein Sonnenlicht mehr hineindrang; sie begriff, warum er die unergründlichen Schichten des Ozeans liebte, und wieso er diese Welt nie verlassen würde.

Radu merkte, daß die Schiffe wieder rotierten und sich auf ihre ursprüngliche Position zurückbewegten. Er fragte sich, wie Orca drunten in Laeneas Kontrollraum auf den Anblick der Grenze allen Seins reagiert haben mochte.

Aufgeregt wird sie sein, sagte er sich. Aber nicht mehr überrascht als bei der Erkenntnis, daß die Konstellationen hier von Galaxien gebildet werden und nicht von einzelnen Sternen. Sie schwimmt allein quer durch einen Ozean, höchstens begleitet von einem Raubfisch, der jeden gewöhnlichen Menschen zu Tode erschrecken würde. Der Absturz der Realität kann Orca nicht bange machen.

Er wetzte das Messer an einem Abziehstahl und fuhr fort, Gemüse zu zerkleinern.

Orca kletterte in den Maschinenraum hinunter. Der psychische Stress machte ihr mehr zu schaffen als die körperliche Reaktion auf die lange Reise. Die Entfernung, die sie zurückgelegt hatten, verhöhnte sämtliche Schutzmechanismen des Narkoseschlafs und durchlöcherte die Abschirmung gegen die Folgen des Transits.

Sie justierte die Computersysteme, ersetzte drei Schaltmodule und faßte in ein Energienetz. Konzentriert steigerte sie sich in einen Zustand hinein, der ihr Bewußtsein erweiterte, denn nur so vermochte sie die durchgescheuerten lumineszierenden Stränge zu flicken. Kribbelnd durchfloß der Energiestrom ihre Hände und tänzelte flirrend an den Rändern ihrer Schwimmhäute entlang.

Radu schaltete die Bordsprechanlage ein.

»Essen ist fertig«, verkündete er.

Eine Minute später traf Laenea ein, kurz darauf folgte Ramona. Radu schnippselte eine grüne Zwiebel in dünne Scheibchen, nahm die Ringe mit der Messerklinge auf und verteilte sie als Garnierung über der Suppe.

»Das duftet ja köstlich«, lobte Laenea. »Ist das ...?«

»Wonach stinkt das hier?« Wassili legte seine ganze Enttäuschung und Abscheu über den Flug in diesen einen Satz.

»Nach Essen«, gab Radu knapp zurück. Wassilis chronisch schlechte Laune stellte seine Geduld auf eine harte Probe.

»Das kann ich nicht essen.« Der Pilot stürmte in seine Kabine zurück.

Ramona wollte ihm nacheilen, doch Laenea faßte nach ihrem Arm, und sie besann sich anders.

»Laß ihn schmollen, Ramona. Iß lieber etwas. Es duftet himmlisch.«

Ramona ließ sich von Laenea an ihren Platz am Kopfende der Tafel führen.

»Sehr hungrig bin ich nicht«, wandte sie sich an Radu. »Aber Laenea hat recht, bei dem Duft läuft einem das Wasser im Mund zusammen.«

Laenea warf Radu einen schelmischen Blick zu, kämpfte gegen einen Lachreiz an und prustete dann doch los. Verwundert sah er sie an.

»Entschuldige bitte«, sagte sie, »aber du hättest dein Gesicht sehen sollen, als Waska erklärte, er könnte nichts essen. Der arme Waska. Wie kann man nur so dumm sein, den Koch zu beleidigen, wenn der ein Schlachtermesser in der Hand hält.«

Radu wischte die Klinge ab und legte das Messer weg. »Ich hatte ganz vergessen, daß ich es noch in der Hand halte. Fangt schon mal an zu essen. Ich hole Orca.«

Er ging zur Luke, die in den Triebwerkraum führte, und rief sie. Er hatte damit gerechnet, daß er hören würde, wie sie die Leiter hochkraxelte, doch nichts rührte sich. Kurzentschlossen stieg er hinunter, um sie zu suchen.

Sie hockte im Schneidersitz auf dem Boden, das Kinn auf die Faust gestützt; Falten angestrengtester Konzentration furchten ihre Stirn. Neben ihr setzte sich Radu auf die Fersen. Das Licht, das durch die Lücken zwischen den einzelnen Schaltmodulen schimmerte, tauchte sie in einen matten Glanz.

»Orca?«

Sie reagierte nicht; sie holte tief Luft und blies den Atem langsam wieder aus. Dann blinzelte sie mit den Lidern und sah ihn teilnahmslos an.

»Essen«, sagte er nur.

Es wurde eine stille Mahlzeit. Laenea, die sich von ihrem Heiterkeitsausbruch erholt hatte, lobte das Essen über alles; danach verfiel sie in ein nachdenkliches Schweigen. Wassili verschanzte sich in seiner Kabine. Mit Orca war kein Gespräch anzufangen. Ramona mümmelte lustlos ein paar Happen, dann entschuldigte sie sich und ging. Orca schaute ihr hinterher und entfernte sich bald darauf ohne ein Wort der Erklärung.

»Das liegt sicher nicht am Essen«, meinte Laenea. »Es schmeckt ausgezeichnet.«

»Ich weiß«, erwiderte Radu. »Aber es spielt ohnehin keine Rolle. Dies hier ist keine reguläre Reise, und man kann nicht erwarten, daß die Leute sich verhalten wie sonst. Ich wundere mich nur, daß ich mich so normal fühle.«

»Mir geht es hervorragend«, erklärte Laenea. »So gut

habe ich mich seit langem nicht gefühlt. Daß Miikala tot ist, bedaure ich sehr. Und mir tut auch Wassili leid, der ungeheuer frustriert sein muß. Trotzdem bin ich glücklich.«

Orca blieb kurz im Kontrollraum stehen, wo Ramona-Teresa im Dunkeln saß. In Gedanken befahl sich die Taucherin, tiefer in den Infrarotbereich hineinzuschauen.

Ramona wurde zu einem dunkelglühenden, reglosen, stillen Schemen. In der Finsternis trat die Eigentümlichkeit von Piloten noch markanter hervor. Des Nachts konnte Orca den Puls gewöhnlicher Menschen pochen sehen. Die Piloten änderten ihren Blutdruck in einem willkürlichen Rhythmus. Plötzlich verblaßte das Geflecht aus hellglänzenden Adern in Ramonas Hals, und ihre Haut nahm einen tiefroten Schimmer an.

»Ramona-Teresa«, flüsterte Orca, »geht es Ihnen gut?«

»Ja, meine Liebe«, antwortete die Pilotin traurig. Kühle schwarze Linien durchzogen ihr Gesicht, wo Tränen herabgekullert und nicht getrocknet waren. »Von uns ersten Piloten sind nicht mehr viele übrig. Ich habe schon früher Freunde verloren und den Schlag verkraftet; allerdings stand mir niemand so nahe wie Miikala.«

»Das tut mir sehr leid.«

»Danke.«

»Ramona-Teresa …«

»Ja?«

»Könnten Sie die Schiffe noch einmal drehen? Nur für ein paar Augenblicke. Bitte.«

»Wenn Sie möchten.« Die kurzen, breiten Hände der Pilotin tanzten über die Kontrollen. Die Galaxien wurden nach hinten gesogen.

Orca setzte sich mit überkreuzten Beinen auf das

Deck vor der Sichtscheibe und ließ sich von der Grenze des Universums gefangennehmen.

Jemand sagte etwas. Orca gab keine Antwort. Sie hörte nichts.

Ramona kauerte neben ihr und legte ihr eine Hand auf die Schulter.

»Orca ...«, wiederholte sie. Die Spiegelung ihres Gesichts in der Scheibe schob sich vor den Abgrund. »Orca, was sehen Sie?«

»Ich ... ich weiß es nicht.« Unter Wasser, in True Speech, hätte sie es vielleicht beschreiben können. Sie trällerte ein paar Phrasen in Middle Speech.

»Singen Sie?« fragte Ramona.

»Nein«, antwortete Orca. »Ich habe versucht, es Ihnen zu erklären. Aber ich finde keine Worte, die Sie verstehen könnten.«

Ramonas Abbild verzog unwirsch das Gesicht; dann fing die Pilotin an zu lachen.

»Das habe ich verdient«, gab sie zu. »Und wie ich das verdient habe – ich und die anderen Piloten.«

Radu kam herein; seine Schritte waren unhörbar, doch die Glasscheibe reflektierte seine Körperwärme und umriß seine Gestalt mit schwach glühenden Konturen, die synchron mit seinem Pulsschlag an Helligkeit zu- und abnahmen. Sein Bild verschmolz mit dem von Orca. In der Spiegelung kreuzten sich ihre Blicke. So stumm wie seine Reflexion kam er zu Orca und setzte sich zu ihr. Gemeinsam spähten sie hinaus auf den Rand der Welt.

Als Ramonas Signal durch die miteinander vernetzten Kontrolltafeln ging, hätte Laenea die ältere Pilotin über die Bordsprechanlage auffordern können, ihren Standort nicht zu verändern; sie hätte die Drehung sogar mit einem Gegenschub abbremsen können. Statt dessen löschte sie sämtliche Lichter und wartete darauf, daß der Rand des Kosmos wieder auftauchte.

Hinter dem Fenster wurde der Weltraum schwarz, und Laenea schaute in ein Mysterium, das ihr zum Greifen nahe erschien. Es ängstigte sie in einer vorher nie gekannten Weise. Dabei wußte sie, was Furcht war: Sie fürchtete sich vor ihrer ersten Transitreise, als sie noch in der Crew Dienst schob; sie hatte Angst vor der Operation, die sie in eine Pilotin verwandelt hatte; und dieser erste Trainingsflug brachte sie gewaltig ins Schwitzen.

Doch in ihre Besorgnis hatte sich stets Vorfreude gemischt, sie war aufgeregt und erwartungsvoll zugleich gewesen. Die Bangigkeit indessen, die sie beim Anblick dieser abgrundtiefen Schwärze beschlich, war ihr fremd und in ihrer Intensität erschreckend.

Aber ein bekannter Faktor stellte für sie eine unmittelbare Bedrohung dar. Die Schiffe bewegten sich mit einem signifikanten Prozentsatz der Lichtgeschwindigkeit. Abgesehen von der durch den Transit bedingten Zeitdistorsion, unterlagen sie hier im Normalraum (oder gab es so dicht am Rande des Universums keinen Normalraum mehr?) relativistischen Effekten. Eine Minute an dieser Stelle bedeutete auf der Erde eine wesentlich längere Spanne. Laenea befahl dem Computer, den Faktor auszurechnen, dann ging sie Radu suchen.

Sie fand ihn neben Orca sitzend; beide stierten wie gebannt aus dem Fenster.

»Radu …«

Zuerst dachte sie, er hätte sie nicht gehört, dann blickte er über die Schulter.

»Ja?«

»Weißt du immer noch, wie die Zeit auf der Erde vergeht?«

»Natürlich.« Er legte eine Pause ein. »Ach so, ich verstehe. Du hast recht. Wir sollten uns bald auf den Rückweg machen.«

»Wie lange waren wir fort?«

»Als wir aufbrachen, warst du fast drei Wochen

unterwegs, und seitdem sind auf der Erde weitere acht Tage vergangen.«

Laenea nickte. So lange sie ihren Aufenthalt hier noch in Stunden bemessen konnten, raste ihnen die Zeit in ihrer Heimatwelt nicht davon. Verweilten sie jedoch zu lange, beförderte der Effekt der Zeitdilatation sie in eine ferne Zukunft hinein, in der man sie längst vergessen hatte.

»Ramona, wir sollten jetzt zurückfliegen«, sagte Laenea.

»Unbedingt! Orca, ist unser Schiff startbereit?«

Radu mußte sie sanft anstupsen, ehe sie antwortete.

»Ja«, sagte sie abwesend. »Ich habe die defekten Teile repariert.«

»Gut. Sobald du schläfst, starten wir.«

Wie elektrisiert sprang Orca hoch und packte Laenea beim Arm.

»Wir fliegen *heim?* Sind wir bis hierher gekommen, nur um gleich wieder umzukehren?«

»Ich bin durch ein Versehen hier gelandet – und ihr seid bei mir, weil ihr mich gesucht habt.« Laenea wich zurück.

Orca funkelte sie wütend an und dachte nicht daran, ihren Griff zu lockern.

»Tut mir leid, ich wollte nicht schnippisch sein«, lenkte Laenea ein. »Würden Sie mich jetzt bitte loslassen, Orca?«

Orca ließ die Hand sinken, ohne sich für ihr Benehmen zu entschuldigen.

»Für eine Entdeckungs- und Forschungsreise sind wir nicht ausgerüstet«, legte Laenea dar. »Wir müssen heim und eine richtige Expedition in die Wege leiten. Außerdem befindet sich an Bord beider Schiffe niemand, der es sich leisten könnte, jahrelang seiner Heimat fernzubleiben. So viel Zeit würde nämlich vergehen, selbst wenn wir uns mit einem kurzen Erkundungsflug begnügen würden.«

»Aber ...«

»Tut mir leid«, wiederholte Laenea. »Aber wir kehren um.«

Orca rannte aus dem Kontrollraum.

Radu half, sein Schiff auf den Transit vorzubereiten, indem er die Computer auf Transitmodus schaltete. Als er damit fertig war, ging er in die Kabine mit den Schlafkapseln, um Orca behilflich zu sein.

Sie war nicht da.

»Orca?«

Er eilte durch das kleine Schiff, hangelte sich in den Maschinenraum hinunter und stöberte vergeblich nach ihr. Er betätigte die Bordsprechanlage.

»Laenea, ist Orca auf eurem Schiff?«

»Das kann ich mir nicht vorstellen. Schläft sie denn noch nicht? Ich bin soweit, einen Transitpunkt anzulaufen.«

»Ich kann sie nirgends finden.«

Von einem Funkkanal auf den anderen springend, folgte ihm Laenea bei seinem Rundgang durch das Schiff.

»Soll ich kommen und dir beim Suchen helfen?«

Vor der Luftschleuse blieb Radu stehen. Einer der EVA-Tornister fehlte.

»Laenea!«

»Ja?«

»Geh mit dem Schiff noch nicht auf Delta-V!« Er schnappte sich einen Tornister und befestigte den Kragen um Hals und Schultern.

»Warum nicht? Was ist los?«

»Warte bitte nur ab. Laß alles so, wie es ist.« Er wollte keine Zeit mit Erklärungen vergeuden. Hastig schaltete er den Tornister ein. Ein hauchdünnes Energiefeld umhüllte seinen Körper wie ein Raumanzug. Alles, was er anschaute sprühte an den Rändern Funken. Er sprang in die Luftschleuse und startete den Öffnungsmechanismus.

Sowie die Außenluke aufging, entdeckte er Orca. Gegen die ungeheure Finsternis schimmerte ihr Energieanzug in einem blaßblauen Glanz.

Ohne Sicherungsleine trieb sie im freien Raum, wie sie sonst im Meer dahindriften mochte. Radu drückte auf die Tafel mit der Rettungsleine, und aus der Schiffshülle schlängelte sich eine dünne Kordel bis zu seinem Anzug.

Dann stieß er sich ab, steuerte auf Orca zu und aktivierte das Funkgerät.

Orca sang.

Die Melodie jagte ihm einen kalten Schauer über den Rücken. Das Lied erzählte von dem Kosmos, der hinter ihm lag, und von den unbekannten Gefilden vor ihm, deren Rätsel vielleicht nie entschlüsselt werden würden.

Orca entfernte sich immer weiter von ihm. Als Radu sie endlich einholte, hatte sich seine Rettungsleine bis an die Grenze ihrer Belastbarkeit gedehnt; lediglich ein hauchdünner, seidenfeiner Faden, ein Filament aus blauem Rauch, verband ihn noch mit dem Schiff. Die hypnotischen Töne von Orcas Gesang zogen ihn wie magisch an.

»Orca!«

Sie hörte nicht auf zu singen. Radu griff nach ihr. Seine Hand faßte durch die Energiehaut ihres Anzugs, die beiden Felder verschmolzen miteinander, und er umklammerte ihren Arm.

»Orca!«

Ihr geisterhaftes Lied ging ihm unter die Haut, verzauberte ihn wie ein Liebesrausch. Er schaltete das Funkgerät ab, doch die Töne drangen direkt in seine Ohren, ohne daß er sich dagegen zu wehren vermochte. Er drehte Orca zu sich herum, bis sie ihm ins Gesicht schauen mußte. Der verlorene, suchende Ausdruck in ihren Augen entsetzte ihn, denn vorher hatte er diesen Blick nur bei Menschen gesehen, die wußten, daß sie bald sterben würden. Sie verstummte.

Radu faßte hinter sich und berührte die Sicherungsleine, damit sie sich zusammenzog; er befürchtete, sie könnte wegen der Überdehnung reißen und sie ihrem Schicksal überlassen.

Fest preßte er Orca an sich, aus Angst, sie könnte sich von ihm losreißen und außerhalb seiner Reichweite flüchten, ehe er um Hilfe rufen konnte, was er von Anfang an hätte tun sollen. Doch sie sträubte sich nicht. Er schlang die Arme um sie, und ihre Energieanzüge vereinigten sich zu einem einzigen schützenden Feld. Orcas Herz klopfte schnell und heftig.

Radu riskierte einen Blick zum Schiff und sah zu seiner Erleichterung, daß sich die Rettungsleine langsam aber beständig kontrahierte und sie in Sicherheit zurückbrachte.

Nachdem sie die Luftschleuse passiert hatten, schaltete Radu die Anzüge ab.

»Was kam nur über dich, einfach auszusteigen? Was wolltest du da draußen? Bei den Göttern!« Er streifte seinen Anzugkragen ab und warf ihn in den dazugehörigen Container.

»Ich muß näher heran«, antwortete sie. »Ich muß es deutlicher sehen …«

»Da draußen gibt es nichts, dem man sich nähern könnte!«

»Das verstehst du nicht. Du hast ja keine Ahnung. Meine Sinne sind so verschieden von den deinen …«

»Sei nicht albern. Komm jetzt mit.«

Er entfernte ihren Anzugkragen, so behutsam, wie er mit den Kindern umgegangen war, als er daheim auf Twilight eine Zeitlang in einer Krippe arbeitete.

»Wir kehren ein anderes Mal zurück. Um dieses Phänomen zu erkunden, reicht der X-Team Computer nicht aus. Wir brauchen ein richtiges Forschungsschiff und Spezialisten.«

»Das weiß ich selbst«, räumte Orca erbittert ein.

»Aber welche Chance habe ich, noch einmal hierher zurückzukommen?«

»Ach so …«, entgegnete Radu lahm. »Verstehe. Daran hatte ich nicht gedacht.«

»Warum solltest du auch? Du darfst mitfliegen – wahrscheinlich würden sie dich sogar gegen deinen Willen mitschleppen!«

»Das kann ich mir nicht vorstellen …«

»Eine Hälfte der Instrumente, die sich an Bord befinden werden, dient dazu, diese Grenze zu erforschen; die andere Hälfte wird benutzt, um dich zu analysieren.«

»Aber jetzt bist du hier – du hattest dich freiwillig gemeldet …«

Sie schnaubte abfällig. »Na und? Neunzig Prozent der Crew stehen auf der Warteliste für Erkundungsmissionen. Ich bekleide einen subalternen Rang und habe keine besondere Ausbildung.«

»Orca …« Radu brach ab. Höchstwahrscheinlich hatte sie ja recht. Zu gern hätte er sich über ihre Bemerkung hinweggesetzt, aber was sie sagte, klang plausibel.

Fluchend stapfte sie davon. Radu wartete ein Weilchen; er wollte ihr Zeit geben, sich wieder zu fangen, erst dann folgte er ihr in die Schlafkabine. Ihr Schlafcontainer stand bereit.

»Du mußt dich jetzt schlafen legen, Orca. Gleich treten wir den Rückweg an.«

»Ich will aber nicht schlafen. Ich möchte wach bleiben …« Sie wirbelte herum und umklammerte sein Handgelenk, wobei sie seine Wunde schmerzhaft zusammenquetschte.

Radu biß auf die Zähne.

»Der Transit würde mir nichts ausmachen, sie reden einem nur ein, daß man währenddessen sterben würde. Das Ganze ist eine große Lüge, ein Täuschungsmanöver, weiter nichts.« Aufgebracht musterte Orca ihre Schlafzelle.

Im Augenblick wünschte sich Radu nichts sehnlicher, als sich hinzulegen und in einen traumerfüllten Schlaf zu sinken.

»Angenommen, ich weigere mich, in die Kapsel zu steigen«, rebellierte Orca. »Wer garantiert denn, daß ich im Transit sterben werde?«

Radu dachte an Marc. »Das Risiko besteht wirklich, Orca. Ich weiß nicht, wieso ich dagegen immun bin, aber der Transit fordert Menschenleben. Vielleicht treten bei mir die Folgen mit Verzögerung ein.«

»Was siehst du, Radu?« fragte Orca leise. »Was ist so Berauschendes am Transit?«

»Ich kann es nicht schildern. Es tut mir leid, aber die Piloten haben recht; für das, was man erlebt, gibt es keine Worte. Ich erinnere mich nicht einmal an das, was ich beobachtet und gefühlt habe, denn etwas, das sich nicht in Worte fassen läßt, bleibt auch nicht im Gedächtnis haften.«

Mit dem linken Fuß streifte sich Orca den rechten Schuh ab, und mit den bloßen Zehen befreite sie sich von dem linken. Sie ballte die Fäuste und bog die Füße durch. Ihre ausgefahrenen Krallen scharrten über den Boden.

»Es *gibt* Worte dafür«, behauptete sie. »Nur nicht in eurer Sprache.«

Als sie ihn umarmte, schmiegte sie sich wie verzweifelt an ihn. Er drückte sie an sich und fühlte durch den grobmaschigen Stoff ihres Hemdes das Spiel ihrer langen, kräftigen Rückenmuskeln. Mit der Hand strich er ihr über das seidige Haar. Widerstrebend löste sie sich aus der Umarmung, ergriff seine Hand und beäugte mit feindseligen Blicken ihre Schlafkapsel.

Selbst als die Instrumente anzeigten, daß sie eingeschlafen war, blieb er noch bei ihr. Er wartete, bis er sich persönlich davon überzeugt hatte, daß das Anästhetikum wirkte. Während er auf ihre schlummernde Gestalt blickte, beneidete und bedauerte er sie gleichermaßen.

Danach begab er sich an Bord des Trainingsschiffs und gesellte sich zu Laenea.

»Orca schläft.«

»Gut.« Sie schwieg erwartungsvoll.

»Was ist los?« erkundigte sich Radu.

»Das möchte ich von dir wissen. Du wolltest doch nicht, daß ich das Schiff beschleunige.«

»Entschuldige«, erwiderte er. »Orca ... Orca hat sich nur noch ein paar Minuten lang umgesehen.« Er verschwieg, was sich im einzelnen abgespielt hatte, denn er befürchtete, Orcas sonderbares Verhalten könnte sie ihren Job kosten, wenn erst die Administratoren davon erführen.

Laenea hob eine Augenbraue, dann zuckte sie die Achseln und schaltete das Bordsprechgerät ein. »Ramona, Wassili, ich bringe uns jetzt nach Hause.«

Der übergeordnete Rang der beiden anderen Piloten spielte keine Rolle mehr. Laeneas Entdeckung der siebenten Dimension beförderte sie automatisch an die Spitze der Hierarchie. Und was Radus Leistung anging – wie auch immer man sie einstufen mochte – er hatte nicht die leiseste Ahnung, wie sich seine Verdienste auf seine Zukunft in der Crew auswirken würden.

Vom zweiten Pilotensessel aus – quasi als Copilot einer ungeplanten Erkundungsmission – beobachtete Radu, wie die beiden aneinandergekoppelten Schiffe in den Transit abtauchten. Er wappnete sich für das zu Erwartende.

Dieses Mal ließ er alles mit Ruhe auf sich zukommen. Er öffnete sich für die Eindrücke, nahm sie in sich auf und ging aus sich heraus, sperrte sich nicht länger dagegen. Das Gefühl, das Werden und Wirken des gesamten Universums zu verstehen, selbst eingebunden zu sein in das große Mysterium, versetzte ihn in einen wahren Begeisterungstaumel.

Er sah ein wenig verschwommen, aber er konnte Gegenwart, Vergangenheit und Zukunft voneinander unterscheiden. Neugierig und nicht ohne eine gewisse Furcht schaute er zu Laenea hin.

Ihr Bild explodierte zu einer so ungeheuren Vielfalt von einzelnen Visionen, daß Radu sich staunend und überwältigt in seinen Sessel zurücklehnte.

Die Augen schließend, versetzte er sich in die Realität zurück und suchte nach einer Erklärung für das, was geschehen war. Er sah Laenea nicht in der Art und Weise, in der ihm Miikala erschien. Miikalas Leben war zu Ende, ihm dämmerte keine Zukunft mehr; Laeneas Möglichkeiten begannen sich gerade erst zu entfalten. Ihre Chancen vergrößerten sich mit jedem Augenblick, durch jede Entscheidung, jedwede subatomare Interaktion. Lediglich bei einem Toten stellte sich die Zukunft als unabänderlicher, statischer Zustand dar.

In der üblichen Weise, ohne den Versuch, sie zu ergründen, beobachtete er Laenea. Die künstliche Schwerkraft glich Geschwindigkeitsschwankungen aus, gleichgültig, ob sich das Schiff im Transit oder im Normalraum befand.

»Erklär mir, was du tust«, bat Radu.

»Ein Stück weit flogen wir durch die siebente Dimension; sehr weit kann man sich in ihr nicht bewegen, sonst landet man am anderen Ende des Universums – oder kehrt plötzlich wieder an seinen Ausgangspunkt zurück.« Einen Augenblick lang bedeckte sie ihr Gesicht mit der Sauerstoffmaske. »Sobald wir die Stelle erreicht haben, an der Miikala starb, folgen wir in umgekehrter Richtung meinem Trainingsflug. Ich kenne die Koordinaten; wir könnten eine Abkürzung nehmen, aber dazu fehlt mir die Erfahrung, und Wassili zieht es vor zu bocken, anstatt mir beim Navigieren zu helfen.«

»Sein Stolz ist verletzt«, meinte Radu. »Er war daran

gewöhnt, immer der Beste zu sein. Auf einmal kommst du und überflügelst ihn ... Und was noch schlimmer ist, ein einfaches Crew-Mitglied wie ich weist ihm den Weg in eine neue Dimension ... ohne, daß ich etwas dafür kann ...«

»Stell dein Licht nicht unter den Scheffel, Radu. Waska weiß, was du geleistet hast, und mir hast du das Leben gerettet.«

»Das ist nur recht und billig«, erwiderte Radu lächelnd. »Du hast mich ja auch vor dem Sterben bewahrt. Die Leute von Twilight bleiben niemandem etwas schuldig.«

Sie erwiderte sein Lächeln und wollte automatisch nach seiner Hand greifen, besann sich jedoch rechtzeitig. Resigniert zuckte sie die Achseln.

»Kannst du da draußen jetzt etwas sehen?« fragte sie.

»Nein«, antwortete er, froh über den Themenwechsel. »Nein. Aber als wir durch die siebente flogen, fühlte oder sah ich etwas ... ich weiß nicht, wie ich mich ausdrücken soll. Es handelte sich um eine Wahrnehmung, die nur in meinem Kopf existierte. Jetzt ist für mich wieder alles grau in grau.« Er spähte durch die Scheibe, immer noch in der Erwartung, das Bild könne sich plötzlich ändern.

Als er Laenea wieder ins Auge faßte, merkte er, daß sie ihn mit höchster Konzentration anstarrte.

»Was hast du?« wunderte er sich. Ihr Stirnrunzeln beunruhigte ihn.

Ihre Miene erhellte sich, und sie lachte.

»Ich war dabei, ein Experiment durchzuführen. Aber meine Hypothese ließ sich nicht halten.«

»Welche Hypothese?«

»Daß du mich gefunden hast, weil du meine Gedanken hören kannst.«

»Ich glaube nicht an Telepathie.«

»Einen Versuch war es wert. Ich dachte an dich, so

intensiv ich konnte, aber nichts passierte. Offenbar hast du nichts gehört oder gefühlt oder sonst etwas empfunden.«

»Nein«, entgegnete er. Ich habe dich wiedergefunden, dachte Radu. Einmal fand ich dich und mußte dich aufgeben, weil ich versagt habe. Wäre ich ein zweites Mal gescheitert, hätte es dich das Leben gekostet.

Er schämte sich jedoch, seine Gedanken laut auszusprechen. Statt dessen zuckte er die Achseln. »Es war nicht von Belang. Du hattest dich ja nicht wirklich verirrt. Den Rückweg hättest du auch allein gefunden.«

»Da bin ich mir nicht sicher. Als ich versuchte, Miikala zu helfen, geriet das Schiff außer Kontrolle, und als es dann zum Stillstand kam, wußte ich nicht, wo ich war. Angenommen, ich hätte ein Jahr lang gebraucht, um die Rückroute auszuarbeiten – du kannst besser auskalkulieren als ich, wieviel Zeit dann auf der Erde vergangen wäre.«

Ungewollt drängte sich Radu die Antwort auf. Er verscheuchte sie. Er wäre längst tot gewesen, und Laenea in eine ferne Zukunft zurückgekehrt, in der kein Mensch mehr etwas von ihr gewußt hätte. Der Gedanke an seine eigene Vergänglichkeit störte ihn nicht – seit er die Seuche überstanden hatte, lebte er von geborgter Zeit – doch die Aussicht, bis ans Ende seiner Tage mit der Vorstellung existieren zu müssen, Laenea sei tot, und er vermochte ihr nicht zu helfen, als sie um ihr Überleben kämpfte, ließ ihn erschauern.

»Geht es dir gut?« fragte Laenea.

»Ja. Aber ich habe mich verändert …«

»Ich weiß. Ich bin auch nicht mehr die alte.«

Sie legte ihre Hand auf die seine, und ihre Finger wanderten zu seinem Handgelenk. Er spürte, wie sein Puls unter ihrem festen Griff in einem kräftigen, ruhigen Takt klopfte. Plötzlich wandelte sich der Rhythmus, und eine finstere Woge drohte ihn zu überschwemmen. Er schnappte nach Luft.

Mit einem kurzen, überraschten Aufschrei zog Laenea ihre Hand zurück. Radus Blick klärte sich wieder. Laenea rieb sich die Hand, als habe sie einen elektrischen Schlag erhalten. Ihre Miene drückte Bedauern aus.

»Obwohl wir beide uns verändert haben, reicht der Wandel nicht aus«, bemerkte Radu. Er sprach noch heftiger auf die Nähe von Piloten an, und sie schien den Kontakt mit normalen Menschen weniger zu vertragen als zuvor.

Laenea schüttelte den Kopf. »Im Gegenteil, wir haben uns *zu stark* verwandelt. Und das in die falsche Richtung.«

Radu blickte auf seine Hände. Unter der schmuddeligen Bandage juckte die Wunde. Er kratzte sie.

»Ich liebe dich«, sagte er übergangslos. »Dabei spielt es keine Rolle, daß du eine Pilotin bist und ich kein Pilot werden kann. Es macht auch nichts aus, daß wir jede Berührung vermeiden müssen. Ich liebe dich trotzdem.«

»Ich weiß«, sagte sie leise. »Es tut mir leid.«

Flirrend fand das Transitschiff in den Einsteinschen Raum zurück. Laenea suchte den Leitstrahl, fing ihn ein und identifizierte ihn. Sie war stolz auf ihre Navigationskünste. Nur wenige Flugstunden trennten sie von der Erdstation. Tatsächlich waren sie hart an der Grenze aufgetaucht, in der es für ein Transitschiff noch sicher war, in den Normalraum zurückzukehren. Sie setzte einen Kurs Richtung Orbitalstation fest. Die beiden aneinandergekoppelten Schiffe drehten sich gemessen um die eigene Achse und nahmen vorsichtig Tempo auf.

Der gewöhnliche Raum kam Laenea langweilig und öde vor. Sie sah die vierte Raumdimension alltäglicher

Dinge und vermochte ihnen eine weitere Perspektive aufzuzwingen; aber die sechste Dimension war verlorengegegangen und die siebente beinahe nicht mehr vorstellbar. Die siebente war es, die sie packte und vor Begeisterung erschauern ließ. Am liebsten hätte sie das Schiff gewendet und wäre in den Transit zurückgetaucht.

Doch dann schickte sie ein Signal an die Erdstation. Der Controller, der den Funkspruch abfing, glaubte zuerst an einen schlechten Scherz und reagierte mißtrauisch. Als er einsah, daß die Nachricht stimmte, kam er aus dem Staunen nicht heraus. Er verschwand aus dem Kanal; als er sich wieder meldete, hörte man im Hintergrund aufgeregtes Stimmengewirr.

Trotz der Einzigartigkeit der Situation mußte die notwendige Arbeit getan werden. Laenea weckte die Computer, und Radu half Orca, aus dem Transitschlaf aufzuwachen. Laeneas Crew-Mitglied kam zu sich und befand sich in einem Zustand der Verwirrung und Erschöpfung, der an Schock grenzte. Sie brachten den Mann zu Bett, damit er ohne Narkosemittel in einen natürlichen Schlaf fallen konnte.

Die Neuigkeit, daß ein verschollenes Schiff zurückgekehrt war, verbreitete sich in Windeseile. Laenea fiel die angenehme Aufgabe zu, die Familie des Crew-Mitglieds zu unterrichten, daß der Mann lebte und bald wieder wohlauf sein würde.

Ramona übernahm es, mit Miikalas Angehörigen Kontakt aufzunehmen. Als sie sie endlich erreichte, mußte sie frisch aufgeflackerte Hoffnungen zerstören. Worte vermochten die Trauer nicht zu vermindern; vielleicht verstand nur jemand, der selbst Pilot war, daß die Umstände von Miikalas Ableben die Tragik ein wenig linderten.

Zwei Stunden später dockte Laenea die Schiffe an die Orbitalplattform an und ließ sie bei der Transitbehörde registrieren. Erst als die Formalitäten erledigt waren, fiel ihr ein, daß von Rechts wegen Ramona die Befehlsgewalt über die Schiffe hatte, und nach ihr Wassili. Wassili igelte sich in seiner Kabine ein, und seit Ramona mit Miikalas Familie gesprochen hatte, schien sie an nichts mehr Interesse zu finden. Stillschweigend überließ sie Laenea das Kommando.

Laenea setzte zu einer Entschuldigung an, doch die ältere Pilotin winkte ab.

»Schon gut«,sagte sie. Ihre Stimme klang apathisch. »Du hast deine Sache ausgezeichnet gemacht.«

Laenea fühlte sich unbehaglich und leicht aus der Fassung gebracht.

»Und was geschieht jetzt?« Als sie in der Crew mitwirkte, gab es nach dem Andocken immer noch stundenlang zu tun. Als Pilotin waren ihre Pflichten beendet.

»Die Administratoren werden sich mit dir auseinandersetzen wollen«, meinte Ramona. »Aber die Piloten auch.«

Als Laenea die Ausstiegsluke öffnete, wartete bereits ein medizinisches Team auf sie. Laeneas Crew-Mitglied wurde in eine Klinik gebracht, und man holte Miikalas Leichnam von Bord. Ramona sah den Sanitätern hinterher. Laenea rückte näher an die ältere Pilotin heran, in der Befürchtung, sie könnte abermals zusammenbrechen; doch Ramona zwinkerte hastig, hob den Kopf, straffte die Schultern und war wieder ganz die alte. Ihren Kummer überspielend, führte sie Laenea und die anderen in die Erdstation.

Die Shuttle-Bucht, in der normalerweise eine hektische Betriebsamkeit herrschte, war so still und verlassen, daß die Schritte, die sich ihnen näherten, ein hohles Echo erzeugten. Dr. van de Graaf, die Chirurgin, die Laenea operiert und eine Pilotin aus ihr gemacht hatte, blieb vor Ramona stehen und musterte sie kühl. Die Ärztin trug einen biederen Hosenanzug und wirkte noch strenger als sonst.

»Willkommen daheim, Piloten«, grüßte sie.

»Hallo, Kristen«, gab Ramona zurück. »Radu, Orca, das ist Dr. van de Graaf von der Transitbehörde. Kristen, Laenea und Wassili brauche ich dir wohl nicht vorzustellen.«

»Das ist wirklich nicht nötig«, erwiderte sie. »Laenea und ich hatten ein paar höchst interessante Diskussionen über die Qualität der administrativen Entscheidungen.«

Laenea schwieg. Sie war verärgert, weil man ihr nicht gesagt hatte, daß die Chirurgin gleichzeitig ein Mitglied der Transitbehörde war. Van de Graaf lächelte dünn, zweifelsohne in der Annahme, Laenea würde ihre abfälligen Bemerkungen über die Administratoren bereuen. Das Gegenteil traf zu; hätte sie gewußt, daß die Ärtzin eine einflußreiche Position bekleidete, hätte sie ihren Standpunkt nachdrücklicher vertreten.

»Kommen Sie bitte mit mir.« Van de Graaf brachte es fertig, die Aufforderung höflich klingen zu lassen und nicht wie eine leere Floskel. »Wir haben viel zu bereden.«

Laenea warf einen Blick auf Ramona, die die Arme verschränkte und den Kopf schüttelte. »Das ist richtig«, betonte sie. »Du kannst später mit Laenea reden, Kri, wenn wir mit ihr fertig sind.«

»Nein, Ramona, dieses Mal gehen unsere Belange vor. Ein solches Ereignis hat es noch nie gegeben. Es ist einzigartig.«

Ramona lächelte. »Schade, daß es keinen Superlativ von ›einzigartig‹ gibt. Glaube mir, Kri, ausnahmsweise decken sich die Interessen der Piloten mit denen der Administratoren. Noch nie war eine Lagebesprechung so wichtig. Wir sind mehr als erpicht darauf, das Vorgefallene zu klären.«

Auf van de Graafs Gesicht erschien kurz ein Ausdruck der Verblüffung, dann setzte sie wieder ihre nonchalante Miene auf. Zwischen ihr und Ramona ging mehr vor, als für einen Außenstehenden zu erkennen war; Laenea fühlte sich, als würde in dem angespannten Schweigen zwischen der Administratorin und der Pilotin über ihr Schicksal entschieden.

Abrupt nickte van de Graaf. »Na schön. Einverstanden.«

»Werde ich überhaupt nicht gefragt?« mischte sich Laenea gereizt ein.

»Nein, meine Liebe«, beschied ihr Ramona. »Noch nicht.«

KAPITEL 12

Laenea folgte Ramona in einen winzigen Raum, der mit einem Stimmenrecorder, einem Schreib- und Graphikcomputer sowie Papier, Malstiften und Farben ausgestattet war.

»Ich hätte gern, daß du deine Eindrücke und Erfahrungen während des Transits in der für dich bequemsten Art und Weise festhältst«, begann Ramona in dienstlichem Ton. »Wenn dir andere Hilfsmittel lieber sind, brauchst du es nur zu sagen, und ich lasse dir das Material bringen. Hinterher können wir uns darüber unterhalten, und es steht dir frei, die Aufzeichnungen von anderen Piloten zu studieren. Hast du noch irgendwelche Fragen?«

»Im Augenblick fällt mir nichts ein.«

Ramona nickte und ging, die Tür hinter sich schließend.

»Ich möchte sprechen«, sagte Laenea.

»Gerät ist aufnahmebereit«, antwortete der Recorder. In der Luft formierte sich ein grünes Licht. Eine Zeitlang starrte Laenea darauf. »Ich hab's mir anders überlegt«, korrigierte sie sich. Das Licht erlosch.

Sie stand auf, doch zum Auf- und Abgehen war die Kammer zu klein.

Sie setzte sich an den Computer und begann hurtig zu tippen. Nach einer Weile verlor sie den letzten Rest des erratischen Zeitgefühls, das den Piloten noch innewohnte.

Ramona brachte Orca zu einer zweiten Kabine. Sie öffnete die Tür und ließ die Taucherin eintreten.

»Orca«, sagte sie, »könnten Sie uns bitte schildern, was Sie während des Fluges wahrgenommen haben? – Falls Sie sich in einem bestimmten Medium ausdrükken möchten, brauchen Sie nur danach zu fragen.«

Die Transitadministratorin wartete schweigend und mit neugieriger Miene ab.

Orca ließ sich in das winzige, mit Aufzeichnungsgeräten vollgestopfte Kabuff einschließen. Sie war es nicht gewöhnt, dauerhafte Notizen anzufertigen, schon gar nicht auf mechanischem Wege. Die Cousins und Cousinen besaßen ein fabelhaftes Gedächtnis, sie vergaßen nie etwas. In True Speech konnte man wunderbar Geschichten erzählen, wahre und erfundene, wobei die Cetaceen sich weniger um den Unterschied kümmerten als die Menschen.

Orca überlegte, ob Ramonas Angebot sich auch auf einen gefüllten Swimmingpool erstreckte. Sie glaubte es nicht – aber man konnte nie wissen. Sie sang ein paar Worte in Middle Speech, doch als sie sie dann abspielte, klangen sie falsch, gekünstelt, verfremdet, gestelzt. Die Beschreibung der Grenze mußte sie auf später verschieben.

Noch fand sie auf Ramonas Fragen keine Antwort. Dafür nagte eine Frage an ihr, die Ramona ihr vielleicht beantworten konnte, die ihr auf jeden Fall Stoff zum Nachdenken bot. Sie löschte das Band, spulte es zurück und sprach darauf: »Was liegt hinter dem äußersten Rand des Universums?«

»Radu«, wandte sich Ramona an ihn, »haben Sie eine Ahnung, was wir gern von Ihnen erfahren möchten?«

Radu nickte; er war froh, daß sie nicht von ihm wissen wollte, ob er überhaupt imstande sei, den Wunsch zu erfüllen.

»Ramona«, mischte sich van de Graaf ein, »warum läßt du die Crew Bericht erstatten?«

»Du stellst die falsche Frage, Kri«, hielt Ramona ihr

entgegen. »Erkundige dich lieber, *wie* wir das verschollene Schiff gefunden haben. Genauer gesagt, *wer* es aufspürte.«

Als Radu die Tür des Kabinetts schloß, hörte er, wie die Chirurgin entgegnete: »Ramona, ich meine …« Sie brach ab und setzte von neuem an. »Ich finde, du solltest mich endlich aufklären, was, zum Teufel, sich da draußen zugetragen hat.«

In dem stillen, abgeschlossenen Raum stand Radu vor einer Reihe von Geräten. Er setzte sich hin, nahm einen Bleistift in die Hand, kaute an dessen Ende und kritzelte dann in seiner ungelenken Schrift ein paar zusammenhanglose Brocken aufs Papier: Bäume nach Regen, Kristalle, ein Fischschwarm, der stromaufwärts schwimmt.

Dann radierte er das Geschriebene wieder aus. Das Blatt zerriß. Er warf es weg und griff nach dem nächsten. Er überlegte, ob er neue Vokabeln erfinden sollte, doch selbst wenn es ihm gelänge, wären sie für jeden anderen außer ihm nur eine wahllose Aneinanderreihung von Buchstaben. Und ohne Definitionen, ohne die Möglichkeit, ihnen in seinem Kopf eine gewisse Bedeutung zu verleihen, würden sie auch für ihn bald zu einem Kauderwelsch zerfallen. Das unbeschriebene Blatt schob er beiseite.

Er probierte die Tür. Sie ließ sich nicht öffnen, also klopfte er. Er kam sich vor, als hätte er sich gerade einem Test unterzogen, bei dem sein Scheitern von vornherein feststand.

Ramona-Teresa öffnete ihm.

»Ich kann es nicht«, erklärte Radu. »Es tut mir leid, aber ich weiß nicht, wie ich mich ausdrücken soll.«

»Das macht nichts«, erwiderte sie verständnisvoller, als er erwartet hatte. »Schon gut.«

»Ich dachte, Sie würden sich ärgern.«

»Wie kann ich Ihnen böse sein, weil Sie etwas nicht fertigbringen, das mir selbst nicht gelingt?« Sie stellte sich an die Seite, damit er in den Korridor hinaustreten konnte. »Schließlich sind Sie nicht der einzige, der so reagiert.«

Danach brachte Dr. van de Graaf Radu in die Klinik, wo ein medizinischer Assistent ihn aufforderte, sich auszuziehen, und seine Kleidung wegtrug.

Die Untersuchungen, die er über sich ergehen lassen mußte, waren rigoroser und gründlicher als sämtliche Tests, mit denen man ihn auf seine Tauglichkeit für den Dienst in der Crew geprüft hatte. Ihm fiel ein, wie Laenea ihre Erlebnisse in der Klinik bezeichnete. Was man mit ihr anstellte, sei zum Teil ›entwürdigend‹ gewesen. Recht hatte sie. Vermutlich nahm man Laenea und Orca jetzt genauso in die Mangel, aber er sah und hörte nichts von ihnen, er begegnete überhaupt niemandem, den er kannte.

Zwölf Stunden später konnte Radu nachempfinden, warum Laenea sich damals so heftig dagegen gesträubt hatte, in die Klinik zurückzugehen. Er fühlte sich ausgepowert und wie ein Gefangener. Er wollte weg von diesen Untersuchungskabinen, nach draußen, egal wohin, auf die Erde hinunter oder heim nach Twilight; selbst ein Spaziergang im All, außerhalb der Plattform, nur von einem Energieanzug geschützt, wäre ihm jetzt lieber gewesen als dieses Eingepferchtsein.

Irgendwo in den Tiefen des Universums, jenseits aller künstlichen Kolonien und Raumstationen, hausten Wesen, deren Vorfahren Menschen waren, die sich jedoch vor Generationen aus freien Stücken in etwas anderes verwandelt hatten. Sie konnten im Vakuum existieren, auf kahlen Felsen, an den Gestaden von Seen aus flüssigem Metall.

Radu war genau so monströs wie sie – jedenfalls kam er sich im Augenblick so vor – mit dem Unterschied, daß diese Kreaturen frei waren und er nicht. Er beneidete sie. Vor Langeweile und Erschöpfung vermochte er kaum noch klar zu denken.

Er bemühte sich, Geduld zu üben, doch als ein anderer Assistent – kein Mitglied des Personals sah er zweimal – ihn nackt und ohne ein erklärendes Wort in einem Kabuff zurückließ, in dem es weder Fenster noch Monitore noch Terminals gab, nicht einmal ein Buch lag herum, verlor er die Beherrschung. Die Tür hatte weder eine Klinke noch Innenschalter. Mit den Fäusten bollerte er dagegen. Keine Antwort. Er stemmte die Hände gegen die Tür und probierte, ob sie sich schieben ließ. Es ging nicht.

Ihm kam der Verdacht, daß man ihn vielleicht beobachtete – ihn bespitzelte –, und er wollte ihnen nicht die Genugtuung verschaffen, ihn in Panik zu sehen. Also setzte er sich wieder hin, legte die Hände in lockerer Haltung auf die Knie und wartete.

Er fragte sich, ob man vielleicht seine Gedanken belauschen konnte.

Nicht auf telepathischem Wege – an diese Möglichkeit mochte er immer noch nicht glauben. (Trotzdem dachte er: Laenea, kannst du mich hören? und versuchte, sie mit dieser Frage zu erreichen. Ohne Ergebnis.) Es wäre albern, anzunehmen, daß die Administratoren irgendwo einen Gedankenleser versteckten, und dieses Medium sollte dann herausfinden, was andere Leute dachten. (Nichtsdestoweniger malte er sich im Geiste ein vulgäres Bild aus; plötzlich fiel ihm ein: Woher wußte Atnaterta, daß auf unserem letzten Flug etwas schiefgehen würde? Woher wußte ich, wo Laenea steckte?)

Doch wenn die Administratoren erfahren wollten, was in seinem Kopf vor sich ging, würden sie Maschinen einsetzen: hochempfindliche Recorder, die mittels elektromagnetischer Felder operierten und seine Nervenimpulse, seine chemischen Stoffwechselvorgänge im Gehirn und seine Augenbewegungen registrierten.

Ganz still saß Radu da und meditierte.

Eine weitere Stunde schlich dahin. Radu wünschte

sich, er könnte für eine Weile seinen Zeitsinn ausschalten. Dann hätte er sich einbilden können, mittlerweile seien mehrere Tage verstrichen, so kam es ihm nämlich vor.

Als die Tür zu seiner Kabine endlich aufging, hatte Radu einen Entschluß gefaßt.

Dr. van de Graaf trat ein und ließ die Tür hinter sich zufallen.

»Ich habe ein paar Fragen an Sie«, eröffnete sie das Gespräch.

Es war ein Unterschied, ob er nackt vor einem anonymen Ärztekomitee stand, oder im Adamskostüm von seiner Arbeitgeberin interviewt wurde. Van de Graaf hatte es nicht einmal für nötig befunden, sich einen Ärztekittel überzuziehen; sie trat in ihrer Eigenschaft als Transitadministratorin auf, und nicht als Chirurgin.

»Zuerst hätte ich gern meine Kleidung zurück«, verlangte Radu.

»Man würde sie Ihnen ja doch gleich wieder wegnehmen. Mit den Tests sind wir noch lange nicht fertig.«

Die Abfuhr schürte den Groll, der sich seit Beginn der Prozedur in Radu anstaute.

»Ich will meine Kleidung«, forderte er. »Und ich möchte jetzt gehen. Sie haben kein Recht, mich hier festzuhalten.«

Ihre Stimmlage änderte sich nur leicht, doch ihre anfängliche Freundlichkeit schlug um in ein amtliches, von Höflichkeit kaum übertünchtes Gebaren.

»Im Gegenteil«, beschied sie ihm. »Der Vertrag, den Sie mit uns abschlossen, verpflichtet uns, Sie im Falle einer gesundheitlichen Schädigung durch den Transit zu behandeln.«

»Meine Gesundheit ist nicht geschädigt.«

»Das ist Ansichtssache. Bis jetzt weist alles darauf hin, daß Sie für den Rest Ihres Lebens fluguntauglich sind.«

Radu wollte protestieren, doch sie ließ ihn nicht zu Wort kommen.

»Ehe wir Genaueres wissen, müssen Sie sich unseren Weisungen fügen. Sollten Sie ohne unsere Einwilligung desertieren, sind Sie vertragsbrüchig geworden. Das allein schon würde Ihren Hinauswurf aus der Crew nach sich ziehen.«

»Vielleicht will ich nach allem, was passiert ist, gar kein Crew-Mitglied mehr sein.«

»Und wovon wollen Sie leben?«

»Ich hatte schon andere Jobs, außer auf als Sternenschiffen Küchenhilfe zu jobben.«

»Das kann ich mir denken. Aber sind Sie auch im Besitz einer Arbeitserlaubnis?«

»Was ist das?«

»Ein Dokument, das Ihnen erlaubt zu arbeiten«, antwortete van de Graaf.

Ihr Zynismus brachte Radu in Harnisch. »Man braucht eine Erlaubnis, um auf der Erde zu arbeiten? Das ist ja ein hirnrissiges System.«

»Mag sein. Aber ohne dieses Papier kriegen Sie keine Stelle, weder auf der Erde noch auf der Plattform. Keiner würde Ihnen Arbeit geben. Keiner darf Ihnen Arbeit geben. Kein Job – kein Geld.«

»Den größten Teil meines Lebens bin ich ohne Geld ausgekommen ...«

»Auf einer Koloniewelt«, hielt van de Graaf ihm entgegen. »Radu Dracul, hier befinden Sie sich in einer komplexen Gesellschaft. In einer Raumstation kann man nicht auf Suche nach Nahrung als Jäger und Sammler durch die Korridore pirschen. Gewiß, auf der Erde gibt es ausgedehnte Landstriche, die die Wildnis zurückerobert hat. Aber diese naturbelassenen Terrains sind streng geschützt und werden laufend kontrolliert. Ohne Passierschein darf niemand sie betreten.«

Radu blickte auf seine bloßen Hände und seine bloßen Knie.

»Es ist gar nicht nötig, daß man mich von allen Seiten bedrängt, bis ich nicht mehr weiß, wo mir der Kopf steht« bekannte er. »Ich bin genauso erpicht darauf wie Sie zu erfahren, was mit mir los ist. Der Betroffene bin *ich,* aber kein Mensch denkt daran, mich über die Resultate der Tests aufzuklären.«

Van de Graf wirkte unschlüssig; dann setzte sie sich hin, schlug das linke Bein über das rechte und legte die rechte Hand auf den linken Knöchel.

»Sie haben natürlich recht«, lenkte sie ein. Ihre Stimme klang um eine Spur freundlicher. »Vielleicht liegt es daran, daß wir bis jetzt noch keine Auffälligkeiten entdeckt haben.«

Radu schwieg verblüfft.

»So etwas wie Sie hat es unseres Wissens noch nie gegeben. Aber körperlich unterscheiden Sie sich in nichts von anderen normalen Menschen, einschließlich der Personen, die mit dem Transit experimentierten, meistens mit tödlichem Ausgang.«

Radu wartete darauf, daß sie fortfuhr, doch zwischen ihnen machte sich ein gespanntes Schweigen breit.

»Glauben Sie, ich hätte eine Erklärung für das Vorgefallene?« fragte Radu. »Ich weiß weniger über den Vorgang als Sie. Geht man davon aus, daß ich nicht einmalig bin, bedeutet das, daß auch andere gewöhnliche Leute den Transit heil überstehen könnten.«

»Sie mögen recht haben – obwohl ich es bezweifle, aber ich werde nicht mit Menschenleben experimentieren; jedenfalls nicht, solange wir noch nicht alle Testmöglichkeiten voll ausgeschöpft haben.«

»Ich bin durchaus bereit, mit Ihnen zu kooperieren …«, erbot sich Radu.

»Schön«, erwiderte van de Graaf trocken.

»… aber ich möchte darüber aufgeklärt werden, was mit mir geschieht. Ich bin müde, und ich habe es satt, wie eine Unperson behandelt zu werden.«

Das erzeugte endlich eine Reaktion: Zum ersten Mal betrachtete die Ärztin ihn mit uneingeschränktem Interesse.

»Ich bitte um Entschuldigung«, sagte sie. »Aber der Vorfall hat uns alle in große Verwirrung gestürzt. Es klappt nicht alles so reibungslos, wie ich gern möchte. Doch ich werde die Assistenten anweisen, Ihnen den Sinn und Zweck einer jeden Untersuchung genau zu erklären. Jetzt möchte ich Sie noch einem neurologischen Test unterziehen und Ihnen ein paar Fragen stellen. Danach stehe ich Ihnen zur Verfügung, falls Sie irgendwelche Fragen an mich haben. Einverstanden?«

»Könnte ich …«

Van de Graaf lachte freundlich. »Selbstverständlich. Sie bekommen etwas zum Anziehen.«

Die Ärztin stand zu ihrem Wort. Der Assistent, der hereinkam, brachte Radu einen Kittel mit. Ausführlich erläuterte er ihm, was sich während der Untersuchung abspielte.

»Durch ein Scannerverfahren fertige ich jetzt ein umfassendes Diagramm Ihres Nervensystems an«, sagte er. »Wenn ich die Daten aufgezeichnet habe, gebe ich sie in den Computer ein. Der erstellt eine statistische Analyse und vergleicht Ihre Gehirnzellenaktivität mit den Vorgängen in anderen Körperzellen und den Nervenbahnen. Zum Schluß werte ich aus, inwieweit Ihr neurologisches Profil vom Durchschnitt abweicht.«

»Finden Sie oft Unterschiede?«

»Immer«, räumte der Assistent munter ein. »Ich hatte noch keine Testperson, deren Resultate sich mit der Norm deckten. Aber die Art der Modifikation ist sehr aufschlußreich.«

Radu unterzog sich dem Test.

Danach bekam er endlich seine eigene Bekleidung zurück.

Außerdem beantwortete er Dr. van de Graafs Fragen; es handelte sich um eine ellenlange, von einem

Computer heruntergehaspelte Liste. Im Gegensatz zu den meisten maschinellen Stimmen wirkte diese so monoton und hypnotisch, daß er sie mitunter akustisch nicht einmal verstand. Die ersten Fragen beantwortete Radu ohne nachzudenken. Ständig schweifte seine Aufmerksamkeit ab. Doch die Stimme bohrte hartnäckig immer tiefer in seiner Vergangenheit, bis er sich wieder zur Zeit der Seuche auf Twilight befand. Er wünschte sich, er hätte auch diese Fragen automatisch beantworten können, ohne innerlich beteiligt zu sein.

Abrupt brach die Stimme ab. Wenige Minuten später kam van de Graaf in die Kabine.

»Vielen Dank für Ihre Geduld«, sagte sie, und es klang sogar aufrichtig.

Radu war zu erschöpft, um noch einmal aufzumucken; er fühlte sich so abgestumpft, daß es ihm bereits genügte, mit schlichter Höflichkeit behandelt zu werden.

»Keine Ursache«, gab er zurück.

»Erzählen Sie mir ein bißchen über sich«, forderte sie ihn auf. »Beginnen Sie mit Ihrer Kindheit auf Twilight.«

»Da gibt es nichts besonderes zu berichten«, meinte er. »Meine Kindheit verlief normal, wie es vermutlich auf allen Koloniewelten üblich ist. Man lernt viele nützliche Dinge, ohne daß man ein Experte auf einem bestimmten Gebiet wird.«

»Würden Sie sagen, daß Sie ein eher unauffälliger Mensch waren?«

»Absolut.«

»Welche Erinnerungen haben Sie an die Seuche?«

»Fast gar keine. Ich erinnere mich an Laenea ...«

»Laenea!«

»Ja. Sie kam mit dem Rettungsschiff. Die gesamte Crew landete und half uns. Wußten Sie das nicht?«

»Nein. Das ist ja interessant. Erinnern Sie sich an weitere Crew-Mitglieder?«

»Nein. Als das medizinische Team eintraf, war ich gerade krank geworden. Ich weiß nur noch, daß Laenea sich um mich kümmerte. Ohne sie wäre ich gestorben.«

»Und was geschah später? Fühlten Sie sich irgendwie verändert?«

»Ich *hatte* mich verändert«, gab er zurück. »Meine ganze Familie kam ums Leben. Mit meinen eigenen Händen begrub ich sie. So etwas verändert einen Menschen.« Mit den Fingerspitzen berührte er die Narben auf seinen Wangen. »Und ich bin ein Gezeichneter. Jeder von Twilight weiß sofort, daß ich an der Seuche erkrankte und sie überstand.«

»Bevor Sie Laenea fanden, hatten Sie da jemals den Eindruck, Sie könnten sich auf eine unerklärliche Weise mit anderen Menschen verständigen?«

Radu zögerte, aber er rückte mit der Wahrheit heraus. Er erzählte der Ärztin von seinen Halluzinationen.

»Und das nennen Sie eine normale Kindheit?«

»Es passierte nicht, als ich ein Kind war«, stellte er richtig. »Diese Halluzinationen hatte ich nur ein paarmal, kurz vor Ausbruch der Krankheit. Vielleicht war ich da schon im Delirium.«

Unverhofft wechselte sie das Thema. »Wissen Sie zufällig, wie lang die Inkubationszeit des Erregers dieser Seuche war?«

»Ungefähr sechs Wochen. Was hat das mit meinem Problem zu tun?«

»Ach«, winkte sie ab, »wahrscheinlich gar nichts.«

Ehe er herausfinden konnte, ob ihr lässiger Ton ein Ablenkungsmanöver war, um ihn von weiteren Fragen abzuhalten, flatterten ihre Augenlider in einer Weise, die eine Übertragung durch ihren internen Kommunikator verriet. Radu wartete, bis sie sich ihm wieder widmen konnte.

Radu faszinierte der Gedanke, mit einem gewaltigen Reservoir an Datenspeichern vernetzt zu sein, aber für ihn war das kein Grund, sich eine Maschine ins Gehirn implantieren zu lassen. Gewiß, der Fremdkörper war winzig, kaum so groß wie der Nagel seines kleinen Fingers, und bestand zur Hauptsache aus biologischen Substanzen. Dennoch konnte er sich nicht zu diesem Eingriff überwinden. Hätte man ihn zum Pilotentraining zugelassen, wäre die ganze Angelegenheit vermutlich an seiner Verweigerungshaltung gescheitert; denn dieser Operation hätte er nie zugestimmt, auch nicht Laeneas wegen.

Die Administratorin schlug die Augen auf und sah Radu mit neugierigem Ausdruck an.

»Sagten Sie, Sie kennen andere Leute, die die Seuche bekamen und wieder genasen?«

»So habe ich mich nicht ausgedrückt. Ich weiß von keinem außer mir, daß er die Krankheit besiegt hat, aber es muß einfach noch mehr Überlebende geben.«

»Keinen einzigen.«

»Was?«

»In den Aufzeichnungen ist jedenfalls kein weiterer Fall vermerkt.«

»Kein Mensch dachte daran, Aufzeichnungen anzufertigen.«

»Stimmt. Aber ein paar Jahre später fand eine Volkszählung statt, und bei der hätte man Leute wie Sie erfassen müssen, wenn es sie gäbe.«

»Ich kann nicht der einzige sein. Ihre Informationen sind lückenhaft.«

Van de Graaf musterte ihn mit nachdenklicher Miene. »Vielleicht«, gab sie zu. »Aber möglicherweise sind Sie wirklich die absolute Ausnahme.« Sie stand auf. »Kommen Sie mit.«

Sie brachte ihn in eine kleine Lounge, wo die anderen bereits warteten. Radu freute sich, Orca zu sehen; in diesem Kreis war sie seine einzige wirkliche Freundin. Er traute weder den Administratoren noch den Piloten. Als Laenea ihn anlächelte, merkte er zu seinem

Kummer, daß er sich nicht einmal ihrer Loyalität vollkommen sicher war.

»Wenn Sie mir jetzt bitte alle folgen würden«. bat van de Graaf. Sie besaß die erstaunliche Gabe, einen Befehl wie einen höflichen Wunsch klingen zu lassen.

Sie führte sie durch gesicherte Türen zum Hauptkomplex der Erdstation. Der schmale, verlassene Flur verlief genau parallel zu den öffentlichen Korridoren. Seit ihrer Rückkehr aus dem Transit hatte Radu niemanden zu Gesicht bekommen, der nicht in irgendeiner Weise für die Transitbehörde arbeitete. Der Geheimgang brachte ihm zu Bewußtsein, was ihm die ganze Zeit über geschwant hatte: Man legte Wert darauf, ihn und die anderen zu isolieren.

»Wußtest du, daß diese Gänge existieren?« fragte er Orca im Flüsterton.

»Ich hatte mir nie Gedanken darüber gemacht«, gab sie zurück. »Aber daß es sie gibt, wundert mich nicht.«

»Wieso versteckt man uns?«

»Die Transitadministratoren lieben Publicity, wenn es Erfolge zu berichten gibt. Alles andere wird nach Möglichkeit vertuscht. Und du, mein Freund, bist ganz gewiß ein Phänomen, über das man erst einmal Stillschweigen bewahren möchte.«

Am äußersten Ende der Orbitalplattform gelangten sie an eine Shuttle-Andockstation, die Platz für zwölf Schiffe bot. Das weitläufige Dock wirkte in seiner Abgeschiedenheit geradezu unheimlich. Diese Anlegestelle hatte man bewußt so gestaltet, daß sie vor den Augen einer neugierigen Öffentlichkeit abgeschirmt war.

Vor der Einstiegsluke eines Shuttles blieb Orca plötzlich stehen.

»Einen Augenblick bitte«, sagte sie. »Wohin bringen Sie uns eigentlich?«

»Zur Erde«, antwortete van de Graaf.

»Sehr witzig«, entgegnete Orca schnippisch. »Ich möchte wissen, wo wir landen.«

»White Sands.«

»In White Sands kann ich nicht von Bord gehen.«

»Warum nicht?«

»Weil ich nicht will, daß man mich verhaftet und als Kriegsgefangene in ein Internierungslager steckt. Wissen Sie denn nicht, daß meine Familie mit den Vereinigten Staaten nie einen Friedensvertrag geschlossen hat?«

Einen Moment lang blickte van de Graaf verständnislos drein. Dann entgegnete sie: »Ach ja, daran hatte ich gar nicht gedacht. Aber in einem Notfall ...«

»Nein! Selbst wenn man mir freies Geleit zusichern würde, könnte ich mich nicht darauf verlassen, daß das Versprechen eingehalten wird. Außerdem bekäme ich Ärger mit meinen eigenen Leuten, wenn ich mich auf eine Landung in White Sands einließe.«

»Wir haben Wichtigeres zu tun, als diese alten Geschichten auszugraben.«

»Halten Sie das für einen Scherz?« fragte Orca erbost.

»Für Sie mögen das alte Geschichten sein, aber meine Familie ist noch nachtragender als die U.S. Navy, und die pustet uns bei jeder sich bietenden Gelegenheit aus dem Wasser. In deren Augen sind wir immer noch Verräter, wenn nicht gar Spione.«

»Sowie wir unterwegs sind, bewirke ich für Sie beim Internationalen Rat die Absicherung ...«

»Ich muß wohl eine Sprache benutzen, die Sie verstehen, Doktor«, fiel Orca ihr ins Wort. »Es steht in meinem Vertrag, daß ich nicht in den Vereinigten Staaten landen muß.«

Radu konnte sich nicht länger beherrschen, er fing an zu lachen. Aufgebracht drehte sich van de Graaf zu ihm um, und Orca funkelte ihn empört an.

»Warten Sie«, sagte er und prustete von neuem los.

»Doktor, wie können Sie mit ihr diskutieren?« fragte er, nachdem er wieder zu Atem gekommen war. »Mit derselben Drohung haben Sie mich in Schach gehalten. Vertrag ist Vertrag.«

Orcas Groll schlug in Belustigung um, und sie stimmte in die Heiterkeit ein.

»Kri, um Himmels willen«, warf Ramona dazwischen, »wir können ebensogut in Northwest landen. Es besteht überhaupt kein Grund, Orca in eine heikle Situation zu bringen.«

»White Sands verfügt über bessere Sicherheitsvorkehrungen.«

Ramona schnaubte. »Bis jetzt hat es mir gepaßt, eure Geheimniskrämerei mitzumachen, doch nun ist Schluß damit. Wenn du willst, übernehme ich die Verantwortung und fliege das Shuttle selbst zur Erde.«

»Nein«, lehnte Kri ab, »das Kommando behalte ich. Von mir aus landen wir eben in Northwest. Aber wenn wir aus dem Shuttle steigen, wird dort die Hölle los sein.« Sie faßte die Einstiegsluke ins Auge, die sich daraufhin öffnete. »Würden Sie jetzt bitte alle an Bord gehen?«

Radu betrat ein Shuttle, wie er es noch nie gesehen hatte. Es war genauso pompös eingerichtet wie Kathell Staffords Appartement, wenn auch nicht ganz so bombastisch. Radus Stiefel sanken tief in den weichen, federnden Teppich ein, das Leder der Sitze war auf Hochglanz poliert, und über die gesamte Rückwand der Passagierkabine zog sich eine Bar.

»Reisen die Piloten immer so feudal?« wandte sich Orca an Laenea.

»Wenn ja, dann habe ich es bis jetzt nicht gewußt«, erwiderte sie.

»Orca, Sie wissen ganz genau, daß wir mit den gleichen Shuttles fliegen wie alle anderen.« Ramona-Teresa nahm Platz und schnallte sich an. Sie richtete das Wort an Kri. »Wer benutzt normalerweise dieses Schiff?«

Kri zuckte die Achseln. »VIPs.«

Orca lachte. »Ich dachte, die Piloten seien die Prominenz.«

»Offensichtlich nicht«, nörgelte Wassili Nikolajewitsch pikiert.

Radu empfand ein bißchen Mitleid mit dem jungen Piloten, dessen Stolz und Selbstbewußtsein in den letzten Tagen so manchen schweren Schlag erlitten hatten. Dies war eine weitere Kränkung, die vielleicht um so mehr schmerzte, weil sie – jedenfalls in Radus Augen – so nebensächlich schien.

Sie spürten eine leichte Vibration, als das Schiff von der Raumstation ablegte und auf die Erde zusteuerte.

Orca lehnte sich zurück und räkelte sich. »Das war ein Tag!« seufzte sie.

»So was möchte ich nicht noch einmal mitmachen«, gab Radu zu und sackte auf seinem Platz in sich zusammen.

»Das Theater ist bestimmt noch nicht zu Ende«, unkte sie. »Es sei denn, sie haben herausgefunden, was sie über dich wissen wollen.«

»Ich glaube nicht, daß sie schlauer geworden sind«, meinte er. Zu gern hätte er gewußt, *was* sie bei ihm feststellen konnten. Van de Graafs auffälliges Interesse an der Seuche, die seinerzeit Twilight verwüstete, beunruhigte ihn zutiefst.

Orca grinste. »Sie haben entdeckt, daß ich kein hundertprozentiger Mensch bin.« Sie lachte. »Ich glaube, keiner der Assistenten hatte vorher einen Taucher untersucht. Einer war nervös wie ein Barrakuda. Vermutlich gehört er zu den Spinnern, die Angst haben, sie könnten sich das Trägervirus einfangen.« Kichernd bleckte sie ihre großen Eckzähne. »Wie in einem alten Horrorfilm – zap! Und schon hat man sich in einen Werwolffisch verwandelt.«

Verblüfft über ihre zufällige Bemerkung wandte Radu sich ihr zu. Orca hörte auf zu lachen.

»Radu«, sagte sie, »bei allen Göttern, so etwas kann gar nicht passieren. Ohne vorherige Sensibilisierung verändert man sich nicht, und um sich erst sensibilisieren zu lassen ...«

»Nein, nein, daran hatte ich gar nicht gedacht«, widersprach er. »Mir fiel nur etwas ein ...« Argwöhnisch hielt er inne und senkte die Stimme zu einem Flüstern. »Glaubst du, man könnte uns belauschen?«

Sie sah sich im Shuttle um. Niemand schenkte ihnen Beachtung.

»Ich habe keinen Grund zur Annahme, daß es hier Wanzen gibt«, erwiderte sie. »Aber woher soll ich wissen, ob wir nicht doch abgehört werden? Vorsichtshalber sollten wir davon ausgehen, daß man uns bespitzelt.«

»Ich muß unbedingt mit dir reden. Mir scheint, ich weiß jetzt, worauf sie aus sind. Vielleicht hältst du mich für verrückt – und ich hoffe sehr, daß ich mich irre. Aber unser Gespräch verschieben wir auf später.«

Orca nickte und griff nach seiner Hand; wie warme Seide schmiegten sich ihre Schwimmhäute um seine Finger.

»Na schön«, sagte sie. »Sobald wir auf der Erde sind und das Shuttle verlassen haben, suchen wir uns einen Platz, wo wir uns ungestört unterhalten können.«

KAPITEL 13

Auf dem Raumhafen herrschte Chaos. Radu spähte durch das Shuttle-Fenster. Auf der Landepiste wimmelte es von Menschen.

Die Hälfte der Leute schleppte Kameras mit sich herum, von Mini-Sofortbildgeräten bis hin zu Recorder-Transmittern mit integrierter Antenne. Es war Nacht, doch Flutlicht tauchte den Platz in gleitende Helle. Schatten tänzelten über Gesichter; Kameraobjektive und Logos von Nachrichtenagenturen blitzten im Widerschein der Lampen.

Noch während das Shuttle ausrollte, wurde es von der Meute umringt. Das Schiff drehte sich um, ein paar Grad in Richtung der Flugleitungs-Baracke und ruckte im Stop-and-Go-Rhythmus weiter, bis es zum Stillstand kam. Mit einem klagenden Zischen verstummten die Fahrwerksmotoren.

Die Shuttlekapitänin verließ das Cockpit und kam in die Passagierkabine.

»Einer muß sich opfern und als erster rausgehen«, verkündete sie. Sie klang, als wäre ein Tumult dieser Art nichts Neues für sie. »Gibt es Freiwillige, oder wollt ihr knobeln?«

Wieder spähte Radu aus dem Fenster. Ein paar Kameras waren nach oben gerichtet; weitere Objektive wurden geschwenkt. Er merkte, daß man ihn fotografierte. Ärgerlich und verlegen zog er sich aus der Schußlinie zurück.

»Nein«, sagte die Kapitänin gerade, »noch näher kann ich an die Baracke nicht heran, da die Piste blockiert ist; es sei denn, Sie möchten, daß ich ein paar dieser Leute zermalme.«

»Keine schlechter Idee«, knurrte Wassili.

»Dann übernehmen Sie das Steuer.«

Wassili zuckte die Achseln und blieb auf seinem Platz.

Ramona stand auf. »Die bewegen sich nicht vom Fleck, ehe nicht jemand mit ihnen gesprochen hat«, meinte sie.

»Warte«, hielt van de Graaf sie zurück. Ihre Lider flatterten.

»Kri ...«

Sie hob die Hand, um mit einer typischen Geste anzudeuten, daß sie den internen Kommunikator benutzte und Ruhe brauchte.

»Ich habe zusätzliche Sicherheitsvorkehrungen angefordert«, erklärte sie, als sie die Augen wieder aufschlug.

»Die Mühe hätten Sie sich sparen können«, kommentierte Laenea. »Das nützt jetzt ohnehin nichts mehr.«

»Einer von uns muß mit den Leuten da draußen reden«, beharrte Ramona. »Wir könnten auch alle zusammen rausgehen.«

»Mit mir braucht ihr nicht zu rechnen«, wehrte Wassili ab.

Radu spürte den irrationalen Wunsch, ihn zu schlagen; doch am meisten beunruhigte ihn, daß seine Hemmschwelle, den Piloten tätlich anzugreifen, immer niedriger wurde.

»Was sollen wir ihnen sagen?« fragte Laenea.

»Die Wahrheit. Es gibt keinen Grund, sie zu verheimlichen.« Sie gab Radu einen Wink, mit dem sie ihn bat – oder ihm befahl – sich ihnen anzuschließen. »Sie gehören auch dazu.«

Laenea öffnete die Luke. Der Lärm, den die Menge veranstaltete, schwappte herein. Langsam senkte sich die Treppe hinab. Der Pulk wich zurück, um ein wenig Platz zu machen. Ein Reporter sprang hoch, klammerte sich an der untersten Stufe fest und hievte sich die Treppe hinauf. Laenea betrat die Plattform. Radu zauderte.

»Sie sind nur neugierig«, meinte Ramona.

»Ich habe noch nie so viele Menschen auf einmal gesehen«, bekannte Radu.

Er folgte Ramona hinaus auf die schmale obere Plattform. Reporter mit Kameras drängten sich die Treppe hinauf und bombardierten sie mit Fragen.

Ramona wartete, bis sich der Tumult legte. Die Meeresbrise zauste ihr angegrautes Haar. Dankbar sog Radu die frische Luft ein. Er fühlte sich, als hätte er seit Ngthummulun nicht mehr tief durchatmen können.

Mit klarer, deutlicher Stimme begann Ramona ihre kleine Rede.

»Ein paar von euch kenne ich bereits. Wenn wir miteinander zu tun hatten, ging es leider meistens um irgendeine Katastrophe. Auch jetzt kam ein guter Freund von uns ums Leben, aber er starb eines natürlichen Todes, und die Trauer um ihn sollte sich auf einen privaten Kreis beschränken. Statt dessen möchte ich euch von einer wunderbaren Entdeckung berichten, die auch die Öffentlichkeit etwas angeht.« Sie zog Laenea nach vorn, so daß sie neben ihr stand. »Laenea Trevelyan hat es geschafft, wovon jeder Pilot träumt. Auf ihrem ersten Trainingsflug fand sie die Transitdimension, die uns das Universum jenseits unserer Galaxis erschließt.«

Die nächsten Fragen hagelten auf sie nieder. Laenea und Ramona antworteten. Laeneas Entdeckung stellte die Geschichte ihres als verschollen geltenden und zurückgekehrten Schiffs völlig in den Schatten, die doch der eigentliche Anlaß für den Medienrummel war. Vielleicht glaubten die Reporter, die Entdeckung der neuen Dimension sei der Grund für das lange Fortbleiben von Miikalas Schiff. Niemand beachtete Radu. Er fragte sich, ob Ramona-Teresa – in deren Augen Laenea eine Heldin, Radu hingegen ein Freak war – es absichtlich so geplant hatte. Vermutlich ja, und dafür dankte er ihr im stillen.

Er staunte, wie gut sie mit dem Rudel von Presseleuten, Gaffern und Sensationslüsternen fertig wurde. Ihr Charisma faszinierte die Leute mehr als ihr Status, eine der ersten Pilotinnen zu sein. Selbst wenn sie nur eine Politikerin oder eine Aktivistin gewesen wäre, die an einer Straßenecke eine Rede schwang, hätte sie die Massen mitreißen können. Jedes Wort, das sie sagte, entsprach der Wahrheit, doch hätte sie gelogen, man hätte ihr trotzdem geglaubt.

Unversehens drängelte sich Orca an Radu vorbei und rannte die Treppe hinunter.

»Orca!« rief Ramona.

Wenn Radu ans Desertieren dachte – und wenn nur, um Orca seine Befürchtungen mitzuteilen – so bot sich ihm jetzt die Gelegenheit dazu.

In diesem Moment stürzte Laenea nach Luft hechelnd ins Shuttle zurück. Als Radu sich ihr hilfreich nähern wollte, wehrte sie ihn mit ausgestreckten Händen ab.

»Es geht schon wieder«, keuchte sie. »Faß mich bloß nicht an …«

Widerwillig fügte sich Radu. Schwer atmend beugte sich Laenea vor.

»Wassili Nikolajewitsch!« brüllte Radu. »Kommen Sie und helfen Sie Laenea! Aber beeilen Sie sich!«

Zu Radus Überraschung tauchte der junge Pilot im nächsten Moment auf; seine Miene und sein Gehabe wirkten so grantig wie immer. Er legte den Arm um Laeneas Schultern.

»Sie können nichts mehr für sie tun«, wandte er sich an Radu. »Sie braucht die Unterstützung anderer Piloten.« Er führte sie in eine Kabine des Shuttles. Radu sah ihnen hinterher; er kam sich ohnmächtig vor, doch er wußte, daß er nichts ausrichten konnte.

Kurz darauf gesellte sich Ramona-Teresa zu ihm.

»Was ist passiert?«

»Ich habe keine Ahnung. Wir … können uns nicht einmal mehr berühren.« Nach kurzem Zögern setzte er hinzu; »Sie hatten recht.«

»Kann schon sein«, erwiderte sie zerstreut und folgte den anderen ins Shuttle.

Radu blieb allein zurück. Von Orca war nichts mehr zu sehen. Die Menge begann sich zu zerstreuen.

Möglicherweise war dies seine letzte Chance zu fliehen.

Er warf einen wehmütigen Blick in die Richtung, in der Laenea verschwunden war, verließ das Shuttle, polterte die Treppe hinunter und mischte sich unter die Zuschauer.

Marcs Zustand der Fugue war angefüllt mit wunderschönen nostalgischen Träumen von der Außenwelt. Als er wieder zu sich kam und merkte, wo er sich befand, wußte er, daß er so nicht weiterleben konnte. Seine schönen Dinge genügten ihm nicht mehr. Besitztum hatte ihn nie wirklich befriedigt, obwohl er es sich jahrelang eingeredet hatte.

Erschöpft, ausgepumpt und eine Weile vor der nächsten Attacke sicher, beschloß er, sein Leben zu ändern.

Nachdem er sich mit Tee und einer Kraftbrühe gestärkt hatte, informierte er sich, was in der Zwischenzeit vorgefallen war.

Marcs Analogon hatte die Nachrichten von seinen Informanten, die neuesten Entwicklungen und Daten bereits vorsortiert. Wie Radu gesagt hatte, verfügte Marc über ausgezeichnete Informationsquellen. Um Radus Problem mußte er sich vordringlich kümmern. Das Analogon begann den Bericht über Laenea und Radu mit der guten Neuigkeit: »Laenea ist wieder zurück, aber …« und schloß mit einer sehr menschlich klingenden Beschwerde, daß Marc es versäumt hätte, Radu zu erwähnen. Interessiert hörte Marc zu.

Einen Tag, nachdem Marc seine Warnung ausgesprochen hatte, bestieg der junge Außenweltler ein Schiff, auf dem sich nicht nur ein, sondern gleich *zwei* Piloten befanden – so befolgte er also Marcs Rat – und außerdem eine Taucherin. Marc hatte Orca schon immer kennenlernen wollen. Ungewöhnliche Menschen faszinierten ihn noch mehr als ungewöhnliche Dinge.

Im Laufe der Jahre hatte Marc es sich angewöhnt, seine Gedanken schweifen zu lassen. Das vertrieb ihm die Zeit schneller als irgendwelche Aktivitäten, und mitunter kam er so auf Ideen, die ihm sonst nicht eingefallen wären. Nun jedoch hatte er keine Zeit zu verlieren, ein Umstand, der ihm völlig fremd geworden war. Er konzentrierte sich auf den Bericht.

Laeneas Schiff, das man für verschollen erklärt hatte, war zusammen mit dem Tiefenraumer zurückgekehrt, der Radu Dracul abermals in den Transit entführt hatte. Beide Schiffe hatten an der Erdstation angedockt, und ein unplanmäßiges Shuttle war unterwegs zur Erde. Bald würde es im Hafen von Northwest landen. Jeder, der über ein Radargerät, Intuition, gesunden Menschenverstand und einen Funken Neugier verfügte, konnte sich denken, daß in dem Shuttle die Leute saßen, die in Laeneas Schiff und in dem Rettungsraumer mitgeflogen waren.

Droben auf Deck konnte es sehr spannend werden.

Marc hatte genug Neuigkeiten gehört. Er stand auf und betätigte die Schalter, die die Tür zur Außenwelt öffneten.

Es war an der Zeit, sein Exil zu verlassen.

Zum ersten Mal seit vielen Jahren bestieg Marc den Aufzug, der ihn nach oben an Deck brachte. Alles, was er jetzt unternahm, war ungewohnt für ihn. Er bewegte sich mit äußerster Vorsicht.

Langsam ging er in Richtung des Shuttles und der Menschentraube, die es umringte. Dabei stützte er sich auf seinen Lieblingsstock, einen langen, polierten Stecken mit eingeschnitztem Rankenmuster. Im Augenblick konnte er zwar laufen, aber er fühlte sich zittrig und litt an Anwandlungen von Agoraphobie; der Tumult und die enorme Weite, die ihn umgaben, verunsicherten ihn. Seine Augen waren nicht mehr daran gewöhnt, in die Ferne zu blicken.

Aber die Luft, die Luft: Er hatte vergessen, wie würzig und frisch die Luft hier draußen an Deck roch, selbst zwischen den Maschinen mit ihren Ausdünstungen von Treibstoff, Schmiermitteln und Ozon.

Wie eine stille Insel inmitten eines Sees aus harscher Beleuchtung lag das Blockhaus da. Das Shuttle ragte gleich einem Berg über dem Meer aus Menschen, Lichtern und Schatten empor. Marc schlurfte durch den leeren, dunklen Bereich, der ihn von der Masse trennte. Er hörte Ramonas ruhige, kräftige Stimme, hatte die Frage, auf die sie antwortete, jedoch nicht verstanden.

Neben ihr stand Laenea, ein Stück dahinter Radu Dracul. Marc gestattete sich ein Lächeln, versuchte indessen, die überschwengliche Freude zu bezähmen, die ihn bei Laeneas Anblick überkam. So schnell rechnete Marc nicht mit einem neuerlichen Anfall – die geschädigten Nervenzellen schienen eine Ruhepause zu brauchen, ehe sie wieder verrückt spielten – aber er wollte das Risiko möglichst einschränken, indem er sich nicht aufregte.

Ehe er den Pulk an Zuschauern erreichte, blieb er stehen; es widerstrebte ihm, sich unter die Menge zu mischen. Er sah sich um, doch erwartungsgemäß entdeckte er keine Schneise in der Masse. Außer ihm hielt sich nur noch eine einzelne Person am Rande des Geschehens auf, ein sehr junger Mann, ein Knabe von ungefähr fünfzehn Jahren. Er war vollkommen nackt.

Staunend starrte er zu dem Shuttle hinauf. Von seinem geschmeidigen, glatten Körper perlten Wassertropfen. Seine Haut war mahagonibraun, und das feuchte, an die Stirn geklatschte Haar so hell, daß es wie eine silberne Kappe wirkte. Unschlüssig schlenderte er ein paar Schritte weiter. Durch die bräunlichrosa Schwimmhäute zwischen seinen Fingern schimmerte das Licht.

Ein Taucher, dachte Marc.

Mitten in einer Antwort hielt Laenea plötzlich inne, prallte zurück, als hätte sie einen Schlag erhalten, drehte sich um und verschwand im Shuttle. Unter dem überraschten Stimmengemurmel der Menge griff Ramona Laeneas Bemerkung auf und beendete den Satz für sie.

Marc, der wußte, wie extrem Laenea auf gewöhnliche Menschen reagierte, drängte sich vor und versuchte die Treppe zu erreichen. Doch jeder andere hatte dasselbe im Sinn, und prompt begriff er, wie töricht sein Unterfangen war. Er wurde eingequetscht zwischen einer hochgewachsenen Reporterin und einem gedrungenen, vierschrötigen Kameramann. Zu spät entschied er sich zum Rückzug. Dann verlor er seinen Gehstock. Er strauchelte und merkte, wie er zu Boden ging; es war, als tauche er hinunter in ein warmes, salziges Meer. Die Reporterin wollte ihm helfen, doch der Druck der Masse riß sie fort. Als er sich halbwegs hochgerappelt hatte, stieß jemand gegen ihn, und er stürzte wieder.

Unbarmherzig wurde er über das Deck geschleift; der Lärm von Schuhen und Stiefeln auf Metall übertönte selbst die lauten Stimmen. Tief in seinem Innern begann er zu zittern; er krümmte sich zusammen und dachte immerzu: Ich kann nicht schon wieder einen Anfall bekommen, nicht so kurz nach dem letzten, nicht hier zwischen all den Leuten.

Jemand zerrte ihn aus der Gefahrenzone; Schritte

und Stimmen entfernten sich. Er lag auf dem Deck, die Arme über dem Kopf, das Gesicht schützend gegen die angewinkelten Knie gepreßt. Vorsichtig blickte er nach oben.

Der dunkelhäutige, blonde Junge, der nackte Taucher, kniete reglos neben ihm. Die Hände mit den Schwimmhäuten zwischen den gespreizten Fingern ruhten auf seinen Schenkeln. Marc hatte nirgendwo gelesen, daß Taucher besonders große Augen besaßen, aber die sonderbar anmutenden schwarzen Augen dieses jungen Mannes waren riesig.

Marc streckte seine lange, schlaksige Gestalt und setzte sich langsam hin; dankbar bemerkte er die kühle Meeresbrise. Er erschauerte, doch dieses Bibbern war nicht zu vergleichen mit dem Zittern, das eine Fugue ankündigte.

»Sind Sie verletzt?« erkundigte sich der Taucher. »Als Sie hinfielen, hatte ich Angst, Sie würden zu Tode getrampelt.«

»Dann hätte man mich zu guter Letzt doch plattgemacht«, erwiderte Marc. »Entschuldigung, ich wollte nicht zynisch sein. Danke, daß Sie mir geholfen haben. Sehen Sie irgendwo meinen Stock?«

Der junge Taucher blickte umher; dann stand er auf und holte den Stecken, der am Rande eines trüben Lichtflecks lag. Er reichte ihn Marc.

»Sind Sie ein Pilot?« fragte er.

Marc berührte die Narben auf seiner Brust: zwei Wundmale, nicht eines, parallel zueinander, dicht an dicht. Beide Narben waren alt und zu einem fahlen Weiß verblaßt.

»Nein«, sagte er. »Nicht mehr. Sind Sie ein Taucher?«

»Ja. Ich heiße … Mark Harris.«

Lächelnd streckte Marc ihm die Hand entgegen. »Wir beide müßten gut miteinander auskommen. Ich heiße nämlich auch Marc.«

Orca nutzte ihre Kraft und ihre zierliche Statur, um sich durch die Menge zu kämpfen; rücksichtslos stieß sie Leute beiseite oder schlängelte sich zwischen ihnen hindurch, bis sie sich auf freiem Gelände befand.

Sie entdeckte ihren Bruder, der neben einem älteren Mann kniete, einem Lander, der offenbar in der Masse zu Schaden gekommen war.

Orca sprach ihren Bruder mit seinem Unterwassernamen an. In der Luft klang die lange, lautmalerische Kette von Phonemen wie ein schrilles Geschnatter, doch er erkannte es und antwortete mit ihrem Namen.

»Was tust du hier?« wollte sie wissen.

»Als ich hörte, was passiert war, hatte ich Angst um dich.«

Nie hätte sie gedacht, ihn in der Welt der Menschen zu sehen und obendrein in der Nähe von so vielen Landern. Er mißtraute ihnen, dennoch war er ihr zu Hilfe geeilt, mit nichts am Leib, nicht mal einem Messergürtel. Gerührt kniete sie nieder und umarmte ihn. Er schlang die Arme um sie und drückte sein Gesicht an ihren Hals.

»Du hast mir gefehlt«, sagte er leise und löste sich wieder von ihr. Orca tätschelte seine Hand und ließ ihn los.

Sie hörte den hohen, melodisch absteigenden Pfiff eines Killerwals; so begrüßten sich die Cousins und Cousinen untereinander. Sie antwortete so gut es ging, versuchte jedoch nicht zu erklären, wo sie gewesen war oder was sich ereignet hatte. Unter Wasser wäre es schon schwierig genug; in der Luft war gar nicht daran zu denken.

Ein paar Sicherheitsbeamte der Hafenbehörde kamen aus der Baracke. Sie blieben stehen, um sich einen Überblick über die Lage zu verschaffen; fluchend überlegten sie, wie sie die Masse zerstreuen konnten, ohne Touristen zu behelligen oder sich den Zorn der Reporter zuzuziehen. Ihre Verwünschungen fielen jedoch milde aus.

Ramona war ins Shuttle zurückgegangen, und die Zuschauer am Rande der Gruppe begannen bereits davonzuschlendern. Die Atmosphäre hatte sich entspannt. Der Helikopter einer Nachrichtenagentur startete mit der Crew in die Lüfte; ein Stück weiter weg jaulten die Triebwerke eines Microjets auf, der einem anderen Sender gehörte.

»Das ist meine Schwester Orca«, wandte sich ihr Bruder an den älteren Mann.

»Freut mich, Sie kennenzulernen«, sagte dieser zu ihr.

»Ich heiße auch Marc.«

Sie hatte keine Zeit, sich zu wundern, was er mit ›auch‹ meinte, denn er bemühte sich aufzustehen. Er stemmte sich auf seine Knie hoch und stützte sich mit dem Gehstock ab; Orca faßte ihn unter den Ellbogen.

Der warme Fleck hinter Orcas Augen färbte sich rot, sie nahm den Notruf entgegen.

Hier spricht van de Graaf. Wo stecken Sie?

Gleich hier draußen, erwiderte Orca. Wenn Sie sich umschauen, können Sie mich sehen.

Ist Radu bei Ihnen?

Nein.

Sie hätten das Shuttle nicht verlassen dürfen. Jetzt bleiben Sie, wo Sie sind. Wenn Sie Radu entdecken, halten Sie ihn fest. Wir anderen kommen in einer Minute nach.

Ohne etwas zu entgegnen, brach Orca die Übertragung ab. Die Menge dünnte sich aus, dennoch würde es länger als eine Minute dauern, bis jemand – vor allen Dingen Piloten – sich vom Shuttle bis zu ihr durchgewuselt hätten. Orca hielt Ausschau nach Radu, vermochte ihn jedoch nirgends zu entdecken.

Ihre Cousins und Cousinen riefen ihr zu, sie sollte ins Meer zurückkehren; man hieß sie willkommen, war neugierig, wie immer, auf das, was sie auf ihrer Reise erlebt hatte.

»Geh du nur«, schlug ihr Bruder vor. »Ich bleibe hier.«

»Warten Sie ...«, bat Marc

Orca kickte ihre Schuhe von den Füßen und pellte sich aus ihrer Hose. »Bin gleich wieder zurück«, trällerte sie, während sie schon zur Kante der Plattform rannte und sich im Laufen ihres Hemdes entledigte.

Sie hechtete ins Wasser. Mit erquickender Kühle nahm der Ozean sie in Empfang – Luftblasen kitzelten ihren Körper. Von ihrem eigenen Schwung und Gewicht getrieben, ließ sie sich nach unten sinken, dann tauchte sie noch weiter ab. Das Geplauder ihrer Cousins und Cousinen wies ihr die Richtung. Sie trieb inmitten eines zarten akustischen Gespinstes, eines dreidimensionalen Netzes aus Tönen und Klangwellen. In einer Tiefe von fünfzig Metern wölbte sie ihren Rücken und schwamm in einem Kreis nach oben.

Ihr Metabolismus beschleunigte sich. An der Oberfläche holte sie tief Luft und spürte, wie der Sauerstoff in ihrer Lunge brannte. Abermals tauchte sie hinunter, während sie sich summend mit ihren Cousinen verständigte, deren dunkle Leiber sie umringten. Sie streiften sie mit ihren Körpern, ihren Finnen, ihren Fluken; viel sanfter, als es einem menschlichen Liebhaber je eingefallen wäre.

Ich freue mich, daß du zu unserem Treffen kommst, sagte die Cousine, mit der sie am nächsten verwandt war.

Ich habe mich noch gar nicht entschieden, ob ich daran teilnehmen werde, entgegnete Orca. Jetzt bin ich hier, um mit euch zu sprechen.

Aber eine solche Zusammenkunft verpaßt man doch nicht!

Du redest schon wie mein Vater, schalt Orca sie.

Das Lachen ihrer Cousine vibrierte ihren Körper entlang; dann änderte sie das Muster des Widerhalls, bis sie tatsächlich klang wie Orcas Vater; exakt kopierte sie seine Stimme, seine Schwimmbewegungen, seine Konturen.

Du kommst zu unserem Meeting; das ist das mindeste, was ich von dir verlangen kann, erklärte sie mit selbstgefälligem Ernst, dem ein parodistischer Unterton innewohnte.

Alle Cousins und Cousinen und ein paar Taucher besaßen die Gabe, jemanden mehr oder minder gelungen zu imitieren; doch das Talent dieser Cousine war geradezu unheimlich.

Orca und die Cousine lachten, aber Orca verging der Humor sehr schnell.

Ich bin nicht sonderlich erpicht darauf, dieser Konferenz beizuwohnen, gestand sie.

Aber das macht Spaß.

Unter Spaß verstehe ich etwas anderes als du.

Bist du denn nicht gespannt, was dabei herauskommt?

Nein, gab Orca zu. Ich wünschte, ich hätte mehr Interesse an dem Vorhaben. Aber es macht mir angst. Ich fürchte mich, meine liebe Freundin. Ich weiß nicht, wie ich diese Verwandlung überleben soll.

Dann mußt du erst recht zu dem Meeting kommen und deine Meinung vertreten.

Du hast recht, erwiderte Orca. Natürlich hast du recht. Ich werd's versuchen. Egal, was sonst noch passiert, ich werde zusehen, daß ich pünktlich zur Stelle bin.

Komm doch gleich mit, schlug ihre Cousine vor.

Das geht nicht. Ich möchte ja gern, aber etwas sehr Wichtiges ist geschehen.

Hat es mit deinem Freund, diesem Neugeborenen, zu tun?

Ja, erzählte Orca dem Killerwal. Er – sie nannte seinen Namen, und anhand dieses Klangbildes würde jeder, der True Speech beherrschte, ihn erkennen – er lotste uns an den Rand des Universums.

Die Töne, mit denen die Wale sich untereinander verständigten, diese dreidimensionalen melodischen Archetypen, vermochten jedes Konzept auszudrücken. Indessen vermittelten sie keine Vorstellung vom Vakuum, von Unendlichkeit, von dem absoluten Nichts. Am besten konnte sie diese Begriffe beschreiben, indem sie schwieg.

Sie erwartete, daß die Cousins und Cousinen verwirrt reagieren würden, wenn sie ihnen schilderte, wie sie absichtlich an einen Ort der Stille gegangen war, und daß sie bei der nächsten sich bietenden Gelegenheit dorthin zurückkehren wollte. Man würde sich nicht um sie ängstigen, denn die Wale kannten keine Furcht, aber man konnte ihre geistige Gesundheit anzweifeln; was Wahnsinn bedeutete, wußten die Wale.

Ihre liebste Cousine rieb sich an ihrer Haut, das Äquivalent für eine herzliche Umarmung.

Das hast du gesehen, meine Cousine? Gesehen, gehört und gefühlt?

Ja.

Du hast recht, meinte der Killerwal. Diesen Ort mußt du unbedingt noch einmal aufsuchen.

Ich weiß das, erwiderte Orca erstaunt. Ich wundere mich nur, daß du das verstehst.

Selbstverständlich verstehe ich es. Ich habe immer alles verstanden. Wir haben nur auf deine Geschichten gewartet. Du mußt zurückgehen, Eindrücke sammeln, und uns hinterher von deinen Erlebnissen erzählen.

Ein letztes Mal drückte Radu auf den Klingelknopf von Marcs Wohnung. Er bekam keine Antwort, doch damit hatte er gerechnet. Marc mußte immer noch krank sein. Sogar sein Analogon schwieg.

Radu zog sich in den rückwärtigen Teil des abgedunkelten, pflanzengeschmückten Alkovens zurück, hockte sich auf den Boden und versuchte nachzudenken.

Vielleicht hatte es auch sein Gutes, daß er Marc nicht erreichen konnte. Durch seine Naivität hatte er schon Orca in Gefahr gebracht, und das wollte er Marc nicht auch noch antun. Mittlerweile sollte er genug über die Erde und ihre Bewohner gelernt haben, um seine Probleme in eigener Regie zu lösen, ohne all die Menschen zu gefährden, die den Fehler begingen, sich mit ihm anzufreunden.

Die Piloten hatten ihn ernstlich bedroht, und das zu einem Zeitpunkt, als sie weder wußten, was sie von Radu wollten, noch ahnen konnten, ob irgendein Resultat, das er ihnen lieferte, von Bedeutung wäre. Die Administratoren hingegen wußten sehr wohl, aus welchem Grund Radu ihnen wichtig war. Und wenn er mit seiner Mutmaßung recht behielt, dann würden sie vor keinem Mittel zurückscheuen, um sich das zu verschaffen, was sie anstrebten.

Er schloß kurz die Augen, doch dadurch drängten die Erinnerungen an Twilight und die Seuche um so ungehemmter auf ihn ein.

Ihm blieb nur ein Ausweg, und er haderte mit sich, weil er ihn in Anspruch nahm. Er begab sich zu Kathell Staffords Appartement.

Ein Besuch zu dieser späten Stunde war eine Zumutung, fand Radu, doch einer ihrer Angestellten hielt sich immer dienstbereit. Radu legte seine Hand auf den Sensor, der sich in dem silbernen Filigran verbarg. Als er hier wohnte, hatte sich die Tür auf seine Berührung hin geöffnet, doch damit durfte er nicht mehr rechnen.

Die Tür ging auf. Licht, Musik, Gelächter ergossen sich über ihn. Radu zögerte. Er war daran gewöhnt, daß dieses Appartement eine Oase der Ruhe und Stille bedeutete, als er und Laenea sich hier einander kennenlernten. Es störte ihn, daß sich Kathell Staffords umtriebige Dauergäste hier eingenistet hatten. Dennoch trat er ein.

Die Teilnehmer dieser Wanderparty trugen goldene, silberne oder grellbunte Gewänder, die funkelten wie Juwelen. Radu kam sich vor, als könne er sich unter ihnen bewegen, ohne daß jemand von ihm Notiz nähme, ungesehen und unbeachtet wie ein farbloser Satellit, der von hundert gleitenden Sonnen überstrahlt wird.

Er marschierte durch den Qualm von Zigarren, die genauso penetrant stanken wie die, die Ramona immer paffte, obwohl die intensiven künstlichen Aroman Düfte aus der Natur nachahmen sollten. Krampfhaft unterdrückte er ein Niesen.

In den abgelegeneren Räumen des Appartements tummelten sich nicht mehr so viele Gäste, und die laute, atonale Musik wurde von dezenteren, harmonischen Tönen abgelöst. Auch das Licht schimmerte weicher. Unschlüssig verweilte er in einem Zimmer, das ihm fremd vorkam. Ein paar Innenwände waren versetzt und neu dekoriert worden.

Er hoffte, er würde nicht durch Zufall in die scharlachrote und goldene Suite hineinplatzen, in der er mit Laenea so viele Stunden verbracht hatte.

Endlich traf er Kathell; ganz allein stand sie vor der konkaven Wand des größten Wohnzimmers. Als sie ihn sah, verhärtete sich ihre Miene. Über den weichen Teppich ging er zu ihr.

»Du hast ja lange gebraucht, um mich zu finden«, begrüßte sie ihn kühl. »Was willst du?«

»Ich möchte mit dir unter vier Augen sprechen«, erwiderte er. »Niemand darf uns belauschen.«

Einer der Gäste torkelte mit einem Glas in der Hand auf sie zu. Der Stoff seiner smaragdgrünen Robe war opak, vermittelte jedoch den Eindruck von optischer Tiefe, als bestünde er aus einem edelsteinartigen Material.

Aus verquollenen Augen blinzelte er Radu an, dann wandte er sich enttäuscht an Kathell.

»Oh …«, gab er von sich.

»Was willst du?« Kathell unterhielt sich mit Radu, doch der Gast fühlte sich angesprochen.

»Ich dachte, der Typ hier sei mit der Aztekin gekommen«, nuschelte er.

»Es ist wichtig, und es eilt«, bedrängte Radu Kathell, ohne auf die abfällige Äußerung des Betrunkenen einzugehen.

»Das ist keine gelungene Party, Kathell«, moserte der Kerl. »Wo bleibt die Zerstreuung?« Er musterte Radu von oben bis unten. »Und darunter verstehe ich nicht, daß einem die seltene Ehre zuteil wird, mit einem subalternen Crew-Mitglied zu quasseln.«

»Lassen Sie uns bitte allein!« schnauzte Radu ihn an. »Merken Sie denn nicht, daß Sie stören?«

»Auf dieser Fete neulich hab ich nicht mal die Aztekin kennengelernt …«

»Die Pilotin!« verbesserte Radu ihn wütend.

»Was?« Er peilte in die Runde. »Wo?«

»Sie ist nicht hier«, sagte Radu. »Piloten hassen es, wenn man sie ›Azteken‹ nennt.« Und zu Kathell gewandt: »Es ist wichtig.«

Zum ersten Mal sprach der andere Gast Radu direkt an.

»Wieso glauben Sie, Sie könnten sich eine Meinung über Piloten erlauben?«

Radu wollte sich aufregen, doch er sah ein, daß er sich damit töricht benommen hätte. Die Frage des Mannes war albern, aber dennoch berechtigt. Er öffnete den Mund zu einer Antwort, besann sich anders und schwieg. Er dachte, daß er aussehen mußte wie ein nach Luft schnappender Fisch. Belustigt fing er an zu lachen.

»Aber das glaube ich ja gar nicht.« Er gluckste in sich hinein. Dann überkam ihn ein Lachanfall. Er lachte, bis ihm die Tränen über die Wangen kullerten und er sich vor Schwäche gegen die Wand lehnen mußte. »Wie kommen Sie darauf, ich hätte eine Meinung über Piloten?«

Ein junger Mann, beinahe genauso schlicht gekleidet wie Radu und mit einem Auftreten, als gehöre er zu Kathells Angestellten, näherte sich ihnen.

»Sorge dafür, daß dieser Gast sich gut unterhält«, befahl Kathell dem Burschen. Zu Radu sagte sie: »Komm mit.«

Der Angestellte bugsierte den beschwipsten Kerl fort; Kathell führte Radu in ein kleines, ruhiges Zimmer.

»Was willst du?« fragte sie übergangslos.

»Liegt eines deiner Luftschiffe im Hafen?«

»Selbstverständlich. Ist das alles?«

»Nein«, entgegnete Radu, der sich an ihrem herablassenden Ton stieß. »Ich möchte dein Luftschiff gern benutzen, aber vermutlich hältst du meinen Wunsch oder jede andere Bitte, die einem Barbaren wie mir in den Sinn kommen könnte – für eine Bagatelle, mit der du deine Zeit lieber nicht verschwenden solltest.«

»Du hast recht. Und du gehst mir auf die Nerven, Radu Dracul. Bist du darauf aus, dir eine Feindin zu schaffen?«

»Mein Bedarf an Feinden ist gedeckt«, versetzte er. »Ich will nicht nur dein Luftschiff, du sollst auch noch etwas anderes für mich tun.«

Sie wartete ab.

»Ich möchte, daß du für mich lügst.«

»Das mußt du mir näher erklären.«

»Ich bitte dich, mir dein Luftschiff zu borgen. Wohin ich damit fliege, verrate ich dir nicht, aber sofern es mir möglich ist, bringe ich es dir zurück. Falls Leute kommen und nach mir fragen – es sind hochgestellte Persönlichkeiten, die die Macht besitzen, eventuelle Drohungen auch auszuführen – erzählst du ihnen …

Was du ihnen sagst, ist mir einerlei, du mußt nur verschweigen, auf welchem Wege ich den Hafen verlassen habe.«

»Wovor läufst du weg, Radu Dracul?«

»Ich bin dir keine Rechenschaft schuldig. Die Regeln hast du aufgestellt, und die besagen, daß *du* bei *mir* noch eine Rechnung offenhast. Entweder du tilgst jetzt deine Rückstände, oder du erklärst mir den Krieg. Aber entscheide dich schnell, denn ich habe keine Zeit zu verlieren.«

»Du hast ja rasch kapiert, wie es auf der Erde zugeht.«

»Man paßt sich an.«

Ihre Lider flatterten.

»Was machst du da?«

»Ich rufe einen Piloten, was denn sonst?« erwiderte sie, sich auf ihren internen Kommunikator konzentrierend.

»Das letzte, was ich jetzt will, ist ein Pilot!« gab er gereizt zurück. In Gedanken fragte er sich, woher sie wußte, wer seine Widersacher waren.

Sie öffnete die Augen. »Einen *Luftschiff*piloten«, stellte sie richtig und lächelte hauchdünn.

»Ich habe keinen verlangt. Willst du meine Lizenz sehen?«

»Die stammt natürlich von Twilight.«

»Natürlich.«

»Jeder, der für mich arbeitet, tanzt nach meiner Pfeife«, erklärte sie.

Radu drehte sich um und steuerte auf die Tür zu.

»Du kriegst das Luftschiff und meine Zusage, daß ich dichthalte«, rief Kathell ihm nach. »Dann sind wir quitt!«

Radu ging hinaus in die Nacht, marschierte zum Luftschiffhafen und suchte Kathell Staffords kleinen Zeppelin. Ihr Fluggerät stach von allen anderen ab. Das prächtige goldene Oval glänzte im Widerschein der Lichter vor dem schwarzen Himmel. Die Brise änderte leicht ihre Richtung. Jedes Luftschiff schwenkte ein paar Grad um den Ankermast, an dem sein Bug vertäut war. Das Heck von Kathells Zeppelin stieg langsam in die Höhe. Der Rotor, der den Auftrieb regelte, schnurrte, und das Landerad aus Gummi titschte mit einem gedämpften Poltern auf das Deck.

Trotz seiner Dreistigkeit gegenüber Kathell war Radu nicht wohl bei dem Gedanken, hier auf der Erde, mit ihrer hochentwickelten Technik, ein Luftschiff zu lenken. Vielleicht kam er mit dem Steuermechanismus gar nicht zurecht. Er kletterte in die Gondel und faßte dorthin, wo sich in seinem Zeppelin auf Twilight der Schalter für die Cockpitbeleuchtung befunden hatte.

Die Lämpchen blinkten auf und erhellten ein Paneel, das beinahe identisch war mit dem, das er von zu Hause her kannte. Auch dieser Zeppelin besaß einen einfachen Autopiloten, ein paar elektronische Geräte und simple Mechanismen für den Auftrieb und die Orientierung.

Und das nur in drei Dimensionen, dachte er.

Er schaltete die Sensorsysteme aus, startete den Motor und ließ ihn im Leerlauf; dann sprang er auf das Deck zurück. Im Dunkeln kletterte er den Mast hoch, wobei er jeden Augenblick damit rechnete, von jemandem angerufen und heruntergeholt zu werden.

Im Alleingang ein Luftschiff zu starten, war ein kleines Kunststück. Zehn Meter über der Plattform knüpfte er das Haltetau los und zerrte es aus dem Vertäuungsring. Sofort trieb der Wind das Schiff seewärts. Radu rutschte den Mast hinunter und ergriff das Tau. Während die Brise den Zeppelin vom Mast wegblies, krebste er im Seitwärtsgang die Plattform entlang, stemmte sich mit den Fersen ab und zog. Allmählich drehte sich das Schiff in seine Richtung, bis der Bug nicht mehr auf den Mast zeigte. Eine Bö brach sich an der Flanke des Zeppelins und stemmte ihn wie einen riesigen Drachen in die Lüfte.

Radu sprintete los, packte die unterste Leitersprosse, hievte sich hoch, schwang sich in die Gondel und krabbelte zum Pilotensitz.

Er stabilisierte das Luftschiff und legte den Gang ein. Grollend rotierten die Propeller.

Beinahe senkrecht stieg der kleine Zeppelin in die Höhe.

Derweil sie auf Orcas Rückkehr warteten, plauderte Marc mit Orcas Bruder. Er fand den jungen Mann faszinierend. Der Taucher hatte unvorstellbare Dinge erlebt, seine Erfahrungen erschienen Marc mindestens genauso ungewöhnlich wie die der Piloten.

Unterdessen verlief sich die Menge. Als kaum noch jemand in der Umgebung herumlungerte, kam eine schlanke Frau mit kurzem, eisengrauem Haar aus dem Shuttle und näherte sich der Bank, auf der Marc saß. Marc verbiß sich ein Lächeln und fragte sich, ob Kri van de Graaf ihn nach all den Jahren wiedererkennen würde.

Sie blieb stehen, runzelte die Stirn und faßte den Taucher ins Auge.

»Entschuldigung«, sagte sie zu Mark. »Ich hatte Sie mit jemandem verwechselt.«

»Suchen Sie vielleicht Orca? Wir warten auch auf sie. Sie ist nur mal kurz schwimmen gegangen und wird gleich zurück sein. Ich bin ihr Bruder. Ich wollte sie besuchen.«

»Ach«, sagte Kri. Marc hatte sie nur selten sprachlos gesehen. Sie räusperte sich. Nachdem sie ihn mit einem Blick gestreift hatte, trat sie einen Schritt vor.

»Marc?« fragte sie. »Marc, bei allen Göttern, wo kommen Sie denn her?«

Er stand auf, um sie zu begrüßen. »Hier spielt sich so viel Interessantes ab, daß ich nicht widerstehen konnte.«

»Ja, es ist wirklich interessant«, pflichtete sie ihm bei. »Wie in diesem Fluch ›Mögest du in interessanten Zeiten leben.‹«

»Können Sie mir mehr erzählen?«

Sie kniff die Augenbrauen zusammen. »Tut mir leid, aber vorläufig möchte ich mich noch nicht äußern. Ich bin mir über Ihren Status nicht im klaren.«

Er bot ihr einen Platz auf der Bank an und setzte sich neben sie. Plötzlich erschauerte sie.

»Wo sind Ihre Kleider?« fragte sie Mark.

»Ich habe keine.«

»Ist Ihnen nicht kalt?«

»Nein. Frieren Sie etwa?«

»Ja. Welche Kleidergröße tragen Sie?«

Mark schaute an seiner Blöße hinab. »Keine Ahnung. Wo mißt man sie denn?«

Sie lachte, doch er blieb ernst. »Schon gut«, winkte sie ab. Mit den Fingen kämmte sie sich durchs Haar. »Orca ist also schwimmen gegangen, und Radu – weiß einer von Ihnen, wo Radu steckt?«

»Nein«, erwiderte Mark.

Marc schwieg; solange er nicht wußte, was sie mit dem jungen Außenweltler vorhatte, würde er den Mund halten. In diesem Augenblick war er froh, daß Kri ihn nicht ins Vertrauen zog; er brauchte also kein schlechtes Gewissen zu haben, wenn er ihr gegenüber argwöhnisch blieb.

Van de Graafs Gereiztheit wuchs, je länger sich Orca im Meer aufhielt. Es waren kaum noch Zuschauer da, und die Piloten hatten unbehelligt das Shuttle verlassen können.

Eine junge Frau trat aus der Baracke, hastete über das Deck und reichte Dr. van de Graaf einen Stapel zusammengefalteter Sachen.

»Danke«, sagte die Ärztin und gab das Zeug an Mark weiter.

Neugierig blickte Mark darauf.

»Was ist das?« fragte er.

»Kleidung. Sie müßte Ihnen passen, wenigstens einigermaßen.«

»Sie möchten, daß ich das anziehe?«

»Wenn Sie die Absicht haben, länger hier zu bleiben, wird es für andere Leute angenehmer sein, wenn Sie angekleidet sind.«

Mark zuckte die Achseln, legte den Stapel auf das Deck und nahm das oberste Teil in die Hand. Er schüttelte es aus. Es war ein ganz gewöhnliches Baumwoll-T-Shirt.

»Das kleine Schildchen gehört nach innen und liegt auf dem Nacken«, erklärte Marc.

»Wo ist bei diesem Ding der Nacken?«

»Hier.« Er zeigte es ihm.

»Das ist doch ein Loch.«

»Der Stoff kommt um deinen Hals.«

Mark wollte sich das T-Shirt wie einen Schal um den Hals wickeln, deshalb nahm Marc es ihm ab und zog es ihm an, als sei er ein kleines Kind, was er in bezug auf Kleidung auch war. Der Vorgang wiederholte sich mit einer neuen, steifen Blue Jeans.

Die Jeans spannten um Marks muskulöse Schenkel und waren in der Taille zu weit. Es sah nicht aus, als würde er die Kleidung tragen, sondern als hätte man ihn zwangsweise hineingepfropft.

»Mehr kann ich nicht für Sie tun«, erklärte van de Graaf. »Zum Einkaufen ist es ein bißchen zu spät.«

Bei jedem neuerlichen Auftauchen nahm Orcas Wärmepunkt hinter den Augen, das Nachrichtensignal, an Dringlichkeit zu. Es flackerte durch das gesamte Spektrum von Mattrot über Gelb, Blau, bis hin zu einem blendenden Weiß. Orca wußte, daß man sie an Deck zurückbeordern würde, sobald sie Antwort gab, doch als sie sich schließlich zur Rückkehr entschloß – weil *sie* es so wollte – geschah es ihren Cousins und Cousinen zuliebe, die nach Neuigkeiten gierten, und nicht, um den Administratoren zu Willen zu sein.

Orca tauchte ein letztes Mal ab, schwebte im Wasser unter ihrer liebsten Cousine, drehte eine Pirouette und streichelte im Vorbeischwimmen die glatte Flanke des Wals. An der Hafenplattform hob sie den Kopf aus den Wogen. Im Chor mit ihrer Cousine rief sie nach ihrem Bruder; dann ließ der Killerwal die Fluke auf die Wellen klatschen, tauchte weg und schloß sich wieder seiner Herde an.

Ein Seil schlängelte sich die Metallwand hinab. Hand über Hand kletterte Orca an Deck.

Ihr Bruder streckte ihr den Arm entgegen. Sie ergriff seine Hand und schwang sich nach oben. Sobald sie auf der Plattform stand und Dr. van de Graaf sah, blendete sich das Notsignal aus, und zurück blieb nur ein normale Wärme abstrahlender Punkt, der reguläre Post meldete. Wahrscheinlich alles Makulatur, wie üblich.

Die Menge hatte sich zerstreut. Still und düster türmte sich das Shuttle auf der Piste. Orca war länger als geplant im Wasser geblieben, aber sie fühlte sich phantastisch. Die unglaubliche Nachricht, die ihre Cousine ihr anvertraut hatte, ließ sie vor Freude übersprudeln.

Entgeistert gaffte sie ihren Bruder an. »Was ist das denn?« stutzte sie und befingerte sein T-Shirt.

»Na ja ...« Er zuckte die Achseln. »Das scheint Kleidung zu sein.«

Orca schüttelte sich das Wasser aus dem Haar. Einen Arm um ihren Bruder gelegt, schlenderte sie zu der Bank, auf der Marc saß. Daneben stand van de Graaf und machte ein ungeduldiges Gesicht.

»Es wurde höchste Zeit, daß Sie geruhten, wieder aus dem Wasser zu kommen«, sagte sie spitz. Orca verzichtete auf eine Entgegnung.

»Ich beneide euch um eure Freiheit«, meinte Marc.

Orcas Bekleidung lag säuberlich zusammengefaltet auf der Bank neben Marc. Ihr war noch zu warm, um sich etwas überzuziehen. Im Schneidersitz ließ sie sich auf das Deck nieder.

»Wer *sind* Sie?« fragte sie Marc.

»Das hatte ich Ihnen doch schon gesagt.«

»Sie nannten mir Ihren Namen, weiter nichts.«

»Ich bin ein Freund von Laenea.«

Orca hörte Stimmen und blickte zum Shuttle. Die drei Piloten stiegen die Treppe herab. Radu war nirgendwo zu sehen.

»Wo ist Radu hingegangen?« erkundigte sich Orca.

»Das möchten wir auch gern wissen«, gab van de Graaf zurück. »Und wo haben *Sie* gesteckt? Ich sagte Ihnen ausdrücklich, Sie sollten sich nicht vom Fleck rühren. Seit über einer Stunde warten wir auf Sie.«

»Mir ist nicht aufgefallen, daß ich so lange weg war«, erwiderte Orca, ohne sich zu entschuldigen.

Van de Graafs Miene blieb kühl, aber sie raffte Orcas Kleidung zusammen und warf sie ihr mit einer ärgerlichen Geste zu. Mühelos fing Orca die Sachen in der Luft auf. Sie glaubte nicht, daß van de Graaf ihr die Behauptung abnahm, sie wüßte nichts über Radus Verschwinden.

Obwohl sie äußerlich ihre Ruhe beibehielt, fuchste es die Ärztin offenbar, daß Orca ihre Befehle mißachtete. Piloten konnten es sich erlauben, die Anweisungen der Administratoren zu ignorieren, aber ein Crew-Mitglied mußte mit Konsequenzen rechnen. Noch vor einer Woche hätte Orca das etwas ausgemacht, doch nun fühlte sie sich immun gegen jede Form von Bedrohung.

»Ich möchte dir Laenea, Ramona-Teresa und Wassili Nikolajewitsch vorstellen«, wandte sich Orca an ihren Bruder, wobei sie nacheinander mit dem Kinn auf jeden Piloten deutete. »Dr. van de Graaf kennst du ja schon.«

Eine etwas peinliche Pause trat ein, als Orca mit dem Namen ihres Bruders hätte herausrücken müssen, doch sie schwieg. Der Name ließ sich nicht aussprechen. »Das ist mein Bruder«, sagte sie nur.

Zu ihrer Verblüffung äußerte der: »Sie dürfen mich Mark Harris nennen.«

Orca fing ausgelassen an zu lachen.

»Was ist daran so komisch?« wunderte sich van de Graaf.

»Schon gut«, entgegnete Orca. »Das kann man nicht erklären, es ist viel zu kompliziert.«

Nach und nach streifte sie sich ihre Kleidung über.

Laenea sah Marc an. Orca fand, die beiden könnten nicht so gut miteinander befreundet sein, wie der ältere Mann behauptete, denn Laeneas Blick drückte mehr Neugier als Wiedersehensfreude aus. Die Pilotin furchte die Stirn, ging einen Schritt auf Marc zu und blieb wieder stehen.

»Marc ...?«

Mit beiden Händen seinen Gehstock umklammernd, stemmte er sich hoch.

»Ja.«

»Aber wie ...? Warum ...?«

»Ich hielt den richtigen Zeitpunkt für gekommen«, sagte er.

Er streckte die Hand aus. Impulsiv umklammerte sie mit festem Griff sein Handgelenk. Sie umarmten sich, wie zwei Crew-Mitglieder, und nicht wie eine Pilotin und ein ... Orca konnte sich Marc nicht als einen gewöhnlichen Menschen, einen Lander, vorstellen, aber sie wußte beim besten Willen nicht, wie sie ihn einordnen sollte.

»Wie hast du mich erkannt?« fragte Marc.

»Keine Ahnung. Aber ich habe mich verändert. Ich bin nicht mehr die alte.«

Er lächelte. »Das ist anzunehmen.«

Orca band ihre Schuhe zu.

»Sind Sie endlich fertig?« Van de Graafs Nervosität schien die Atmosphäre knisternd aufzuladen.

»Ja«, sagte Orca.

»Es war nett von Ihnen beiden, Ihre Freunde bei der Heimkehr zu begrüßen«, sagte die Ärztin, »aber jetzt müssen wir Sie verlassen.«

»Ich komme mit«, warf Orcas Bruder ein.

»Bist du sicher?« vergewisserte sich Orca.

Er nickte. »Wenn du ja doch nicht nach Hause zurückschwimmst.«

Jetzt, da ihr Bruder in die Welt der Menschen eingeführt werden wollte, hatte Orca Angst um ihn. Sie wünschte, er wäre im Meer geblieben. Um sich hier zurechtzufinden, mangelte es ihm an Raffinesse, er glich zu sehr den Cousins. Wenn er in diesem Milieu überleben wollte, mußte er sich Dinge aneignen, die er in seinem normalen Leben niemals brauchen würde.

Allerdings hatte er sich für diese Umgebung den idealen Namen ausgesucht; vielleicht war er doch nicht so einfältig, wie sie glaubte.

»Das geht nicht«, lehnte van de Graaf ab. »Wir begeben uns auf das Administrationsdeck. Ihr Bruder muß draußen bleiben.«

»Dann müssen Sie auch auf mich verzichten.«

»Kommt gar nicht in Frage!«

»Laß ihn doch, Kri«, beschwichtigte Ramona. »Wenn Orca ihren Bruder mitnehmen möchte, soll er sich uns ruhig anschließen.«

Van de Graaf stieß einen Seufzer aus. »Von mir aus kann er mitkommen.« Ihre Augenlider zuckten, als sie mental eine Nachricht aussandte oder empfing. Ohne Hemmungen versuchte Orca, van de Graaf zu belauschen, doch sie konnte sich nicht in die Frequenz einklinken. Die Ärztin kehrte aus ihrer Trance zurück und sah Marc an. »Dann wollen Sie sicher auch miteinbezogen werden, Marc?«

»Richtig getippt.«

»Na gut, was soll's«, erwiderte die Ärztin in dem aufreizenden Tonfall eines Menschen, der nicht daran gewöhnt ist, daß man seine Anweisungen umstößt. »Hat jemand von Ihnen eine Ahnung, wo Radu Dracul hingegangen sein könnte?«

»Als ich ihn das letzte Mal sah, waren wir alle noch im Shuttle«, antwortete Laenea.

Van de Graafs Blick wanderte zu Ramona.

»Er drängte sich an mir vorbei und rannte die Treppe hinunter. Ich dachte, er wollte Orca helfen.«

»Offensichtlich war das nicht der Fall«, kommentierte van de Graaf trocken. »Mit wem könnte er Kontakt aufgenommen haben?«

»Soweit ich weiß, kennt er außer uns niemanden auf der Erde«, sinnierte Laenea. Einen Augenblick später ergänzte sie: »Außer …«

»Wen?«

»Er traf sie nur einmal, und das auch nur für wenige Minuten, auf einer Party.«

»Wen?«

»Kathell Stafford. Kennen Sie sie?«

»Wer kennt sie nicht?« Nachdenklich zog sie mit einem Finger ihre Augenbraue nach. »Schön«, sagte sie. »Lassen Sie uns gehen.«

Die Gruppe machte sich auf den Weg zum Stabilisatorschacht. Marc schloß sich den Piloten an, die zu den Tauchern Abstand hielten. Dr. van de Graaf ging allein.

»Dein Name gefällt mir«, flüsterte Orca ihrem Bruder zu.

»Ich dachte, es würde sie in Verlegenheit bringen, wenn ich keinen hätte.«

»Sie hätten sich ein bißchen befremdet gefühlt, aber das wäre nicht schlimm gewesen. An solche Peinlichkeiten sind sie gewöhnt – sie kommen darüber hinweg.«

Mark wand sich in seinen unbequemen neuen Kleidern.

»Und so was trägst du ständig«, kommentierte er.

»Nur in Gegenwart von Landern«, erläuterte sie. »Aber meine Jeans lasse ich zuerst eine Woche lang in einem Gezeitenpool in der Sonne liegen, und dann wasche ich sie aus, bevor ich sie anziehe.«

»Mußt du hierbleiben?« fragte er leise.

»Ich will sichergehen, daß einem Freund von mir nichts zustößt.« Sie sorgte sich um Radu. Was immer er herausgefunden haben mochte, war in seinen Augen so gravierend, daß er blitzartig die Flucht ergriffen hatte.

»Ich meine, ließen sie dich weg, wenn du wolltest?«

»Das ist eine gute Frage«, entgegnete Orca. Sie staunte, daß Mark sie stellte, und wieder kam ihr der Gedanke, daß er in der Welt der Menschen vielleicht doch nicht so fehl am Platze war. »Ich bin mir nur nicht schlüssig, ob ich überhaupt fort möchte. Ich erzählte den Cousins und Cousinen, was ich da draußen erlebt habe, und sie verstanden mich. Sie sind versessen darauf, mehr zu erfahren – sie wollen sogar, daß ich noch einmal dorthin zurückkehre.«

Neugierig starrte Mark sie an. »Tatsächlich? Erzähl mir auch, was du erlebt hast.«

»Ich kann nicht. Nicht hier oben. Das ist unmöglich. Sobald wir im Wasser schwimmen, erfährst du alles.«

»Ist gut.« In geduldigem Schweigen marschierte er neben ihr her.

Orca bezweifelte, daß sie ihren internen Kommunikator im Administrationstrakt würde benutzen können, deshalb durchforstete sie rasch etliche Nachrichtenverzeichnisse. Von Radu keine Spur. Offenbar hatte er sich ihre Lektion zu Herzen genommen; von nun an würde er sich so unbemerkt bewegen, als pirsche er daheim auf Twilight durch die Wälder.

Sie näherten sich der Baracke. Eine Aufzugkabine stand mit offenen Türen für sie bereit.

Von dem durch das Schwimmen erhöhten Stoffwechsel, der wiederum einen Blutandrang hervorrief, fühlte sich Orca immer noch erhitzt, doch langsam ließ die Wirkung nach. Sie war froh, wenn sie sich vor dem kalten Wind abschirmen konnte.

Dann kam ihr ein Gedanke. Sie nahm die normale Post entgegen und scannte hastig die Meldungen.

Zwischen all dem Reklamemüll befand sich eine anonyme Notiz.

Nehme dein Angebot an, stand da, mehr nicht,

Verdammt! dachte sie. Das ist der falsche Zeitpunkt und der falsche Weg, um aus diesem Schlamassel herauszukommen …

Aber vielleicht blieb Radu gar keine andere Wahl.

Orca griff nach Marks Hand.

»Laß uns nach Hause schwimmen«, tuschelte sie ihm zu.

Ohne Zagen, ohne eine Spur von Überraschung, kehrte er mit ihr um, und sie liefen zur Kante der Plattform. Orca hörte, wie van de Graaf erschrocken und ärgerlich fluchte; Ramona-Teresa rief ihren und Marks Namen.

Gemeinsam sprangen sie in die Fluten und ließen sich nach unten sinken. In einer Tiefe von mehreren Metern schwammen sie dicht nebeneinander und streiften sich gegenseitig die Kleidung ab. Lachend strengten sie sich an, Mark aus der starren Jeans zu schälen. Nachdem sie die Sachen am Rand des Decks deponiert hatten, kraulten sie los, um ihre Cousins und Cousinen einzuholen.

KAPITEL 14

Obwohl keiner aus der Gruppe glaubte, daß Orca und ihr Bruder nur kurz zum Schwimmen gegangen seien, warteten sie ein paar Minuten, bis van de Graaf angewidert das Wort »Taucher!« ausspuckte und alle in den Aufzug scheuchte. Die Türen schlossen sich, und sie fuhren abwärts. In einer Etage, die Laenea aus Neugier mehrmals zu besichtigen versucht hatte, hielten sie an. Bis jetzt hatten die Schalter im Lift nie auf einen entsprechenden Befehl reagiert.

Das Foyer war mit einem kostbaren Teppich ausgelegt; der Raum, in den van de Graaf sie führte, übertraf an Luxus sogar die Lounge des VIP-Shuttles.

Die Administratoren wissen, wie man sich verwöhnt, dachte Laenea.

»Da drüben ist die Bar«, erklärte van de Graaf. Sie setzte sich in einen Sessel, der in einer Ecke stand, schloß die Augen und fiel sofort in eine Kommunikationstrance.

»Sie scheint anzunehmen, daß wir uns die Zeit mit Picheln vertreiben, wenn wir nicht gerade fliegen«, meinte Wassili und warf sich in einen Sessel, wo er mit überkreuzten Armen vor sich hin schmollte.

Ohne von ihm Notiz zu nehmen, schenkte sich Ramona-Teresa einen Scotch ein und trank ihn pur. Ganz hinten im Regal entdeckte Marc eine Flasche Tequila. Laenea fand, ein Cognac könnte ihr guttun.

Ich hätte mir denken können, daß Wassili Abstinenzler ist, sagte sich Laenea. Eigentlich müßte es ihn glücklich machen, jetzt kann er wenigstens über uns herziehen.

Laenea nippte an ihrem zweiten Cognac und Ramona-Teresa stärkte sich mit dem vierten Scotch, als van de Graaf aus ihrer Absence zurückkehrte.

»Radu ist spurlos verschwunden«, erklärte sie. »Er steht auf keiner Passagierliste eines Transportmittels, und die Stafford behauptet, sie habe ihn das letzte Mal zusammen mit Ihnen gesehen, Laenea. Ich mußte sie erst daran erinnern, daß sie ihn überhaupt getroffen hat.«

»Der Gedanke war auch weit hergeholt«, gab Laenea zu. »Die beiden haben sich nur ganz kurz gesehen.« Im stillen dachte sie, daß es Kathell überhaupt nicht ähnlich sah, eine Bekanntschaft, und sei sie noch so flüchtig, zu vergessen.

»Mag sein. Aber sie sprach nicht direkt mit mir; sie benutzte ein Remote. Vielleicht hat sie gelogen.«

»Du hast sie überwachen lassen!« platzte Ramona-Teresa heraus.

Van de Graaf hob die Schultern.

»Machen Sie sich wegen Radu keine Gedanken«, wandte Laenea rasch ein. »Es wäre nicht das erste Mal, daß er sich ›abseilt‹. Wahrscheinlich braucht er nur etwas Muße zum Nachdenken. Er kommt schon zurück.«

»Sie scheinen sich ja sehr sicher zu sein.«

»Was bedeuten schon ein paar Stunden? Um ihn in einen Piloten zu verwandeln, braucht es mehr Zeit.«

»Radu Dracul kann kein Pilot werden«, widersprach Ramona-Teresa. Sie goß sich den nächsten Whisky ein. Bis jetzt schien der Alkohol keinerlei Wirkung auf sie auszuüben.

Laenea furchte die Stirn. »Aber ich dachte – weil er die siebente Dimension wahrnimmt …«

»Das ist richtig. Und sechs weitere obendrein. Aber es handelt sich nicht um dieselben Dimensionen, die du erkennst, die Dimensionen des Transits. Die Schnittpunkte sind nicht deckungsgleich. Er muß jemandem folgen, sonst ist er blind und wäre unweigerlich verloren.«

»Was will man dann noch von ihm? Warum läßt man ihn nicht einfach in Ruhe?«

»Seine Wahrnehmungen nehmen einen gänzlich anderen Stellenwert ein als die deinen«, beschied ihr Ramona-Teresa.

»Gerade Sie müßten doch einsehen, warum wir ihn studieren wollen«, sagte van de Graaf zu Laenea.

»Hah!« trompetete Wassili. »Ihr kann es doch egal sein. Sie weiß ja, daß sie in Sicherheit ist.«

»Waska, was faselst du da?«

»Du kannst dich nicht verirren!« sagte Wassili heftig. »Wenn du die Orientierung verlierst, wird er dich finden. Aber was wird aus uns anderen?«

»Ach so«, erwiderte Laenea. »Du hast recht. Entschuldige, daran hatte ich nicht gedacht.« Laenea war kein Egoist; und sie wollte soviel über den Transit lernen, daß sie nie wieder den Weg verlor und auf fremde Hilfe angewiesen war. »Aber ich bin sicher, daß er gern nach anderen Vermißten suchen würde, falls es ihm möglich ist.«

»Ich gehe davon aus, daß er diesen inneren Kontakt nur mit dir herstellen kann, Laenea«, warf Ramona-Teresa ein.

»Dann verstehe ich nicht …«

»Ich glaube«, erklärte van de Graaf, »daß sein Talent einmalig ist, zum Entfalten eine Wechselbeziehung braucht, und auf einer Mutation beruht, die durch eine Erkrankung hervorgerufen wurde. Meiner Meinung nach hat sich das virale Genom in seine Chromosomen integriert.«

»Ich gebe dir nur teilweise recht«, erwiderte Ramona-Teresa. »Vermutlich besitzt ein gewisser Prozentsatz der Gesamtbevölkerung ähnliche Fähigkeiten, die sich doch nur in der richtigen Umgebung entwickeln. Diese Seuche hat zwischen Laenea und Radu ein inneres Band geknüpft. Wenn man sich die mathematischen Formeln ansieht, erkennt man, daß jeder Mensch, der ein Gespür für die siebente hat, mit irgendeiner anderen Person – oder Sache – in der normalen Raumzeit in enger Beziehung steht.«

Van de Graaf unterbrach sie. »Ganz gleich, wie die Wirkung beschaffen ist, die Ursache für diese Gabe muß in der Krankheit liegen. Eine andere Erklärung gibt es nicht. Aber Radus Blut- und Hautproben weichen nicht von der üblichen Norm ab. Ich brauche weitere Gewebeproben, hauptsächlich von seinen Nerven, um ihn richtig studieren zu können.«

»Kein Wunder, daß er geflohen ist«, warf Laenea ein. »Wollen Sie etwa sein *Gehirn* sondieren?«

»Seien Sie nicht albern, Pilotin. Ich werde ihn nicht sezieren. Jede periphere Nervenzelle würde wahrscheinlich für eine Analyse genügen; wenn ich ihm eine Probe entnehme, würde er es nicht einmal merken. Er hat keinen Grund, sich vor mir zu fürchten, außerdem kann er gar nicht wissen, in welche Richtung meine Spekulationen gehen.«

»Sie haben ihn stundenlang verhört. Aus der Art der Fragestellung kann man eine Menge erkennen. Schließlich ist er nicht blöd. Als Kolonist hat er keine höhere Schulbildung genossen, so wie Sie, aber deshalb muß er nicht dumm sein.«

»Jetzt unterschätze ich ihn bestimmt nicht mehr«, räumte van de Graaf ein.

»Du kennst ihn besser als wir alle, Laenea«, sagte Wassili. »Ist er so egoistisch, verabscheut er Piloten so sehr, daß er sich weigert, sich für weitere Tests zur Verfügung zu stellen, auch wenn er dadurch beitragen könnte, den Transit für uns sicherer zu machen?«

»Ich habe noch nie zuvor einen Menschen getroffen, der so selbstlos ist wie Radu«, wandte Laenea ärgerlich ein. »Und es stimmt nicht, daß er Piloten verabscheut.«

»Mich kann er jedenfalls nicht leiden.«

»Vielleicht liegt das an dir«, konterte Laenea. »Aus einem Einzelfall kannst du keine allgemeingültige Regel ableiten.«

Wassili lief rot an.

»Ich warte immer noch auf eine Erklärung«, wandte sich Laenea an Ramona und die Ärztin. »Wenn ihr annehmt, daß er aufgrund dieser persönlichen Bindung nur mich auffinden kann, wieso seid ihr dann so versessen darauf, Radu weiterhin zu testen?«

»Weil sich dieser Vorgang vielleicht wiederholen läßt.«

Laenea erstarrte; als sie die Ungeheuerlichkeit dieser Antwort begriff, kochte eine unbezähmbare Wut in ihr hoch.

»Bei den Göttern!« erwiderte sie entsetzt. »Ist euch klar, was ihr da sagt?« Mit geballten Fäusten sprang sie hoch. »Wie kann man so etwas nur in Erwägung ziehen? Seid ihr Ungeheuer?«

»Was?« protestierte van de Graaf.

»Laenea!« rief Ramona-Teresa ehrlich empört.

»Wißt ihr denn nicht, welche verheerenden Folgen diese Seuche für Radus Welt hatte? Seine ganze Familie wurde ausgelöscht, und er selbst ging um ein Haar drauf. Ich war da, ich habe mit eigenen Augen gesehen …«

Geduldig warteten sie, bis sich ihr Wutausbruch legte.

Ramona gluckste leise in sich hinein. Aufgebracht funkelte Laenea sie an.

»Mein liebes Kind«, sagte Ramona, »wenn du wüßtest, wie bekannt das alles klingt.«

»Wovon redest du?«

»Es ist abscheulich!« flötete Ramona mit verstellter Stimme. »Jungen Leuten das Herz aus dem Leib zu reißen und durch eine Maschine zu ersetzen!«

»Aber …«, warf Laenea verwirrt ein. »Das ist doch nicht dasselbe.«

»Warum nicht?«

»Zum einen, weil wir alle Freiwillige sind.«

»Glaubst du, wir wollen eine neue Seuche verbreiten, indem wir Menschen mit diesem Virus infizieren? Kein Wunder, daß du uns für Monster hältst.«

»Wer würde sich für ein solches Experiment freiwillig melden? Die Hälfte der Erkrankten stirbt.«

»Mehr als die Hälfte«, korrigierte van de Graaf. »Fast alle, um die Wahrheit zu sagen.«

»Na also!«

»Verstehen Sie nicht, daß genau das der Grund ist, weshalb wir uns näher mit Radu befassen müssen? Wir wollen herausfinden, was ihn von anderen Menschen unterscheidet. Warum hat er überlebt?«

»Können Sie garantieren, daß die Tests völlig harmlos sind?«

»Natürlich nicht. Ein gewisses Risiko läßt sich nie ausschließen.«

»Dann wird er es nie zulassen, daß Sie ihn studieren. Und jemand anders, der mit sich herumexperimentieren läßt, finden Sie nicht.«

»Doch«, wandte Marc ein.

Verblüfft sah sie ihn an.

»Ich würde mich zur Verfügung stellen, wenn ich dadurch die Möglichkeit bekäme, wieder fliegen zu dürfen. Und wenn Kris Hypothese stimmt, könnte das der Fall sein. Dann würde sich für mich sogar eine Regeneration lohnen«, setzte er leise hinzu.

»Das Problem ist, daß wir nicht wissen, welche Vorgänge in seinem Körper es ihm erlauben, so stark von der gängigen Norm abzuweichen. Wir haben nicht mal eine Ahnung, wozu Radu vielleicht noch fähig ist. Deshalb müssen wir ihn unter die Lupe nehmen.«

Laenea ließ sich nicht beschwichtigen.

»Wenn *du* ihn darum bittest, dann wird er sich von uns testen lassen«, wandte sich Wassili an Laenea.

»Den Teufel werde ich tun!«

»Du bist ein maßloser Egoist!« schnaubte er verächtlich.

»Kann sein«, entgegnete Laenea, die es leid war, sich beleidigen zu lassen. »Aber vor allen Dingen bin ich maßlos wütend.«

»Laenea«, versuchte Ramona einzulenken, »wir müssen ihn studieren. Wenn es noch mehr Leute mit seinen Fähigkeiten gibt ...«

»Falls nicht, so könnte man welche erschaffen«, fiel Wassili ihr ins Wort und erntete dafür einen zornigen Blick.

»... können wir vielleicht mit Schiffen in Kontakt treten, die sich im Transit befinden. Unter Umständen ist sogar eine direkte Kommunikation zwischen den bewohnten Welten möglich.«

»Ramona, ich erkenne den Nutzen einer solchen Verständigung, auch wenn das Risiko sehr groß ist. Aber es wird nicht leicht sein, Radu davon zu überzeugen – falls ihr ihn findet.«

»Wenn er seine Heimatwelt jemals wiedersehen will, bleibt ihm gar nichts anderes übrig, als zu uns zu kommen«, spottete Wassili.

Laenea seufzte. »Er würde das Opfer bringen und für immer hier bleiben, wenn er den Verdacht hegt, daß er euch nicht trauen kann.«

»Aber er muß mit uns kooperieren«, betonte Ramona. »Er ist das einzige Studienobjekt, das wir haben.«

»Wieso untersucht ihr nicht das Virus? Vielleicht erfahrt ihr dann alles, was ihr wissen müßt.«

»Ihre Expedition hat gründliche Arbeit geleistet«, erwiderte van de Graaf. »Seit der Impfstoff eingesetzt wurde, ist kein weiterer Fall von der Seuche mehr aufgetreten.«

»Dann glauben Sie also, das Virus ist ausgerottet?« Ohne Impfschutz durfte niemand auf Twilight landen, doch das Antigen bildete Eiweißstoffe, und kein genetisches Material. Wenn dieser Organismus ausgemerzt war, ließe er sich durch nichts mehr rekonstruieren.

»Vermutlich. Aber es kann auch sein, daß es immer noch existiert, und zwar in dem einheimischen Wirtskörper, auf den er sich vor Ankunft der ersten Siedler beschränkte. Allerdings dürfte es schwierig sein, ihn aufzuspüren. Der Ursprung des Virus wurde nie festgestellt.«

Im Grunde meinte van de Graaf, daß man das Virus am schnellsten wieder hervorlockte, indem man ungeimpfte Menschen nach Twilight schickte und darauf wartete, daß sie krank wurden.

»Aber Sie können doch nicht …«

»Wir würden es auch nur ungern tun«, sagte die Ärztin.

Marc lauschte dem Wortwechsel, ohne sich an dem Gespräch zu beteiligen; seine Kräfte schonend, nippte er still an dem Tequila. Zum ersten Mal hielt er sich auf dem Administrationsdeck auf; während der kurzen Zeit, in der er Pilot war, hatte es noch nicht existiert. Er wußte echte Antiquitäten von Reproduktionen zu unterscheiden, und die Einrichtung des Raums war authentisch. Trotz der Glaswand, durch die man in den Ozean schauen konnte, wirkte der Kamin in der Mitte des Zimmers nicht wie ein Stilbruch.

Kri zerbrach sich weiterhin den Kopf über Radu Draculs Verbleib, doch niemand erwähnte Orca und ihren Bruder. Im Gegensatz zu den anderen glaubte Marc nicht, daß die Geschwister einfach einer Laune nachgegeben hatten; er nahm an, daß ihr Verschwinden mit Radus Flucht zusammenhing.

»Nun ja«, meinte Kri, »die Sicherheitskräfte sind im Einsatz, und mehr können wir vorerst nicht tun.« Sie leerte ihr Glas. »Wir sollten uns jetzt alle schlafen legen, damit wir morgen früh frisch und ausgeruht sind.«

Langsam erhob sich Marc.

»Ich verabschiede mich bis morgen«, sagte er. »In meinem eigenen Bett schlafe ich besser.«

Laenea stand ebenfalls auf. »Ich begleite dich heim«, erbot sie sich. »Du siehst müde aus.«

Marc sah, wie Kri sich zum Einschreiten rüstete; es paßte ihr nicht, daß Laenea das Administrationsdeck verließ. Vermutlich würde sie eher darauf bestehen, daß er hier blieb – was er um jeden Preis vermeiden wollte –, anstatt Laenea zu erlauben, ihn nach Hause zu bringen.

»Nein, nein«, wehrte er ab. »Es geht schon. Ich möchte nur in meiner Wohnung sein, ehe ich schlappmache.«

Er umklammerte Laeneas Handgelenk, und sie packte das seine. Es verursachte ein sonderbares, aber nicht unangenehmes Gefühl.

Sowie Marc das Administrationsdeck hinter sich gelassen hatte, schaltete er ein Kommunikationsterminal ein. Aus Furcht, sein bereits vorgeschädigtes Gehirn könnte noch weiter gestört werden, hatte er sich nie einen internen Kommunikator implantieren lassen. Er weckte sein Analogon, das prompt erschien.

»Wo stecken Sie?« fragte es in gemessenem Ton.

»Ich bin unterwegs nach Hause.«

»Wieso sind Sie nicht in Ihrer Wohnung?«

»Ich mußte in einer dringlichen Angelegenheit auf Deck. Es war ein Notfall.«

»Sie hätten mich losschicken können.«

»Ich weiß«, erwiderte Marc. »Es tut mir leid, daran hatte ich gar nicht gedacht. Würden Sie bitte einen Blick ins Foyer werfen und nachsehen, ob sich dort jemand aufhält?«

»Selbstverständlich.« Nach einer winzigen Pause meldete das Analogon: »Keiner da.«

»Vielen Dank. Ich bin gleich zurück.«

Marc verließ das Terminal und humpelte tief in Gedanken versunken heimwärts. Hätte er doch nur das

Analogon nicht abgeschaltet … Falls Radu Dracul hilfesuchend zu ihm gekommen war, hatte er niemand angetroffen. Nun ja, die Vergangenheit ließ sich nicht ändern; er sollte sich lieber mit der Zukunft beschäftigen.

Marc argwöhnte, daß Kathell Stafford einen guten Grund gehabt haben mußte, um mit einer Repräsentantin der Transitbehörde via Stimmen-Synthesizer zu sprechen.

Orca tauchte auf, trat Wasser und kontaktierte Harmony. Um das Gespräch über die Gebirgskette zu schleusen, mußte sie einen Satelliten anpeilen; aber True Speech ließ sich gut in Radiofrequenzen übersetzen, und ein Lauscher hätte den Dialekt ihrer Familie ohnehin nicht entschlüsseln können.

Ihre Mutter antwortete.

Hallo, *chérie,* grüßte sie, nach familiärer Sitte True Speech mit französischen Brocken sprenkelnd. Wo bist du?

Auf halbem Weg nach Hause, antwortete Orca. Mark ist bei mir.

In True Speech setzte sie den Namen ihres Bruders hinzu.

Ihre Mutter lachte; an dem Mix erkannte sie, daß Orcas Bruder einen Namen angenommen hatte, und sie begriff die Pointe sofort. Auch sie sah sich gern *Der Mann von Atlantis* an.

Die Neuigkeiten sind faszinierend, *chère petite fille,* und noch spannender ist der Klatsch. Wieviel davon ist wahr?

Ausnahmsweise gestalten sich die Tatsachen noch interessanter als alle Gerüchte, gab Orca zurück. Wenn ich bei euch bin, erkläre ich alles. Es kann sein, daß mein Kollege aus der Crew für eine Weile zu Besuch kommt. Hat er sich schon gemeldet?

Nein.

Ich habe keine Ahnung, wo er jetzt gerade steckt, erläuterte Orca. Oder auf welchem Weg er anreist. Ich sagte ihm, er solle im Hafen von Victoria nach uns fragen. Er braucht unsere Hilfe, *mon-amie-maman.* Bist du in Kampfstimmung? Was ist mit Vater?

Vater ist immer zum Rebellieren aufgelegt. Wenn es sein muß, zieh ich mit.

Es muß sein. Wenn mein Freund eintrifft – Orca beschrieb Radu mit akustischen Signalen, nach denen jeder Taucher oder Wal ihn erkennen würde – er ist ein Außenweltler, setzte sie hinzu. Schüchtern und sehr bescheiden. Für seine Probleme kann er nichts.

Wir heißen ihn willkommen, Kleines.

Danke, *maman-amie.*

Soll ich das Boot schicken? Sonst kommst du noch zu spät zum Treffen.

Orca funkte eine Grimasse hinüber, und ihre Mutter lachte wieder.

Dann schon lieber das Flugzeug, *maman.* Auf diese Weise brauche ich nicht so lange zu leiden.

Geht in Ordnung, *amie-fille;* wie kommt es, daß du so gern mit einem Schiff von einem Planeten zum anderen düst, aber einen Horror hast, von einer Insel zur nächsten zu hüpfen?

Das matte Glimmen des Instrumentenpaneels spendete das einzige Licht, und außer dem Flüstern der schallgedämpften Propeller war kein Laut zu hören. Allein schwebte Radu in der stillen Dunkelheit, darauf wartend, daß der Himmel heller wurde, sich nach der Morgendämmerung sehnend.

Ihm fielen die Augen zu; er döste ein. Als sein Kinn auf die Brust sank, schreckte er wieder hoch. Es schien ihm, als sei das Blau der Nacht um eine Nuance freundlicher geworden.

Er versuchte sich zu erinnern, wann er das letzte Mal auf natürlichem Wege, ohne Drogen, Schlaf gefunden hatte. Sowohl sein Einschlummern während des Transits (das mit *Schlafen* absolut nichts zu tun hatte) wie die durch Unterkühlung hervorgerufene Ohnmacht, aus der er im Quartier der Taucher aufgewacht war, hatten seine Kräfte nicht regeneriert.

Die letzte durchschlafene Nacht hatte er auf der Erdstation genossen, als er sich mit Orca ein Bett teilte. Sein Zeitsinn scannte automatisch seine gesamten Perzeptionen und verriet ihm, wieviel Zeit seitdem subjektiv verstrichen war; danach verglich er den Wert mit der objektiven chronologischen Abfolge auf der Erde. Er lachte leise; als ob es für ihn einen objektiven zeitlichen Maßstab überhaupt noch gäbe.

Bis zum Tagesanbruch konnte er nicht wach bleiben. Er schaltete den Autopiloten ein, erfreut, daß dieser nur zum Navigieren taugte. Hätte er über kognitive Eigenschaften verfügt, wäre der Computer imstande gewesen, auf Funksprüche zu reagieren und somit ihre Position zu verraten. Indem Radu sehr niedrig flog, konnte das Luftschiff weder von Navigationsradar erfaßt werden noch versehentlich die Routen kleinerer Luftfahrzeuge kreuzen.

Er war so müde, daß er viermal die Daten in den Autopiloten einspeichern mußte, ehe der Kurs stimmte.

Ich werde nur eine Stunde lang koksen, nahm er sich vor, indem er einen der Passagiersitze zurückklappte. Ein Stündchen, dann kann ich wieder per Hand steuern.

Augenblicklich sank er in einen tiefen Schlaf.

Laenea erwachte, langsam und mit großem Wohlbehagen. Sie genoß das warme Bett, die Stille und das ruhige blaue Licht in ihrem Zimmer. Als sie die bloßen Arme ausbreitete, spürte sie nicht den geringsten Schmerz; sie fühlte sich unverletzlich, unbesiegbar.

Sie schlug die Decke zur Seite und sprang aus dem

Bett; ohne sich die Zeit für eine Dusche zu nehmen, zog sie sich an. Zu gespannt wartete sie darauf, was der neue Tag bringen mochte.

Im Gemeinschaftsraum der Suite, den die drei Piloten mit Beschlag belegten, tranken Kristen van de Graaf und Ramona-Teresa Kaffee.

»Guten Morgen«, grüßte Laenea und schenkte sich selbst eine Tasse ein.

»Guten Morgen.« Die Ärztin klang erschöpft.

Anstatt Laenea zu antworten, schob Ramona ihre Tasse zur Seite und stand auf. »Wenn ich die Fähre nicht verpassen will, muß ich jetzt gehen«, meinte sie. Neben der Tür stand ihre kleine Reisetasche.

»Wohin fliegst du?«

»Zu Miikalas Familie. Um Bericht zu erstatten.«

»Soll ... soll ich mitkommen?«

Ramona zögerte. »Ich glaube ... ich glaube, eines Tages werden sie mit dir sprechen können, Laenea. Dann werden sie von sich aus den Kontakt mit dir suchen. Aber jetzt noch nicht. Der Schmerz ist zu frisch.«

Laenea berührte Ramonas Hand. »Ich verstehe«, sagte sie. »Ramona, es tut mir schrecklich leid.«

Ramona-Teresa umarmte Laenea und drückte sie fest an sich. Dann zog sie sich zurück, griff nach ihrer Tasche und verschwand ohne Kommentar durch die Tür.

Laenea nahm ihre Tasse und setzte sich nieder; sie wünschte sich, sie könnte Ramona ein bißchen mehr Hilfe bieten. Sie sah zu Dr. van de Graaf hinüber, deren Augen leicht blutunterlaufen wirkten.

»Haben Sie überhaupt geschlafen?« erkundigte sich Laenea.

»Ein bißchen gedöst; mit Unterbrechungen.«

»Sie sehen erschöpft aus.«

»Vor lauter Grübeln konnte ich nicht abschalten. Von unserem Freund fehlt immer noch jede Spur.«

»Er wird schon wieder auftauchen«, gab Laenea

zurück. Sie glaubte wirklich, daß er sich eines Tages melden würde, obwohl sie der Ansicht war, daß es das beste für ihn wäre, wenn er sich nie mehr blicken ließe.

»Ich glaube, er hat sich den Tauchern angeschlossen«, mutmaßte van de Graaf. »Wenn sie ihn bei sich aufnehmen und er sich weigert, freiwillig zu uns zu kommen, ergibt sich eine … heikle Situation.«

Laenea wußte natürlich, wie eifersüchtig die Taucher die Souveränität ihres Territoriums hüteten. Mit wilder Entschlossenheit schützten sie ihre Cousins und Cousinen vor Belästigungen, seien sie nun bösartig oder lediglich durch Neugier verursacht.

»Ich finde, Sie sollten ihn eine Zeitlang nicht behelligen.«

Van de Graaf nahm sich eine Scheibe Toast, biß eine Ecke ab und kaute gedankenverloren.

»Wahrscheinlich haben Sie recht«, gab sie zu. »Wenn er sich bedrängt fühlt, schaltet er auf stur.«

Wassili Nikolajewitsch trat ein, hohläugig und abgehärmt. Laenea wußte nicht, wie sie ihn ansprechen sollte. Sein Neid und seine Frustration stimmten sie traurig.

»Waska …«

»Schon gut«, winkte er ab. »Ich weiß, was zu tun ist.« Seine Stimme klang angespannt, der Blick war der eines Besessenen. Er wandte sich an van de Graaf. »Ich muß nach Ngthummulun und mit Atnaterta sprechen. Er wußte, was passieren würde …«

Er schilderte, was Radu auf Atnas Heimatwelt widerfahren war. Laenea lauschte schweigend. Sie hatte mit Atna in der Crew gedient. Er war tatsächlich ein ausgezeichneter Navigator; und es stimmte auch, daß viele der besten Piloten von Ngthummulun stammten.

»Wenn Atna mir beibringen kann, wie man diese spezielle Fähigkeit entwickelt – immerhin wußte er, was Radu zustoßen würde, wenn …« Wassili ließ den

Satz unbeendet, als sei er sich selbst noch nicht ganz im klaren darüber, was er von Atna wollte. Erwartungsvoll blickte er van de Graaf an. »Verstehen Sie denn nicht …«

Laenea sprach nicht aus, was sie dachte. Keiner der Piloten von Ngthummulun hatte die siebente wahrgenommen, und keiner konnte sich mit Waska messen. Obwohl sie selbst eine bis jetzt einmalige Leistung vollbracht hatte, war Wassili nach wie vor ein besserer Pilot als Laenea.

Aber ich hole auf, frohlockte sie im stillen.

Mit einem Finger zog van de Graaf ihre Augenbraue nach. »Ein Versuch kann nicht schaden«, meinte sie.

Weder ihre Mimik noch ihr Tonfall verrieten, ob sie Wassilis Idee für vernünftig hielt, oder ob es ihr, wie Laenea, einfach nur an Mut fehlte, Wassilis Traum zu zerstören. Sie legte die Scheibe Toast auf den Teller zurück. »Ich nehme an, Sie beide brennen darauf, die Initative zu ergreifen.«

Laenea schnellte in die Höhe und stellte ihre Tasse so hektisch ab, daß etwas Kaffee herausschwappte.

»Und ob!« trumpfte sie auf. »Wann geht es los?«

»Noch nicht«, dämpfte van de Graaf ihren Eifer.

Mit den Händen fuchtelnd trat Laenea einen Schritt auf sie zu, im Begriff, gegen eine vielleicht wochen- oder auch nur tagelange Verzögerung zu protestieren.

Van de Graaf lächelte. »Wenn Sie fertig gefrühstückt haben.«

Als Radu aufwachte, fragte er sich benommen, ob er überhaupt geschlummert hatte. Der Tag mußte bald anbrechen; doch der Himmel leuchtete in einem tiefen Mitternachtsblau ohne eine Spur von aufziehender Helligkeit.

Vielleicht hatte er nur einen Moment lang gedöst und war dann hochgeschreckt. Er zog seine innere Uhr zu Rate.

Es war schon wieder Nacht, er hatte den ganzen Tag verschlafen. Und er näherte sich seinem Ziel.

Victoria war eine phlegmatische, wunderschön instandgehaltene, ziemlich blasierte alte Stadt. Die letzten Bänder eines scharlachroten Sonnenuntergangs verblaßten im Ozean. Hier und da flackerten Lichter auf, spiegelten sich in den Fenstern des efeubewachsenen Hotels Empress und setzten schimmernde Akzente auf die Kajüten der Segelboote, die reihenweise längs den Piers vertäut lagen.

Von den Hafenwällen grüßten Blumenrabatten; durch die Abenddämmerung verschossen die Farben zu einem zart abgestuften graustichigen Weiß.

Radu lenkte das Luftschiff in Richtung des Landeplatzes neben dem Fähranleger. Nicht nur auf der Karte war die Piste deutlich markiert; auch von oben erkannte man sie an den Mustern aus konzentrischen Kreisen, die Luftschiffe unterschiedlicher Größe mit ihren Rädern rings um die Ankermasten in das Gras gewühlt hatten.

Einen Zeppelin im Alleingang zu landen war fast noch verzwickter als abzulegen. Das Fluggerät mußte mit dem Wind am Ankermast niedergehen und sich dann von der Brise in die richtige Position treiben lassen. Dabei konnte der Mast gerammt und die Hülle zerfetzt werden. Aber ein anderes Landemanöver kam gar nicht in Frage, außer bei völliger Windstille. Doch es blies kräftig, das merkte Radu an der Art, wie das Luftschiff auf die Steuerung reagierte, und an dem gekräuselten dunklen Wasser. In diesem Fall mit einem Schiff gegen den Wind kreuzen zu wollen, wäre glatter Wahnsinn gewesen.

Eine schattenhafte Gestalt hetzte in seine Richtung über das Feld, als sich das Luftschiff zu Boden senkte. Radu erstarrte und hielt sich bereit, sofort wieder Höhe zu gewinnen. Vielleicht war es Kathell nicht gelungen, die Administratoren zu täuschen; sie mochte ihn sogar verpfiffen haben. Diese Frau blieb ihm ein Rätsel, und er konnte nicht einschätzen, inwieweit auf ihr Wort Verlaß war.

Radu hatte das Funkgerät nicht eingeschaltet, und vielleicht hatte die Behörde, die den Luftraum über Victoria kontrollierte, ihn schon den ganzen Nachmittag lang aufgefordert, beizudrehen und zu landen.

Als das Luftschiff in den Sinkflug ging, erkannte Radu, daß die Frau, die drunten rannte, weder die Uniform einer Sicherheitsbeamtin noch die nüchterne Bekleidung einer leitenden Angestellten trug, sondern abgeschnittene, ausgefranste Jeans und ein rückenfreies T-Shirt. Unter dem Luftschiff blieb sie stehen. Radu öffnete das Fenster und beugte sich hinaus.

»Geh so weit runter, bis ich die Leiter zu fassen kriege«, rief sie. »Mach dich bereit, etwas Ballast abzuwerfen und gleich wieder durchzustarten.«

»Wer bist du?«

Sie hob eine Hand und spreizte die Finger. Im Flutlicht der Landepiste schimmerten rosa und golden die dünnen Membrane ihrer Schwimmhäute.

Radu ließ das Luftschiff rasch absacken und öffnete die Tür. Die Taucherin erhaschte die Leiter und schwang sich in die Gondel. Der kleine Zeppelin sank tiefer, bis das Landerad auf das Gras prallte. Radu warf sechzig Kilo Ballast ab und brachte die Motoren auf Touren. Trotz der Taucherin an Bord war das Schiff nun leichter geworden und schoß in einem steilen Winkel nach oben.

Die Taucherin robbte das schräge Deck hoch und zog sich auf den vorderen Passagiersitz.

»Na also«, sagte sie, während sie ihn prüfend ins Auge faßte, »du bist eindeutig der Mann, den Orca mir beschrieben hat. Du darfst mich Wolf nennen. Wie heißt du?«

»Radu Dracul«, sagte er. »Hat Orca dir meinen Namen denn nicht genannt?«

»Doch«, gab Wolf zu, »und nicht nur das. Sie gab dir einen Namen in True Speech, der dich besser charakterisiert als ein Steckbrief. Wer dich danach nicht erkennt, muß taub und blind sein.«

»Wie lautet denn mein neuer Name?« wollte Radu wissen.

»Er läßt sich nur unter Wasser aussprechen. Für dich klingt er ohnehin wie eine Kakophonie. Das ist ja auch der Sinn der Sache; wenn sie über Funk deinen Lander-Namen benutzt hätte, wäre sofort klar gewesen, über wen wir reden, auch wenn man sonst kein weiteres Wort von unserem Gespräch verstanden hätte.«

»Ach so«, sagte Radu. »Danke, daß du mir entgegengekommen bist.«

»Schlag einen nördlichen Kurs ein«, befahl Wolf. »Gegen Mitternacht erreichen wir Harmony.«

Er tat, was sie verlangte. Als sie einen gewaltigen viktorianischen Kuppelbau überflogen, leuchteten Tausende in Ketten angeordnete weiße Glühbirnen auf, mit denen die Konturen des Gebäudes gespickt waren. Die Wände verschwanden im Dunkeln, und das Gebilde ähnelte einem geisterhaften Faschingszelt.

»Was ist das?« staunte Radu.

Wolf amüsierte sich über seine Verblüffung. »Das Parlamentsgebäude«, klärte sie ihn auf.

»Und warum wird es so verschwenderisch beleuchtet?«

»Aus Tradition. Für die Touristen. Vielleicht nur zum Spaß. Seit über hundert Jahren ist das so Sitte.«

Der kleine Zeppelin schwebte über das Parlamentsgebäude und weiter Richtung Norden. Victoria wich hinter ihnen zurück. Die Lichter kleiner Städte tüpfelten die Küste, und auf den Highways krochen die Scheinwerferkegel von Automobilen wie winzige leuchtende Fächer vor ihnen her.

In der Meerenge durchschoß der bleiche Strahl eines Leuchtfeuers periodisch die Düsternis und malte zuckende Streifen über das Wasser. Sich in den eigenen Segeln spiegelnd, auf seiner phosphoreszierenden Heckwelle reitend, glitzerte eine Fähre wie ein in die Länge gezogenes Karussell.

»Hat Orca dir erzählt, weshalb ich zu euch komme?«

»Nein«, erwiderte Wolf. »Sie sagte bloß, daß du Hilfe brauchst.«

»Das ist nur allzu wahr«, gab Radu zurück. »Sonst hätte ich weder sie noch ihre Familie in die Sache hineingezogen. Aber Orca steckte schon mittendrin, und ihr seid meine letzte Rettung.«

»Orca sagte auch, du seist ihr Freund. In diesem Fall ist es Ehrensache, daß wir dich in jeder erdenklichen Weise unterstützen.«

Wolf war etwa Mitte vierzig, eine gutaussehende Frau, größer als Orca aber derselbe Typ; auch sie hatte eine dunkle Haut und blaßblonde Haare. Durch die geplatzte Seitennaht ihrer Jeans lugte der Griff eines Messers, das sie sich griffbereit um ihr Bein geschnallt hatte.

»Hör dir lieber erst an, was passiert ist«, riet Radu.

Er weihte sie in die Geschichte ein.

»Jetzt verstehe ich, wieso meine Tochter mich fragte, ob ich in Kampfstimmung sei«, sagte Wolf, als Radu geendet hatte.

»Wird es zu Gewaltanwendung kommen?« fragte Radu. »Würden sie euch angreifen, um mich zum Aufgeben zu bewegen?« Die Vorstellung, die Taucher könnten durch seine Schuld in eine Fehde verwickelt werden, entsetzte ihn.

»Falls sie sich mit uns anlegen, äußert sich das in einem massiven diplomatischen Druck. Heutzutage spielen sich Kriege auf einem höheren Niveau ab als früher.« Sie lächelte, und die Ähnlichkeit mit ihrer Tochter trat noch deutlicher hervor. »Und jetzt möchte ich etwas von dir wissen; glaubst du im Ernst, deine Arbeitgeber würden Menschen mit dieser Krankheit infizieren, wenn sie die Struktur des Erregers aus deinen Antikörpern isolieren könnten?«

»Ich will ihnen nichts unterstellen«, entgegnete Radu. »Aber sämtliche Fragen deuteten darauf hin. Und keiner wollte mir erzählen, worauf sie letzten Endes abzielen. Ich hatte Angst, wenn ich noch länger bei ihnen bliebe, könnte ich das Schlimmste vielleicht nicht mehr verhindern, falls sie tatsächlich planen, das Virus neu zu schaffen.«

Tief in Gedanken versunken knabbert Wolf an einem Fingernagel, und während des restlichen Flugs verhielt sie sich sehr schweigsam.

Weil Laenea gezwungen war, den ganzen Tag lang auf ein Shuttle zu warten, hatte sie viel Zeit zum Grübeln. Die Administration hatte keinen triftigen Grund, diese Erkundungsreise so übereilt anzusetzen. Die Hast, mit der alles arrangiert wurde, verhinderte eine effektive Organisation, und mit einer Ausbeute an nützlichen Informationen war von vornherein nicht zu rechnen. Laenea brannte darauf, wieder in den Transit zu gehen, aber ihre Begeisterung und ihre Freude dämpften keineswegs ihr Mißtrauen gegenüber den Administratoren.

Radu hatte sich immer noch nicht gemeldet; Orca war im Ozean verschwunden. Selbst Marc blieb unerreichbar. Sein Analogon beantwortete Telefonanrufe und war durch jahrelange Erfahrung darauf gedrillt, Erkundigungen höflich abzuwimmeln.

Für die Administratoren stellte Laenea nun die einzige noch vorhandene Verbindung zu Radu dar, und sie hegte nicht den geringsten Zweifel, daß sie sich ihn kaschen wollten. Vermutlich hofften sie, Radu würde es spüren, wenn sie wieder in die siebente Dimension eintrat, und sich aus Sorge um sie selbst verraten.

Doch den Administratoren gegenüber tat sie so, als würde sie die Mär von der wissenschaftlichen Expedition glauben. Zwei Gründe hielten sie davon ab, offen ihren Verdacht zu äußern. Erstens traute sie sich zu, Radu zu warnen.

Zum anderen – vielleicht hatte Wassili Nikolajewitsch recht und sie *war* ein maßloser Egoist – konnte sie es kaum abwarten, wieder in den Transit zu gehen.

Wie Wolf angekündigt hatte, erreichten sie gegen Mitternacht Harmony. Radu steuerte das Luftschiff zu einer Wiese auf dem Höhenzug der Insel. Mehrere Taucher griffen nach den Halteleinen und zogen den Zeppelin zum Ankermast; andere rannten mit Sandsäcken herbei, die sie in die Ballasttanks stopften. Bald rollte das Schiff auf einer engen Kreisbahn aus, hin und wieder gerüttelt von launischen Windstößen. Wolf und Radu kletterten nach unten.

Zu seiner Überraschung nahm Orca ihn am Boden in Empfang.

»Willkommen in Harmony«, begrüßte sie Radu. »Hey, *loup-chérie*«, sagte sie zu ihrer Mutter und drückte sie kurz an sich. Radu kam in den Genuß einer ausgiebigeren Umarmung. Statt der schrillen, metallschuppigen Sachen, die sie im Dienst bevorzugte, trug sie jetzt abgeschnittene Bluejeans wie alle Taucher. Die Füße steckten immer noch in den roten Segeltuchschuhen.

»Ich bin dir sehr dankbar«, sagte Radu.

»Wir haben doch noch gar nichts für dich getan. Warte lieber ab, ob wir dir überhaupt von Nutzen sein können.«

Allein die Tatsache, daß er unter vertrauenswürdigen Menschen war, die keinen Grund hatten, ihn zu hintergehen oder seinen Willen zu brechen, richtete ihn mehr auf als alles andere. Und es machte ihn glücklich, endlich wieder in einer natürlichen Umgebung zu leben, der nichts Konstruiertes, Künstliches, Kontrolliertes anhaftete.

»Wie kommt es, daß du noch vor mir eingetroffen bist?« wunderte sich Radu. »Bist du auf einem Killerwal geritten?«

Orca lachte. »Nein. Sie mögen es gar nicht, wenn man sich auf ihren Rücken setzt. Mom hat uns das Wasserflugzeug geschickt.« Sie machte ihn mit ihrem Bruder bekannt, der sich scheu abseits hielt. Er glich Orca sehr, und er war völlig nackt; er verzichtete sogar auf den Messergürtel, den die meisten Taucher auf der bloßen Haut trugen.

»Es freut mich, daß du den Flug offenbar gut überstanden hast«, wandte Wolf schmunzelnd ein.

»Es ging so eben.«

»Ich fand es toll«, schwärmte Mark. »Ich möchte gern lernen, wie man ein Flugzeug lenkt. Ist es eigentlich schwer, ein Luftschiff zu steuern?«

»Wenn sich die Gelegenheit ergibt, kann ich es dir zeigen«, erbot sich Radu.

»Entschuldigt mich, *mes petites*«, sagte Wolf. »Ich muß euch jetzt verlassen. Radu, du mußt uns verzeihen, wenn wir uns heute abend nicht so intensiv um dich kümmern können.« In einer freundlichen Geste drückte sie seinen Arm und tauchte dann in der Dunkelheit unter. Mark blieb noch ein Weilchen bei ihnen, dann verabschiedete er sich gleichfalls. »Ich muß noch was erledigen. Bis später dann«, erklärte er und verkrümelte sich.

Orca sah ihm nach. »Ihm fehlt noch der letzte Schliff, aber er macht sich.«

»Hat sich jemand nach mir erkundigt?« fragte Radu besorgt. »Glaubst du, sie finden heraus, wo ich bin?«

»Irgendwann kriegen sie bestimmt Wind davon«, meinte Orca. Sie nahm ihn bei der Hand. »Komm mit, ich mache mit dir einen Rundgang.«

»Es tut mir leid, daß ich dich in diese Geschichte verwickelt habe«, sagte er.

»Du brauchst dich nicht zu entschuldigen. Ich habe

dir unsere Hilfe angeboten und ich bin froh, daß du mir vertraust.« Sie kletterte mit ihm den dunklen Pfad hinunter, der vom Kamm der Insel zum Strand führte. »Und denk nicht dauernd an deine Probleme.«

Sie durchquerten ein Tannenwäldchen. Der Boden war weich, der felsige Grund gepolstert von etlichen Lagen herabgefallener Nadeln. So lange schon hatte sich Radu inmitten von Maschinen und Menschenansammlungen bewegt, ständig berieselt von den Hintergrundgeräuschen der Zivilisation, daß ihn die Stille von Orcas Heimat mit Ehrfurcht erfüllte. Die Ruhe war nahezu greifbar. Er blieb stehen, damit nicht einmal der Laut seiner Schritte den Frieden störte. Orca verharrte gleichfalls und blickte sich neugierig nach ihm um.

Radu hätte nicht in Worte fassen können, was ihn bewegte, deshalb schwieg er. Nach einer Weile setzten sie ihren Weg fort.

Dicht am Wasser schmiegte sich ein flaches, schindelgedecktes, von Bäumen halb verborgenes Gebäude an den Hang. Orca öffnete die hölzerne, mit Schnitzwerk verzierte Tür und ließ Radu eintreten. Drinnen streifte sie sich die Schuhe ab und stellte sie auf ein Regal in der Diele. Radu folgte ihrem Beispiel.

»Das ist das Langhaus«, erklärte Orca. »Dort hinten befinden sich die Labors, zu den Schlafzimmern geht es hier entlang.«

Sie führte ihn in eine Kammer, die vom Mondlicht erhellt war, das durch das Fenster strömte. Tatami-Matten bedeckten den Boden, und an einer Wand lag ein zusammengeklapptes Futon; daneben stand ein niedriges Holztischchen, darauf eine Messinglampe.

Das schlichte Zimmer strahlte eine friedvolle Atmosphäre aus. Seit Jahren hatte sich Radu nicht mehr so heimisch gefühlt. Er stellte sich ans Fenster und schaute hinaus. Die Bergflanke fiel steil zum Wasser hin ab; ein lichter Baumbestand säumte die Meerenge, die diese Insel von der nächsten trennte.

Etwas blitzte weiß auf; ein Killerwal schnellte im Bogen aus dem Wasser und tauchte wieder unter. Ein zweiter folgte, dann schloß sich ein dritter dem Ballett an. Als Radus Augen sich an die Dunkelheit gewöhnten, gewahrte er mehr als die hellen Flecken an den Leibern dieser Kreaturen. Die Bucht und der Meeresarm dahinter wimmelten von Walen und Tauchern; sie spielten, schwammen, sprangen und verschwanden wieder. Das alles geschah beinahe lautlos, kaum, daß das Wasser sich kräuselte.

In der Meerenge glitt gemessen der elegant geschwungene Rücken eines Wesens vorbei; noch nie zuvor, nicht einmal im Traum, hatte Radu ein so gigantisches Geschöpf gesehen. Vor Überraschung stieß er einen leisen Schrei aus.

Das Mondlicht glitzerte silbern auf Orcas Haar. Radu hatte nicht gemerkt, daß sie neben ihn getreten war; nun jedoch war er sich ihrer Gegenwart mit allen Sinnen bewußt.

»Was war das?« wisperte er.

»Ein großer Wal«, sagte Orca. »Ein Blauwal. Sie lieben den offenen Ozean, normalerweise kommen sie nie in eine Bucht oder Meerenge. Aber zu unserem Treffen wegen der bevorstehenden Transition haben sie eine Vertreterin geschickt.«

Fasziniert beobachtete Radu den Wal. Der Riese spritzte eine Fontäne in die Höhe und driftete dann ruhig in der Dünung.

»Es gibt nur noch sehr wenige von ihnen«, erklärte Orca. »Erst seit dreißig Jahren werden sie nicht mehr gejagt …« Sie brach ab und nahm einen neuen Anlauf –, »als die Menschen begriffen, daß das Abschlachten von Walen Mord ist.« Es kostete sie sichtlich Mühe, die Worte auszusprechen. »Die Wale werden eine lange Zeit brauchen, um ihren Bestand zu regenerieren – falls sie nicht doch noch aussterben.«

»So ein großes Tier habe ich noch nie gesehen«, gestand Radu.

»Wenn man sich in ihrer Nähe aufhält und mit ihnen spricht, kommt man sich vor, als sei man im Mittelpunkt des Universums. Man kriegt richtig Angst, doch das verstehen sie nicht. Furcht gehört zu den wenigen Dingen, die sich ihrem Begriffsvermögen entziehen. Die Blauwale fürchten sich auch nicht vor meinen Cousins und Cousinen, obwohl es vorkam, daß Killerwale Blauwale töteten. Zur Zeit besteht ein Friedensabkommen, aber in der Vergangenheit gab es diese Zwischenfälle, und wer weiß, was in der Zukunft noch passiert.«

Radu blickte auf sie hinunter. Ihre volle Aufmerksamkeit richtete sich auf die Szene in der Bucht.

»Du müßtest jetzt auch dabei sein, oder?«

Sie ließ sich viel Zeit mit der Antwort. »Ja«, gab sie zu. »Ich darf mich nicht ausschließen. Es tut mir leid. Du mußt erschöpft sein. Leg dich doch ein Weilchen aufs Ohr. Am Nachmittag habe ich dann wieder Zeit für dich.«

»Ich glaube nicht, daß ich jetzt schlafen kann«, meinte Radu. »Ich möchte viel lieber – ob jemand etwas dagegen hat, wenn ich mich ans Ufer setze und zuschaue? Natürlich möchte ich eure private Zusammenkunft nicht stören ...«

Sie schaute zu ihm hinauf; in ihren Augen blitzte der Schalk, ihre gedrückte Stimmung war wie weggewischt.

»Selbstverständlich darfst du dabei sein. Du bist unser Gast, und solange du dich hier aufhältst, giltst du als Mitglied meiner Familie. Hast du vielleicht Lust, mit mir zu schwimmen?«

Er fühlte sich, als hätte sie ihm Zugang zu einer neuen Welt verschafft, einer, von der er geträumt hatte, sie indessen unerreichbar wähnte.

»Ja!« gab er begeistert zurück. Dann schränkte er

wehmütig ein: »Mein letzter Ausflug im Wasser war ja kein großer Erfolg.«

»Du warst nur nicht richtig dafür gerüstet«, beruhigte sie ihn. »Komm mit.«

Sie lotste ihn durch den Flur und dann eine lange Treppe hinunter; nach einer Weile hörten die hölzernen Stufen auf und wurden durch Tritte ersetzt, die in das Muttergestein der Insel geschlagen waren. Drunten führte ein Tunnel zu einer hölzernen Anlegestelle, die den schmalen, felsigen Strand überragte. Vor dem Tunnelausgang befand sich ein winziger Verschlag. Orca suchte ein Kleidungsstück aus, das drinnen an einem Haken hing. Es war schwarz mit seitlichen weißen Streifen.

»Das ist ein Tauchanzug«, erklärte sie. »Ab und zu bekommen wir Besuch von einem Lander, der gern schwimmen möchte. Ein Energieanzug würde dich genauso schützen, aber dann wärst du ja nicht richtig im Wasser. Der Tauchanzug ist besser. Hast du schon mal einen getragen?«

»Nein.«

»Er hält dich warm. Dann hast du sicher auch noch nie eine Aqualunge benutzt ...«

Radu schüttelte den Kopf.

»Macht nichts. Das Tauchen mit einer Aqualunge bringe ich dir ein anderes Mal bei. Für heute genügt ein Schnorchel.«

Sie half ihm sich auszuziehen und den Tauchanzug anzulegen. Dann führte sie ihn an das Ende des Stegs. Zögernd ließ er sich in das schwarze Wasser hinunter. Nach dem ersten Kälteschock erwärmte sich das in den Anzug eingedrungene Wasser auf seiner Haut, und er fühlte sich behaglich.

»Beim ersten Mal tauchst du ohnehin noch nicht so tief und bewegst dich auch nur sparsam«, meinte Orca. »Aber du kannst lauschen und zuschauen.«

Sie schwammen in die Bucht hinaus.

Auf ihn wartete ein ungeheures klangliches Erlebnis. Trotz des klaren Wassers und der Tauchermaske konnte er unter Wasser nicht viel sehen. Aber die Geräusche! – Sie hüllten ihn ein, durchströmten und überwältigten ihn: Langgezogene, getragene Gesänge bildeten den Hintergrund für eine Unzahl von Tönen; Klicklaute und Pfiffe begannen jenseits seiner akustischen Wahrnehmungsfähigkeit, schossen raketengleich in die Höhe, eine Frequenz erreichend, die seinem Ohr nicht mehr zugänglich war; dazwischen mischte sich Stöhnen, Seufzen und Gelächter.

Mitunter kam er sich vor, als befände er sich im Fokus einer Schallwelle, wie wenn eine von Orcas Cousinen oder gar einer der großen Wale ihn per Echolot abtastete und taxierte. Dicht unter der Oberfläche schwebte Radu im Wasser, atmete durch den Schnorchel und versuchte, die ihn umgebenden Formen und Gestalten zu erkennen.

Orca blieb bei ihm, bis sie sich davon überzeugt hatte, daß er sich wohl fühlte, dann gesellte sie sich zu den anderen. Doch immer wieder schwamm ein Taucher an Radu vorbei, um ihn beruhigend mit der Hand zu streicheln oder ihm zuzuwinken. Ein paarmal glitt einer der Killerwale unter ihm hinweg; einer hob die Fluke und streifte ihn damit vom Kopf bis zu den Zehen. Die Berührung war ungemein zärtlich. Noch nie in seinem Leben hatte ihn etwas so stark beeindruckt wie dieser sanfte Kontakt, weder sein erster Ausflug ins All, noch Twilight, wie es in majestätischer Stille über ihm kreiste, noch die Erdstation, nicht einmal sein Einblick in die siebente Dimension übten diese ergreifende Wirkung auf ihn aus. Er fühlte sich ruhig, wie verzaubert, eingebunden in eine Nacht voller Magie.

Eine geraume Zeitlang driftete nichts mehr in seine Nähe, und die Geräusche entfernten sich. Radu ruderte mit den Händen, bis er aufrecht stand und den Kopf aus dem Wasser strecken konnte. Da der Anzug ihm Auftrieb gab, brauchte er kaum Wasser zu treten. Er schob sich die Maske auf die Stirn. Die Walherde – zu den Killerwalen und der prächtigen Blauwalkuh hatten sich noch weitere Arten gesellt – war zur Bucht hinaus und in die Meerenge geschwommen. Radu stülpte sich die Maske wieder über und setzte ihnen nach.

Jäh fiel der Meeresgrund ab. Radu schwamm weiter. Er war nicht ängstlich, nicht einmal beunruhigt. Bald kam er der Herde wieder so nahe wie zuvor, vielleicht sogar noch näher. Nur seine Vernunft hinderte ihn daran, sich mitten unter die Tiere zu begeben. Egal, wie herzlich Orcas Einladung gemeint war, er durfte nicht vergessen, daß er lediglich ehrenhalber und auf Zeit ein Mitglied ihrer Familie war. Er blieb ein Lander, in einen schwarzen Gummianzug gestopft, während Orcas Angehörige nackt in der kalten See umhertollten und sich miteinander durch Lieder verständigten.

Sehr langsam so bedächtig, daß er nicht die geringste Furcht verspürte tauchte unter ihm eine Gestalt auf. Sie war so riesig, daß sich ihre Konturen in der dunklen Ferne verloren.

Der Blauwal stieg in die Höhe, bis sein großes Auge Radu direkt ins Gesicht blickte. Von weitem hatte der Wal ehrfurchtgebietend gewirkt; in unmittelbarer Nähe war seine Größe einfach unfaßbar. Radu streckte den Arm aus, genauso sachte, wie der Wal an ihn herangekommen war, behutsam, falls das Geschöpf eine Berührung nicht wünschte. Der Wal schloß das Auge, öffnete es wieder und rührte sich nicht. Mit den Fingerspitzen belastete Radu seine Haut. Sie fühlte sich glatt, weich und warm an. Als er die Hand zurückzog, spürte er, wie die vom Wal abstrahlende Wärme sich durch das Wasser auf ihn übertrug.

Der riesenhafte Blauwal zwinkerte Radu zu und umhüllte ihn mit Geräuschen.

Ich kann dich nicht verstehen, dachte Radu. Ich wünschte, es wäre anders, aber es geht nicht. Nicht einmal in meiner eigenen Sprache vermag ich mich mitzuteilen, das verhindert der Schnorchel.

Der Blauwal blinzelte ein drittes Mal; die liebkosende Musik verstummte. Geruhsam schwamm das Tier weiter, glitt an Radu vorbei, lautlos wie eine durch die Luft segelnde Feder. Dann bog sich der massive Leib nach unten und tauchte ab. Der Druck des verdrängten Wassers stieß Radu sanft zurück. Bewegungslos ließ er sich treiben, schier berauscht durch die bloße Begegnung mit dem Wal.

Eine Ewigkeit später schwenkte die Fluke des Riesen an Radu vorbei und verschwand in der schwarzen Tiefe.

Radu tauchte hinterher, schaffte ein paar Meter, gegen den Auftrieb des Anzugs ankämpfend.

»Warte ...«

Luftblasen perlten über sein Gesicht, und er schluckte kaltes Salzwasser. Das brachte ihn zur Besinnung. Er strampelte nach oben, hob den Kopf über die Oberfläche und rang hustend nach Luft.

Jetzt wußte er, was Orca empfunden hatte, als sie die Grenze des Universums erblickte; er verstand, warum sie das Schiff verließ. Er wußte, wie sich Wassili und Laenea im Transit fühlten, und ihm schwante, was in einem Menschen vorging, der einem Alien begegnete.

Weit entfernt in der Meerenge spielten und sprangen die Taucher und die Wale. Radu war klar, daß er nicht mitmachen konnte. Er kehrte um und schwamm in die Bucht zurück, auf das Licht zu, das im Haus der Taucher brannte.

Auf halber Strecke schnellte Orca in seiner Nähe aus dem Wasser und kam zu ihm.

»Sie hat mit dir gesprochen«, sagte Orca. In ihrer Stimme schwang eine gewisse Scheu mit.

»Ich glaube, ja«, erwiderte Radu. Er hörte auf zu

schwimmen und drehte sich zu ihr um. »Aber ich konnte nichts verstehen.«

»Das ist nicht wichtig. Selbst wenn du True Speech beherrschen würdest, hättest du sie vielleicht nicht verstanden. Aber die Blauwale sprechen nur selten einen Taucher an, Radu! Noch nie haben sie einen von uns in ihre Familie aufgenommen.«

Eine vage Ambition, ein unausgereifter Wunsch, verflüchtigten sich, ohne sich in Radus Bewußtsein einzunisten. Er fühlte sich müde und alleingelassen.

»Wäre es unhöflich, wenn ich jetzt wieder ans Ufer ginge?« fragte er.

»Nein, natürlich nicht. Komm, ich begleite dich.«

Geruhsam legte Radu den Rest des Weges zurück; Orca kraulte neben ihm, mit graziösen Bewegungen, obwohl ihr das Tempo viel zu langsam vorkommen mußte.

Radu kletterte die Leiter hoch und stand tropfend auf der Anlegestelle. Orca half ihm aus dem Tauchanzug und zeigte ihm, wie man ihn in Süßwasser ausspülte, damit das Salz ihn nicht verdarb. Der kalte Wind machte Radu trotz seiner Blöße nicht viel aus, als hätte er von den Tauchern gelernt, wie man sich in eisigem Wasser warmhält. Später gingen er und Orca über den Anlegesteg zur Kaverne zurück.

»Orca ...«

»Hmmm?«

»Was hat sie zu mir gesagt?«

»An der Luft läßt sich das kaum wiedergeben.«

»Bitte«, flehte er. »Bitte, versuch es.«

»Sie nannte dir ihren Namen. Nicht nur das Klangbild, sondern den vollen Namen. Das ist ja so schwer zu erklären. Dein klanglicher Name ist objektiv – jeder, der dich kennt, weiß, daß du gemeint bist, und alle, die ihn hören, werden dich danach sofort erkennen. Das andere ... ist ein Gemisch aus deinen Erfahrungen, deinen Gefühlen und Ansichten. Hinterher hat sie dich nach deinem Namen gefragt.«

»Und ich konnte nicht antworten.«

»Sie weiß, warum. Ich bin sicher, daß sie dich versteht. Sie wußte, daß du kein Taucher bist und fühlt sich nicht gekränkt. Überhaupt sind die Wale nie eingeschnappt. Danach beglückwünschte sie dich zu deiner Transition und meinte, ihr zwei könntet euch ein anderes Mal unterhalten.«

»Wäre das denn möglich?«

»Du müßtest zumindest Middle Speech lernen. True Speech wäre besser.«

»Es müssen sehr komplizierte Sprachen sein.«

»Na ja, ich bin damit großgeworden, deshalb weiß ich nicht, wie schwer sich vielleicht ein Erwachsener tut. Angeblich soll man sich ein Grundwissen recht schnell aneignen. Aber diese Sprachen sind sehr flexibel, und ich glaube, nicht mal die Taucher beherrschen True Speech perfekt. Doch man kann wunderbar improvisieren und jeder kapiert auf Anhieb, was du ausdrücken willst.«

Radu hob eine Augenbraue; Orcas Ausführungen kamen ihm recht schleierhaft vor.

»Ich finde, daß man in True Speech alles beschreiben kann«, behauptete Orca.

»Alles?«

Orca hängte den Tauchanzug an den Haken zurück und warf Radu seine Bekleidung zu.

»Um das zu beweisen, muß ich wohl erst den Transit kennenlernen.« Ihre Stimme klang abwesend und nachdenklich.

Sie begleitete ihn die Treppe hinauf. Mittlerweile fühlte er sich in ihrer Gegenwart so unbefangen, daß er nicht den Wunsch verspürte, sich sofort anzuziehen.

Die bescheidene Ausstattung des Langhauses gefiel Radu weitaus besser als der überbordende Luxus, dem man auf der Erde allenthalben frönte. Seit seine Familie umgekommen war, hatte er dieses Gefühl von Behaglichkeit nicht mehr erlebt. Vom Fenster seines Zimmers aus blickte er auf den Meeresarm hinunter, wo sich Wale und Taucher balgten.

»Was treiben die da draußen?«

»Sie spielen, reden, schmusen miteinander, lieben sich. Später wird über die Transition abgestimmt.«

»Ich möchte dich nicht aufhalten«, meinte er zögernd. »Müßtest du nicht bei deinen Leuten sein?«

»Nein. Ich stimme nicht mit ab.«

»Warum nicht?«

»Weil es unsinnig wäre. Man wird sich für die Transition entscheiden. Aber ich mache nicht mit.«

»Orca, du sonderst dich ab. Wenn sich deine ganze Familie verändert ...«

»Ich wandle mich auch. Aber in eine andere Richtung, und diese Umwandlung erlaubt es mir nicht, Taucherin zu bleiben. Ich habe mich für ein Pilotentraining beworben und bin angenommen worden.«

Er wollte zu einem Protest ansetzen, denn er konnte es sich nicht vorstellen, daß jemand, der einmal die Freiheit des Ozeans gekostet hatte, wieder darauf verzichten würde. Doch Orca sehnte sich nach einer anderen Art von Ungebundenheit.

»Dann wirst du ja bald herausfinden, ob man den Transit in True Speech erklären kann.«

In ihr leises Lachen mischte sich ein Anflug von Traurigkeit.

»Ja. Ich bin froh, daß du mich verstehst. Ein paar von meiner Verwandtschaft halten mich für verrückt. Mit meinem Vater habe ich mich furchtbar gestritten.«

»Dein Vater scheint ja ein formidabler Gegner zu sein«, meinte Radu.

»Ganz recht, *formidable*«, wiederholte sie, indem sie das Wort französisch aussprach. »Ich wollte, daß er dich kennenlernt, aber er will nichts von dir wissen. Selbst die Tatsache, daß der Blauwal mit dir sprach, kann ihn nicht umstimmen. Er sagt, seit der Revolution habe er nicht mehr mit einem Lander geredet, und er dächte nicht daran, jetzt damit anzufangen.«

»Würde er mich denn akzeptieren, wenn ... wenn ich kein Lander wäre?« fragte Radu.

Schweigend streckte Orca die Hand aus und strich ihm eine feuchte Locke aus der Stirn.

»Hat der Blauwal das gespürt? Bleibst du hier? Bekommen die Blauwale zum Schluß doch noch einen menschlichen Vetter?«

»Wäre das denn möglich?«

»So fingen wir alle an, als Lander, vor mehreren Generationen. Hin und wieder – nicht oft, und ich behaupte nicht, daß es leicht ist – stoßen gewöhnliche Menschen zu uns und verwandeln sich. Aber eine Mutation, die dich den Blauwalen annähert ... Radu, ich habe Angst um dich.«

Er setzte sich auf die Fensterbank. All die Hoffnung und Verwirrung, die in ihm aufgestiegen waren, seit er den riesigen Blauwal gesehen und berührt hatte, verdichteten sich, gewannen an Intensität und entflammten plötzlich zu einem weißglühenden Stern. Er riß Orca an seine Brust und drückte sie fest. Seine Umarmung erwidernd, streichelte sie sein Haar.

»Du brauchst dir keine Sorgen zu machen. Freu dich lieber mit mir, und ich werde dein Glück teilen.«

Sie kniete sich neben ihn und küßte ihn leidenschaftlich. Dann nahm sie seine Hand und schob sie zwischen sich und ihn, bis sie mit ihren Körpern ihre ineinander verschlungenen Finger zusammenpreßten.

Laenea ging an Bord ihres Transitschiffs.

Gewiß, sie würde es nicht selbst fliegen, denn ein so großes Schiff hatte sie noch nicht einmal in einem Simulator gesteuert. Technisch gesehen durfte sie kein Trainingsschiff im Alleingang lenken, denn Miikala hatte ihr natürlich kein Zeugnis ausgestellt. Und jeder andere Pilot an Bord bekleidete einen höheren Rang als sie.

Trotzdem war es ihr Schiff. Ihretwegen war es hier; ihretwegen wurde es auf den Transit vorbereitet. Kristen van de Graaf hatte sie aufgefordert, mit einer Gruppe erfahrener Piloten in den Transit zurückzugehen, in der Hoffnung, sie in die siebente Dimension zu führen.

An Bord wurde Laenea von einem Dutzend Piloten begrüßt, die den ganzen Tag hier auf sie gewartet hatten.

Ein paar von ihnen kannte sie – Jenneth und Chase hatte sie auf der Erde getroffen, Quentin stammte vom selben Planeten wie Atnaterta. Sie wußte nicht, was sie sagen sollte; in den Augen der Kollegen erkannte sie denselben Ausdruck, mit dem die Lander einen Piloten betrachteten. Sie blickte rasch über die Schulter. Langsam schloß sich die Luke.

»Laenea …«

Wieder sah sie sich den Piloten gegenüber. Jenneth, die ihren Namen ausgesprochen hatte, kam auf sie zu, in den Händen eine kleine Flasche aus schillerndem blauen Glas. Sie reichte sie Laenea.

»Was ist das?«

»Die Asche von deinem Herzen.«

Laenea blickte auf die Flasche und entdeckte Farbschlieren, die sich das kühle glatte Glas hinaufkräuselten.

Sie wollte etwas sagen, aber vor Freude war sie sprachlos. Sie hob den Kopf. Lächelnd faßten die anderen Piloten sie ins Auge; sie dachten an ihre eigene endgültige Initiation, als ihnen die Freiheit unumstößlich geschenkt wurde.

»Ich danke euch«, stieß Laenea schließlich hervor. Übermütig begann sie zu lachen; ihre Kollegen umringten sie, freuten sich mit ihr, schlossen sie in die Arme und nahmen sie bei sich auf.

Behaglich und zufrieden erwachte Radu; Orca schlief noch, eng an ihn gekuschelt. Ein mitternachtsblaues

Licht, das bereits die Morgendämmerung ankündigte, durchflutete den Raum.

Er streckte sich, glücklich, weil er in der Stille genüßlich dösen durfte. Doch indem sich das Mitternachtsblau in Azur verwandelte, hielt es ihn nicht länger im Haus. Sanft küßte er Orca und schlug vorsichtig, um sie nicht zu stören, die Daunendecke zurück.

Er zog seine Hose an, holte sich die Stiefel aus der Diele und hockte sich auf die Treppenstufen, um hineinzuschlüpfen. Der Hügel war dicht mit Busch bestanden, und ein zerklüfteter Trampelpfad schlängelte sich herauf. Außer Orcas Bruder kraxelte keiner von den Tauchern barfuß über ihr felsiges Eiland.

Der heraufziehende Morgen überhauchte die Welt mit einem samtigen, blaugrauen Dunst. Der scharfe Salzgeruch des Ozeans vermischte sich mit dem aromatischen Duft der Bäume. In der Bucht dümpelten die Killerwale wie Kolonien von schwarzen Buckeln im schiefergrauen Wasser. Er hielt Ausschau nach dem Blauwal, vermochte ihn jedoch nirgends zu entdecken.

Radu erkletterte den Höhenrücken der Insel. Reglos hing der Zeppelin in der stillen Luft, das Landerad eine Handbreit vom Boden entfernt.

Von der Spitze eines mit Flechten überwachsenen Felsvorsprungs aus – dem höchsten Punkt der Insel – wollte Radu seinen ersten Sonnenaufgang auf dieser Welt beobachten.

Der Rand der Sonne kroch über die östlichen Berge, ein einsamer gelber Fleck. Er plusterte sich auf zu einem Lichtbogen, bis Radu die Augen abwenden mußte.

Radu schwindelte beim Anblick der grellen Farben. Tief sog er die von der Sonne gewürzte, harzige Luft ein, und breitete die Arme aus. Bewußt entschied er sich dafür, diesen Ort in der Weise zu sehen, die ihm die siebente Dimension aufgezwungen hatte. Seit seiner Rückkehr zur Erde hatte er sich davor gefürchtet, die Welt so zu erblicken; nicht noch einmal wollte er von der rasanten Abfolge der Bilder überrumpelt werden. Hier indessen würde der Wandel langsamer, behutsamer vor sich gehen.

Die morgendliche Brise griff nach seinem Haar, zauste die Locken, liebkoste seine Brust und streichelte seine Schultern, zärtlich wie Orcas Lippen.

Rings um ihn öffnete sich die Welt. Er versuchte nicht mehr, sich auf ein Detail zu konzentrieren. Beim Anblick Laeneas hatte er erfahren, daß dies unmöglich war. Statt dessen schaute und fühlte er das unvermeidliche Werden und Vergehen des Lebens; er ließ sich von der Vielfalt der Momente durchströmen, die ihm Wachstum und Reife jedweder Existenz zeigten, bis hin zum Tod.

Als er einen Gedanken hörte, so deutlich, als hätte jemand dicht vor seinem Ohr gesprochen, wunderte er sich nicht.

Laeneas großes Schiff glitt in den Transit. Sämtliche Piloten hatten sich im Kontrollraum versammelt und warteten. Man war besorgt und gespannt, aber voller Vorfreude und Eifer.

Zurückgelehnt saß Laenea im Pilotensessel und gab sich ganz den Eindrücken des Transits hin. Die Begriffe, die sie benutzt hatte, um den Transit bei der Lagebesprechung zu beschreiben, die Vergleiche, die ihrer Meinung nach das Wesen dieses Zustands einfingen, verloren ihre Gültigkeit und erschienen ihr nicht nur unzureichend, sondern falsch. In dem Versuch zu definieren, was ihr vorher entgangen war, kam sie immer wieder auf das Gefühl zurück, selbst ein Teil des Universums zu sein und es gleichzeitig in sich zu tragen.

»Laenea!«

Sie merkte, daß Chase sie mehrmals mit ihrem Namen angesprochen, aber keine Antwort erhalten hatte.

»Entschuldige«, sagte sie. »Was gibt's?«

»Das wollte ich dich gerade fragen. Was müßten wir jetzt sehen?«

»Du darfst nicht vergessen, daß wir keine Ahnung haben, wonach wir suchen müssen«, gab Jenneth zu bedenken. »Du mußt es uns zeigen.«

Sie rückte ihnen ins Blickfeld, was sich vor ihnen entfaltete.

Chase schnappte nach Luft. Einer der anderen Piloten, an dessen Namen sich Laenea nicht erinnerte, fluchte aus tiefstem Herzen und verwünschte sich, weil er nicht wahrgenommen hatte, was sich die ganze Zeit über direkt vor seinen Augen abspielte. Quentin runzelte leicht die Stirn. Jenneth verschränkte die Arme und starrte kampflustig durch das Fenster. Die anderen Piloten bemerkten nichts.

»Erstaunlich!« flüsterte Quentin.

»Und wie kommen wir da hinein?« fragte Chase.

Sie waren bereits mittendrin, aber Laenea wußte, was sie meinte. Sie suchte eine Anomalie und entführte sie aus einer tiefen Höhle in den offenen Himmel, aus der Ebene auf einen Berggipfel, von der Bodenhaftung in die Ekstase.

Bei der Transition stieß Jenneth einen Schrei aus. Sie hielt sich die Augen zu und wandte sich vom Fenster ab. Quentin nahm sie in den Arm und hielt sie fest.

»Schon gut«, tröstete er sie. »Dir wird nichts passieren.«

Laenea stand auf; sie hatte Angst um Jenneth.

»Was hast du gesehen?« bedrängte Quentin die Pilotin. Seine Stimme klang rauh, und er packte sie bei den Schultern. »Was ist da draußen?« Er schüttelte sie.

»Quentin!« Laenea und Chase nahmen ihn in die Mitte und schleppten ihn von Jenneth fort, die schluchzte und unter Atemnot litt. Chase stülpte ihr die Sauerstoffmaske über das Gesicht und redete beruhigend auf sie ein.

»Quentin, was ist in dich gefahren – du hast es doch selbst gesehen!« Laenea hielt ihn fest im Griff.

»Nein«, antwortete er. In seinen Augen glitzerten Tränen. »Nein, das ist es ja. Ich sah gar nichts. Ich habe gelogen.«

Er flüchtete aus dem Kontrollraum.

Laenea wandte sich Jenneth und Chase zu.

»Was war los? Geht es dir wieder besser?«

»Ich hatte eine Vision. Ich sah, wie ...« Jenneth weinte immer noch. »Laenea, bitte, ich will umkehren.«

»Bald ist es soweit«, erwiderte Laenea. »Wir bleiben ohnehin nicht mehr lange. Komm, leg dich jetzt hin.« Durch Blicke verständigte sie sich mit Chase, die nickte und das Steuer übernahm.

Laenea brachte Jenneth in die Lounge und sorgte dafür, daß sie sich auf die Couch legte; dann plazierte sie die Atemmaske in erreichbarer Nähe und hüllte die Pilotin in eine Decke.

»Ruh dich ein paar Minuten lang aus; wir fliegen gleich zurück.«

Jenneth drehte ihr Gesicht zur Wand.

Im Korridor verharrte Laenea. Eigentlich hätte sie sich in den Kontrollraum begeben müssen. Statt dessen huschte sie in ihre Kabine und nahm die blaue Glasflasche in die Hand. Sie lief zur Luftschleuse und legte einen Energieanzug an.

Dann trat sie in die Schleusenkammer und ließ sie rotieren. Nachdem sie ihren Anzug mit einer Rettungsleine gesichert hatte, öffnete sie die Außenluke.

Sie stieß sich ab und schwebte im All.

Vorsichtig lockerte sie den Stöpsel der Flasche. Die darin enthaltene Luft wollte nach draußen entweichen. Sie entfernte den Verschluß, und durch den Druck explodierte die Asche ihres Herzens zu einer kleinen weißen Kugel; die Staubpartikel fächerten sich auf und zerstoben, während sich ihr Abstand zum Schiff zunehmend vergrößerte.

Laenea warf die Urne hinterher.

Am liebsten wäre sie draußen geblieben; doch die Vernunft siegte, und sie berührte die Sicherheitsleine.

Im Schiff legte Laenea den Energieanzug ab, schloß die Augen und nahm die Aufgabe in Angriff, die der eigentliche Grund für ihr Hiersein war.

Radu?

Laenea.

Seine Antwort klang ruhig, kraftvoll und zuversichtlich.

Du kannst mich also doch hören, sagte sie zu ihm.

Trotz allem sind wir uns sehr nahe.

Die Administratoren suchen dich.

Ich weiß.

Du sollst glauben, ich hätte mich wieder verirrt; und wenn du dich dann auf die Suche nach mir machst, schnappen sie dich.

Danke für den Wink.

War eine Warnung denn nötig?

Eigentlich nicht. Aber ich freue mich, daß das Band zwischen uns nicht gerissen ist.

Sie schenkte ihm ein Lächeln. Ich bin auch glücklich. Radu – zwei weitere Piloten, die mit mir an Bord sind, können die siebente Dimension sehen.

Schön, entgegnete Radu. Ist Wassili bei euch? Hatte er dieses Mal mehr Glück? Beim ersten Mal war ich auch wie blind. Vielleicht muß man seine Sinne erst schulen.

Laeneas Stimme klang traurig. Mehrere hundert Male war er im Transit. Wenn er die Gabe hätte, die siebente zu sehen .... Nein, er ist nicht hier. Er flog nach Ngthummulun. Er ist davon überzeugt, daß der Schlüssel zu allem bei Atna liegt.

Wassili war impulsiv und neurotisch, aber Radu konnte nicht glauben, daß der junge Pilot seine Ansichten über Atnatertas Visionen so radikal geändert hatte.

Ist Wassili allein unterwegs? fragte er Laenea.

Er nahm nur ein Crew-Mitglied mit. Keine anderen Piloten.

Laenea, sagte Radu eindringlich, er hatte niemals die Absicht, nach Ngthummulun zu fliegen. Er sucht Twilight auf. Begreifst du denn nicht? Er hat sich in die Idee verrannt, daß die Seuche mich verändert hat. Und da er Twilight noch nie angeflogen hat, ist er nicht mal geimpft.

Bei den Göttern! Natürlich! Dieser Idiot!

Nach kurzem Nachdenken empfand Radu mehr Abscheu als Besorgnis. Immerhin hatten die Menschen seit einer Generation auf Twilight gelebt, ehe die Seuche zum erstenmal ausbrach. Vielleicht war das Virus – wie Radu hoffte und Kristen van de Graaf befürchtete – mit Stumpf und Stiel ausgemerzt. Doch selbst wenn es noch existierte, mußte Wassili Nikolajewitsch schon ein unglaubliches Pech haben, um sich bei seinem ersten Besuch anzustecken.

Aber ein Restrisiko blieb.

Kannst du ihn aufhalten? wollte Radu wissen.

Ich werd's versuchen.

Ich liebe dich, sagte er klar und deutlich, ohne einen Schimmer von Bedauern oder Enttäuschung.

Laenea übermittelte Radu eine Zärtlichkeit, voller Liebe und Zuneigung, und verschwand abrupt aus seinen Gedanken.

Radu stieß einen leisen Schrei aus und wäre um ein Haar von der Felsnadel mehrere Meter tief hinabgestürzt. Er fing sich wieder und kehrte in die Realität zurück. Laeneas Liebkosung war genauso leidenschaftlich und erotisch gewesen wie jeder körperliche Kontakt, der mit einer Vereinigung geendet hatte, vielleicht sogar noch intensiver. Radu fühlte sich kurzatmig und sexuell erregt, doch statt rastlos zu sein, erfüllte ihn eine tiefe Zufriedenheit.

Selbst seine Sorge um Wassili vermochte sein Wohlbehagen nicht zu schmälern. Wieder rief er Laenea, um ihr zu erzählen, was passiert war, und zu erfahren, ob sie genauso empfand wie er; doch er konnte sie nicht mehr erreichen. Natürlich mußte sie die siebente Dimension verlassen, wenn sie Wassili vor seiner Ankunft in Twilight abfangen wollte.

Es machte ihm nichts aus. Sowie es Laenea möglich war, würde sie in die siebente Dimension zurückkehren.

Sie hatten massenhaft Zeit.

Er lachte laut auf und sprang vom Felsen. Übermütig drehte er Pirouetten, als könne er so diesen Ort absorbieren und immer mit sich herumtragen.

Am Himmel gewahrte er ein durchsichtiges Funkeln, und ein Summen wie von einem fernen Hummelschwarm drang an seine Ohren. Das Ultraleichtflugzeug ging in den Sinkflug und wippte mit den Tragflächen. Radu winkte.

Die winzige, schimmernde Maschine setzte zu einer holperigen Landung an. Radu rannte hin, um es vertäuen zu helfen; das Ultraleichtgerät war noch anfälliger für jähe Windstöße als ein Luftschiff und viel schwerer zu verankern.

Zu seiner Verblüffung kletterte Marc aus dem Cockpit.

»Marc!«

»Guten Morgen, Radu.«

»Wie haben Sie mich gefunden?«

Er führte ihn zu einer Bank am Rande der Wiese. Marc setzte sich hin und streckte die Beine aus.

»Ich verfüge über Informationsquellen, die nicht einmal den Administratoren zugänglich sind.«

»Aber weshalb sind Sie hier? Was tun Sie so weit weg von zu Hause? Sie sehen erschöpft aus.«

»Ich weiß, was Sie den Piloten zutrauen, Radu, und ich verstehe Ihre Ängste. Trotzdem kam ich zu Ihnen, um Sie zu bitten, ihnen wenigstens eine Chance zu geben. Die Sache ist riskant, aber ich versichere Ihnen, daß die Piloten keine Verbrecher sind. Sie würden nicht so skrupellos handeln, wie Sie ihnen unterstellen …« Er sprach mit verzweifelter Hast, die Worte sprudelten aus ihm heraus, und er machte erst eine Pause, als ihm die Luft ausging.

»Aber warum gerade Sie, Marc? Warum nahmen Sie das Wagnis auf sich, hierherzukommen?«

Marc wich seinem Blick aus. »Ich wollte helfen …« Er brach ab und sah Radu an. Für einen so strahlenden Morgen waren die Pupillen seiner blaßgrauen Augen ungewöhnlich stark geweitet. »Das stimmt auch, aber es ist nicht die volle Wahrheit. Ich sagte Ihnen, daß Sie mir trauen können, und ich würde Ihr Vertrauen nie mißbrauchen. Wenn die Piloten den Dingen auf den Grund gehen, wenn sie herausfinden, was Sie so außergewöhnlich macht, könnte ich vielleicht wieder fliegen. Ich möchte noch einmal den Transit erleben.«

»Und die Erinnerungen, die Sie verlieren würden? Trauern Sie denen nicht nach?«

»Ich muß sie mir neu aneignen, so wie ich vieles wieder von der Pike auf lernen muß. Mein Analogon wird mich unterrichten.«

»Und das nehmen Sie in Kauf?«

»Wenn ich dafür wieder fliegen darf, ja, dann hat sich jede Anstrengung gelohnt.« Er beugte sich vor und streckte wie flehend die Hand aus. »Bitte, Radu.«

Radu nahm Marcs kühle, zerbrechliche Hand und drückte sie sanft.

»Werden Sie zurückkommen?« fragte Marc.

»Ja.« Er würde sich den Administratoren und Piloten zur Verfügung stellen, aber unter bestimmten Voraussetzungen.

Marc sackte nach vorn. Radu stützte ihn und half ihm, sich auf einem grasbewachsenen, von Schatten gestreichelten Platz unter einem windverkrüppelten Nadelgehölz niederzulassen.

»Ich habe meine Kräfte verausgabt«, flüsterte Marc und starrte auf seine Hände, die schlaff zwischen seinen Knien herunterbaumelten.

»Das glaube ich gern«, erwiderte Radu. »Legen Sie sich hin und schlafen Sie ein Weilchen.«

Dann fiel ihm ein, daß Marc dieselben Worte gebraucht hatte, ehe er sich kurz vor seinem letzten Anfall in seinen Räumen eingeschlossen hatte.

»Ich schlafe nur selten«, wisperte Marc und legte sich rücklings ins Gras.

»Was kann ich für Sie tun, Marc?« fragte Radu.

»Nichts«, antwortete Marc. Er röchelte leise. »Es tut mir leid, daß ich Ihnen das zumute …«

Radu bedauerte, daß er keine Jacke angezogen hatte, dann hätte er sie jetzt wenigstens um Marcs Schultern legen können.

»Es wird schon wieder«, versuchte er Marc Mut zu machen.

»Ich …« Marcs Stimme versagte, und er schloß die Augen.

Sein Körper erstarrte, dann begann er zu zittern. Die Augenlider flimmerten, und er murmelte ein paar Worte. Ungefähr zehn Minuten lang hielt das Bibbern an, dann löste sich der Krampf.

Radu befürchtete, eine neue Attacke könnte einsetzen, doch nach einer Weile zeigten ihm die Bewegungen von Marcs geschlossenen Augen an, daß er fest eingeschlafen war und träumte.

Radu empfand Mitleid und Verständnis. Nicht Marcs Krankheit hatte ihn so lange in die Isolation getrieben. Es war wie er damals im Raumhafen selbst erklärt hatte – eine Frage des Stolzes.

Radu hörte, wie sich ihnen jemand auf dem Pfad näherte.

Orca erkletterte den felsigen Kamm der Insel. Sie entdeckte das Ultraleichtflugzeug und Radu, neben dem jemand ausgestreckt lag, und setzte sich in Trab.

Radu hielt den Finger an die Lippen. »Er schläft«, raunte er Orca zu.

Sie erkannte Marc, atmete erlöst auf und setzte sich zu Radu.

»Guten Morgen.«

Er beugte sich vor und küßte sie.

»Es ist wirklich ein guter Morgen«, meinte er. »Ich kam hierher, um den Sonnenaufgang zu beobachten, und dann traf Marc ein.«

»Er war früher Pilot, nicht?«

»Ja. Und er möchte wieder einer werden.«

»Dann will er dich also mitnehmen?«

»Er bat mich zurückzukommen.«

»Und?«

»Ich gehe.«

»Hast du deine Begegnung mit dem Blauwal schon vergessen?«

»Ich möchte mich gern mit dieser Walkuh unterhalten, Orca. Ich will imstande sein, ihr den Namen zu nennen, den du mir gabst, und herauszufinden, wie mein vollständiger Name lautet. Ich muß True Speech lernen. Ich werde Unterricht nehmen, aber zuvor schließe ich mit den Administratoren einen Handel ab. Ich tausche meine Zeit gegen Ihre Zusicherung, Twilight die Schulden zu erlassen. Erst danach dürfen mich die Piloten nach Herzenslust studieren.«

»Kannst du ihnen trauen?«

»Generell? Woher soll ich das wissen? Sie sind auch nur Menschen, zwar etwas anders als die meisten, aber mit denselben Schwächen behaftet wie ganz gewöhnliche Leute. Ob ich van de Graaf traue? Oder Wassili?« Er lachte. »Da bin ich eher skeptisch. Aber ich baue auf Laenea, und ich glaube, daß auch Ramona-Teresa ehrlich ist. Und was Marc angeht … Marc besitzt viel zuviel Ehrgefühl, um zu lügen, selbst wenn er sich dadurch einen Vorteil verschaffen könnte.« Zärtlich legte Radu seine Hände auf Orcas bloße Schultern.

»Aber du hast mein volles Vertrauen. Ich hätte es dir viel eher schenken müssen.«

Orca umklammerte seine Unterarme.

»Gestern abend erkannte ich, daß du den Platz gefunden hast, wo du hingehörst. Willst du uns wirklich verlassen?«

»Weißt du noch, was du sagtest, als ich dir von Atnas Befürchtungen erzählte?«

»Natürlich.«

»Jetzt verstehe ich, was Resonanzen sind«, sagte er. »Meine kehren auf diese Insel zurück und bleiben hier, doch eine Zeitlang werden sie sich noch mit denen der Piloten vermischen. Und mit den deinen.«

»Das freut mich.«

Sie fielen sich in die Arme, wie Crew-Mitglieder, die sich verabschieden, und wie Freunde, die einander begrüßen.

Die Zukunft in Gefahr

Iain Banks

Die Spur der toten Sonne

Roman

559 Seiten. Gebunden

ISBN 3-453-12901-1

Vor zweieinhalb Jahrtausenden tauchte in einem entlegenen Sektor des Raums eine riesige schwarze Kugel auf, die eine uralte Sonne umkreiste. Messungen ergaben, daß dieses Gestirn über tausend Milliarden Jahre alt sein mußte, also mindestens fünfzigmal älter war als unser bekanntes Universum. Ein fulminanter Roman, der bis an die Grenzen des sprachlich Ausdrückbaren vorstößt.

HEYNE